八閩文庫

八閩文庫
要籍選刊
108

北郭園全集

[清]鄭用錫 撰
魏寧楠 點校

海峽出版發行集團
THE STRAITS PUBLISHING & DISTRIBUTING GROUP
福建教育出版社

八閩文庫編纂委員會

八閩文庫總序

葛兆光　張　帆

一

在傳統中國的文化史上，福建算是後來居上的區域。經歷了東晉、中唐、南宋幾次大移民潮，浙、閩之間的仙霞嶺，早已不是分隔内外的屏障，而成了溝通南北的通道。歷史使得福建越來越融入華夏文明之中，唐宋兩代，特别是在「背海立國」的宋代，東南的經濟發達，海洋的地位凸顯，福建逐漸從被文明中心影響的邊緣地帶，成爲反向影響全國文明的重要區域。在七世紀的初唐，詩人駱賓王曾説「龍章徒表越，閩俗本殊華」（駱臨海集箋注卷二晚憩田家，陳熙晉箋注，上海古籍出版社一九八五年，第三六頁），前一句説的是華夏的衣冠對斷髮文身的越人没有用，後一句説的是閩地的風俗本來就與華夏不同，意思都是瞧不起東南。但是，到了十五世紀的明代中期，黄仲昭在弘治八閩通志序裏卻説，八閩雖爲東南僻壤，但自唐以來文化漸盛，「至宋，大儒君子接踵而出」，實際上它的文明程度，已經「可以不愧於鄒魯」（四庫全書存目叢書史部一七七册，齊魯書社一九九六年，第三六四頁）。

的確，自從福建在唐代出了第一個進士薛令之，而且晉江有歐陽詹，福清有王棨，莆田有徐夤、黄滔這些傑出人物之後，到了更加倚重南方的宋代，福建出現了蔡襄（一〇一二—一〇六七）、陳襄（一〇一七—一〇八〇）、游酢（一〇五三—一一二三）、楊時（一〇五三—一一三五）、鄭樵（一一〇四—一一六二）、林光朝（一一一四—一一七八）、朱熹（一一三〇—一二〇〇）、蔡元定（一一三五—一一九八）、陳淳（一一五九—一二二三）、真德秀（一一七八—一二三五）等一大批著名文人士大夫。這些出身福建或流寓福建的士人學者，大大繁榮和提升了這裏的文化，甚至使得整個中國的文化重心逐漸南移，也許，就像程顥説的那樣「吾道南矣」（宋史卷四二八道學楊時傳，中華書局一九七七年，第一二七三八頁）。也就是説宋代之後，原本偏在東南的福建，逐漸成了中國重要的文化區域。

不過，習慣於中原中心的學者，當時也許還有偏見。以來自中心的偏見視東南一隅的福建，那時福建似乎還是「邊緣」。雖然人們早已承認福建「歷宋逮今，風氣日開」（黄虞稷閩小紀序，撰於康熙五年，續修四庫全書史部七三四册，上海古籍出版社二〇〇二年，第一二七頁），但有的中原士人還覺得福建「僻在邊地」。像北宋樂史的太平寰宇記，一面承認「此州（福州）之才子登科者甚衆」，一面仍沿襲秦漢舊説，稱閩地之人「皆蛇種」，並引十道志説福建「嗜欲、衣服，别是一方」（樂史太平寰宇記卷一〇〇江南東道一二，中華書局二〇〇七年，第一九九一頁）。所以，歷史上某些關於福建歷史、文化和風俗的著作，似乎還在以中原或者江南的眼光，特别留心福建地區與核心區域不同的特異之處，筆下一面凸顯異域風情，一面鄙夷南蠻鴃舌。但是從大的方面説，我們看到宋代以降，實際上福建與中原的精英文化越來越趨向同一，正如宋人祝穆方輿勝覽所説，「海濱幾及洙泗，百里三狀元」，前一句裏所謂「洙泗」即孔子故鄉，這是説福建沿海文風鼎盛，幾乎趕得上孔子故里；後一句裏「三狀元」是指南宋乾道年間福建登第的三個狀元，即乾道二年（一一六六）的蕭國梁、乾道五年的鄭僑和乾道八年的黄定，他們都是福建永福（今永泰）這個地方的人（祝穆新編方輿勝覽卷一〇，施和金點校，中華書局二〇〇三年，第一六三頁）。

文化漸漸發達，書籍或者文獻也就越來越多，福建文獻的撰寫者中不僅有本地人，也有流寓或任職於閩中的外地人。日積月累，這些文獻記録了這個多山臨海區域千年的文化變遷史，而八閩文庫的編纂，正是把這些文獻精選並彙集起來，爲現代人留下唐宋以來有關福建的歷史記憶。

二

福建鄉邦文獻數量龐大，用一個常見的成語説，就是「汗牛充棟」。那麼多的文獻，任何歸類或叙述都不免挂一漏萬。不過，我們這裏試圖從區域文化史的角度，談一談福建文獻或書籍史的某些特徵。

毫無疑問，中國各個區域都有文獻與書籍，秦漢之後也都大體上呈現出華夏同一思想文化的底色，但各區域畢竟有其地方特色。如果我們回溯思想文化的歷史，那麼，唐宋之後福建似乎也有一些特點。恰恰因爲是後來居上的文化區域，所以福建積累的傳統包袱不重，常常會出現一些越出常軌的新思想、新精神和新知識。這使得不少代表新思想、新精神和新知識的人物與文獻，往往先誕生在福建。衆所周知的方面之一，就是宋代儒家思想的變遷。應當説，宋代的理學或者道學，最初乃是一種批判性的新思潮，一些儒家士大夫試圖以屬於文化的「道理」鉗制屬於政治的「權力」，所以，極力强調「天理」的絶對崇高，人們往往稱之爲道學或理學，也根據學者的出身地叫作「濂洛關閩之學」。其中，「閩」雖然排在最後，卻應當説是宋代新儒學的高峰所在，以至於後人乾脆省去濂溪和關中，直接以「洛閩」稱之（如清代張夏雒閩源流録），以凸顯道學正宗，恰在洛陽的二程與福建的朱熹，而道學最終水到渠成，也正是在福建。因爲宋代道學集大成的代表人物朱熹，雖然祖籍婺源，卻出生在福建，而且相當長時間在福建生活。他的學術前輩或精神源頭，號稱「南劍三先生」的楊時、羅從彦（一〇七二—一一三五）、李侗（一〇九三—一一六三），也都是南劍州即今福建南平一帶人，他的提攜者之一陳俊卿（一一一三—一一八六），則是興化軍即今莆田人，而他的最重要的弟子黄榦（一一五二—一二二一）是閩縣（今福州）人，陳淳是龍溪（今龍海）人。

正是在這批大學者推動下，福建逐漸成爲圖書文獻之邦。慶元元年（一一九五），朱熹在福州州學經史閣記中曾經説，一個叫常濬孫的儒家學者，在福州地方軍政長官詹體仁、趙像之、許知新等資助下，修建了福州府學用來藏書的經史閣，即「開之以古人斆學之意，而後爲之儲書，以博其問辨之趣」（朱文公文集卷八〇，朱子全書第二四册，上海古籍出版社、安徽教育出版社二〇一〇年，第三八一四頁）。宋代之後，經由近千年的日積月累，我們看到福建歷史上出現了相當多的儒家論著，也陸續出現了有關儒家思想的普及讀物。大家可以從八閩文庫中看到，這裏收録的不僅有朱熹、真德秀、陳淳的著述，也有明清學者詮釋理學思想之作，像明人李廷機性理要選、清人雷鋐雷翠庭先生自恥録等等，應當説，這些論著構成了一個歷經宋元明清近千年的福建儒家文化史。

三

説到福建地區率先出現的新思想、新精神和新知識，當然不應僅限於儒家或理學一系。更應當記住的是，從宋代以來，中國政治、經濟和文化的重心，逐漸從西北轉向東南，一方面由於中原文化南下，被本地文化激蕩出此地異端的思想，另一方面海洋文明東來，同樣刺激出東南濱海的一些更新的知識。

我們注意到，在福建文獻或書籍史上，呈現了不少過去未曾有的新思想、新精神和新知識。比如唐宋之間，福建不僅出現過譚峭（生卒年不詳）化書這樣的道教著作，也出現過像百丈懷海（約七二〇—八一四）、溈山靈佑（七七一—八五三）、雪峰義存（八二二—九〇八）那樣充滿批判性的禪僧，還出現過禪宗史上撰於泉州的最重要禪史著作祖堂集。又如明代中後期，那個驚世駭俗而特立獨行的李贄（一五二七—一六〇二），有人説他的獨特思想，就是因爲他生在各種宗教交匯融合的泉州，傳説他曾受到伊斯蘭教之影響，當然更因爲有佛教與心學的刺激，使他成了晚明傳統思想世界的反叛者。而另一個莆田人林兆恩（一五一七—一五九八），則是乾脆開創了三一教，提倡「三教合一」，也同樣成爲正統的政治意識形態的挑戰者。再如明清時期，歐洲天主教傳教士「梯航九萬里」，也把天主教傳入福建，特别是明末著名傳教士艾儒略（一五八二—一六四九）應葉向高（一五五九—一六二七）之邀來閩傳教二十五年，從而福建才會有「三山論學」這樣的思想史事件，也産生了三山論學記這樣的文獻。無論是葉向高，還是謝肇淛，這些思想開明的福建士大夫，多多少少都受到外來思想的刺激。最後需要特别提及的是，由於宋元以來，福建成爲向東海與南海交通的起點，所以，各種有關海外的新知識，似乎都與福建相關，宋代趙汝适撰寫諸蕃志的機緣，是他在泉州市舶司任職；元代汪大淵撰寫島夷志略的原因，也是他從泉州兩度出海。由於此後福州成爲面向琉球的接待之地，泉州成爲南下西洋的航線起點，因而福建更出現了像張燮東西洋考、吴朴渡海方程、葉向高四夷考、王大海海島逸志等有關海外新知的文獻，這一有關海外新知的知識史，一直延續到著名的林則徐四洲志。老話説「草蛇灰線，伏脈千里」，歷史總有其連續處，由於近世福建成爲中國的海外貿易和海上交通的中心，所以，這裏會成爲有關海外新知識最重要的生産地，這才能讓我們深切理解，何以到了晚清，福建會率先出現沈葆楨開辦面向現代的船政學堂，出現嚴復通過翻譯引入的西方新思潮。

甚至還可以一提的是，近年來福建霞浦發現了轟動一時的摩尼教文書，這些深藏在道教科儀抄本中的摩尼教資料，説明唐宋元明清以來，福建思想、文化和宗教在構成與傳播方面的複雜性和多元性。所以，在八閩文庫中，不僅收録了譚峭化書，李贄焚書續焚書、藏書續藏書，林兆恩林子會編等富有挑戰性的文獻，也收録了張燮東西洋考、趙新續琉球國志略等關係海外知識的著作，讓我們看到唐宋以來，福建歷史上新思想、新精神和新知識的潮起潮落。

四

在八閩文庫收録的大量文獻中，除了福建的思想文化與宗教之外，也留存了有關福建政治、文學和藝術的歷史。如果我們看明人鄧原岳編閩中正聲、清人鄭杰編全閩詩録收録的福建歷代詩歌，看清人馮登府編閩中金石志、葉大莊編閩中石刻記、陳棨仁編閩中金石略中收録的福建各地石刻，看清人黄錫蕃編閩中書畫録中收録的唐宋以來福建書畫，那麽，我們完全可以同意歷史上福建的後來居上。這正如陳衍（一八五六—一九三七）在閩詩録的序文中所説「余維文教之開，吾閩最晚，至唐始有詩人，至唐末五代中土詩人時有流寓入閩者，詩教乃漸昌，至宋而日益盛」（續修四庫全書集部一六八七册，第四一一頁）。可見，宋史地理志五所説福建人「多向學，喜講誦，好爲文辭，登科第者尤多」，「今雖閭閻賤品處力役之際，吟詠不輟」（杜佑通典州郡十二），真是一點兒不假。

清代學者朱彝尊（一六二九—一七〇九）曾説「閩中多藏書家」（曝書亭集卷四四淳熙三山志跋，四部叢刊初編集部二七九册，上海書店一九八九年，第六〇一頁）。

千年以來的人文日盛，使得現存的福建傳統鄉邦文獻，經史子集四部之書都很豐富，翻檢八閩文庫，就可以感覺到這一點，這裏不必一一叙説。需要特别指出的是，福建歷史上不僅有衆多的文獻留存，也是各種書籍刊刻與發售的中心之一。福建多山，林木葱蘢，具備造紙與刻書的有利條件，從宋元時代起，福建就成爲中國書籍出版的中心之一。宋元時代福建的所謂「建本」或「麻沙本」曾經「幾遍天下」（葉夢得石林燕語卷八，侯忠義點校，中華書局一九八四年，第一一六頁），更有所謂「麻沙、崇安兩坊産書，號稱『圖書之府』」的説法（新編方輿勝覽卷一一，第一八一頁）。版本學家也許將它與蜀本、浙本對比，覺得它並不精緻，但是，從書籍流通與文化貿易的角度看，正是這些廉價圖書，使得很多文化知識迅速傳向中國四方，也深入了社會下層。淳熙六年（一一七九），朱熹在建寧府建陽縣學藏書記中曾説到，「建陽版本書籍行四方，無遠不至」，可當時嘉禾縣學居然藏書很少，「學於縣之學者，乃以無書可讀爲恨」，於是一個叫姚耆寅的知縣，就「鬻書於市，上自六經，下及訓傳、史記、子、集，凡若干卷以充入之」。當地刊刻的書籍，豐富了當地學者的知識，也增加了當地文獻的積累，甚至扭轉了當地僅僅重視「世儒所誦科舉之業」的風氣（朱文公文集卷七八，朱子全書第二四册，第三七四五頁），這就是一例。到了清代，汀州府成爲又一個書籍刊刻基地，近年特別受到中外學者注意的四堡，就是一個圖書出版和發行中心，文獻記載這裏「以書版爲産業，刷就發販，幾半天下」（咸豐長汀縣志卷三一物産）。所以，美國學者包筠雅（Cynthia J. Brokaw）文化貿易：清代至民國時期四堡的書籍交易（劉永華、饒佳榮等譯，北京大學出版社二〇一五年）就深入研究了這個位於汀州府長汀、清流、寧化、連城四縣交界地區的客家聚集區的書籍事業，繼承宋元時代建陽地區（如麻沙）刻書業，這裏再一次出現中國書籍出版史上佔據重要位置的福建書商群體。

可以順便提及的是，福建刻書業也傳至海外。福建莆田人俞良甫，元末到日本，由九州的博多上岸，寓居在京都附近的嵯峨，由他刻印的書籍被稱爲「博多版」。據説，俞氏一面協助京都五山之天龍寺雕印典籍，一面自己刻印各種圖書，由於所刊雕書籍在日本多爲精品，所以被日本學者稱爲「俞良甫版」。

從建陽到汀州，福建不僅刊刻了精英文化中的儒家九經三傳、諸子百家以及文選、文獻通考、賈誼新書、唐律疏議之類的典籍，也刊刻了很多大衆文化讀本，諸如西廂記、花鳥争奇和話本小説。特別在明清兩代書籍流行的趨勢和作爲商品的書籍市場的影響下，蒙學、文範、詩選等教育讀物，風水、星相、類書等實用讀物，小説、戲曲等文藝讀物，在福建大量刊刻。如果我們不是從版本學家的角度，而是從區域文化史的角度去看，這種「易成而速售」（石林燕語卷八，第一一六頁）的書籍生産方式，使得各種文獻從福建走向全國甚至海外，特别是這些既有精英的、經典的，也有普及的、實用的各種知識的傳播，是否正是使得華夏文明逐漸趨向各地同一，同時也日益滲透到上下日常生活世界的一個重要因素呢？

五

八閩文庫的編纂，當然是爲福建保存鄉邦文獻，前面我們説到，保存鄉邦文獻，就是爲了留住歷史記憶。

這次編纂的八閩文庫，擬分爲三個部分。第一部分是「文獻集成」，計劃選擇與收録唐宋以來直到晚清民初的閩人各種著述，以及有關福建的文獻，共一千餘種，這部分採取影印方式，以保存文獻原貌。這是八閩文庫的基礎部分，按傳統的經史子集四部分類，這是爲了便於呈現傳統時代福建書籍面貌，因而數量最多。第二部分是「要籍選刊」，精選一百三十餘種最具代表性的閩人著述及相關文獻，以深度整理的方式點校出版，不僅爲了呈現歷代福建文獻中的精華，也爲了便於一般讀者閱讀。第三部分則爲「專題彙編」，初步擬定若干類，除了文獻總目之外，還將包括書目提要、碑傳集、宗教碑銘、官員奏摺、契約文書、科舉文獻、名人尺牘、古地圖等，我們認爲，這是以現代觀念重新彙集與整理歷史資料的一個新方式，它將無法納入傳統的四部分類，卻是對理解福建文化與歷史至關重要的文獻，進行整理彙集，必將爲研究與理解福建，提供更多更系統的資料。

經歷幾年討論與幾年籌備，八閩文庫即將從二〇二〇年起陸續出版，力爭用十年時間，經過一番努力，打下一個比較完備的福建文獻的基礎。

當然，不能説八閩文庫編纂過後，對於福建文獻的發掘與整理就已完成。八閩文庫僅僅是我們這一兩代人的工作，還有更多或更深入的工作，在等待著未來的幾代人去努力。無論從舊材料中發現新問題，還是以新眼光發現新材料，都是建立在前人的基礎上，而又對前人的工作不斷修正完善的過程。還是朱熹寫給陸九齡的那句廣爲流傳的老話：「舊學商量加邃密，新知培養轉深沉。」用舊的傳統融會新的觀念，整理這些縱貫千年的歷史文獻，也就無論「人間有古今」了。

八閩文庫要籍選刊出版説明

福建自唐代以降，名家輩出，著述繁興，流傳千載，聲光燦然。遺存之文獻，多可彰顯福建歷史發展脈絡，展示前賢思想學術及文學藝術成就，爲研究福建區域文化之基本典籍。八閩文庫「要籍選刊」擇取重要之閩人著作及相關福建文獻百數十種，予以點校。其中具備條件者，將採用編年、箋注、校證等方式整理。諸書略依經史子集分部編次，陸續出版。

二〇二一年八月

整理前言

鄭用錫（一七八八—一八五八），名蓄，譜名文衍，字在中，號祉亭，臺灣府淡水廳竹塹人，著有北郭園全集、周禮解疑及周易折中衍義等。鄭用錫先世係福建漳州府漳浦縣人，明末避亂遷居泉州府金門李洋鄉，乾隆三十九年（一七七四），鄭用錫之父崇和與族人崇吉、國慶渡臺，居苗栗後壠。嘉慶十一年（一八〇六），崇和開設「恒利」商號，鄭氏遂舉家從苗栗後壠遷居竹塹。

鄭用錫出身竹塹巨富北門鄭氏家族，其人自幼穎敏，不慕浮華，善讀書，尤精於易，由廩膳生舉嘉慶二十三年（一八一八）戊寅科鄉試。道光三年（一八二三），用錫癸未科會試中式，殿試位列三甲第一百零九名，賜同進士出身。道光七年（一八二七），用錫因督建竹塹城有功，議叙同知銜。道光十四年（一八三四），鄭用錫入京供職，出任兵部武選司行走。次年，補授禮部鑄印局員外郎四品銜兼儀制司。道光十七年（一八三七）春，鄭用錫年届五十，以雙親年邁，懇請辭官歸里。道光二十二年（一八四二），英艦来犯大安口，鄭用錫招募鄉勇，奮起抵禦，生擒洋匪數人，獎加四品頭銜。咸豐元年（一八五一），鄭用錫在竹塹城北修築私人園林「北郭園」，取李白詩「青山横北郭」之意。咸豐三年（一八五三），竹塹彰泉粵械鬥，蔓延百數十里，鄭用錫親赴各莊，調解衝突，並作勸和論勸勉鄉民，活人甚衆。咸豐四年（一八五四），鄭用錫在籍協辦團練事務，兼以倡運米糧，蒙恩獲賜二品封典。咸豐八年（一八五八），卒於家，享年七十一。同治十一年（一八七二），入祀鄉賢祠。

作爲清代第一位臺灣府本籍出身的進士，鄭用錫實現了臺灣科舉史上的開創性突破，因而享有「開臺黄甲」「開臺進士」的美譽。更爲可貴的是，作爲竹塹當地富有名望的鄉紳，鄭用錫熱心維護地方治安，支持海防建設，爲臺灣竹塹地方社會的治理、發展貢獻了重要力量。道光六年（一八二六），用錫聯合地方士紳及商家代表呈文要求營建竹塹石城，并獨捐銀四千二百圓。道光十四年（一八三四），在用錫與堂弟用鑑的共同努力之下，竹塹地區第一本方志淡水廳志稿面世。此志是研究竹塹地方史不可或缺的典籍文獻，也是了解竹塹地方掌故與歷史沿革的資料寶庫，具有里程碑式的意義。在文學方面，鄭用錫詩文皆工，尤好吟詠。北郭園是鄭用錫所建私人園林，在咸豐至日據時期，北郭園始終是竹塹士紳名流雅集與詩文唱和的場所，以北郭園八景詩爲代表的園林文學作品不斷滋長繁榮，成爲竹塹當地重要的文學創作現場。

鄭用錫的詩文別集現存刻本與稿本兩種。其一爲北郭園全集刻本，鄭用錫撰，楊浚編選，鄭如梁校刊，刊行於同治九年（一八七〇）。黄美娥教授在全臺詩鄭用錫提要中稱此書是清代臺灣北部最早出版的詩文別集。（施懿琳等編撰：全臺詩第六册，臺北：臺灣文學館，二〇〇四年，第二頁）北郭園全集十卷，共三册，半頁十行，行二十二字，左右雙邊，單魚尾，大黑口。卷首有林士傅、林鴻年、林振棨、王有樹、鄭世恭、梁鳴謙、楊浚序文，朱材哲撰鄭用錫墓誌銘。全書内容包括北郭園文鈔一卷、北郭園詩鈔五卷、述穀堂制藝兩卷、述穀堂試帖兩卷。楊浚（一八三〇—一八九〇），字雪滄，一字健公，晚號冠悔道人，咸豐二年（一八五二）舉人，福州府侯官人，歷官内閣中書，著有冠悔堂全集等。楊浚學問淵深，詩名頗著，是清代福建著名的藏書家與金石家，曾入左宗棠幕，受聘重刊正誼堂全書。同治八年（一八六九），楊浚赴臺灣遊歷，鄭用錫次子鄭如梁盛邀楊浚入住北郭園，參與其父北郭園全集的編選、整理、潤飾。其二爲北郭園詩文鈔稿本，稿本係鄭用錫後人鄭正浩捐贈，現藏於臺北吴三連臺灣史料基金會，此版本較爲完整地保留了鄭用錫詩文的原始面貌，但有部分文字漫漶殘缺。一九九七年，臺灣大學黄美娥教授發現此稿本之後，撰寫了論文一種新史料的發現——談鄭用錫北郭園詩文鈔稿本的意義與價值，評述與闡釋鄭用錫稿本的價值與意義。據黄美娥教授統計，就詩歌而言，刻本收録詩作三百五十五首，稿本收録詩作三百八十五首，刻本有八十六首詩歌未收録稿本中，稿本中有六十七首詩歌未收録刻本中。北郭園全集刊行之後流傳廣布，二〇〇〇年以前，市面上通行的鄭用錫詩文集多以楊浚編選本爲底本，如臺灣文獻叢刊本第四一種北郭園詩鈔（臺灣銀行經濟研究室，一九五九年）、臺灣文獻史料叢刊第八輯第一四九册北郭園詩鈔（臺灣大通書局，一九八七年）、臺灣先賢詩文集彙刊第二輯第一至三册北郭園全集（臺灣龍文出版社，一九九二年）。二〇〇〇年之後，臺灣學者開始陸續參與鄭用錫詩文集的點校工作，如劉芳薇的北郭園詩鈔校釋（臺灣古籍出版有限公司，二〇〇三年）、全臺詩第六册收録鄭用錫詩作，此部分由臺灣大學黄美娥教授負責，該書以北郭園詩鈔五卷刻本爲底本，參照吴三連臺灣史料基金會所藏北郭園詩鈔稿本編校。此書第一次完整展現了北郭園詩鈔稿本的面貌，在文獻或文學層面具有極其重要的研究價值（臺灣文學館，二〇〇八年）。余育婷選注的鄭用錫集，是一部詩文選本，所選詩作以全臺詩第六册收録的稿本爲主，所選文章包括鄭用錫的三篇古文（臺灣文學館，二〇一二年）。陳慶元先生主編的臺灣古籍叢編第五輯收録楊詩傳點校的北郭園全集，該書將制藝與試帖詩納入整理範圍，詩文稿部分仍是以鄭如梁校刊本爲底本，并未將稿本作爲校本（福建教育出版社，二〇一七年）。

前人研究鄭用錫，多側重鄭氏文人氣質的詩文作品，較少學者大篇幅地討論其制藝文、試帖詩、試賦，某種程度上，與鄭用錫科舉命運緊密相關的制藝文等作品的價值被遮蔽與忽視了。清人林士傅北郭園全集序高度評價鄭用錫的八股文成就：「制藝則醖釀深厚，有國初諸大家風力。」（清鄭用錫著，楊浚編：北郭園全集，臺灣先賢詩文集彙刊第二輯，臺北：龍文出版社，一九九二年，第四頁）另一方面，從鄭用錫的生平經歷與留存作品來看，經學家的身份，符合鄭用錫的社會評價與自我定位。北郭園全集總共十卷，其中制藝文四十八篇，試帖詩三百二十首，共四卷，篇幅不可謂無足輕重。更何況，在臺灣科舉史上，鄭用錫是一位具有歷史意義的科舉人物，其流傳在世的科舉作品具有較高的研究價值，這些作品是窺見鄭用錫經學思想的重要窗口，與此同時，還原鄭氏經學與文學之間的互動與聯繫，也是鄭用錫詩文研究推陳出新的突破口之一。

鄭用錫與其從弟鄭用鑑是清代新竹易學的中堅人物。朱材哲祉亭鄭君墓誌銘記載：「（用錫）淹貫經史百家，尤精於易，言理而不言數，嘗採各說著欽定周易折中衍義一書，凡數十萬言。」（清鄭用錫著，楊浚編：北郭園全集，臺灣先賢詩文集彙刊第二輯，臺北：龍文出版社，一九九二年，第二六頁）鄭用錫欽定周易折中衍義未能流傳後世，依據書名可知，此書採用衍義體的詮釋方式，對李光地御纂周易折中中的文本進行擴展式詮釋。康熙五十二年（一七一三），康熙皇帝敕命李光地纂修御纂周易折中（即欽定周易折中）。御纂周易折中以朱熹周易本義爲主，折中與程頤周易程氏傳不合之處，并且參合歷代諸儒學説，是宋明以來程朱易學的總成之作。御纂周易折中頒行之後，成爲清代各地府、縣官學與地方書院經學教育的指定教材。嘉慶二十三年（一八一八）之前，淡水廳學尚未建立，鄭用錫讀書於彰化縣學。周璽所編彰化縣志卷四學校志書籍記載彰化縣學的藏書中有兩種易學著作，其一是欽定周易折中一部。由此可知，臺灣彰化縣學所使用的經學教材與中央朝廷指定的一致。推測鄭氏的創作動機，之所以選擇御纂周易折中作爲詮釋對象，何嘗不是爲了推動、加强臺灣地區的易學教育，進而提高臺灣舉子的科舉實力。欽定周易折中衍義作爲個案，證明了清代臺灣地區的學校教育與易學傳統源自中國固有的政學傳統。

鄭用錫師承王士俊。王士俊，字熙軒，竹塹人，著有易經註解、易理摘要。王士俊以史學方法研究周易，爲清代新竹易學的發展奠定了根基。鄭用鑑，字明卿，鄭用錫從弟，著有易經易讀等。在易學研究落後的清代臺灣地區，王士俊、鄭用錫、鄭用鑑三人，皆著有易學著作，這種情況是極爲少見的。鄭用錫得王士俊真傳，他在明志書院任教，進一步擴大了周易在北臺灣的傳播與影響。明志書院是清代臺灣北部第一所書院，乾隆二十八年（一七六三）由胡焯猷捐建，位於臺北縣泰山鄉明志村，乾隆四十六年（一七八一）移至竹塹西門内。鄭用錫任教明志書院的時間，在道光九年（一八二九）四月至道光十四年（一八三四）以及歸籍後的咸豐二年（一八五二）春至咸豐七年（一八五七），前後可能長達十年。公請鄭祉亭儀部入祀鄉賢祠呈稿高度評價鄭用錫在明志書院教授周易的教化之功，「遂立人師，集鱣服於講堂。三台示兆，闡犧圖之奥窔。一卷研經，振拔單寒」。（鄧文金、鄭鏞主編：浯江鄭氏族譜，臺灣族譜彙編第七十八册，上海：上海古籍出版社，二〇一六年，第一一一頁）「犧圖」即「庖犧圖」。「一卷研經」所指的經應爲周易。在長期的研讀過程中，周易的義理或許早已融入鄭用錫的血脈之中。鄭用錫因推崇謙卦、家人卦，爲人謙和，治家獨嚴，足見周易義理對鄭氏道德修養與家庭生活的影響。

鄭用錫述穀堂制藝卷一有不恒其德或承之羞子曰不占而已矣，此題出自論語子路。此篇制義鄭用錫將否卦與恒卦對舉，既滿足了制藝文形式上的對仗要求，也流露出鄭用錫對周易義理的理解。文章從恒卦義理出發，兼論否、乾、坤、豫、履卦，融通運用周易經傳辭句。北郭園文鈔一卷，所存古文與駢文不過五篇，其中賦一篇、序一篇、論一篇、記一篇、誄文一篇。鄭用錫的謙受益賦是一篇律賦，内容與周易有直接關聯。律賦作爲考試文體之一，頻繁出現在清代基層科舉考試中。鄭用錫成爲「開臺黄甲」，離不開他筆下厚重深摯、説理洞達的制藝文，也離不開他筆下令人擊節贊賞的試賦。謙受益賦從謙卦出發，結合中孚、豐、乾、坤等卦綜述帝王治國安邦之道，褒揚虚心納諫、虚懷若谷的仁君聖主。簡而言之，規矩格套之外，謙受益賦的優點在於切合題旨，不堆砌學問典故，少陳言與腐套，語句典雅莊重。若是試帖詩的命題出自經語，應試者創作試帖詩時所作詩句必須句句取材於經，纔能與題目相稱。周易爲六經之首，以卦入詩、化用易學典故是鄭用錫試帖詩的特色之一。深入分析鄭用錫的制藝文、試賦、試帖詩，可以發現其中藴含豐富的易學内容，這或許是鄭用錫制藝作品呈現出厚重深摯的藝術面貌的内在原因之一。

目前學界已經基本形成共識，鄭用錫詩歌創作與宋儒邵雍一脈相承，其詩呈現宋詩平淡簡易、擅長説理的藝術風貌。邵雍與鄭用錫對周易均有濃烈的研究興趣。楊浚北郭園詩鈔序則認爲鄭用錫築北郭園以娱晚景，與邵雍讀書蘇門山之上，兩人在道德人格與文化品格上有契合之處。研究表明，鄭用錫詩文中的易學思想主要源於宋代易學，直接受到邵雍觀物論的影響。衆所周知，「觀物」思想是邵雍所創先天易學體系中一個頗具標志性的理論。邵氏的觀物論提倡「以物觀物」而非「以我觀物」，主張排除「我」與「情」的干擾，回歸「性」與「理」，以一種客觀、合理的方式觀照外在世界。北郭園詩鈔稿本有一首觀物覺言，刊本楊浚將詩題徑直改爲觀物，也許編選北郭園全集時，楊浚已然窺見兩者之間的聯繫。鄭用錫的觀物覺言不僅詮釋了邵雍的觀物論，更呈現了周易一以貫之的辯證思維。邵雍將詩歌視爲闡發易學觀念的媒介，以易卦入詩是其詩歌的重要特色之一，周易深刻地影響了邵氏詩歌的對偶修辭。易學內容同樣是鄭用錫詩歌作品文化內涵的構成部分，彰顯了鄭氏詩歌的個性色彩。首先，鄭用錫詩歌存在以卦名入詩的現象。其次，化用爻辭也是鄭用錫詩歌的特色之一。再次，通過詩歌闡釋易學觀念的具體實踐。如鄭用錫感嘆偶筆其三結合家人卦談論治家之道。鄭用錫詩歌以爻辭相對，與邵雍以卦象的對應關係等入對偶有异曲同工之妙。

邵雍的「擊壤體」具有「切理」「閒適」「冲淡」等詩歌特徵，是中國哲理詩的典範之一。邵氏詩篇中的「理」，它的思想内涵是豐厚的，交織融匯了「易學之理」與「理學之理」。在鄭用錫的詩歌中，儒家義理「名利」「名實」「名教」等問題以及理學人物同樣也是重要的吟詠内容。另外，鄭氏寫作了大量表現文人情趣的閒適詩與詠物詩，如案頭雜詠四首、消閒雜詠二十五首等，這也是兩者詩歌内容上的共同之處。

北郭園全集中的易學内容，既體現了鄭用錫作爲新竹易學代表人物的易學素養，也是鄭氏詩文作品文化内涵的重要組成部分。楊浚的修改固然深化了鄭氏詩文的易學底蘊，然而這種删改行爲只是在表面上强化了鄭用錫與邵雍的關聯，起到錦上添花的作用，并未從根本上改變鄭用錫詩文的藝術面貌，也無法改變鄭用錫詩文内質與邵雍詩文相近的客觀事實。

有學者認爲「擊壤體」在元明之際影響巨大，清代以降已淪爲邊緣地位。（袁輝：多重價值視野中的詩壇嗣響——邵雍詩歌元明以來影響探析，聊城大學學報，二〇一六年，第二期，第三八頁）北郭園全集的存在，不僅體現了鄭用錫對邵雍詩文的接受，也間接説明「擊壤體」在清代詩壇依然有回響。如何解釋十九世紀生活在中國東南一座海島上的致仕文人鄭用錫的詩文與十一世紀生活在中原腹地的邵雍的詩文有着如此明顯的聯繫？由此，似乎可以窺見文學發展過程的曲折性。道光、咸豐年間，鄭用錫引領竹塹文風，爲北臺文學之冠，這是鄭用錫在臺灣文學史上的文學地位。鄭用錫詩文具有顯著的地域性，他的詩文摹寫臺灣的家族社會、風土物產、民風民俗。與此同時，鄭用錫的詩文具有深刻的時代烙印，他的詩文重現了清中葉之後臺灣海域波瀾動蕩、風雲變幻的歷史。然而，研究者不能忽略鄭用錫與中原文壇的聯繫。鄭用錫絶不是一位偏居海隅的地方文人，他曾遠離臺灣，到達清朝的政治文化中心北京擔任官職。更重要的是，鄭用錫是一位深受中原文化熏陶與影響的海島作家。正是得益於來自中原腹地的周易文化的滋養，尤其是對宋代邵雍易學理念的借鑒與接受，鄭用錫得以逐漸成長爲清代臺灣地區具有代表性的學者型文人。

我們這次出版，在前人的基礎上，進一步對鄭用錫詩文的刻本與稿本進行深入、細緻的整理。根據稿本與刻本的差异程度，在詩文後或附文或做异文注，總名爲北郭園全集。在版本選擇上，以同治九年（一八七〇）鄭如梁校刊本北郭園全集爲底本，同時以吴三連臺灣史料基金會所藏北郭園詩文鈔稿本（正文簡稱「稿本」）爲校本。由於北郭園詩文鈔稿本殘缺不全，其與北郭園全集刻本之間互歧甚多，故於校記首條全文別録北郭園詩文鈔稿本之詩文。凡北郭園詩文鈔有而北郭園全集無的歸入輯佚部分。附録四種：其一，鄭用錫詩文輯佚。其二，諸家序文。其三，鄭用錫傳記、鄭用錫墓誌銘。其四，鄭用錫年譜簡編。輯佚部分收録刻本未收而稿本收録的詩歌，以及未見於稿本與刻本的鄭用錫詩文。

本書點校過程中，得到陳慶元老師、郭秋顯老師的指導。感謝臺灣黄美娥教授惠贈北郭園詩文鈔的稿本複印本，假如没有黄美娥教授雪中送炭饋贈此書，本書的點校出版工作根本無法完成。感謝陳炳容老師多次從臺灣寄送文獻資料。感謝福建教育出版社編輯郭佳老師對書稿所做的編輯修訂工作，爲本書付出了辛勤勞動。限於學識素養，在點校過程中仍然可能存在不當之處，懇請各位專家批評指正。

目次

北郭園文鈔

賦

謙受益賦〔一〕 以謙卦六爻皆吉爲韻

緬寸陰之日月，溯一德之堂廉。吁咈都俞，明良交濟；賡歌颺拜，贊儆相兼。取善每資於建鐸，愼勤無倦於投籤。苟三握兮不憚，雖十起而何嫌。所以誓衆而納昌言，心期集益；行師而征邑國，道在鳴謙。時也。至治聿昭，無遠弗屆。謨自明而弼自諧，威爲董而休爲戒。靡不向化輸誠，抑且望風下拜。何蠢爾之苗頑，敢自外於疆界。既悔慢而昏迷，且道弛而德敗。惟偃武以脩文，俾守箴而知誡。班師振旅，九鼎已鑄。羣姦定志同謀，一言克備二卦。

原夫謙之爲德也，安不忘危，卑以自牧。有功不矜，有勞不暴。翼翼獨具小心，惴惴如臨深谷。月之滿者防或虧，器之攲者懼必覆。若泰山之納土壤也，繼長增高；若尾閭之匯衆流也，兼收並蓄。上者離而下者坎，中實更在中虛。大哉乾而至哉坤，用九又須用六。

而其受益也，乘危履傾，聖賢爲鑑；居高處上，仁義爲巢。遠者畏威而懷德，近者上泰而下交。精益求精，芻蕘是採；治愈求治，葑菲胥包。列謨猷，而入陳入告；擊鐘鼓，而在朝在郊。從諫如流，奚異懸旌進善；虛衷納誨，幾同飲易吞爻。

是以淵沖善挹，翕受爲懷。浩乎莫知其畔岸，渺乎莫測其津涯。司空獨能奮起，孔壬胥化睽乖，而一時有典有則。汝弼汝諧，物情不忤。衆志允偕，宜乎戴后守邦。負嵎者，咸相懾服。比之成天平地汎濫者，罔不決排。蓋惟至誠所感，用能降福孔皆。我皇上寶祚初膺，天亶首出，殫慮幾康，精心宥密。固已法紹危微，治符繼述。威遠震於防風，化普及乎出日。然猶令準夏時，書陳無逸。錫九疇於彝倫，宅百揆於輔弼。雖今茲小醜肆虐，時勞丹扆憂勤，而要之文德誕敷，自叶黃裳元吉。

【校勘記】

〔一〕「謙受益賦」，稿本异文有數十處，故全文别録於次：

仰中天之景運，緬一德之堂廉。吁咈都俞，明良交濟；賡歌颺拜，贊儆相兼。取善每資於建鐸，慎勤無俟於投籖。苟惟細流之不擇，雖土壤而何嫌。所以誓衆而納昌言，心祇期夫集益；征行師而征邑國，道貴在於鳴謙。爾乃德當廣運，至治聿昭；時值重熙，無遠弗届。用本卦語押出謙字，恰好起出二段征苗來脈。謨自明而弼自諧，威爲董而休爲戒。雖孔壬令色，共向化而從風；即寇賊蠻夷，亦趨承而下拜。何至蠢之苗頑，敢自外於疆界。既悔慢而昏迷，且道反而德敗。惟偃武以修文，俾有孚而不介。班師振旅，七旬祇舞兩階；去盈就謙，一言而備三卦。

原夫謙之爲德也，安不忘危，卑以自牧。有功不矜，有勞不暴。翼翼焉獨具小心，惴惴焉如臨深谷。月之滿者防其虧，器之欹者懼必覆。其浩博也，若巨魚之縱大壑，隨恣意以嬉游；其淵深也，若尾閭之納衆流，任兼收而並蓄。故咸以虚而能受，中實務在中虚；豐有大而非夸，用九又須用六。易義：孚在六爲中虚，孚在九爲中實，惟其中虚，所以中實，以此。

而其受益也，乘危履傾，聖賢爲杖。居高處上，仁義爲巢。遠者聞風而服德，近者上泰而下交。精益求精，芻蕘可採。治愈求治，菲葑菲胥包。嘉謨嘉猷，入陳入告；擊鐘擊鼓，在朝在郊。

是其從善如流，無俟戒驕而儆傲；虛衷納誨，何殊飲易而吞爻。□六字妙與題意相合。淵冲善挹，翕受爲懷。浩乎莫知其畔岸，渺乎莫測其津涯。卑宮室而不嫌陋，居堂陛而能降階。故其時師師濟濟，汝弼汝諧，物情不忤。衆志無乖，宜乎豕突鴟張。雖負固者，亦能畏服。何啻成天平地，即汎濫者，胥可力排。蓋至誠之所感，自降福而孔皆。我皇上寶祚初膺，英明首出，殫慮幾康，精心宥密。以此頌圣，不離題，且按切今時語。固已德邁唐虞，治符繼述。威遠震於無雷，化丕霑於出日。然猶無怠無荒，不隘不溢。屏繪豳風，圖書無逸。開言路於臣工，資謨陳於輔弼。雖今茲小腆不靖，固不免勞丹陛之憂勤，而要之文德誕敷，當自叶黃裳之元吉。題須按切大禹征苗時事，若是貪填學問，題套語，不惟題旨未得，且走入闊路，詞句亦陳而不新。

序

汪韻舟少尉昱閩游詩草序

詩之爲言志也。在心爲志，發言爲詩。故雖游眺所及，歌吟互答，若屬緒餘之事。而其温厚和平，未嘗不本原於學問，兼通於治術。古人所謂登高能賦，可爲大夫者，此也。

汪韻舟先生以辛卯東調來臺，爲淡廳尉。與余交最久，知最深，每於公餘謁其丰采，聆其議論，援古證今，瞭如指掌，蓋吏而儒也。乙未，余赴選入都。越四載，復乞養假旋，先生尚任斯土。余方惜其一官濡滯，而又幸天假之緣，俾得重承謦欬也。先生既見聞淹博，而器識復深沉，判牘如流。所莅之區，卓有循聲，長官咸嘉賴之。顧性耽吟，簿書之暇，嘯歌自得，升斗微資，弗計也。

辛丑春，鈔拾各稿相示。余受而讀之，覺其旨深而味長，其志和而音雅。其爲語也，巧不入纖，樸不蹈俗。蓋以生長名門，得力於父兄師友，方期大展生平之志，迺不得已而幕游山左，繼而薄宦閩南。雖足跡所至，屢見重於當途，終悵悵然，自以爲非本來之面目。讀閩游詩草，愈見先生不獨吏而儒，亦且尉而仙也。夫太上立德，次立功，次立言。先生之發言爲詩，其志豈僅立言已哉。然先生之學，已於詩而見之，其必傳也，夫復奚疑。

論

勸和論咸豐三年五月作

甚矣，人心之變也，自分類始。而其禍倡於匪徒，後遂燎原莫遏，玉石俱焚。雖正人君子，亦受其牽制，而或朋從之也。夫人與禽各爲一類，邪與正各爲一類，此不可不分。乃同此血氣，同此官骸，同爲國家之良民，同爲鄉閭之善人，無分土，無分民，即子夏所言四海皆兄弟是也。況當共處一隅，揆諸出入相友之義，即古聖賢所謂同鄉共井者也。在字義，友從兩手，朋從兩肉，是朋友如一身左右手，即吾身之肉也。今試執塗人而語之曰：爾其自戕爾手，爾其自噬爾肉。鮮不拂然而怒，何今分類至於此極耶？

顧分類之害，甚於臺灣。臺屬尤甚於淡之新艋。臺爲五方雜處，自林逆倡亂以來，有分爲閩粵焉，有分爲漳泉焉。閩粵以其異省也，漳泉以其異府也。然同自内府播遷而來，則同爲臺人而已。今以異省異府，若分畛域，王法在所必誅。矧更同爲一府，而亦有秦越之異，是變本加厲，非奇而又奇者哉？夫人未有不親其所親，而能親其所疏。同居一府，猶同室之兄弟，至親也。乃以同室而操戈，更安能由親及疏，而親隔府之漳人，親隔省之粵人乎？淡屬素敦古處，新艋尤爲菁華所聚之區，游斯土者，嘖嘖稱羨。自分類興，而元氣剥削殆盡，未有如去年之甚也。干戈之禍愈烈，村市半成邱墟。問爲漳泉而至此乎？無有也。問爲閩粵而至此乎？無有也。蓋孽由自作，釁起鬩牆，大抵在非漳泉，非閩粵間耳。

自來物窮必變，慘極知悔。天地有好生之德，人心無不轉之時。予生長是邦，自念士爲四民之首，不能與在事諸公竭誠化導，力挽而更張之，滋愧實甚。願今以後，父誡其子，兄告其弟，各革面，各洗心，勿懷夙忿，勿蹈前愆。既親其所親，亦親其所疏，一體同仁，斯内患不生，外禍不至。漳泉閩粵之氣習，默消於無形。譬如人身血脈，節節相通，自無他病。數年以後，仍成樂土，豈不休哉？

記

北郭園記〔一〕

凡境由於天造者，其施功也易爲力。而其由於人造者，非窮締搆之能，極心思之巧，無由化平淡爲新奇，此事之所以難，而功之所以倍也。

塹城背山面海，自東而南而北，層巒疊巘，高出雲霄，當有名勝之區，足以供遊覽而資棲息。然距城較遠，且徑險林深，彝獸叢處，僅爲樵獵往來之地。

余自假養歸田，屈指至今，已十餘載。自顧樗櫟散材，無復出山之志。竊效古人買山歸隱，以樂殘年，乃此願莫償，求一勝地而不可得。

庚戌，適鄰翁有負郭之田，與余居相近，因購之，爲卜築計。而次子如梁亦不惜厚貲，匠心獨運，搆材鳩工，前後凡三四層，堂廡十數間，鑿池通水，積石爲山，樓亭花木，燦然畢備，不數月而成巨觀，可云勝矣。

嗟夫，以鄰翁艱難創置，至其子孫不能有，迺爲我有，而次子復藉此區區，相其陰陽，因其形勢，欲極一時之盛。夫亦知前事之廢興，即爲後事之龜鑑者乎。余既爽然喜，復惕然憂。顧余今已老矣，無能爲好山好水之遊，而朝夕此地，亦足以杖履逍遥。仰而觀山，俯而聽泉，尋花看竹，聞鳥觀魚，豈不快哉。至於盛衰之道，祇聽後人之自致，非予敢知也。爰額之曰「北郭園」，蓋因其地以名之。而諸山拱峙，翠若列屏，又與李太白「青山横北郭」句相吻合也。是爲記。

【校勘記】

〔一〕「北郭園記」，稿本异文有數十處，故全文録於次：

凡境之由於天造者，即設色增□，其施功也易爲力。而其由於人造者，非窮締搆之能，極心思之巧，無由化平淡爲新奇，此事之所以難，而功之所以倍也。

我塹背山面海，自東而南而北，層巒疊巘，高出雲霄，想必有形勝之區，足以供遊覽而資棲息。然距城較遠，且徑險林深，夷獸雜處，僅爲樵獵往來之地已已。

余自假養歸田，屈指至今，經十餘載。自顧樗櫟散材，無復出山之志。竊竊焉欲效古人買山歸隱，以樂餘生，惜有願莫償，求一勝地而不得。

庚戌秋，適鄰舍有負郭之田，與余居相近，因購以重價，爲卜築計。而次子如梁亦不惜厚貲，匠心獨運，搆材鳩工，前後三四進，堂廡十數間，鑿池通水，積石爲山，樓亭花木，燦然畢備，數月之内，倏成巨觀，可云勝矣。

嗟乎，以鄰舍翁艱難創置，至今日其子孫不能有，迺爲我所得，而爲我子者輒藉此區區數畝，相其陰陽，因其形勢，創造鋪張以壯一時之盛。其亦知前事之廢興，即爲後事之借鏡者乎。余因爽然而喜，亦惕然而憂。顧余今已老矣，雖無可爲好山好水之遊，而朝夕密邇得有此地，足以避囂杖履逍遥，登臨快樂。仰而觀山，俯而聽泉，尋花看竹，聞鳥觀魚，優遊卒歲。至於異日家道之盛衰，祇聽後人之自致而已，戚戚何爲乎？爰額之曰「北郭園」，蓋因其地以命之。而諸山拱峙，翠若列屏，高瞻遠眺之餘，又與李謫仙「青山北郭」之句相吻合也。是爲記。當歲在咸豐辛亥秋仲之月，北郭園主人自撰。

誄文

陳鳳阿尊慈楊太孺人誄文

嗚呼，曹昭善教，轂無德之可稱；范母貽謀，滂雖賢而少耦。堂上萱花，誰蔚芝蘭之蔭？庭前慈竹，孰成梁棟之材？然猶型垂女史，彤管揚徽，籙受仙班，絳紗仰範。矧夫閨儀壼則，令德無雙，連理駢枝，香名第一。有不下南州之涕，而停鄰舍之春哉。

惟我太姻母楊太孺人，宏農巨族，清白名門。五夜針神，衹工組織。一篇椒頌，不事雕鏤。幼嫻四德之箴，長識三從之訓。爰相攸於綺歲，因迨吉於笄年。時則威姑棄養，翁氏在堂。裙布釵荆，仍守詩書之範；朝餐夕膳，勤修甘旨之儀。履不下庭，言不出梱。既和且敬，鴻案常齊；能儉而勤，鹿車共輓。陶彭澤之力作，每與妻偕；卓王孫之起家，實資婦力。内助黽皇，亦云勞瘁。然使食甘忘苦，處富忘貧。度不及於山妻，賢猶慚於陶母。雖善持夫生計，究貽笑於大方。太孺人豐儉得宜，權衡合度，潔粢修祀，解佩贈遺。而且飭兒就傅，不惟酒載元亭；相夫擇交，何止金分鮑叔。

即此懿修克備，已爲中饋難逢。推之和妯娌以宜家，閒言悉泯；分厨爨而執爨，食性能諳。娣未占熊，方睽吉夢；我能祀䖒，代籲高禖。卒令石雙撫乎麒麟，草並生乎芣苢。蓋其性情寬厚，度量和平。不特侍巾櫛者，無使辱在泥塗。即凡抱衾裯者，亦得恩承樛木也。今者六子位成，按義著而適合；一堂美濟，比竇桂以尚多。丹穴生雛，無非鳳采；渥洼誕質，俱是龍文。小阮偕大阮，同稱泮芹早掇；元方與季方，競爽月桂先攀。可謂鵲起揚華，早植盈庭之樹；熊丸助教，能成滿室之香。固宜龍綸寵賁，互賡偕老之章；鶴髮長垂，永效如賓之敬。云胡彼蒼，竟匿慈暉；皇媧石隕，天姥峯傾。節是三冬，仰靈椿而獨茂；算逾五秩，摧玉樹而忽枯。應知犖帨非凡，返魂月窟；長慟雲旗已降，命駕瑶池。錫慙附葭莩，欣聯枌社。論世交之誼，孔李已是通家；訂姻婭之情，朱陳更爲戚黨。訃書乍讀，悲悼逾深。愧無玉管金箋，詳列珩璜之範；惟有俚詞蕪句，聊同蒿薤之歌。

爰爲誄曰：緊昔歐母，教子有方。蓄以道德，發爲文章。亦越蘇母，軾轍在旁。枕經葄史，作邦家光。曰鄭曰程，萬禩流芳。惟茲懿德，可與頡頏。海山崔嵬，海水迷茫。魂兮歸來，應跨鳳凰。

北郭園詩鈔

卷一

五言古詩四十三首

七言古詩十首

卷二

五言律詩四十五首

五言排律八首

卷三

七言律詩七十七首

卷四
　七言律詩八十五首
卷五
　五言絶句八首
　七言絶句七十九首
　共古今體詩三百五十五首

卷一

五言古詩

感遇（二首）

青山千餘仞，仰見白雲飛。出岫何太急，爲霖當及時。傷哉造化孩，待哺杳無期。斯人今不出，匍匐將何之。

蜉蝣閱朝暮，易死復易生。蠢彼幺麽輩，揚塵薄太清。雄兵四十萬，不戰功何成。悠悠我心憂，白日欲西暝。陰風振林木，感歎幾時平。

即事

狐兔何縱横，大地遍荆杞。干戈何擾攘，誰灑河山恥。蒿目戰争場，相持鷸蚌死。憶昔熾彝氛，蕩亂將一紀。何期不逾時，西粤紛刀矢。小醜任跳梁，蔓草漸迤邐。無計靖幺魔，一埽逃穴螘。提帥百戰孤，籲天拊髖髀。宮傅隕大星，狼烟何日止。悲哉沙蟲軍，鳶旗屢屢靡。繼之山左飢，泗決没田里。呼山庚癸哀，横流奔馬駛。羽書馳九閽，羣臣魂魄褫。議賑杼柚空，顧表恐失裏。况復艇寇肆，沿海啜脂髓。更逢大厲秋，纍骸將命抵。吁嗟世事乖，絲棼孰得理。努力報清時，長城帝所倚。

家大人誕辰書示二弟

親年六十七，懍懍懷無逸。世路薄春冰，人生愛春日。秉性厭紛華，經史課兒姪。生平所願望，箕裘能繼述。我今三十餘，何時報鼎實。請還讀父書，壎篪吹一一。長着老萊衣，高堂安且吉。

同黄雨生水部驤雲泛舟西湖

鼓棹溯中流，騁目窮千里。夏日何炎炎，湖心平似砥。四面圍山光，雙塔東西峙。對此息塵襟，坐看白雲起。嗟彼岳王墳，千載栖霞址。胡爲鑄鐵者，累累墓前跪。乃知判忠奸，惟在身後耳。寄語行路人，猛省當如此。

誌懶〔一〕

老至精力衰，事事嫌繁瀆。我輩共論文，亦復厭心目。回首少年場，見聞虚寡獨。結社集良朋，爲期三五六。慚愧老斲輪，推我爲耆宿。豈知歲月更，展卷苦羈束。揚之愁失當，抑之恐太酷。舉手謝羣公，讓我享清福。

【校勘記】

〔一〕「誌懶」，稿本題作「懶閲會文」。稿本與刻本互歧甚多，故全詩録别於次：

老到精力衰，事事嫌繁瀆。况屬文字交，尤厭擾心目。適意姑咏歌，認真轉羈束。少年志讀書，見聞虚寡獨。設會立文壇，訂期三五六。謂我老斲輪，謬推作耆宿。筍束稿成編，虚衷期樂育。不知一展看，此心輒勞蹷。揚之樂滋長，抑之恐太酷。眼大手竟疏，腸枯筆亦禿。點竄既未能，雌黃或難服。舉手謝諸君，讓我享清福。

感作〔一〕

我生本不才，庸庸何所見。一官歸去來，幸侍寢門膳。倏忽廿餘年，流光如掣電。到處皆險巇，人情多幻變。軒冕似泥塗，昔貴今亦賤。不如收桑榆，行樂且安便。

【校勘記】

〔一〕「感作」，稿本題作「偶想」。稿本與刻本互歧甚多，故全詩別録於次：

嗟余本不才，庸庸無所見。回憶壯年時，得遂穿楊箭。初掇桂花香，繼陪瓊林宴。雖不列清班，亦幸躋部選。倏焉解組歸，慈帷終侍膳。從此換頭銜，敢云出意願。忽忽廿餘年，流光如閃電。到處皆險途，人情多轉變。軒冕似泥塗，昔貴今亦賤。不如即目前，行樂且隨便。況值老桑榆，有何生豔羡。

示松兒〔一〕

男兒貴自立，弧矢昔所懸。相期在千古，不讓今人前。我年三十六，一第幸登天。蹉跎猶自悔，兀兀嗟窮年。窮通雖有命，爾志當益堅。譬如登華岱，奮跡陟其巔。且披鄴侯架，更着祖生鞭。光陰如過隙，轉瞬難久延。桑榆收已晚，時逾境亦遷。門閭吾望子，勿復廢鑽研。

【校勘記】

〔一〕「示松兒」，稿本題作「率吟五古示蔭坡小兒」。稿本與刻本互歧甚多，故全詩別録於次：

男子初生日，桑弧蓬矢然。原期高遠志，誰肯讓人前。我年三十六，得捷南宮旋。名喜書金帖，步恨隔木天。猶愧時已晚，不及早十年。爾今年似此，楊矢尚未穿。兩度春官斥，龍門點額還。窮通雖有命，仍憑志向堅。譬如登華岱，奮跡陟其巔。又如船上水，縴索力高牽。書田須勤作，不殖將落焉。主司自明目，豈有亂衡銓。文佳便入彀，珠耀肯沉淵。亟披鄴侯架，快著祖生鞭。光陰如過隙，轉瞬難久延。待至桑榆補，時逾境亦遷。跨灶吾望爾，勿復廢鑽研。

書帶草〔一〕

在昔稱康成，著述傳吾道。兩序列生徒，高密儒名噪。不其城外山，山下生瑞草。稱之曰書帶，形肖名亦好。我聞周濂溪，窗前生意繞。又聞杜荀鶴，科名有吉兆。屈軼長明廷，紫芝來四皓。同是託靈根，一一成大造。未若此葳蕤，左縈復右抱。爲語兒輩知，此乃吾家寶。一室拜經神，青青長擒藻。

【校勘記】

〔一〕此詩又載稿本。稿本與刻本互歧甚多，故全詩別録於次：

自昔漢康成，著述傳古道。教授列生徒，鄭公芳聲噪。不其城外山，山中生瑞草。爾雅類未詳，虞衡志莫考。似薤葉舒長，蒼碧紛擒藻。稱之曰書帶，形肖名亦好。我聞周濂溪，窗前生意繞。又聞杜荀鶴，科名傳吉兆。屈軼長明廷，紫芝來四皓。是皆挺靈根，葳蕤榮大造。未若此柔姿，胚胎近探討。氣味得書香，芸生皆壓倒。穎異自不凡，家僮勿亂掃。錦軸與牙籤，左縈而右抱。移植到階庭，滋培防枯槁。寄語諸兒曹，此乃吾家寶。以之牓齋堂，經神當遠紹。

盆菊〔一〕

叢菊生荒園，何殊置榛莽。移植入烏盆，名流日相賞。物色出風塵，由來事標榜。乃知天所生，亦視人培養。

【校勘記】

〔一〕此詩又載稿本。稿本與刻本互歧甚多，故全詩别録於次：

叢菊生荒園，無殊置榛莽。移植到磁盆，頓被名流賞。物色出風塵，吟哦争標榜。乃知天所生，全視人所養。

感嘆（三首）〔一〕

人同天地生，職業隨所止。士農與工商，執業分彼此。欲耕當問奴，欲織當問婢。兼之有弗能，專之乃足恃。緊余讀父書，精勤日礪砥。所幸先人謀，衣食頗自喜。詎知五旬餘，拂袖歸田里。蓼莪既廢吟，伯兄亦云死。門户强支撑，家督從兹始。問舍與求田，况復生平恥。惟存知足心，守約戒豪侈。有基苟勿壞，差自慰乃爾。

勤儉爲家寶，此語得真詮。生衆而食寡，交濟乃無偏。譬如成泰岱，積壤到其巔。又如浚深井，掘土乃得泉。予家無恒産，衣食敢云便。况更崦嵫迫，食指動盈千。亦知有興廢，岸谷海爲田。所貴讀詩者，能吟山樞篇。能癡復能聾，許作阿家翁。斯言有至理，尚口恐致窮。我生思大造，澤物雨和風。當其氣鬱塞，辰雷何鼟鼟。須兼恩與畏，嘻嗃歸至公。我讀家人卦，昭然若發矇。

【校勘記】

〔一〕「感嘆」，稿本題作「感嘆偶筆」。稿本與刻本互歧甚多，故全詩别録於次：

人同天地生，職業隨所止。士農與工商，各自分彼此。論耕當問奴，論織當問婢。兼之有不能，專之乃足恃。繄余讀父書，過庭效趨鯉。學術雖未精，辛勤力弗徙。所幸先人謀，衣食頗自喜。從此上竿頭，入官紆青紫。庸知歸田後，父亡兄亦死。時值五旬餘，那復識生理。無奈强支持，擔當此其始。問舍與求田，難免高人鄙。惟存知足心，敢遑念過侈。有基苟勿壞，差自慰乃爾。

勤儉傳家寶，此語最真詮。生衆而食寡，交濟自無偏。譬如成泰岱，積壤到其巔。又如浚深井，掘土乃得泉。余家無多產，僅供衣食便。稍不知撙節，即同下水船。況茲光景蹙，一年過一年。子弟習豪奢，動費欲千錢。炭山與油海，糞土任棄捐。婢女幾十口，食指相摩肩。其餘難枚舉，言之可慨焉。豈無醫藥救，吾方妙不傳。有興便有廢，天道遞往還。高岸翻爲谷，滄海倏成田。所期諸後輩，快着挽回鞭。

能癡兼能聾，方可作家翁。斯言卻有理，似未得全功。目之所見處，尚口轉致窮。更須瘖與瞽，面面自圓通。庸知一家長，何能木偶同。非非與是是，只在秉至公。大造澤萬物，甘雨及和風。當其氣鬱塞，震雷鼓鼕鼕。恩威兩兼濟，家肥道亦充。大易家人卦，昭然若發矇。嗃嗃尚未失，嘻嘻鮮有終。若使嫌交謫，於義總未融。

北郭園即事勗諸兒（二首）（一）

中人千金產，得地纔幾畝。商量闢草廬，當度力可否。所期絕塵緣，差足娛皓首。高低成樓臺，屈曲通户牖。鑿沼引流泉，編籬植花柳。將毋愚公愚，貽笑曲河叟。君看百年物，何人能世守。平泉醒酒石，旋落監軍手。晉公綠野堂，終爲張相有。人生貴行樂，奚遑恤其後。笑我戒諸兒，有基當立久。

百年計樹人，十年計樹木。樹木與樹人，彼此分遲速。嗟予疲且勞，皇皇日卜築。自今勤栽培，何憂暮影蹙。蒔花當及時，植果期成熟。有柳自成陰，有竹可當肉。不惟足遊觀，或可供口腹。樹木效如此，樹人理豈獨。老境有何娱，所志耕與讀。笑我戒諸兒，念念在式穀。

【校勘記】

〔一〕「北郭園即事勗諸兒」，稿本題作「北郭即事誌勗」。稿本與刻本互歧甚多，故全詩别録於次：

兒輩太豪奢，不量力可否。費盡傾囊金，買來地幾畝。一旦闢精廬，週圍壁立陡。高低成樓臺，屈曲通户牖。鑿沼引源流，編籬種花柳。可以絶塵緣，差足娱皓首。雖自立一家，卻欣宅隔邸是地接鄰公館東偏。將毋愚公愚，貽笑曲河叟。君看百年間，何物能世守。平泉醒酒石，旋落監軍手。午橋緑野堂，將爲張相有。人生自行樂，且勿恤其後。惟戒諸兒曹，有基須永久。

百年計樹人，十年計樹木。樹人教未能，樹木園已築。蒔花兼種果，編籬更插竹。用力疲且勞，將毋遲不速。豈知非失計，余髮未全秃。及此勤栽培，何憂暮影蹙。俟過三年後，青蔥紛滿目。有花當吐豔，有果倘能熟。維柳自成陰，維竹可當肉。不特快遊觀，或足供口腹。樹木效可知，樹人理豈獨。所願諸兒曹，乘時要勤讀。老境有何娱，早期在式穀。

感時〔一〕

無衣難禦寒，無食難療飢。兩者胥豐足，問君將何爲？石崇與王愷，彼此鬬奢奇。陶朱與猗頓，齊名擅一時。如何膏粱子，氣味日差池。豈知教與養，所貴在並施。讀書真種子，乃國之羽儀。笑彼貲郎輩，名尊而實卑。卜式桑宏羊，背道任分馳。不如斥阿堵，稽古以爲師。

【校勘記】

〔一〕此詩又載稿本。稿本與刻本互歧甚多，故全詩别録於次：

無衣難禦寒，無食難療飢。衣食兩豐足，皆乃財之爲。五福二曰富，箕疇理可推。石崇與王愷，豔麗鬬奢奇。陶朱與猗頓，齊名擅一時。使富而可致，執鞭願效之。如何膏粱子，轉來口實滋。書香人争羡，銅臭世共譏。同是情所欲，氣味竟差池。毋乃黔婁輩，好作大言欺。抑或金夫者，動傲寒酸兒。不知治天下，教養原並施。蘊利易生孽，教乃富之維。經史及子籍，入教此其基。有教以致貴，才學足羽儀。有富以致貴，納粟尊亦卑。卜式桑宏羊，背道自分馳。三場試科目，所重在文詞。豈無富子弟，濫竽驥附隨。有刀人代捉，金投暮夜知。捫腹全無有，方兄爲主持。堂堂三尺法，亟宜屏四夷。朱衣本明目，肯任財神迷。非財果足累，美惡各自貽。不如輕阿堵，稽古以爲師。識得一丁字，勝挾千萬貲。

賞菊〔一〕

有菊當有詩，有詩當有菊。無菊詩何工，無詩菊亦俗。采采南山隈，清香願盈掬。不見古高人，吟詩三往復。柴桑處士家，隱者花爲族。

【校勘記】

〔一〕此詩又載稿本。稿本與刻本互歧甚多，故全詩别録於次：

有菊要有詩，有詩要有菊。有菊詩俱香，無詩菊亦俗。冷豔吐奇葩，淡容傲秋肅。不怕青女威，願盈君子掬。柴桑處士家，幽隱乃其族。所以古名流，吟哦詩累牘。寄語諸使君，勿負此孤馥。

草堂題壁〔一〕

我欲遊名山，此地無峻嶺。衹此一畝園，規畫亦井井。編籬藉篔簹，薙草辟鼃黽。茅屋三兩間，已足供遊騁。人生易百年，轉移在俄頃。何如此小住，朝夕今以永。池塘春雨痕，花塢夕陽影。數弓雖不廓，頗亦稱勝景。

【校勘記】

〔一〕「草堂題壁」，稿本題作「偶詠五古一則即書於草堂粉壁上可也」。稿本與刻本互歧甚多，故全詩别録於次：

我欲遊名山，此地無峻嶺。祇斯一畝園，規畫亦井井。寄慕浣花居，壯懷心自耿。編籬藉篔簹，薙草辟鼉黽。不俟錢多埒，奚須金取礦。計日鼛鼓興，蕆事力何猛。茅屋三兩間，已足供遨騁。時或杖扶遊，勝於鳩祝哽。人生即百年，轉移在俄頃。馳逐名利場，令人齒笑冷。何如此幽棲，朝夕今以永。數笏雖無多，頗增名勝景。池塘春雨痕，花木夕陽影。爲語諸知交，肯來願有請。

警世〔一〕

人當入世初，便作呱呱哭。可知此一身，都爲憂患伏。貧富雖不同，名利紛相逐。何人悟大造，有剥必有復。滄海變桑田，高岸成深谷。勞勞復奚爲，天地如轉轂。

【校勘記】

〔一〕「警世」，稿本題作「儆醒世情」。稿本與刻本互歧甚多，故全詩別録於次：人生初誕降，放生便是哭。可知此一身，都爲患所伏。貧患釜不充，富患財日縮。貴賤亦同情，勞勞名利逐。由來憂患生，卻保身家福。若遇爲驚防，毋乃自煩瀆。不知天地間，有剥亦有復。滄海變桑田，高岸倏成谷。以此相循環，悉數難更僕。所以仁不憂，因其理至足。

有議析爨者感作〔一〕

棣蕚同根生，風雨連床契。縱或死生殊，依然伯與季。余獨嗟雁行，生初厥有四。乃今孑然存，時隕鴒原淚。猶子相晨夕，差幸左右侍。道北與道南，原無隔膜異。不圖階厲者，一朝出中饋。願勿聽婦言，彼此生嫉忌。田家紫荆花，榮枯誰所致。卜式讓田宅，終得千羊飼。

【校勘記】

〔一〕「有議析爨者感作」，稿本題作「余一家男婦和睦，因間有不識大義迫成分爨，余心滋愧感此賦作」。稿本與刻本互歧甚多，故全詩别録於次：

棣蕚本共根，裏毛原一氣。風雨每聯床，飲食必同器。繼或死生殊，依然伯與季。余無多弟昆，雁行列有四。僅存此老軀，少雙而寡二。顧影獨自憐，言之堪墜淚。猶幸諸姪曹，晨夕相隨侍。道北與道南，何能隔膜異。方冀永同餐，宛如姜肱被。一旦别庖廚，各自司中饋。昔爲連理枝，今作分莖穗。此事起婦人，鄙心爲近利。彼衆而我寡，瘦肥生嫉忌。不思田紫荆，榮枯誰是致。卜式讓田宅，終得千羊飼。區區此家財，只期在後嗣。

論青烏法〔一〕

吾豈異人情，尊生而賤死。不分地吉凶，但論人臧否。嗟彼堪輿家，鞏遑謀生技。愚者墜術中，指揮任所使。區區土一坏，千金棄敝屣。福利以惑人，罪魁此爲始。在昔范公墳，萬弩石齒齒。山靈倏變幻，朝天千笏倚。郭璞著葬經，天乃斬其祀。可憑不可憑，興衰難盡恃。豈知相陰陽，岡原隨所止。處處有佳城，何必誇奇詭。枯骨可蔭人，生者胡爲耳。一卷青烏經，歸根在天理。

【校勘記】

〔一〕「論青烏法」，稿本題作「家運之盛衰由於人事之興廢，而世之論成敗者輒指風水爲口實，未免舍本而務末，可慨也，夫書此示警」。稿本與刻本互歧甚多，故全詩别録於次：

世人忘本圖，動説求風水。吾豈異人情，尊生而賤死。不知審擇中，陰有鬼神使。地即分吉凶，人要論臧否。使力而可爲，吾亦願效此。如何堪輿家，藉爲謀生技。雖愚墮術中，指揮任所以。新墳貴營求，舊墳須改徙。區區土一坏，千金棄敝屣。福利以惑人，罪魁此其始。自昔范公墳，萬弩石齒齒。山靈倏變形，笏插朝天倚。郭璞作葬經，墓乏後人祀。若謂無可憑，牛眠卜青紫。若謂有可憑，興衰難盡恃。要在相陰陽，岡原隨所止。有往兼有復，水環山亦峙。既可避風災，併可辟螻蟻。此即是佳城，不必誇奇詭。枯骨可蔭人，生者何爲耳。一部青烏經，歸根在天理。

慈塋爲盜所發，遺體如生，慟紀其事〔一〕

我母歿十年，馬鬣營高壘。何來意外遭，櫘木痛傷毁。衣服幸無虧，毛髮亦條理。譬彼枯樹春，精氣尚存矣。當其環觀時，衆論紛比擬。爲考古遺書，一一道原委。相傳乃尸解，集仙傳曾紀。冥冥造化間，孰爲主宰是。大哉聖人言，知生焉知死。

【校勘記】

〔一〕「慈塋爲盜所發，遺體如生，慟紀其事」，稿本題作「先慈遺體面目如生，筋骨皮堅結不壞，觀者或以爲如佛家之化身，因偶閲集仙傳始知足不青、皮不縐、目光不毁、毛髮不脱、形骨不失謂之尸解，乃蟬化之上品也，憬然大悟感而賦此」。稿本與刻本互歧甚多，故全詩别録於次：

生者且未知，又焉論及死。大哉孔聖人，一言息群揣。我母歿十年，馬鬣墳高壘。忽來意外遭，櫘木翻被毁。衣服全無虧，官骸更足喜。目尚含遺睛，口猶留殘齒。手足自依然，髮毛亦條理。譬彼枯樹木，仍存精氣美。當其環觀時，輿言紛比擬。或云化佛尊，或作昇仙侈。余意雖未然，究莫獲所指。質諸老見聞，亦難窮形似。及考古遺書，一一道原委。説此爲尸解，集仙傳曾紀。向未經人談，如夢醒斯起。始知簡册陳，淵深無涯涘。考稽有不到，轉自增陋鄙。冥冥造化間，權衡孰主是。野史及稗官，未必盡荒詭。所以有不知，聖人置以俟。

明發泣懷〔一〕

營營過一生，敢期能表暴。明發懷二人，咨嗟獨仰屋。云胡罹劫灰，毁傷及山谷。有兒負疚多，百身難再贖。

【校勘記】

〔一〕「明發泣懷」，稿本題作「明發感懷」。稿本與刻本互歧甚多，故全詩别録於次：

我父本讀書，儒巾老白屋。我母佐持家，儉勤兼慎淑。營營過一生，敢期能表暴。云何没世後，各自擅所獨。父也榮俎豆，蘋蘩薦芬馥。母也罹劫灰，遺徽播山谷。兩美相雄誇，二難争嘆服。試問齒德尊，鄉祀有人孰。郝鍾名不朽，難保及軀肉。是豈勢利崇，得薦上官牘。抑豈窀穸佳，地靈滋髏髑。冥冥造化間，惠迪理可卜。九原如有知，含笑甘瞑目。以斯傳奕祀，信堪貽式穀。由來素履高，留此身後福。

自題泥塑小像〔一〕

繡絲平原公，鑄金鴟夷子。傳人或象形，自古乃有此。嗟予復何爲，天地一螻蟻。即令面目真，不過土偶耳。敢云年七旬，矍鑠差堪喜。珍重執簡編，所期在後起。兀坐彌勒龕，玻光絶塵滓。勉從兒輩請，豈曰前賢比。妍媸本天成，慎修憑一己。悠悠千載後，誰臧與誰否。

【校勘記】

〔一〕此詩又載稿本。稿本與刻本互歧甚多，故全詩别録於次：

絲繡平原君，金鑄鴟夷子。伍胥塑髭多，韓愈繪髯美。傳人或傳形，自古固有此。緊余誠何人，兩間一螻蟻。自顧且自憐，官骸空愧恥。謂是列儒林，學未窮原委。謂是通仕籍，身徒紆青紫。圖閣隱未能，摶形轉足鄙。使其容貌殊，冠張而戴李。若果面目真，不過土偶耳。兒子前致詞，此意闕續似。我家夙寒微，科名倡攸始。内頗榮宗族，外差光閭里。行年届七旬，健鑠尚堪喜。請爲塑儀容，莊嚴肅瞻視。于思雖已白，渥丹顔猶是。珍重惟簡編，持此期後起。坐以彌勒龕，玻光隔塵滓。余意姑屈從，敢與前賢比。惟恐靦然面，轉滋十手指。措大男子身，容易窮所底。妍媸難改移，慎修憑一己。悠悠百歲餘，聽人判臧否。

排遣〔一〕

作文少者事，老大非其責。既老尚好文，筆硯何役役。堪歎少年場，科名易弋獲。未擅雕蟲工，空持腐鼠嚇。枉自執一編，時時勞箋擘。雞肋空咀嚼，棄之良可惜。且與古爲徒，兼以安形魄。

【校勘記】

〔一〕此詩又載稿本。稿本與刻本互歧甚多，故全詩别録於次：

作文少者事，老大非其責。老而好作文，徒爲筆硯役。譬彼春夢婆，傅粉誇塗澤。髮短心尚長，簪花滋笑啞。輓近羣年少，功名一弋獲。加少即爲多，得寸便盈尺。樓上梯斯拔，門敲磚遂擲。居然老典型，扆也文章伯。侃侃逞雄談，聞者驚避席。雕蟲實未工，腐鼠偏受嚇。緊余老措大，才疎拙可宅。座乏談心輩，門無問經客。豈真今世書，可爲來生積。枉自執一編，有時勞箋擘。爲余謝諸公，嗜痂本素癖。雞肋啖未能，棄之亦可惜。且與古爲徒，磨牛循陳跡。非惟消永日，兼以安形魄。

讀易示諸兒〔一〕

五經衆説郛，惟易匯衆理。道通月窟中，義藴天根裏。嗟彼讀易者，不過混沌耳。不知先後天，圖自羲文始。爻詞彖象繫，周公及孔子。彖以括其全，爻各隨所視。三百八四爻，取象皆虚擬。其間德位時，當須判臧否。承乘兼比應，毫髮難差徙。吉凶同悔吝，占詞辨由起。二五位居中，論正或未是。惟中能兼正，餘雖正莫比。互卦與錯卦，旁通悟其旨。一陰復一陽，變化無涯涘。何人執此編，一一窮原委。由淺而及深，幸勿踰前軌。

【校勘記】

〔一〕「讀易示諸兒」，稿本題作「讀易指迷大概書以示兒曹」。稿本與刻本互歧甚多，故全詩别録於次：

五經衆説郛，惟易匯衆理。道通月窟間，義藴天根裏。俗儒讀易文，不過混沌耳。問從何處尋，多未得其旨。不知先後天，圖自羲文始。爻詞彖象繫，周公及孔子。彖以括其全，爻各隨所視。三百八四爻，取象皆虚擬。其間德位時，諦詳判臧否。承乘兼比應，分毫難差徙。吉凶同悔吝，占詞辨由起。二五位居中，論正或未是。惟中能兼正，餘雖正莫比。互卦與錯卦，旁通亦可以。要之兩陰陽，變化無涯涘。先儒争講論，口舌紛唇齒。孰是又孰非，何能定所倚。吾儒執一編，豈易窮原委。門路無歧趨，庶不踰前軌。由淺而及深，姑徐徐以俟。

即事〔一〕

新官對舊官，一時頓改易。新官莫自雄，舊官莫交謫。區區一傳舍，彼此皆過客。我懷召伯棠，更思萊公柏。南陽召與杜，父母歌疇昔。胡今復擾攘，萑苻遍山澤。蠻觸起戰争，秦越分肥瘠。持後以較前，豈止差寸尺。誰云後來者，不肯讓前席。杞人好憂天，徒憂終何益。

【校勘記】

〔一〕「即事」，稿本題作「即事偶作」。稿本與刻本互歧甚多，故全詩别録於次：新官接舊官，一時頓改易。新官莫雄誇，舊官莫怨謫。官衙如傳舍，遷更圜轉石。今日下場人，前日上場客。大權既他屬，百事總交責。要在見所長，何必生嫌隙。君不見，遺愛比甘棠，人思萊公柏。陸令稱神明，儀型圖掛壁。官去名長存，雪泥鴻印跡。又不見南陽有召杜，官經前後隔。同是父母歌，奚區今與昔。倘或有不然，輿情交指摘。盜賊聚蟻蜂，萑苻遍山澤。蝸蠻起戰争，秦越分肥瘠。既死灰復燃，已除弊仍積。彼此一相形，豈止差寸尺。吾儒本迂拘，未免太刻畫。後來或居上，誰肯讓前席。杞人好憂天，徒憂終何益。

觀物〔一〕

魯雞伏鵠卵，未可強越雞。豈力有優絀，物性自不齊。我家雙孔雀，能生不能伏。安得氣成形，此理殊反覆。有雞來相親，煦煦何其仁。如何世間人，一體分越秦。

【校勘記】

〔一〕「觀物」，稿本題作「觀物覺言」。稿本與刻本互歧甚多，故全詩別録於次：魯雞伏鵠卵，不能強越雞。非力有優絀，物性自不齊。我家有孔雀，能生不能伏。若使禽性乖，誰爲代嫗育。設或變所生，亦疑非同族。從來氣成形，此理無反覆。幸哉雞德仁，異類竟相親。以翼兼以長，心慈氣亦馴。堪笑世間人，一氣本父身。易以前後母，遂分越與秦。況屬形氣隔，唇反目更瞋。豈特其子異，母性先不均。靦然爲人面，曾物之不倫。

詠瘧爲蘇崑山上舍國琮作〔一〕

我聞古人言，壯士不病瘧。蘇君雖孱儒，秉姿亦諤諤。如何遘斯疾，馳驟苦束縛。一寒更一熱，間日息復作。當其寒生時，如墜冰山壑。遍體皆嚴威，戰兢及手脚。衣以狐貉裘，猶等紛絺薄。倏焉執熱來，炎炎氣蒸爍。如火方燎原，眼星忽錯落。請公自入甕，汗浹始退卻。嗟哉此冰炭，變幻難捉摸。醫者各進言，一一診脈絡。或云非人致，中有鬼作惡。請誦杜陵句，援引何確鑿。我欲調榮衛，陰陽無乖錯。由來正勝邪，斯言可一噱。

【校勘記】

〔一〕「詠瘧爲蘇崑山上舍國琮作」，稿本題作「詠瘧疾爲崑山蘇先生作」。稿本與刻本互歧甚多，故全詩別録於次：

古人曾有言，壯士不病瘧。偉哉此蘇君，氣體非虛弱。托業雖孱儒，秉姿亦諤諤。如何遘斯病，馳驟轉束縛。一寒復一熱，間日每迭作。不知起何來，應時若踐諾。初爲無妄疾，奚庸奉湯藥。繼竟習慣成，剋期似有約。當其寒生時，如墜冰山壑。遍體皆嚴威，戰兢及手脚。衣以狐貉裘，猶等紛絺薄。倏焉熱又至，炎炎氣蒸爍。如火方燎原，眼星迸錯落。請公自入甕，無殊刑炮烙。直至汗浹膚，不驅徐退卻。嗟哉此病奇，暗中難捉摸。計無可奈何，延醫診脈絡。謂宜進補劑，未免太熏灼。謂宜進散劑，又嫌過剥削。或謂非人致，中有鬼作惡。我聞齊侯痎，豈真二豎託。赫赫桓康威，畫形走驚愕。又聞桓石虔，呼名逾擊搏。佳句誦杜陵，先幾若可度。要之涉荒唐，援據非確鑿。不如調榮衛，陰陽無乖錯。神安氣自和，雖祟不爲虐。來病病君子，斯言可笑噱。

觀孔雀屏〔一〕

天地有至文，精華無終祕。下及鸞鳳姿，振采昭奇瑞。吉光片羽珍，雄雉翬飛異。羅浮五色蝀，更復獻其媚。曷若孔家禽，錦簇娛人意。託産自炎方，離明九德萃。雲海任行藏，叢篁尋位置。鳴向上下風，配以雌雄隊。三年毛羽豐，莫漫輕相棄。胡爲牢籠中，局促相拘繫。飲啄即常充，逍遥苦無地。詎知久便忘，馴習祛驕恣。有時遇晴曦，亦自鳴得志。矗立雲母屏，展開畫翣翅。金碧逞輝煌，一幅丹青繪。漸摇淅淅聲，疑是飈風至。顧盼頗自雄，豈徒門户珥。縱未九苞齊，亦足居其次。

【校勘記】

〔一〕「觀孔雀屏」，稿本題作「觀孔雀屏喜賦」。稿本與刻本互歧甚多，故全詩別録於次：

天地有至文，精華無終秘。先聚在群英，下旁及禽類。最著鸞鳳姿，振采昭祥瑞。其餘各羽族，間亦有炫異。吉光片羽珍，雄雉翬飛備。挂枝倒緑么，穿花集翡翠。雞吐綬而長，鷸聚冠可製。羅浮五色雀，亦足供獻媚。曷若孔家禽，錦簇娱人意。託産自炎方，離明九德萃。雲海任行藏，叢篁尋位置。鳴向上下風，配諧雌雄隊。雷響或孕孳，雛媒可羅致。養成翰翮豐，只在三五歲。頸細背自隆，尾修彩亦熾。最愛惟羽毛，敢漫輕敝棄。幸買從賈胡，重貲原不計。放諸牢籠中，局促太拘繫。如鷹臂帶韝，如馬頭勒轡。飲啄即常充，逍遥苦無地。豈知久便忘，馴習祛驕恣。有時遇晴曦，亦自鳴得志。矗立雲母屏，展開錦輪翅。金碧湜輝煌，舒張排櫛比。團團疊圓文，一幅丹青繪。繡幃偕畫翣，未許相比例。宛轉索人憐，再接力再厲。動摇聲淅淅，疑是風驟至。顧盼彌自雄，何止時一二。陋彼憚爲犧，斷尾甘退避。黼黻資文章，肯徒門户珥南越以孔雀珥門户。縱不九苞齊，亦可居其次。

諧言（三首）〔一〕

取士貴得真，勿徒事弋獲。如何朝拔尤，及暮又改易。豈比水淘沙，抑或風退鷁。一言戒爾曹，光陰毋棄擲。

秀才天下任，斯爲萬里程。乃今忘遠志，藉此以謀生。千金不足惜，一得已自榮。忽忽窮途哭，何心誇利名。

薰蕕原異器，彼此各分途。奈何沽名者，昂然七尺軀。青蠅附驥尾，一旦同馳軀。有誰能鳴鼓，詑曰非吾徒。

【校勘記】

〔一〕「諧言」，稿本題作「諧言三則」。稿本與刻本互歧甚多，故全詩别録於次：

取士貴必得，得取非弋獲。姓字榜通衢，庸流争豔嚇。如何朝拔尤，及暮又改易。豈比水淘沙，抑同風退鷁。欲取必姑與，此是餌魚策。待價而沽諸，爾曹自棄擲。

一衿固足貴，須期萬里程。千金雖足賤，最關日用情。由來貴賤異，緩急要相衡。與其忘遠志，何如謀所生。堪笑夤緣輩，一得已自榮。迨至傾家日，無利亦無名。

世人輕銅臭，臭在齷齪軀。吾人重書香，香在振泥塗。薰蕕原異氣，彼此不同途。奈何沽名者，慕香臭仍俱。青蠅附驥尾，儼然列通儒。以之謁宫牆，定詑非吾徒。

諸姪入泮作此勗之〔一〕

少年急求名，不妨苟爲就。枉尺而直尋，勿安於婞陋。譬彼牛蹄涔，去濁存清溜。一勺雖無多，涓涓夜復晝。赴海縱大觀，濫觴已非舊。斯言非爾欺，請以書座右。

財，令甲所不宥。爲濟一時艱，權宜在補救。少年急求名，不妨苟爲就。魚目混鮫珠，狐裘而羔袖。若肯奮前途，多文以爲富。枉尺而直尋，誰能相鄙陋。譬彼牛蹄涔，去濁存清溜。一勺雖無多，涓涓流夜晝。赴海縱大觀，濫觴已非舊。苟得此區區，竟將目前狃。一領青衿衣，芻狗亦文繡。設或列賓筵，只好當飣餖。斯言非爾欺，請以書座右。

【校勘記】

〔一〕「諸姪入泮作此勗之」，稿本題作「諸姪輩急於功名，已荒半年之久，今倖進一階，須速勉力以觀後效，賦此示警」。稿本與刻本互歧甚多，故全詩別録於次：

全無半點才，居然共稱秀。名實貴相符，實疏名亦臭。聖朝重科目，歲科嚴考究。去取衹任

示長孫景南〔一〕

我昔當爾歲，小技尚未售。爾年方十七，已作泮宫遊。今茲二十一，年富力更優。天姿或可造，勿與庸俗儔。所居好恬静，落落迥不猶。期保千金體，心氣歸和柔。此是養生訣，併爲學業謀。傳薪今賴爾，力穡當有秋。

【校勘記】

〔一〕「示長孫景南」，稿本題作「示長孫少坡」。稿本與刻本互歧甚多，故全詩别録於次：

我時當爾歲，童試尚未售。爾年方十七，已入泮宫遊。今兹二十一，年富力更優。字摹鵝經寫，文擬鸚鵡酬。天姿大可造，噲伍肯同儔。所居好恬静，落落迥不猶。惟期加保護，奮勇上竿頭。勿忘兼勿助，心高氣亦柔。此是養生訣，併爲學業謀。早栽宜早孰，力穡自有秋。豈惟圖跨竈，抑且擴先猷。傳薪今賴爾，切莫隳前修。

達觀〔一〕

月自有盈虧，水亦有潮汐。往來相循環，陰陽互爲宅。惟人獨不然，死歸生是客。自少以及老，如同駒過隙。死者不復還，生者僅寄跡。修短況不齊，須臾成今昔。我獨循至理，死生任所適。倏身以俟之，聖賢語不易。

【校勘記】

〔一〕此詩又載稿本。稿本與刻本互歧甚多，故全詩别録於次：

月自有盈虧，水亦有潮汐。往來相循環，陰陽各互宅。惟人獨不然，死歸生是客。自少推至老，如同駒過隙。死者不復還，生者僅寄跡。修短况不齊，須臾成今昔。間有説輪迴，託舉三生石。此言未足憑，虚空屬道釋。何如循至理，死生任所適。奮志立雲霄，置身千萬尺。或名達廟廊，或光存史册。即爲老儒生，毋留没後摘。脩身以俟之，聖賢語不易。

解嘲〔一〕

豪客與修士，志趣本異途。胡爲相比例，毋乃天淵殊。誰肯安韋素，寂寞古爲徒。讓君有俠骨，揮霍千金娱。我惟苦面壁，積學十年餘。吾道足千古，何必較贏輸。

【校勘記】

〔一〕此詩又載稿本。稿本與刻本互歧甚多，故全詩别録於次：

豪門與儒士，志趣本異途。胡爲强相比，毋乃太懸殊。君獨誇勢利，炎熱客争趨。我惟安韋素，冷落古爲徒。論君强有力，揮霍足自娱。岑樓升寸木，奮跡只須臾。昂然輒高大，腐鼠嚇鵷雛。似我苦面壁，積學十年俱。金門期射策，蹇足每踟躕。即使僥天幸，尺寸進區區。篝車挾豚祝，奢願覺甚迂。姑且自讓爾，何必較贏輸。

聞雷〔一〕

二十四氣候，循環爲天時。化工原有準，翕闢本無私。如何未啟蟄，雷電乃並施。彼蒼誠太急，此事誰主持。將毋切仁愛，庶類待蕃滋。鼓之使及早，欲長其生機。我聞田叟歎，謂此總未宜。陰多晴必少，符合若龜蓍。可徵天地大，人猶或憾之。與其洩而速，不若祕而遲。遵養以應節，位育有綱維。我欲問諸天，蒼蒼高不知。

【校勘記】

〔一〕「聞雷」，稿本題作「聞雷感作」。稿本與刻本互歧甚多，故全詩別録於次：

二十四氣候，循序莫改移。化工原有準，翕闢本無私。如何未驚蟄，雷響電並施。彼蒼誠太急，問誰爲主持。將毋仁愛切，庶類賴蕃滋。疾鼓之使動，何必待及期。我聞田家叟，謂此總未宜。陰多晴必少，符驗若龜蓍。可徵天地大，人猶有憾時。與其洩而速，孰如秘而遲。遵養以應節，力厚物自熙。所以中和致，位育即綱維。若必問諸天，天亦有未知。

歎老〔一〕

由來薑桂性，惟老辣乃生。茯苓結松下，待汝千年成。緊人亦如是，誰不求長生。閱歷歲時久，金石開其誠。

【校勘記】

〔一〕「歎老」，稿本題作「嘆老偶筆」。稿本與刻本互歧甚多，故全詩别録於次：

薑老辣益篤，蔗老甘愈清。茯苓松下結，千年老乃成。老椿八千歲，歷久自敷榮。緊人亦如是，誰不慕長生。老農能識稼，老將能知兵。吾儒崇宿學，老負斲輪名。由其閲歷久，智廣力亦貞。如何少年輩，一見輒相輕。謂彼即不死，未必似老彭。惟天亦厭之，恐其老成精。所以昨日事，追憶竟忘情。將智耄旋及，此語真定評。「老將智而耄及」，出左傳。

題陳育庭鞠我圖

堂上八千椿，階前慈母竹。人生非空桑，所當念顧復。母兮生兒苦，兒兮賴母育。一旦忽别離，終天抱痛哭。今日見形容，寫以南山菊。問君何所取，厥義通於鞠。矧此秋容淡，是母愛所獨。欲開晚節花，我母享其福。我聞君斯言，爲君長歎服。南陔白華篇，同作補亡讀。

聞有司置盜塚者於法感作〔一〕

生者與死者，陰陽分兩界。生或能互仇，死必無相害。如何發邱壑，攫金肆無賴。乃知厚葬非，斯世何昧昧。或言晏殊與張耆，禍出人意外。有盜掘張墳，漆城多珠貝。既償其大慾，畚土爲掩蓋。繼乃掘晏塋，僅一木胎帶。羣盜一何憤，棄之雜塵壒。此語殊不然，懷寶多自壞。犀角及象齒，古今同垂誡。煌煌有司言，所見何其大。

【校勘記】

〔一〕「聞有司置盜塚者於法感作」，稿本題作「盜賊之害至劫棺爲甚，近獲兩個劫棺，即付有司，立置死地，可稱一快，感而賦此」。稿本與刻本互歧甚多，故全詩別録於次：

生人與死人，陰陽分兩界。生或能互仇，死必無相害。如何發邱郎，摸金肆無賴。晝藏而宵出，居奇此其最。輼輬實難當，繄彼偏昧昧。謂象齒焚身，貪謀生狡獪。君不見張耆與晏殊，禍出人意外。有盜掘張墳，漆室富珠貝。滿槖願大償，畚土爲掩蓋。繼掘晏相墳，僅一木胎帶。欲壑憤未酬，棄屍雜塵壒。厚葬軀乃全，薄葬骨翻碎。厚薄彼烏知，先此遭狼狽。一笑愚有司，黜奢張示戒。若聚而殲旃，生安死亦快。

生辰值雨作〔一〕

占時過午節，翼日即弧辰。賓朋前致辭，僉曰福天申。緊余方苦旱，心憂眉亦顰。敢期增大秩，願享太平春。爲霖望穹昊，虔禱東海濱。幸邀甘澤降，霡霂昏又晨。蒼蒼不欺我，感召真如神。事固有相值，天心非不仁。

【校勘記】

〔一〕「生辰值雨作」，稿本題作「添旦之説語滋笑柄，惟以元龜爲紹甘霖，由是大布，可謂天從人願未必非元龜之力也，爰續五古一則以誌忭忱」。稿本與刻本互歧甚多，故全詩别録於次：

介蟲三百六，維龜爲之長。質秉瑤光精，文列河圖象。江海縱遨遊，波濤隨俯仰。如何困阨遭，竟入余且網。曳足辱泥塗，出頭力誰仗。亟呼而購之，不惜貲幾兩。時方過午節，翼日即弧辰。綵幔門庭列，嘉饈餽送陳。賓朋前致賀，謂福自天申。此物原長壽，感召非無因。矧更逢孕育，如錫十朋珍。添旦四十顆，奚啻壽七旬。緊余當苦旱，心憂眉亦顰。禾苗盡枯槁，龜坼遍原畇。敢侈期增秩，願享太平春。惟勒祈雨字，致命託波臣。焚香虔禱送，畀放大海濱。果邀甘霖降，霡霂幾昏晨。樓勾不欺我，響應真如神。事固有相值，天心非不仁。若以當壽應，何德足致臻。私心自附會，未免啓笑唇。

閏五月七日兒輩續祝生辰〔一〕

七旬逢七年，誕辰值七日。既三復以四，遇閏數更溢。七旬逢五月，五月正重午。更欣夏日長，天中節再午。嗟我豈蹉跎，汝欲將壽補。大笑語羣兒，更番爲起舞。二首與六身，測亥義亦古。假年儻學易，河洛可參數。

【校勘記】

〔一〕「閏五月七日兒輩續祝生辰」，稿本題作「兒子以閏五月七日爲老夫續祝生辰，事屬可笑，感而賦此」。稿本與刻本互歧甚多，故全詩別録於次：

七旬逢七年，誕辰又七日。三七已倍加，四七數更溢。七旬逢五月，五月又重五。維時日正長，天中節再午。以此再稱觴，或者壽可補。老夫聞而笑，謂事屬荒唐。斯特偶然耳，未免太誇張。兒子前敬陳，謂好事從長。二首與六身，亥字且推詳。況茲年月日，附會亦何妨。此語固強詞，似未可深詆。七日本人日，五數天地紀。河洛五居中，二五此其始。借衍爲美談，起例尚近理。妄言姑妄聽，聊復從爾爾。

七言古詩

七年七月七日，景孫祀奎星，招七友爲斯盛社，書此勗之〔一〕

七月七日占星斗，勝友七人盛文酒。心香一瓣拜奎星，天上文衡主持久。相期雲漢踏金鼇，山盤十五戴其首。願爾努力各飛騰，上應列星同携手。神如首肯來默相，報賽年年薦蘩韭。

【校勘記】

〔一〕「七年七月七日，景孫祀奎星，招七友爲斯盛社，書此勗之」，稿本題作「小孫少坡以七年七月七日招集良朋，特起斯盛之社，祀以魁星，蓋有志大魁之意也，惟赴會者只有七人，要在相觀而善其取數原不在多也，書以勗之」。稿本與刻本互歧甚多，故全詩別録於次：

七月七日七星斗，勝會七人文讌酒。瓣香敬祝祀魁星，爲主文衡傳世久。相期奮足到蓬萊，仰攀雲漢踏鰲首。右持斑管左持金，文章富貴必定有。一腳跳起龍門高，雄才何關貌美醜。社名斯盛得人多，入席尚嫌未到九。想此佳期原定數，況符魁杓難溢取。所願協力赴科名，上應星垣魚貫柳。斯是神明所默相，年年美報薦蘩韭。

齒落誌感〔一〕

大造生人無虚設，此齒亦在五音列。當其齶鋒方少時，編貝一一恣餔歠。饔飧不曾噬臘愁，稱名可匹來嚼鐵。忽忽到今六十年，屠門每過空嗚咽。一飽惟求張蒼乳，三寸終負張儀舌。呼嗟乎。頭童髮白猶無傷，耳聾目昏尚可説。奈此堂堂雍齒侯，無人爲汝祝哽噎。持粱齧肥着力難，得毋彼天厭饕餮。

【校勘記】

〔一〕「齒落誌感」，稿本題作「余年六旬餘，精神頗健，惟齒牙半落，每食間不免爲難，書此以博一笑」。稿本與刻本互歧甚多，故全詩别録於次：

大造生人無虚設，牙目口鼻不一缺。如何利用剛齒牙，問名不在五官列。想因後生難比肩，不知此是饔飧最關切。憶昔年華少壯時，編貝全完快餔歠。噬臘堪稱程咬金，決濡應賽來嚼鐵。陷堅真覺爛似泥，吐慧何啻豔於雪。忽忽到今邁六旬，屠門枉過徒吞咽。始弱一個尚支持，繼轉株連漸兀鮠。即此上下已差池，何況齶齦全壞決。豈遭鄰女梭狂投，抑同騷遊屐頓折。軟飽惟資張蒼乳，柔存幸剩張儀舌。遂令囫圇大塊吞，轉嫌咀嚼佳味絶。嗚呼，頭禿鬚白猶無傷，耳聾目花尚可説。惟此堂堂雍齒侯，畢生奚得損英烈。所以古人兒齒頌壽眉，刻鳩爲杖祝哽噎。胡爲象占豕積牙，毋乃天厭老饕餮。

詠齋頭自鳴鐘〔一〕

鴻鈞橐籥妙莫測，忽遇神工難祕匿。製器能符十二時，相傳西土入中國。非編非鑄能自鳴，一龕錯采紛雕飾。其中法線轉轆轤，關鍵體天行不息。鍼芒更分短與長，徐者爲時疾者刻。豁然一一發清響，計時按晷無差忒。復有奇觀闖闖開，一木橫挂當胸臆。鞦韆甫罷奏鈞天，噌吰鞺鞳相搏擊。琪花更插雙銅瓶，不惟有聲亦有色。霎時突下水晶簾，萬籟無聲一何默。我聞在昔未央宮，或爲山鳴傾崱屴。又聞豐山有九耳，霜降則鳴氣所逼。何如人巧奪天工，時止時鳴叶天則。勝似銅臺滴漏精，準於緹室飛灰急。春明我已罷趨朝，坐廢朝興日中昃。敢將移置供蕭齋，教與兒曹寸陰惜。

【校勘記】

〔一〕「詠齋頭自鳴鐘」，稿本題作「小齋有自鳴鐘一座，其響應時刻無異尋常，尚有變幻光景真奇觀也，爰作七古一則」。稿本與刻本互歧甚多，故全詩別録於次：

鴻鈞橐籥妙莫測，忽遇神工難秘匿。製器能符十二時，説自西洋來中國。非編非鑄非浮金，同列鐘名真奇特。創造莊嚴小佛龕，鏤金錯采紛雕飾。其中法線轉轆轤，齟齬槎枒誰拂拭。外面針芒長短枝，徐者應時疾應刻。細看真如蟻磨旋，微聞又如蠶葉食。只此一寸關鍵間，晝夜健行自不息。忽然竦動發清聲，計時按晷無差忒。是何妙技乃至此，巧奪天工非人力。更有異樣漾奇觀，突起閘門開閫閾。一木橫掛兩人擔，中懸一個當胸臆。輕捷渾似打鞦韆，筋斗輪環任反側。此時恍奏鈞天樂，鏜鎝噌吰相戛擊。尤妙琪花插兩瓶，不但有聲兼有色。陡然撐起水晶屏，萬籟沉沉聲默默。我聞自昔未央宮，鐘爲山鳴崩崱屴。又聞豐山有九耳，鐘以霜鳴氣相逼。何如此不煩感召，時止時鳴叶天則。勝過銅臺滴漏精，捷於緹室飛灰亟。乃知奇器數難終，井蛙不免自拘域。回憶春明曾聽漏，趨朝常恐遲儤直。而今解組已歸田，坐廢朝與日中昃。但得此物置高齋，差供子弟程書式。

北郭園新成八景答諸君作（一）

笑余買山太多事，新築小園喜得地。迴環曲折略區分，編排一一增名字。小樓聽雨足登臨，曉亭春望堪遊憩。蓮池泛舟荷作裳，石橋垂釣香投餌。深院讀書一片聲，曲檻看花三月媚。小山叢竹列篔簹，陌田觀稼占禾穗。週遭八景繫以詩，題箋滿壁羣公賜。既非洞天六六開，但有蒿徑三三翳。堂坳尺水當海觀，封垤拳石作山企。斯爲倪迂清閟圖，補作平泉花木記。莫言撮土此三弓，亦足引人入深邃。玻璃户牖生虛白，四序能延清爽氣。巡簷索笑頗復佳，顧影獨酌真成醉。座客聞言各歡呼，妙諦可抉南華祕。非魚子豈知魚樂，看花我更得花意。此是平生安樂窩，他時當入淡廳誌。

【校勘記】

〔一〕「北郭園新成八景答諸君作」，稿本題作「北郭園新擬小八景蒙諸公唱和題詩，不勝榮幸，爰作長歌以答之」。稿本與刻本互歧甚多，故全詩別録於次：

老夫自笑太多事，新築書齋喜得地。北郭有園兼有池，迴環曲折約略備。輒爲區分諸品目，從頭一一安名字。小樓聽雨足登臨，曉亭春望堪遊憩。蓮池泛舟一葉浮，石橋垂釣濠梁志。深院讀書金石聲，曲檻看花韶光媚。小山叢竹假成真，陌田觀稼禾生穗。似此八景非虚名，因斯特創爲起例。景各繫詩詩七絶，題箋滿壁群公賜。有人駭笑過鋪張，週遭祇是數畝計。既非洞天六六藏，但有蒿徑三三翳。得非堂坳當海觀，毋乃封垤作山企。試較石家梓澤園，李家平泉花木記。奚啻蚊睫蟭螟巢，豈足分題詡清閟。我聞輾然忽失笑，拘墟不可以語智。達觀奚論境寬窄，芥孔納得須彌翠。況茲撮土雖不多，亦足引人入深邃。玻璃户牖虚生白，四時能納清爽氣。閒來偶此寓目觀，弄月嘲風恣遊戲。巡簷索笑得少佳，顧影獨酌亦成醉。客聞此言大有理，名旨直抉南華祕。非魚爾不知魚樂，看花我獨得花意。此是老夫安樂窩，何妨分晰標勝致。今日初增新見聞，異時附入淡廳誌。

先慈遺服題示諸兒〔一〕

年年寸草留春暉，登堂猶見慈母衣。此衣何爲出玉窆，涕泣説是當時殮。自從失恃經十年，無端换劫紅羊天。豈知金石原不壞，竟體渾堅争下拜。吁嗟此服已泥塗，鮮明顔色不少殊。金棺未灰重泉下，不似銀杯能羽化。身兮服兮兩無虧，篋中摺疊心爲悲。相傳蜕解多奇事，此語恐屬齊諧誌。我惟傳衣什襲藏，子孫世守毋相忘。

【校勘記】

〔一〕「先慈遺服題示諸兒」，稿本題作「先慈遺服敬題七古以示後昆」。稿本與刻本互歧甚多，故全詩别録於次：

寸草難報是春暉，歲時祭祀感慈闈。兒今思親見不得，登堂猶見母身衣。此衣已隨母身殮，今日爲何出棺窆。從來世間所罕有，不到非常不見驗。我母去世已十年，久安吉兆棲牛眠。無端忽遭紅羊劫，斧刀鑿破棺木邊。發邱郎惟搜財物，掘墳賊只愛簪鈿。方疑髏骨紛顛倒，即有衣裳化雲煙。豈知金石原不壞，竟體渾全骨肉堅。畚鍤剖開争看視，競説歿後蜕飛仙。矧此衣裳仍楚楚，檢點重重顔色鮮。嗟乎，我母何修得倖致，此服已在泥塗瘞。縱不臭腐草木俱，鼠嚙蟲殘難逃避。土塊劫燒昆明灰，銀杯羽化公權笥。如何完璧尚依然，無殊安放篋中置。身也服也兩不虧，真屬人生大快事。若使歷久再傳聞，定教訝作齊諧誌。急邀縫匠付裁量，製成裙襖換新妝。解將舊服重熨貼，什襲一一謹收藏。物有可憑非無據，免被奕禩笑荒唐。此是先人傳衣在，子孫世守慎勿忘。

聞丁述安司馬日健郡城購園亭，多植花木，亦分八景，書此寄之〔一〕

勞薪暫息閒無事，新修廨舍三弓地。隔斷紅塵境自清，先憂後樂心心寄。山房雙桂苦栽培，小山招隱非公志。榴花艷照眼中明，五月開軒應獻媚。松生書屋市地陰，此是公家夢所致。掃徑吾亦愛吾廬，廣厦誰作萬間庇。惟公邱壑足胸中，不拘於吏爲仙吏。故山猿鶴不須愁，數笏石存歸岫意。

【校勘記】

〔一〕「聞丁述安司馬日健郡城購園亭，多植花木，亦分八景，書此寄之」，稿本題作「述翁公祖大人於郡城内置有公寓一所，園亭花木甚得佳勝，間分八景邀客賦詩，余不及隨景分題，惟彙作長古一則，以見剛方磊落中偏自具雅人深致也，録此寄呈，即請誨教」。稿本與刻本互歧甚多，故全詩别録於次：

勞薪暫息閒無事，寓廨新修喜得地。稍隔塵囂境自清，迴環谷折約略備。輒爲區分諸品目，各題匾額標名字。園號安園非懷安，先憂後樂心早寄。山房雙桂力栽培，小山招隱豈公志。瑞榴豔照眼倍明，五月軒前争獻媚。松生書屋匝地陰，此是公家祥夢致。掃徑時亦愛陶廬，權養精神託遊憇。將心比水心常清，甘泉湧出萬家庇。一村過了又一村，瞻高屹立村村企。似此好景非虚名，何妨特創爲起例。有客駭笑過鋪張，週遭祇是數畝計。難比洞天六六峰，但有蒿徑三三翳。得非堂坳當海觀，毋乃封垤作山譬。試較石家梓澤園，李家平泉花木記。奚啻蚊睫焦螟巢，豈足分題詡清閟。主人囅然忽失笑，拘墟不可以語智。達觀奚論境寬窄，芥孔尚納須彌翠。况此數笏雖不多，亦足引人入深邃。拓開户牖虚生白，四時能納清爽氣。退閒偶此寓目觀，弄月嘲風恣娱戲。巡檐索笑得少佳，顧影獨酌亦成醉。若必廣厦千萬間，且俟異時施政治。客聞此言太有理，數語直抉南華秘。不滯於物自超物，不拘於吏乃仙吏。平生邱壑饒胸中，用行舍藏總不異。此第暫時安樂窩，豈爲潔身高位置。待得幹濟及蒼生，那怕猿驚鶴怨長守名園自退避。

讀東坡「無事此静坐，一日當兩日」詩感賦〔一〕

一日清閒兩日仙，人生何爲利名牽。愚公移山智者笑，夸父追日時易遷。我今行年已七十，得過且過皆由天。坡公大笑應許我，此是一百四十年。

【校勘記】

〔一〕「讀東坡『無事此静坐，一日當兩日』詩感賦」，稿本題作「讀蘇軾詩『無事此静坐，一日當兩日』，若得七十年，便是百四十，感而賦此」。稿本與刻本互歧甚多，故全詩別録於次：

一日清閒兩日仙，人生何必徒勞煎。往者已過來者續，不是名鎖便利牽。移山愚公智叟笑，追日夸父鄧林捐。我今問年已七秩，得過且過任自然。自少至老皆如此，功名富貴只由天。若教從頭歷歷算，差償一百四十年。

和東坡石鼓原韻

元黄開闢當子丑，鳥跡龜書肇倉叟。周宣大作籀史文，字形變幻蛟螭走。車攻馬同古什存，高歌膾炙尚人口。伊誰考證獨評章，吏部在前長公後。憶昔中興大會同，俯視齊州煙點九。不惟釆芑有遺編，鱮魴一一貫楊柳。雕鎸篆刻紀功勳，淋漓大筆光牛斗。物聚所好似非常，何異千金懸於肘。胡爲沿久廢荒郊，無人賞識埋蒿莠。嶔奇磊落挾風霜，日與麋鹿爲羣友。閱歷秦漢迄隋唐，莫辨魯魚與楚穀。坡老着意搜新奇，一波一撇認蝌蚪。嗟爾剥蝕費推尋，問字天不遺耆耇。欲從宵雅時咿唔，雌黄聚訟聲相嗾。此物誰爲伯仲間，夏鼎殷盤周癸卣。移來太學争摩挲，依稀鼉鼓奏矇瞍。硬黄響搨徧人間，幾等禹碑立岣嶁。始知古蹟難銷沈，護持神力何其厚。遠溯吉甫共和年，歲月遥深誰識某。縱横遺器信輝煌，六經紀載此中有。成康以後得嗣音，合並南山頌臺杻。咄哉下士苦詰曲，載酒亭前誇芻狗。不見鳳翔富搜羅，曠懷直與古人偶。八觀鉅製悼時俗，青天在上一搔首。爲憐石鼓發長言，小儒見之莫擊掊。斯文直欲凌古今，牙慧不甘他拾取。惟我熙朝釐定真，稽古字字刮瑕垢。圜橋重勒排甲乙，先代法物同遵守。承平一片雅頌聲，碑碣題名垂不朽。靈臺偃伯敷文教，鞏固山河金石壽。

和汪韻舟少尉昰元日詠梅菊作

世人競羡春花早，我説秋花遲更好。春花從無百日紅，惟有秋花偏耐老。花花相對换新年，觀者一時齊稱妍。當筵不惟菊度歲，寒梅一樹相比肩。此物何爲同位置，老圃孤山争獻媚。留此孤標傲世姿，化工指點非無意。君不見西湖處士家，水邊籬落枝横斜。又不見五柳先生宅，葛巾大醉歡今夕。撫時且共霜中守，乘興看花兼把酒。勸君暢飲延齡盃，勸君小試調羹手。

題鐵丐傳後

君不見伏櫪老驥難遭遇，隻眼風塵誰獨具。又不見古來英雄落拓多，冷煖人情可奈何。當其窮在下，甘焉知己死。一旦判雲泥，此誼東流水。黑雲牢網無羽翼，何人援卻苦海溺。回首綈袍受恩人，今朝誰解故交戹。利禄薰心，不記分金。涼風天末，我欲碎琴。吁嗟乎，淮陰去後恩惠委塵氛，餘子何足數紛紛。誰其繼者，古粵鐵丐吳將軍。

卷二

五言律詩

感慨〔一〕

老至偏多難，生民塗炭時。盛衰無定局，今古一含悲。大地鴟鴞惡，高堂燕雀嬉。萬牛迴首日，梁棟要人爲。

【校勘記】

〔一〕此詩又載稿本。稿本與刻本互歧甚多，故全詩別録於次：

老歲原無根，生民固有之。盛衰旋變易，今昔起凄悲。地盡鴟鴞警，人仍燕雀嬉。可憐諸後輩，生長不逢時。

唐升菴司馬均卸篆，代者馬敦圃司馬慶釗，喜而作此〔一〕

識途推老馬，得馭定爲良。幸有前車鑒，當無覆餗傷。官箴重柱石，民命固苞桑。九鼎羣姦鑄，相期化日光。

【校勘記】

〔一〕「唐升菴司馬均卸篆，代者馬敦圃司馬慶釗，喜而作此」，稿本題作「前任升菴唐公以優柔縱奸撤任近蒙，上憲改委敦圃馬公代庖，下車伊始屬望孔殷未知果能超軼前塵否也，爰藉其姓以諷之」。稿本與刻本互歧甚多，故全詩別録於次：

知途推老馬，得馭或爲良。幸有前車鑒，當無覆駕傷。九方原善相，一顧倘能償。所望乾威健，何須笑牝黃。

禁米運出口

救鄰宜惠糴，王政已推詳。深願舟多汎〔一〕，焉如户鮮藏〔二〕。取漁愁竭澤〔三〕，割肉笑醫瘡。爲語關津客〔四〕，防飢念故鄉〔五〕。

【校勘記】

〔一〕「深願」，稿本作「亦望」。

〔二〕「焉」，稿本作「其」。

〔三〕「愁」，稿本作「防」。

〔四〕「爲語關津客」，稿本作「可鄙居奇輩」。

〔五〕「防飢念故鄉」，稿本作「貪圖昧梓桑」。

慨時〔一〕

無才堪報國，笑汝竟爲官。雞犬升天易，牛羊在牧難。兢兢誰自履，瑣瑣盡高冠。洗耳吾歸去，何如樂澗槃。

【校勘記】

〔一〕此詩又載稿本。稿本與刻本互歧甚多，故全詩别録於次：

無才堪報國，有志欲爲官。莫道夤緣易，須思幹濟難。獐頭多鄙態，狗尾盡高冠。似此汙簪笏，何如樂澗槃。

景孫讀書鄰花居〔一〕

不出門庭外，潛修託草茅〔二〕。丹鉛誰默契，文字幾知交〔三〕。努力傳家學〔四〕，游心在典爻。退閒無一事〔五〕，吾豈等懸匏〔六〕。

【校勘記】

〔一〕「景孫讀書鄰花居」，稿本題作「爲小孫讀書鄰花居作」。

〔二〕「託」，稿本作「寄」。

〔三〕「文字」，稿本作「翰墨」。

〔四〕「努力傳家學」，稿本作「縱目惟花柳」。

〔五〕「閒」，稿本作「藏」。

〔六〕「吾豈等懸匏」，稿本作「豈等繫瓜匏」。

自題拙稿

一卷堯夫集〔一〕，同爲擊壤聲〔二〕。雕蟲嫌尚小，畫虎恐難成。藉以娱衰老〔三〕，奚堪起後生。他年投圜好〔四〕，月旦任譏評〔五〕。

【校勘記】

〔一〕「堯夫」，稿本作「村謳」。
〔二〕「同爲擊壤聲」，稿本作「都從置散賡」。
〔三〕「藉以娛衰老」，稿本作「只可紓衰景」。
〔四〕「圜好」，稿本作「廁牏」。
〔五〕「月旦任」，稿本作「枉自受」。

郊居即事〔一〕

野處半郊城，西風淅淅聲。晨鐘興廢寺，夜柝短長更。深巷聞砧急，前村穫稻成。何當冠蓋過裕子厚太尊過訪，又作折腰迎。

【校勘記】

〔一〕此詩又載稿本。稿本與刻本互歧甚多，故全詩別録於次：

野處半郊城，秋風九月聲。晝喧春動杵，夜靜柝支更。鄰舍刀砧急，村田稻穗成。何當冠蓋過裕子厚太尊造廬相訪，枉自折腰迎。

煬毒〔一〕

煬毒來西土〔二〕，斯人何久迷〔三〕。阿房三月火，函谷一丸泥。能使心肝黑，全令面目黧〔四〕。昏昏成世界〔五〕，竟認作刀圭〔六〕。

【校勘記】

〔一〕「煬毒」，稿本題作「鴉片」。

〔二〕「西土」，稿本作「夷國」

〔三〕「何」，稿本作「任」。

〔四〕「全令」，稿本作「兼教」。

〔五〕「昏昏成」，稿本作「嗟嗟昏」。

〔六〕「竟」，稿本作「莫」。

聽春樓

壁立千峯拱〔一〕，危樓獨向東。建瓴簷注雨〔二〕，涵鏡月當空〔三〕。户牖堪延爽〔四〕，亭臺此最中〔五〕。曉來高處望〔六〕，紅日正曈曈〔七〕。

【校勘記】

〔一〕「千峯拱」，稿本作「勢巍崇」。
〔二〕「注」，稿本作「過」。
〔三〕「涵鏡」，稿本作「倒影」。
〔四〕「堪延」，稿本作「週圍」。
〔五〕「亭臺此最中」，稿本作「玻璃四面融」。
〔六〕「處望」，稿本作「望處」。
〔七〕「紅日正曈曈」，稿本作「碾出日輪紅」。

望屺亭

古屋隔塵寰〔一〕，孤亭屹此間。有風皆入座，無壁怕遮山。列岫凌空接，浮雲入望間。青蒼松柏在〔二〕，我亦淚潸潸。

【校勘記】

〔一〕「古」，稿本作「構」。

〔二〕「青蒼松柏在」，稿本作「妻瑩兒指認」。

凌虚臺

拾級共攀躋，層臺百尺梯。幾疑無地險，直欲與天齊。海氣收偏近〔一〕，山光望轉低〔二〕。孤鴻明滅外〔三〕，指點夕陽西〔四〕。

【校勘記】

〔一〕「氣」，稿本作「遠」。

〔二〕「光」，稿本作「高」。

〔三〕「孤鴻明滅外」，稿本作「包羅全世界」。

〔四〕「指點夕陽西」，稿本作「翹首遍東西」。

諸君贈詩作此答之〔一〕

縱得江郎筆，難生五色花〔二〕。無端髭屢斷〔三〕，枉費手頻叉。勞爾珠璣贈〔四〕，增予瓦礫嗟〔五〕。敢云詩律細〔六〕，箸作稱名家〔七〕。

【校勘記】

〔一〕「諸君贈詩作此答之」，稿本題作「余筆硯久荒俗塵三斗，因諸公賦贈，勉索枯腸互相唱和竟生技癢，非敢以誇美也，詠此自謝」。

〔二〕「生五色」，稿本作「期老有」。

〔三〕「無端」，稿本作「祇添」。

〔四〕「勞爾珠璣贈」，稿本作「疥壁徒招醜」。

〔五〕「增予瓦礫嗟」，稿本作「拋磚敢浪誇」。

〔六〕「敢」，稿本作「誰」。

〔七〕「箸作稱名家」，稿本作「正在暮年家」。

新春〔一〕

領略春光好〔二〕，其如鬢二毛。自慚生世拙〔三〕，敢許在山高〔四〕。花下時題壁〔五〕，松陰獨聽濤〔六〕。閒來無一事〔七〕，展卷課兒曹〔八〕。

【校勘記】

〔一〕「新春」，稿本題作「又續占五律一則」。
〔二〕「領略春光好」，稿本作「領此庸庸福」。
〔三〕「生」，稿本作「酬」。
〔四〕「許」，稿本作「侈」。
〔五〕「花下」，稿本作「得句」。
〔六〕「松陰獨聽濤」，稿本作「杜門錦掛袍」。
〔七〕「閒來」，稿本作「這間」。
〔八〕「展卷」，稿本作「時或」。

林鶴山觀察占梅生子和元韻〔一〕

四方男子志，今更挂桑弧。天上誕麟種，人間浴鳳雛。共誇田得玉，早叶夢投珠。清福知誰享，孤山一幅圖。

【校勘記】

〔一〕「林鶴山觀察占梅生子和元韻」，稿本題作「鶴山姻大兄弄璋初喜敬依元韻奉賀二章，兼爲其如意次姬預頌之」。稿本與刻本互歧甚多，故全詩别録於次：

英雄懷壯願，更喜掛桑弧。渥水麟生種，香盆鳳浴雛。共誇田得玉，早叶夢投珠。試看充閭日，應知是後圖。

鄰花居即事（二首）〔一〕

日月雙丸彈，春秋一草廬。寄身無别業，退老此幽居。庭静花添韻，窗陰竹補虚。有時成午夢〔二〕，亦自到華胥。

機心忘已久，羣鳥亦相親〔三〕。稻啄紅鸚慣〔四〕，籠開孔雀馴。匡床供鶴料〔五〕，掃壁浄蛛塵〔六〕。更有能言鴨，呼名代接賓。

【校勘記】

〔一〕「鄰花居即事」，稿本題作「鄰花居即景偶作」。

〔二〕「成午」，稿本作「當倦」。

〔三〕「羣鳥」，稿本作「弱羽」。

〔四〕「稻啄紅鸚慣」，稿本作「稻剩鸚哥啄」。

〔五〕「匡床」，稿本作「倩人」。

〔六〕「掃壁」，稿本作「催僕」。

中秋日黄蜂集木蘭花作〔一〕

似擇樂郊適，飛來近草堂。尋花期釀蜜〔二〕，引隊解尊王〔三〕。蟻聚嘲封垤〔四〕，蝸争笑畫疆。分甘吾賴爾，采采木蘭香〔五〕。

【校勘記】

〔一〕「中秋日黄蜂集木蘭花作」，稿本題作「八月中秋日，適有黄蜂飛集小園木蘭花樹，因令小僮以木桶收之，可謂不期而至者矣，喜賦」。

〔二〕「花」，稿本作「香」。

〔三〕「隊解」，稿本作「類識」。

〔四〕「嘲封垤」，稿本作「欣成族」。

〔五〕「采采木蘭香」，稿本作「莫漫向他鄉」。

景孫喪婦作〔一〕

纔得司中饋，翻教淚暗潸。南園真蝀幻，東海有魚鰥。別汝時何速，憐他命太慳。獨看天上月，破鏡不重還。

【校勘記】

〔一〕「景孫喪婦作」，稿本題作「慰小孫悼亡之作」。稿本與刻本互歧甚多，故全詩別録於次：

纔得齊眉婦，翻來淚暗潸。琴彈聲落雁，夢醒目成鰥。添汝身逾健，憐他命太慳。英年原未艾，破鏡看重還。

秋夜感懷

秋色平分日〔一〕，園亭跡漸稀。風涼時入榻〔二〕，露冷夜侵衣。螢火流三徑〔三〕，蟲聲唧四圍。況當人意嬾〔四〕，旅雁月明歸〔五〕。

【校勘記】

〔一〕「日」，稿本作「過」。

〔二〕「入榻」，稿本作「透體」。

〔三〕「火」，稿本作「影」。

〔四〕「意嬾」，稿本作「已老」。

〔五〕「旅雁月明歸」，稿本作「誰復伴庭幃」。

自夏至冬得癢疾夜輒不寐〔一〕

莫道無關事，爬搔已切身。如何成小癬，竟夕大勞神。豈有形相隔，何曾技未伸。不勝蟣蝨感，下界恥稱臣。

【校勘記】

〔一〕「自夏至冬得癢疾夜輒不寐」，稿本題作「自夏至冬，臀腿發癢，藥敷不能止，夜間爬搔不寐，作此以付一噱」。稿本與刻本互歧甚多，故全詩別録於次：

莫謂無關事，區區切己身。兩臀頻起癢，遍體亦勞神。豈有形相隔，何嘗技未伸。麻姑仙指爪，乞恤老年人。

乙卯，奉曹懷樸司馬謹、曹馥堂司馬士桂栗主祀敬業堂，鄭明經時霖捐金爲祭品，詩以誌之（二首）〔一〕

我愛兩曹公，千秋血食崇。有基期勿壞，吾道至今隆。俎豆修閭里，河山感雨風。瓣香誰共爇，白叟與黄童。

一掬蒼生淚，捐金欲報將。去思留栗主，賽社奠椒漿。古誼儒生篤，明禋吏治光。年年祠下拜，遺愛在甘棠。

【校勘記】

〔一〕「乙卯，奉曹懷樸司馬謹、曹馥堂司馬士桂栗主祀敬業堂，鄭明經時霖捐金爲祭品，詩以誌之」，稿本題作「乙卯歲吾鄉紳士以兩曹公遺愛在民，奉祀栗主於敬業堂，又恐禋祀不足，得貢生鄭時霖充出八十金交與東主，添作每年祭品之費，可謂美舉矣，詩以誌之」。稿本與刻本互歧甚多，故全詩别録於次：

赫赫兩曹公，千秋血食崇。有興期勿壞，此意感尤隆。祇爲馨羞豆，能教祀絶桐。心香存一瓣，切莫穢清風。

奉祀斯民戴，充貲費可償。須知嚴砥礪，肯使廢椒漿。古誼儒生篤，明禋吏治光。借囮因得鹿，何至入私囊。吕温有由鹿賦謂「由此鹿以得彼鹿也」，由即囮字媒也。

水田福德祠，余少時偕弟藻亭用鑑讀書處，近漸廢圮，命兒輩重新之，感賦（二首）〔一〕

憶昔讀書處，經今五十春。齋廬曾借我，祠宇久依神。祀社枌榆在，比鄰主伯親。何堪風雨蝕，幾欲廢明禋。

里閭輪奂改，今莫醵金遲。藉此靈光在，長將肸蠁期。衣冠尊古貌，豚酒拜羣兒。一瓣心香祝，連床記早時。

【校勘記】

〔一〕「水田福德祠，余少時偕弟藻亭用鑑讀書處，近漸廢圮，命兒輩重新之，感賦」，稿本題作「水田福德祠由來已久，少年時曾偕藻亭弟讀書該處，適相比鄰，幸神默相得邀上進奈香祀至今頗爲廢墜，爰囑兒輩仍就舊地，基清釐納税併捐貲添補，重新整頓俾經費有資，相傳永久，是亦食報不忘之意也，賦此誌感」。稿本與刻本互歧甚多，故全詩别録於次：

憶昔讀書處，經今五十春。齋廬居隔邸，保佑福依神。祈報枌榆祀，分頒社肉均。何當傳歲久，幾欲廢明禋。

比間期納税，振起重來玆。藉此靈光在，長將肸蠁貽。公原黄髪像，我亦白鬚眉。一瓣心香祝，酬恩感曩時。

不覺

不覺吾衰矣，蹉跎歲月遷。循途如轉磨〔一〕，息駕幸收鞭〔二〕。心是沾泥絮，身同退院禪。所欣無一事〔三〕，藉此度餘年。

【校勘記】

〔一〕「如轉」，稿本作「牛踏」。

〔二〕「幸」，稿本作「馬」。

〔三〕「所欣無一事」，稿本作「尚欣無事擾」。

獨坐〔一〕

鎮日無閒事，蕭齋獨坐宜。茶香消世慮，書味話兒時。門户持金局，河山戒漏卮。盛衰原定數，息息箇中知。

【校勘記】

〔一〕此詩又載稿本。稿本與刻本互歧甚多，故全詩别録於次：

鎮日閒無事，蕭齋獨坐時。課文評月旦，擬稿示孫兒。身世棋收局，家門酒漏卮。盛衰原定數，枉自費心期。

冬至日女孫行納采禮（二首）〔一〕

六琯吹葭日，稱笄歲正當。朱繩欣始繫，弱綫恰添長。新結絲蘿聘，待催鸞鳳妝。女家三夜火，爲爾喜開觴。

自少依慈母，而今將別離。關山雖不遠，伉儷勿相違。姆訓三章教，儒風一卷詩。將門原有相，此去好扶持。

【校勘記】

〔一〕「冬至日女孫行納采禮」，稿本題作「女孫將字適男家，以冬至日行納采之禮，感此兼以誌勗」。稿本與刻本互歧甚多，故全詩別録於次：

一氣葭莩振，孫笄正定祥。何當繩始繫，恰值線添長。幣納絲蘿聘，臺催鸞鳳妝。女家三夜火，棖觸老人腸。

自少違慈母，而今遠別離。關山雖間隔，伉儷勿差池。姆訓嫺宜凜，儒風分自持。將門原有相，莫笑祖翁癡。

女孫歸甯〔一〕

已畢造舟禮，言旋正秣駒。詩書吾望婿，桀戟將能儒。惜別庭闈戀，歸甯道路紆。渭陽偏愛爾，相近好常趨。

【校勘記】

〔一〕「女孫歸甯」，稿本題作「孫女嫁畢告歸賦此誌别」。稿本與刻本互歧甚多，故全詩别録於次：

已畢迎門娶，言旋正秣駒。輿添新子婦，戟擁老翁姑。隔别從茲遠，歸甯何日需。渭陽殷愛爾，聊抵外家趨。

總戎曾藍田姻丈玉明連日互相酬飲〔一〕

新締高門匹，更番各敘親。雲泥忘分隔，鄉國倍情真。一曲梨園樂，千杯柏葉醇。他時作圖畫，此即是朱陳。

【校勘記】

〔一〕「總戎曾藍田姻丈玉明連日互相酬飲」，稿本題作「藍田曾總戎本有同鄉之誼，因婚事過門，兩家連日互相酬飲，詩以詠之」。稿本與刻本互歧甚多，故全詩别録於次：

已締高門配，更番各會親。升沉忘分隔，鄉國倍情真。曲演梨園唱，盃傾柏葉醇。謙謙君子德，莫比武夫倫。

前歲，賴得力、羅慶慶兩盜未獲，吴水妹復在三叉河内山聚劫，升庵司馬入砦議和，感賦〔一〕

羣盜如毛起〔二〕，山林聚嘯多〔三〕。晝行頻帶劍〔四〕，宵寢亦横戈。官不嚴搜捕，民相唤奈何〔五〕。况無降虎力，羽翼更添苛〔六〕。

【校勘記】

〔一〕「前歲，賴得力、羅慶慶兩盜未獲，吴水妹復在三叉河内山聚劫，升庵司馬入砦議和，感賦」，稿本題作「前年賴得力、羅慶二兩渠魁尚未弋獲，茲又有吴水妹在三叉河内山要結亡命匪徒各處横劫，而升庵唐公無力勦捕，反爲入寨講和，可嘆之至，感而賦此」。

〔二〕「羣盜如毛起」，稿本作「到處聞鈴劫」。

〔三〕「聚嘯多」，稿本作「盡賊窠」。

〔四〕「頻」，稿本作「須」。

〔五〕「相」，稿本作「惟」。

〔六〕「羽翼更」，稿本作「更爲虎」。

紅梅

臘至春還早，紅梅次第開。施朱粧點額，索笑醉含顋。映雪何人瘦〔一〕，經霜爲汝催〔二〕。綺窗深愛護〔三〕，欣占百花魁〔四〕。

【校勘記】

〔一〕「映雪何人瘦」，稿本作「無雪猶嫌瘦」。

〔二〕「經霜爲汝催」，稿本作「當風亦怕催」。

〔三〕「綺窗」，稿本作「主人」。

〔四〕「欣」，稿本作「爲」。

友人覓館不得書此誌感〔一〕

世道斯文替，誰云縫掖尊。投餐期適館，負笈孰登門。空着予冠岌，誰憐吾舌存。萬間開廣厦，此事不堪論。

【校勘記】

〔一〕「友人覓館不得書此誌感」，稿本題作「窮儒以舌耕爲生涯，近見鄉先生散覓館地，十不得一，書以慨之」。稿本與刻本互歧甚多，故全詩别録於次：

世道斯文替，漫云教可尊。授餐誰適館，立雪孰依門。每嘆腸難飽，空憐舌尚存。杜陵萬間庇，此語不須論。

韻舟少尉納姬

孟光仍舉案，添得柳腰蠻。羅襪雲初織，晶奩月似環。衫裁新樣錦，粧改舊時鬟。好結徵蘭夢，使君開笑顏。

案頭雜詠〔一〕

墨盂

不藉端溪石，壺中墨瀋凝。鑄銅圓肖月，着絮薄如冰。源自流三峽，香應貯一升。笑他磨盾鼻，徒費手頻仍。

筆套

珍重生花品，朝朝待染翰。藏鋒原蓄鋭，在橐正防乾。劍匣形應似，錐囊處並看。中書猶未老，脱穎慶彈冠。

帽架

借汝挂冠好，護持何謹嚴。有誰偏折角，切莫更欹簷。獨立依棐几，安排傍典籤。多情應爾戀，霜鬢曉寒添。

香盒

如許雲煙閟，篆來卍字紋。月明蟾罋鎖，灰燼麝留痕。裊裊重簾繞，團團一縷聞。伴將金鴨睡，不羨博山焚。

【校勘記】

〔一〕「案頭雜詠」，稿本題作「案頭微物雜詠」。稿本與刻本互歧甚多，故全詩别録於次：

墨盂

不藉端溪取，揮毫得未曾。留香偏入木，積潤豈成冰。源任流三峽，水疑貯一升。笑他磨盾鼻，徒費手頻仍。

筆套

珍重生花貴，含毫罷染翰。藏鋒原蓄鋭，簪橐正防乾。刀稍形曾喻，錐囊處並看。中書全賴汝，脱穎慶彈冠。

帽架

豈把冠長挂，宜將護謹嚴。似巾防折角，置篋恐欹簷。整立依文几，安排傍典籤。頭銜看爾换，飾首壯觀瞻。

香盒

竟晝雲煙吐，篆來卍字紋。團圓牛踏磨，灰燼麝留痕。拂袖香常在，垂簾氣自聞。荀君三日繞，不羡博山焚。

感事〔一〕

剥啄聲何急，官書一紙來。催科真不拙，避債已無臺。籌餉難稽日，宣威似震雷。青衿者誰子，舉室正呼哀。

【校勘記】

〔一〕「感事」，稿本題作「感事戲作」。稿本與刻本互歧甚多，故全詩别録於次：

剥啄敲門急，言尋某秀才。報章糊滿壁，負債避無臺。軍餉難稽日，差官似震雷。一衿知幾值，舉室盡呼哀。

捲篷

暑氣何方卻〔一〕，端資此一篷〔二〕。敢誇絲作障，聊藉竹爲功。延爽來深院〔三〕，驅炎幕遠空〔四〕。捲舒隨意好〔五〕，引月更通風〔六〕。

【校勘記】

〔一〕「何方卻」，稿本作「蒸人近」。

〔二〕「端資此一篷」，稿本作「鳩材暫搭篷」。

〔三〕「延」，稿本作「納」。

〔四〕「遠」，稿本作「碧」。

〔五〕「好」，稿本作「便」。

〔六〕「更」，稿本作「或」。

歎衰〔一〕

一瞬吾衰矣，殘軀喚若何。同遊諸子少，入夢故人多。值此艱難日，空尋安樂窩。生平心力盡，歲月久蹉跎。

【校勘記】

〔一〕此詩又載稿本。稿本與刻本互歧甚多，故全詩別録於次：

不覺吾衰甚，殘軀喚若何。伴游知己少，入夢死人多。到處皆凶警，安身乏樂窩。生平心力盡，至此益消磨。

讀劍俠傳題後（四首）

一代虬髯客，栖栖逆旅身。生靈看日蹙，肝膽向誰親。敝屣輕天下，風塵識美人。至今東海上，遺迹説千春。

棄魏竟依劉，風霜淬鏡秋。隻身原蠛蠓，小技亦獼猴。生死于闐福，艱難蜀道憂。一鞭城北去，黑衛路悠悠。

朱門深鎖地，尨吠寂三更。疏網佳人脱，良宵好月明。此間難久住，如汝算多情。他日洛陽市，相逢賣藥聲。

來去潞州道，登牀盒竟偷。多才偏女子，如夢尚公侯。因果前身事，干戈一夜休。阮咸歌别後，凄斷木蘭舟。

五言排律

詠閩儒三則

李延平先生

遯世終無悔，平居四十年。科名慚末第，河洛悟先天。一室簞瓢樂，千秋衣鉢傳。機倪闡神鬼，奥窔洞山川。斯道存文字，吾身可聖賢。冰壺真了徹，圭角獨磨研。況抱邱林志，能操筆削權。憂時長默默，戀國復拳拳。大節完忠孝，名言記簡編。風雲當路幻，日月此心圓。危坐能終日，豪情屬少年。至今過劍浦，水竹薦羞籩。

李伯紀先生

千古樵川水，重招丞相魂。文章肝膽在，社稷姓名存。十議終何補，兩宫休更論。君王自明聖，臣子獨煩冤。先世推西隴，何人割太原？輸金真左計，刺臂有危言。我更悲坏土，長嗟過墓門。遺書成劫火，殘碣入田園。華表無丁令，丹青付子孫。已醒三月夢，難叩九重閽。鑄鐵汪黄錯，覲兵樊鄧屯。獨憐留血食，廟貌太師尊。

蔡西山先生

一卷參同契，讀書破萬行。測天知朒朓，吹律叶宫商。河洛千秋祕，韜鈐百技長。先生能啖薺，老友許聯床。忽下門人淚，何來御史狂。含沙多鬼蜮，胎禍豈文章。風雨孤舟别，江湖去國忙。難忘蕭寺語，長慟道州亡。斗酒空山酹，遺編敗篋藏。不孤屬吾道，小謫亦何妨。有子稱同調，何人弔故鄉。九原應一慰，兩字迪功郎。

冬至後數日齋中山茶紅白一時齊開（一）

黍穀春回後，曼陀綻曉霜。門庭方有爛，花事正相當。分朵紅和白，連枝色並香。應無邢尹妒，想是虢韓行。玉茗先生宅，丹砂仙子裳。一叢深愛護，倩爾爲催妝。時值女孫結縭。

【校勘記】

〔一〕「冬至後數日齋中山茶紅白一時齊開」，稿本題作「冬至後數日，齋中山茶紅白一時齊開，適女孫有結褵之慶，亦相逢之盛事也，喜而賦此」。稿本與刻本互歧甚多，故全詩别録於次：

黍穀春回後，陀羅異豔張。門庭方有爛，花事好排當。分朵紅和白，聯盆色並香。知無邢尹妒，想列虢韓行。玉茗增佳勝，丹砂兆吉祥。主人深愛護，倩爾爲催妝。

北郭園即景〔一〕

北郭郊原地，家園正落成。避囂仍近市，卜築恰當城。雉堞門前拱，鵶鋤隴上耕。畦通環帶繞，山遠列屏横。花木先春發，樓臺待月明。窗虚風氣爽，院静竹陰清。積石峰能聳，穿池水自盈。此間消受樂，坐聽讀書聲。

【校勘記】

〔一〕「北郭園即景」，稿本題作「詠北郭園五言排律一則」。稿本與刻本互歧甚多，故全詩别録於次：

北郭郊原地，家園正落成。絶囂仍近市，避俗卻當城。雉堞門前擁，鵶鋤野外耕。畦連千畝闊，山遠一屏横。花木争春秀，樓臺待月明。窗虚風氣爽，院静竹陰清。積石峰俄聳，穿池水自盈。此間消受處，只在讀書聲。

和黄壽丞上舍蕃雲作〔一〕

書帶草青青，題門愧德星。退閒烏就養，置散雀羅庭。座乏談心輩，車誰問字停。一氊傳舊學，十載抱遺經。尚幸身還健，如從帝乞靈。猥蒙佳什贈，强飯勝參苓。

【校勘記】

〔一〕「和黄壽丞上舍蕃雲作」，稿本題作「奉和黄蕃雲見贈七十生辰壽詩原韻」。稿本與刻本互歧甚多，故全詩别録於次：

典禮少儀型，題堂愧德星。退閒烏就養，置散雀羅庭。座乏談心輩，門無問字亭，一氊傳舊學，三世守遺經。敢負樵薪寄，常追俎豆馨。斲輪慚老手，講席課忘形。尚幸身還健，如從帝乞靈。近游辭竹杖，强飯免松苓。自笑鬚多白，猶耽汗殺青。猥蒙佳句賀，勉力保遐齡。

虎邱泊船

何處韶光好，輕帆泊虎邱。江山多勝迹，冠履盡風流。錦繡成花塢，烟雲入酒樓。梵鐘天欲曙，寶塔影初收。鑄劍終騰氣，談經可點頭。甌評茶荈夕，碑護蘚苔秋。片石千人坐，名泉第一幽。可中亭上月，獨照古今愁。

風氣〔一〕

風氣日趨下，滔滔遞變遷。何堪今日後，不似我生前。狡詐心逾薄，驕奢俗自便。誇多因鬬靡，踵事復增妍。珍錯窮山海，香資費萬千。人情忘儉樸，惡習更綿延。剽悍攜刀劍，乖張逞棒拳。蝸争起蠻觸，鈴劫徧山淵。國帑虛誰補，民財困可憐。汎舟空乞糴，鑄鐵亦爲錢。已漏千卮酒，難尋九仞泉。狂瀾流不息，空盼障川年。

【校勘記】

〔一〕此詩又載稿本。稿本與刻本互歧甚多，故全詩别録於次：

靜裡觀風氣，滔滔遞變遷。何當今日老，回憶此生前。狡險心逾薄，驕奢富自便。誇多因門靡，踵事更增妍。媚鬼兼趨佛，輸誠共獻虔。堆排饈品果，禱祝卜筳篿。珍錯窮山海，香資費萬千。持齋葷去肉，賽會跡隨肩。子弟多紈錦，嬉遊滿市廛。賭場爭齒列，妓院競頭纏。到處昏鴉鴂，沿門食火煙。朋來邀下榻，客至當開筵。闤闠機梭息，妻孥井臼捐。髻皆新樣整，服總不時鮮。鳳織羅文綺，鴛釵豔翠鈿。人情忘儉樸，惡習復綿延。剽悍攜刀劍，乖張逞棒拳。蝸爭分氣類，鈴劫起山淵。國帑虛須補，民財困可憐。米糧低論價，鉛鐵鑄爲錢。無怪卮傾漏，何殊井竭泉。黔婁惟賣子，豪富亦售田。俗已囂難靜，憂能望復元。不知從此後，流極到何年。

卷三

七言律詩

倣元人東陽十詠

焦桐

樵柯斫後謝高岡，爨下餘生事可傷。爛額不妨邀上客，燃臍至竟禍中郎。河山厝火千秋錯，臺榭飛灰十指僵。愁絶江南老詞客，梁園枯樹總銷亡。

蠹簡

管領長恩舊事虚，此中何樂竟爲魚。殺青未遂終非計，貪墨無成笑久居。差喜漢家先按籍，莫教魯壁負遺書。蓬萊自有神仙骨，脈望能靈恐不如。

破硯

呵水何曾弗值錢，磨入磨墨總堪憐。一場瓦礫封侯地，半截江山草檄天。但得良田休問税，難防眾口莫求全。無端又抱彈丸恨，擲得枯魚各惘然。

殘畫

荆關董巨已蒿萊，金粉飄零紙上哀。嗜好有人戀邱壑，模糊何處着樓臺。曾拈寒具從頭看，留補屏風信手裁。千古丹青磨滅盡，鮮衣盤礴亦庸才。

舊劍

依舊龍光射斗牛，鵜膏零落幾經秋。難於死後交情見，説到微時下詔求。當酒莫教談世事，替人曾記了恩仇。十年敝匣摩沙徧，鼙鼓西風伴故侯。

塵鏡

菱花無色掩粧臺，寂寂簾櫳有暮埃。莫太分明招妬忌，略些混沌學癡獃。燈前敢對新官笑，身後長憐孺子來。肯使潛形魑魅遁，披雲我欲九霄開。

廢檠

風雨荒雞破屋天，曾同不寐對青氈。照人歡樂原關福，閲盡光陰亦可憐。牆角何心甘棄置，兒時有味最纏綿。如何饑鼠殘膏戀，嬾上華堂玳瑁筵。

敗裘

敗絮蒙茸不厭貧，多年顔色黯生塵。河山破碎縫紉日，蟣蝨爬搔痛癢身。未必上書終説客，可能貰酒對佳人。寒更莫話牛衣侶，席地衾天别有春。

斷碑

古隴斜陽老犢耕，墨花落盡石花生。閨房有恨淮西洩，雷火何辜薦福轟。世代銷亡原浩劫，墓門諛媚總浮名。卻愁八字分明在，蠧白零星讀不成。

臥鐘

霜打土花斷紐紅，樓頭僧去萬緣空。啼鳥廢寺愁眠夜，白鶴歸舟幻夢中。不寐況當三月暮，大聲曾答萬山風。景陽墜後天明失，梳洗何人管六宫。

秋碪

白帝城高風又霜，聲聲亂杵爲誰忙。空山明月千家夢，深巷寒更十指僵。留得商音生片石，悄無人語答孤蛩。年來又累催刀尺，萬里天涯遠寄將。

秋鐘

如水霜華月落時，豐山消息莫遲遲。樓頭梳洗人初嬾，飯後闍黎壁有詩。萬事即空都似夢，三生同聽總相思。啼烏猶是楓橋路，漁火孤舟話别離。

秋屐

楚岸行吟杜老身，勞勞足繭歎風塵。空山落葉霜天滑，過雨蒼苔石暈新。能着一生真厚福，莫令羣犬吠詩人。淮淝草木蕭條日，折齒歸來説破秦。

秋笛

惆悵何人更倚樓，樓空人去兩悠悠。此間可許胡床據，有曲曾從大内偷。夜色空庭真似水，天涯落月尚如鈎。梅花莫訴當年恨，遷客西來有李侯。

余年四十五眼已花矣，近復能燈下作小楷〔一〕

自笑看花霧裡同，此心如鏡倩誰礱。精神敢詡仍無恙，世界何因更發曚。豈有金鎞能刮目，幸看銀海已迴瞳。老天憐我耽書癖，爲放光明在此中。

【校勘記】

〔一〕「余年四十五眼已花矣，近復能燈下作小楷」，稿本題作「余自四十五歲時，所有觀書，便須掛鏡，近來眼光比前較勝，燈下能寫蠅頭細字，書此以誌自喜」。稿本與刻本互歧甚多，故全詩别録於次：

久事看花霧裡蒙，而今恍覺垢初礱。精神遞減雖非舊，目力偏增更發矇。豈有金鎞能刮眼，料應銀海轉迴瞳。老天憐我耽書癖，故送電眸助此翁。

自歎〔一〕

解組歸來鬢漸皤，問年已覺六旬多。盛時早啖紅綾餅，舊夢曾游瑞錦窠。子舍光陰留寸草，君恩重疊到巖阿。名山事業傳人在，未報涓埃愧若何。

【校勘記】

〔一〕此詩又載稿本。稿本與刻本互歧甚多，故全詩别録於次：

假養歸來鬢漸皤，問年瞬覺六旬多。殘牙早啖紅綾餅，舊秩曾陪瑞錦窠唐禮部員外郎號爲「瑞錦窠」。繡補胸前鴻雁換，蔚藍頂上羽翎拖自告歸後，著有微績，初蒙賞戴花翎，後又蒙賞加四品銜。君恩屢逮邱園賁，未報涓埃嘆若何。

頌張煥堂司馬啟暄德政（二首）〔一〕

能紹椿庭弓冶謀，一行作吏著勳猷。初登仕版才方富，乍試新硎學自優。赤嵌曾歌來暮曲，澎城尚繫去思謳。翩翩不負佳公子，爲報君恩借箸籌。

榆社歸來歎二毛，太平幸得好官曹。甘棠樹下新祠宇，細柳門前舊節旄。酌水自盟心不擾，銷兵能使俗無囂。磺溪今日逢龔遂，賴有循良競賣刀。

【校勘記】

〔一〕「頌張煥堂司馬啟暄德政」，稿本題作「煥堂公祖大人勤政愛民，爲賦拙律二章，敬書奉呈兼請誨正」。按：淡水廳志卷八「文職表·同知」：張啟煊，浙江平陽人，監生。元年署。「暄」應爲「煊」。底本誤。稿本與刻本互歧甚多，故全詩別録於次：

久侍椿庭歷宦猷，一行作吏便超儔。年幾強仕才方富，刃發新硎政自優。臺邑猶留遺爪跡，澎江尚繫去思謳。翩翩不負佳公子，重報國恩振翼謀。

榆社歸來鬢二毛，太平幸得好官曹。甘棠美蔭新仁澤，細柳家聲舊節旄。酌水盟心民不擾，輸廉編甲俗無囂。淡疆風氣今殊古，賴有循良競賣刀。

荏苒〔一〕

荏苒光陰已七旬，依然牖下苦吟身。得歸閭里原爲福，能守田園敢説貧。緘口不談阿堵事，撫懷自愧葛天民。如何結習留文字，猶有青燈未了因。

【校勘記】

〔一〕此詩又載稿本。稿本與刻本互歧甚多，故全詩別録於次：

荏苒光陰已七旬，料應牖下可終身。得安廬里原爲福，尚守田園敢説貧。緘口不談塵俗事，撫懷自愧古賢人。只餘結習癡堪笑，猶是燈窗未了因。

塹垣因粵匪掠争，民食不足，時適唐升庵司馬赴艋，諸紳馳商禁口，從之。乃瓜代者至，惑於他説，旋開旋禁，感而作此〔一〕

我本乾坤一腐儒，微言敢許動當途。爲防枵腹伸鄉約，誰繪流民達上都。升斗價騰民怨沸，舟車禁弛估情趨。如何學得狙公法，朝夕紛更作遠圖。

【校勘記】

〔一〕「塹垣因粵匪掠爭，民食不足，時適唐升庵司馬赴艋，諸紳馳商禁口，從之。乃瓜代者至，惑於他説，旋開旋禁，感而作此」，稿本題作「塹垣因粵匪截搶谷石民食恐有不足，時前任唐公在艋未回紳士，不得不權貼告白禁住出口，以防透漏迨新任馬公惑於奸商旋示開禁，未及三日，復諭停止，朝令夕改，可發一笑」。稿本與刻本互歧甚多，故全詩別録於次：

我本家居老腐儒，微言敢許動當途。爲防枵腹伸鄉約，竟惹譏脣啟宦誅諭中有提及「紳士業户未經稟官，即行告白，禁止出港，致內山粵人藉口攔搶」等語。升斗價騰民共怨，車帆禁弛利爭趨。如何渙汗旋收汗，未免紛更笑俗夫。

警學歌者〔一〕

白雪陽春漫擅場，難逢顧誤有周郎。須知鼓吹羣經在，勿負金絲四壁藏。古樂好將虞典溯，淫聲莫逐鄭風狂。千秋誰解絃歌意，許汝彭宣到後堂。

【校勘記】

〔一〕「警學歌者」，稿本題作「邇來子弟好學俳歌，亦屬陶情之一趣然，未免竟荒本業，不可習以爲常賦，此以戒之」。稿本與刻本互歧甚多，故全詩別録於次：

嘈雜新鶯學囀簧，難逢顧誤有周郎。阿誰抗墜能和律，幾個音歌足繞梁。古樂休將今樂匹，淫聲轉奪正聲長。亦知絲竹堪娱老，助我幽齋作後堂。

有感寄述安司馬〔一〕

水懦何如火烈強，養癰終見逞鴟張。伏戎已長三年莽，聚嘯難通百里糧。馮婦君原羞臂攘，庖丁我最歎刀藏。新村無樹憑誰伐，小憩令人憶召棠。

【校勘記】

〔一〕「有感寄述安司馬」，稿本題作「觸景生愁爲追思述菴先生作」。稿本與刻本互歧甚多，故全詩別録於次：

水懦何如火烈強，養癰爲患逞鴟張。聯盟結黨戎依莽，倒橐傾囷道截糧。馮婦君羞前臂攘述菴先生來書，以不回原任，恐有馮婦之譏。庖丁我説善刀藏。即今流毒知胡底，那不令人憶召棠。

塹垣普施南壇〔一〕

勝會盂蘭簇一場，南壇跽拜去來忙。殽堆珍錯羅山海，飯貯筐籠罄稻粱。無主不知誰子姓，有魂何處覓家鄉。年年此夕中元節，宣赦門開禮法王。

【校勘記】

〔一〕「塹垣普施南壇」，稿本題作「塹垣普施，惟南壇備極奢靡，四方男女觀若堵牆，可發一笑，感而賦此」。稿本與刻本互歧甚多，故全詩別録於次：

勝會盂蘭設道場，陰施普濟仗空王。殽堆珍錯羅山海，飯貯筐籮罄稻粱。無主不知誰氏鬼，有魂何處是家鄉。中元節賽上元節，男女挨肩擁路旁。

贈斯盛社同人〔一〕

磊落英姿正少年，諸君結社各翩翩。留松開徑邀三益，種竹成林得七賢同社七人。壯志好登瀛海嶋，文光齊射斗牛躔。積薪望汝能居上，聯臂相期尺五天。

【校勘記】

〔一〕「贈斯盛社同人」，稿本題作「勗斯盛社諸君」。稿本與刻本互歧甚多，故全詩別録於次：

磊落英姿各少年，聯壇結社自翩翩。方從松徑邀三益，何幸竹林有七賢同會者七人。壯志相期蓬島上，雄光須透斗星邊。老夫至此成頹廢，全望積薪後跨前。

聞延建諸郡捷音〔一〕

十八灘頭起瘴烟，相望烽火歎年年。安危誰是中流柱，衝突須防下水船。得埽萑苻期迅速，毋滋瓜蔓苦牽連。昨宵聞返元戎旆，報道銷兵一快然。

【校勘記】

〔一〕「聞延建諸郡捷音」，稿本題作「耳聞上府已平制軍回省喜賦」。稿本與刻本互歧甚多，故全詩別録於次：

十八灘頭起瘴煙，而今遥接凱音旋。上流好似瓴傾屋，逆寇尤防水下船。得掃萑苻欣迅速，免滋瓜蔓苦牽延。書生本不關時事，竊聽銷兵亦快焉。

詠朱履〔一〕

權作白頭朱履客杜句：未爲朱履客，已作白頭翁，何當相贈壯閒行。山中我是擔簦侶，天上誰爲曳革聲。好伴衰翁助顔色，還教健步慰生平。紅塵踏徧長安路，正好歸來趁晚晴。

【校勘記】

〔一〕「詠朱履」，稿本題作「黼飾非老輩所宜，有人以朱履相贈，且喜且媿，賦此自解」。稿本與刻本互歧甚多，故全詩别録於次：

朱履白頭杜甫賡杜詩：未爲朱履客，已作白頭翁，何當贈送壯遊行。身爲田父霑泥客，家愧尚書曳革聲。猶幸衰顔能健步，還欣賁趾侈餘榮。老婆聊復當新婦，時踏紅鞋趨晚晴。

再贈斯盛社同人〔一〕

蕭森竹木映窗紗，聚首論文日未斜。牛耳登壇慚我執，龍頭奪錦許誰誇。心苗好種文章福，腹藁能便氣象華。得失全憑三寸管，榜中花即筆中花。

【校勘記】

〔一〕「再贈斯盛社同人」，稿本題作「再勖斯盛社諸友」。稿本與刻本互歧甚多，故全詩别録於次：

蕭森竹木影横斜，聚首論文映碧紗。牛耳今時先作主，龍頭他日屬誰家。心苗各自抽新穎，意蕊争同逞怒葩。得失全憑斑管握，榜中花即筆中花。

朽蠹〔一〕

六經以外難窺測，老去方知學尚荒。誰笑半生惟祭獺，漫陳百軸似搬薑。可憐努力終無補，况值衰年更善忘。自分此身成朽蠹，奈他嗜好在巾箱。

【校勘記】

〔一〕此詩又載稿本。稿本與刻本互歧甚多，故全詩別録於次：

六經以外更難量，老去方知學未償。典要旁稽惟祭獺，書多漏讀只搬薑。可憐末力終無補，况值衰年已善忘。任是博聞能強識，祇成朽蠹死巾箱。

陳迂谷中翰維英移居獅子巖，齋額曰「棲野巢」，賦此贈之〔一〕

四面青山爽氣浮，何人卜宅最高頭〔二〕。此墩終屬謝安石〔三〕，勝地今爲陳太邱〔四〕。古寺鐘沈獅子吼〔五〕，地近獅子巖寺。疏林日暮鳥聲幽〔六〕。分明一幅倪迂畫，合與先生雅號留。

【校勘記】

〔一〕「陳迂谷中翰維英移居獅子巖，齋額曰『棲野巢』，賦此贈之」，稿本題作「迂谷先生移居獅子巖，齋額『棲野巢』，聞其山川秀麗，別具洞天，而楹帖所題尤見雅人深致。余久別淡山，未嘗一到而企慕之，餘未知何日得伸履約兼敘渴懷也，賦此奉寄」。

〔二〕「何人卜宅最高頭」，稿本作「名賢一到便風流」。

〔三〕「此墩終屬」，稿本作「佳墩終是」。

〔四〕「今爲」，稿本作「居然」。「邱」下，稿本有注「此宅前係邱姓，今歸先生，即號爲陳太邱可也」。

〔五〕「古寺鐘沈獅子吼」，稿本作「畏壘移來人共祝」。

〔六〕「疏林日暮鳥聲幽」，稿本作「樂窩藏處景逾幽」。

又之茂才客游鹿港，富益齋司馬謙邀同赴蘭廳，道經塹垣贈詩，即和元韻（二首）〔一〕

揚帆一夕海東來，覽古誰登百尺臺。入幕芙蓉初日麗，圜池芹藻古香開。羈身作客愁生計，遷地爲良許借才。此去吴剛有同伴，桂花看汝月中裁。

解組歸田學杜門，龍鍾一老敢稱尊。衰年黄巷仍爲伴，故物青氈幸尚存。差喜足音到空谷，相携佳句倒芳樽。最愁風雨中秋夜是日中秋風雨大作，莫共乘槎貫月論。

【校勘記】

〔一〕「又之茂才客游鹿港，富益齋司馬謙邀同赴蘭廳，道經塹垣贈詩，即和元韻」，稿本題作「又之大兄自榕城來鹿，就鹿丞富益齋幕下教讀爲業。未及兩載即掇芹香，時富益齋已改署蘭廳，因由鹿往蘭再受舊居停之聘，道經塹垣，枉邀過從，併贈佳律二章，即依元韻復和」。稿本與刻本互歧甚多，故全詩别録於次：

榕城一水赴東來，奮跡初登百尺臺。依幕芙蓉新緑泛，圜池芹藻古香開。羈身作客聊栖轍，遷地爲良許借才。從此桂花歸路折，即看紅杏日邊栽。

解組歸田杜里門，無才無德敢稱尊。衰年黄卷仍依伴，繼世青氈幸尚存。得接跫音臨草舍，勉隨步履涉家園。最愁風雨中秋夜是日中秋，風雨大作。莫共乘槎遠溯源。

擬游淡江訪迂谷阻雨不果〔一〕

明月屋梁顔色親，情當久别戀尤真。敢持牛耳尋盟主，猶恐豬肝累主人。五載離懷成舊雨，連番命駕阻征塵。與君同是歸田客，何日名山共買鄰。

【校勘記】

〔一〕「擬游淡江訪迂谷阻雨不果」，稿本題作「兩次欲上淡江往尋迂谷以消愁悶，一爲訛傳所誤，一爲風雨所阻，因成不果，感而賦此」。稿本與刻本互歧甚多，故全詩别録於次：

落月屋梁想像頻，情當别久戀尤真。屢思訪戴乘高興，猶恐下陳擾主人。五載離懷成舊雨，兩番命駕阻征塵。知君今是蓬萊客，或得同遊話夕晨。

游棲野巢訪迂谷留飲賦贈（二首）〔一〕

谷飲巖棲物外閒〔二〕，今朝何幸得追攀。牙籤架上書千卷，錦纜門前水一灣。底事移居嫌近市〔三〕，何心拄笏共看山〔四〕。知君胸次饒邱壑〔五〕，一任白雲自往還。

山中世界本清真，兼味盤餐笑語親。北海開樽逢此日，西窗剪燭話前因。衣冠相對人希古，風月爲鄰我是賓。甚欲勾留窮一覽，江潮催夢又歸津。〔六〕

【校勘記】

〔一〕「游棲野巢訪迂谷留飲賦贈」，稿本題作「抵淡遊西野巢得訪迂谷先生，辱邀佳饌，信宿一宵，兼覽山居之勝，翌早仍乘小舟旋同歸來，感述寄此道謝」。

〔二〕「谷飲巖」，稿本作「久慕幽」。

〔三〕「移居」，稿本作「遷廬」。

〔四〕「何心拄笏共」，稿本作「甘心拄笏喜」。

〔五〕「次」，稿本作「早」。

〔六〕此詩稿本與刻本互歧甚多，故全詩別録於次：

山中風味本清真，何事盤餐侈美陳。北海開樽敦雅誼，西窗剪燭話前因。衣冠悃愊人希古，絃誦薰陶俗返淳。甚欲稍留窮陟覽，江湖催速赴歸津。

雞籠紀游〔一〕

已償婚嫁更何求，勝阜差當五嶽游。貼水雌雄尋鱟嶼，隔江大小辨獅毬。茫茫波浪天邊湧，一一帆檣眼底收。別有孤峰峙空際，遥從砥柱溯中流。土人名爲雞籠杙。

【校勘記】

〔一〕「雞籠紀游」，稿本題作「遊雞籠紀勝」。稿本與刻本互歧甚多，故全詩別録於次：

已償婚嫁又何求，勝阜差當五嶽遊。地號雞籠初印爪，山名獅嶺暢昂頭獅球嶺最高，到此一眺，諸景全收。茫茫波浪無邊湧，一一舳艫到處收。別有孤峰空際挺，遥從海嶼砥中流。土人名爲「雞籠杙」。

和許蔭庭明經鴻書、劉星槎茂才藜光題贈北郭園原韻（二首）〔一〕

鄉關蹤迹溷樵漁〔二〕，買得田園且卜居〔三〕。桑畝可能開蔣徑〔四〕，蕭齋今欲倣陶廬〔五〕。欣將隙地資歸隱，聊借餘年讀舊書。爲語兒孫須樹立〔六〕，向平婚嫁莫愁余〔七〕。

春明解組爲娱親〔八〕，彈指俄成白髮人。且喜昂頭來嶠外〔九〕，敢將洗耳向江濱〔一〇〕。爲貪幽僻山兼水〔一一〕，幸引賓朋夕又晨〔一二〕。花外樓亭池畔月〔一三〕，區區度此百年身〔一四〕。

【校勘記】

〔一〕「和許蔭庭明經鴻書、劉星槎茂才藜光題贈北郭園原韻」，稿本題作「次許蔭庭明經及劉星槎茂才，吟贈北郭園原韻七律二則」。

〔二〕「蹤迹溷樵漁」，稿本作「塵跡溷耕漁」。

〔三〕「田園且」，稿本作「郭田爲」。

〔四〕「可能」，稿本作「鋤來」。
〔五〕「今欲」，稿本作「築就」。
〔六〕「爲語」，稿本作「敦戒」。
〔七〕「婚嫁」，稿本作「債了」。
〔八〕「爲娱」，稿本作「愛歡」。
〔九〕「且喜昂頭來嶠外」，稿本作「立腳祇期塵世外」。
〔一〇〕「敢將洗耳向江濱」，稿本作「埋頭竟向大瀛濱」。
〔一一〕「山兼水」，稿本作「堪棲託」。
〔一二〕「夕又晨」，稿本作「共夕晨」。
〔一三〕「外樓亭池畔」，稿本作「木樓亭池水」。
〔一四〕「百」，稿本作「老」。

再和蔭庭（二首）〔一〕

老夫歸計問耕漁〔二〕，新築吟窩徙舊居〔三〕。僻地無塵留靜境，凌霄有竹愛吾廬〔四〕。敢誇門地稱通德〔五〕，尚望兒曹讀父書。我本疏慵忘宦況，爲牛爲馬任呼余。

一卷陔華樂養親，依然海上作閒人。挂冠早見辭天闕，漱石長思問水濱。得藉邱

園娱晚節，且培林木對芳晨。角巾已遂柴桑願，省卻浮名絆此身。〔六〕

【校勘記】

〔一〕「再和蔭庭」，稿本題作「再次許蔭庭明經，吟贈北郭園仍疊前韻之作」。

〔二〕「耕」，稿本作「樵」。

〔三〕「吟」，稿本作「樂」。

〔四〕「愛吾」，稿本作「繞精」。

〔五〕「地」，稿本作「第」。

〔六〕此詩稿本與刻本互歧甚多，故全詩別録於次：

風誦白陔慕老親，依然酸腐故來人。遠辭朝闕歸天末，長戀江湖問水濱。得藉邱園娱晚節，培將花樹佇芳晨。自今已遂柴桑願，省卻浮名絆此身。

北郭園即事〔一〕

愧無廣厦庇歡顔，舞鶴匡床日往還。四壁絲匏有文字，數林松竹是家山。天教境界鄰城郭，地幸喧囂隔市寰。我本武陵新避世，蒼苔十里掩柴關。

【校勘記】

〔一〕「北郭園即事」，稿本題作「再吟北郭園七律一則」。稿本與刻本互歧甚多，故全詩别録於次：

愧無廣厦庇歡顔，剩有書齋隱老孱。滿壁詩箋皆錦繡此園落成，諸君以詩酬賀，數株松竹是家山。天開境界鄰城郭，地絶喧闐隔市寰。我本村庸非避世，呼童何事掩柴關。

述懷〔一〕

無端畫餅願空酬，忽忽餘生已白頭。婚嫁幸完兒女債，田園誰足稻粱謀。成陰林木同名節，垂暮光陰等幻漚。富貴浮雲隨分好，微軀此外復何求。

【校勘記】

〔一〕此詩又載稿本。稿本與刻本互歧甚多，故全詩别録於次：

虚名畫餅願徒酬，碌碌畢生到白頭。兒女債經今日了，園林景好暮年遊。人情谿壑填難滿，家世箕裘付自謀。富貴浮雲隨分足，微軀此外復何求。

友人自豫章來，喜食蟹，云不嘗此味十三年矣，作此贈之〔一〕

郭索由來價易償，幸將鄉味此間嘗。一帆蒓菜思吴郡，十載家山别豫章。豈有將軍甘負腹，應知公子本無腸。而今正好秋風飽，且自持螯一舉觴。

【校勘記】

〔一〕「友人自豫章來，喜食蟹，云不嘗此味十三年矣，作此贈之」，稿本題作「螃蟹爲家鄉最賤之物，有友自豫章歸，稱彼處甚貴，每枚價三十餘文，渠不嘗此味經十三年矣，一旦得食喜不自禁，爲作七律呈博一粲兼以誌慶云」。稿本與刻本互歧甚多，故全詩别録於次：

郭索由來價易償，一夔那得比鯊鱨。人情最在淒離苦，鄉味端因罕食香。豈有將軍甘負腹，應知公子本無腸。而今已是刀環日，好自持螯併舉觴。

姪孫紀南入泮〔一〕

回憶歸田解組時，髫齡乍見早稱奇〔二〕。成篇一一詩書誦〔三〕，屬對泠泠響應隨〔四〕。洗耳幸傳千里報〔五〕，關心又到九秋期。頖宫驥足初教展〔六〕，努力加鞭莫放遲。

【校勘記】

〔一〕「姪孫紀南入泮」，稿本題作「姪孫江水入泮爰寄七律二章示勗」。
〔二〕「乍」，稿本作「一一」。
〔三〕「成篇一一詩書誦」，稿本作「書當過讀篇成誦」。
〔四〕「屬對泠泠」，稿本作「對即能工」。
〔五〕「千里」，稿本作「今日」。
〔六〕「頖宮驥足初教展」，稿本作「泮宮原是初遊地」。

對菊〔一〕

物候催移歲月忙〔二〕，繁英代謝感風霜〔三〕。人誇老圃秋容淡〔四〕，我愛疏籬傲骨香。晚節幾同韓相國〔五〕，孤標此即魯靈光〔六〕。平生何處尋知己〔七〕，五柳門前隱士鄉。

【校勘記】

〔一〕「對菊」，稿本題作「對菊感懷」。

〔二〕「歲月忙」，稿本作「任彼蒼」。

〔三〕「風」，稿本作「秋」。

〔四〕「老圃秋容淡」，稿本作「名苑春容麗」。

〔五〕「同」，稿本作「誰」。

〔六〕「光」，稿本作「公」。

〔七〕「平生」，稿本作「問渠」。

自遣〔一〕

富貴祗歸春夢婆，柴門無事日張羅。已成書癖消閒好，欲索枯腸奈老何。壇坫晨星同輩少，天涯今雨少年多。敢誇駑馬途能識，聊對桑榆託浩歌。

【校勘記】

〔一〕此詩又載稿本。稿本與刻本互歧甚多，故全詩別録於次：

富貴祇歸春夢婆，柴門無事可張羅。痼人痂癖書頻檢，索我枯腸句細哦。知己晨星同輩少，聯吟今雨少年多。敢誇老馬途能識，聊遣餘閒託詠歌。

余主明志講席，入都後，代者爲藻亭弟，今春假還，仍主之，誌感〔一〕

載酒仍看問字奇，再來漸覺鬢成絲。追陪杖履趨榆社，慚愧丹鉛託絳帷。少不如人何況老，才難信己敢稱師。青氈本是吾家物，十載門牆共護持。

【校勘記】

〔一〕「余主明志講席，入都後，代者爲藻亭弟，今春假還，仍主之，誌感」，稿本題作「余前掌明志講席，迨遠宦京都，歸藻亭弟代庖，此後遂不另聘主講，經十幾年矣，今春故業仍還，書此誌感」。稿本與刻本互歧甚多，故全詩別録於次：

載酒久無字問奇，歸田漸覺鬢成絲。期安杖履趨榆社，愧就丹鉛展絳帷。少不如人何況老，才難證己敢爲師。青氈雅是吾家物，壟斷或應笑教疑。

哭棨亭弟用鈺〔一〕

相隨日日雁行親，卜築家山託比鄰。誰料汝爲長夜客，始驚我亦暮年人。還教妻老持門户，卻慟兒雛累米薪。屈指弟兄亡過半，此身雖在已傷神。

【校勘記】

〔一〕「哭棨亭弟用鈺」，稿本題作「輓律二章哭棨亭亡弟」。稿本與刻本互歧甚多，故全詩别録於次：

相隨履跡雁行親，異屋分居自比鄰。誰料汝爲長夜客，始驚余亦暮年人。無言遺託徒吞恨，有血餘流尚泣陳。太息弟兄亡過半，此身雖在已傷神。

即景〔一〕

連旬陰雨望時晴，扶杖聊爲郭外行〔二〕。啼鳥有聲閒布穀〔三〕，叱牛到處看催耕。一泓池沼春三月〔四〕，兩部蛙蟆夜六更〔五〕。最是名園風景麗〔六〕，新栽花柳已抽萌。

【校勘記】

〔一〕「即景」，稿本題作「即景寫懷」。

〔二〕「聊」，稿本作「擬」。

〔三〕「閒」，稿本作「聞」。

〔四〕「一泓池沼春三月」，稿本作「一泫池沼春添漲」。

〔五〕「六」，稿本作「打」。

〔六〕「最是名園風景麗」，稿本作「最幸門前光景好」。

新春〔一〕

梅花萬本笑巡檐，久疊朝衫歲又添。春漏日遲鐘報晷，蕭齋書積架分籤。池塘有夢尋青草，風雨催人到黑甜。差喜此身仍健在，不勞家計問齏鹽。

【校勘記】

〔一〕「新春」，稿本題作「新春偶筆」。稿本與刻本互歧甚多，故全詩别録於次：

歸田無意事堂廉，久疊朝衫歲又添。春漏日遲鐘報晷，蕭齋書積架分籤。難消兀寂惟黄嬭，時倦精神到黑甜。此福全憑先澤在，免教家計問虀鹽。

苦雨

年華初度已清明〔一〕，陰雨連旬尚未晴。麥飯紙錢人上塚，提壺布穀鳥催耕。可憐柳絮飛仍墜〔二〕，又值秧針插未成〔三〕。爲祝東皇香自爇〔四〕，莫教物候誤蒼生〔五〕。

【校勘記】

〔一〕「已」，稿本作「倏」。

〔二〕「柳絮飛仍墜」，稿本作「粟賤貧如許」。

〔三〕「針插未成」，稿本作「寒插不成」。

〔四〕「爲祝東皇香自爇」，稿本作「料想天心應有主」。

〔五〕「莫教」，稿本作「肯將」。

偶詠〔一〕

茅檐無事掩柴扉，草長階前蘚自肥。掃葉時開元亮徑，灌園早息漢陰機。滿腔春意心常在，一穗書燈願不違。退院我同僧寂寞〔二〕，只應兀坐到斜暉。

【校勘記】

〔一〕「偶詠」，稿本作「又七律一則」。

〔二〕「退院我同」，稿本作「我是退堂」。

壬子生日（二首）〔一〕

六旬又長五年期，兩鬢星霜已似絲。聞見四朝還是福，艱難一第不爲遲。隙駒轉瞬慚添齒，盥兕連朝醉祝眉。差幸筋骸仍健在，家園杖履免扶持。

蒲酒觴開覽揆辰，此生修短本前因。故鄉舊雨稀同輩，天末晨星剩幾人。敢擬靈光存魯殿，同游衢壤作堯民。自慚樗櫟終無用，居上由來望積薪。

【校勘記】

〔一〕「壬子生日」，稿本題作「壬子生辰自述」。稿本與刻本互歧甚多，故全詩别録於次：

六旬過又五年期，解組早看鬢已絲。得歷四朝還是福，虛叨一秩轉增嗤。生辰駒隙頻添齒，婦子兕觥屢祝眉。差喜筋骸粗健在，家園杖履免扶持。

蒲酒開觴覽揆辰，生來修短本前因。粉榆舊雨稀同輩，蘭譜晨星剩幾人。竊詡靈光存魯殿，欣陪衢壤作堯民。祇慚牛櫟終無用，居上後來望積薪。

自歎

勞勞世事欲何爲，自古名流志不羈。快意每耽絲竹肉，遣情或寄畫書詩。迂拘似我全無用〔一〕，懶拙教人共笑癡。只有一經聊獨守，平生端未負鬚眉〔二〕。

【校勘記】

〔一〕「似」，稿本作「如」。

〔二〕「平生端未負」，稿本作「至今更嘆老」。

薦階茂才小飲北郭園贈詩和原韻（四首）〔一〕

幸逢孔李屬通家，難得英齡富五車。愧我鬢絲添作雪，羨君手筆夢生花。多時蠖屈才逾壯，此去鵬摶路豈賒。自古晚成原大器，一杯相屬莫咨嗟。

功深面壁已多年，一夢邱遲碎錦妍。文選維摩承祖德，法書蕭寺繼前賢。蓮花入幕稱佳士，鶴氅同舟望若仙。曾伴詞曹星使出，天涯衣鉢待人傳。

邱園養拙拜經神，敢比躬耕鄭子真。懶埽門庭留鼓吹，曾携杖履近星辰。林泉有夢依天上，文學何緣託海濱。幸遇足音空谷賁，多君不薄退休人。

七年書劍感飄零，今日相逢水上萍。折柬相招來舊雨，銜杯無語悵晨星。才如曲逆貧非病，人是次公醉亦醒。此別爲君操左券，應從千佛列名經。

【校勘記】

〔一〕「薦階茂才小飲北郭園贈詩和原韻」，稿本題作「薦階世大兄先生以北郭園小飲兼紀勝概佳章賜贈，勉索枯腸敬依元韻」。稿本與刻本互歧甚多，故全詩别録於次：

忝聯世誼屬通家，久羨英齡意氣奢。愧我頭顱惟老拙，多君腹笥自豪華。幾番蠖屈才逾壯，萬里鵬騰路豈賒。自古晚成原大器，簪花年少莫相誇。

功深面壁幾多年，又劄邱遲錦樣鮮。文選維摩承祖德，書傳蕭寺繼前賢。曾延蓮幕陪量士，得御李舟並號仙。自是才名星使顧，天涯知遇兩悠然。

荒園且自養精神，敢比耕雲鄭子真。懶掃門庭深没草，慣攜杖履息勞薪。羞無德教施瀛島，剩有林泉託海濱。幸遇足音空谷賁，多情不薄退休人。

七年書劍又飄零，今日依然水合萍。折柬相招來舊雨，銜杯一晤感晨星。酒非君子多兼旨，人是次公醉亦醒。此後重逢應暢飲，知從千佛列名經。

薦階贈詩再和元韻（二首）〔一〕

誰能隻手挽狂瀾，莽莽乾坤醉裏看。絳帳十年吾已老，青氈一領汝猶寒。得供菽飽知非易，說到薪傳大是難。千古幾人能述作，文章我愧尚推韓。

如此頭顱喚奈何，蠶絲到老已無多。聊同蚓吹重泉出，敢許蛙鳴兩部歌。自笑桑田容我適，無端鐵硯課孫磨。詩書且領清閒福，日月憑他似擲梭。

【校勘記】

〔一〕「薦階贈詩再和元韻」，稿本題作「依韻奉和薦階世大兄先生褒贈佳章二律，愈增愧歉録請郢政」。稿本與刻本互歧甚多，故全詩别録於次：

愧無學術挽狂瀾，茅塞久荒尚未刊。絳帳多年空耐老，青氈一領望追歡。得供菽飽知非易，説到薪傳大是難。千古幾人能作述，才皆經緯只推韓。

如此頭顱喚奈何，絲抽蠶老剩無多。聊同曲蚓吟嘈雜，敢許新鶯學囀歌。幾畝桑田貽我適，一團鐵硯課孫磨。生平此外閒休管，日月遷流任擲梭。

頌述安司馬德政（二首）〔一〕

盤根錯節獨恢恢，兩載需公保障才。每爲鞭長防遠道，卻愁火滅更燃灰。櫛風沐雨知誰苦，卧轍攀轅盼再來。如此劬勞真父母，替人召杜許追陪。

誰借階前尺地揚，春風桃李遍公堂。萬間廣厦羅馮鋏，一勺廉泉潤趙囊。月旦衡文親几席，璆琳得士列門牆。卻慚筆硯荒蕪者，許我青氈炙末光。

【校勘記】

〔一〕「頌述安司馬德政」，稿本題作「丁述安司馬蒞淡兩載，戢暴除奸，民以安息，一旦卸任，遠近頌聲，愛不能捨。爲呈拙律四章」。稿本與刻本互歧甚多，故全詩別録於次：

盤根錯節刃恢恢，兩載淡疆保障才。每慮鞭長防覆轍，常虞火滅起燃灰。南轅北軫誰知苦，沐雨櫛風敢告摧。如此劬勞真父母，教民能不似啼孩。

偃武修文士氣昌，春風桃李植公堂。每資推解憐寒畯，不吝恩施潤試裝。月旦衡文親院席，雲程聯翩出門牆。自慚筆硯荒疏久，許列青氈炙末光。

丙辰元日〔一〕

蝸角蠻疆息戰爭，海隅又復歲時更。持家生計憂難補，比户官租苦尚徵。對鏡二毛慚易老，觀書雙眼幸猶明。爲充天庾催輸粟，轉漕功誰第一成。

【校勘記】

〔一〕「丙辰元日」，稿本題作「丙辰元日偶作」。稿本與刻本互歧甚多，故全詩別録於次：

回首蝸蠻息戰爭，平安又度一年更。強持家計憂難補，勉納官租苦索徵。對鏡每慚鬢益白，觀書尚幸眼猶明。爲充天庾偕輸粟，冀換頭銜慰晚情。

有感〔一〕

緗帙何曾富五車〔二〕，稍能吟詠足豪華〔三〕。無多遠識遼東豕，自笑拘墟井底蛙〔四〕。嘈雜聲音惟和蚓，編排字句欲塗鴉〔五〕。詅癡符已人人畫〔六〕，覆瓿文章莫漫誇〔七〕。

【校勘記】

〔一〕「有感」，稿本題作「有感而作」。

〔二〕「緗帙」，稿本作「學問」。

〔三〕「足」，稿本作「便」。

〔四〕「自笑」，稿本作「枉自」。

〔五〕「編排字句欲」，稿本作「堆排字句亦」。

〔六〕「畫」下，稿本有注「無才思而自謂清華流布醜拙江南謂詅癡符詅賣也」。

〔七〕「覆瓿文章」，稿本作「只覆醬瓿」。

正月三日即景〔一〕

年華今日葉三陽，微雨初晴曙色光。勝地誰遊邛竹杖，名園仍守古柴桑。衣冠揖讓分甘贈，杯勺縱横索酒嘗。贏得老夫仍獨坐，欲尋梅柳問東皇。

【校勘記】

〔一〕「正月三日即景」，稿本題作「元月三日春光明媚，喜以詠之」。稿本與刻本互歧甚多，故全詩别録於次：

年華初轉正三陽，微雨晴時霽日光。無地可遊邛竹杖，好天仍守古柴桑。衣冠到處都稱喜，攜博沿門盡似狂。贏得老傖聊獨坐，閒尋梅柳問東皇。

送神迎神作〔一〕

閶闔鵷班玉笏聯，如何諸佛亦朝天。雲車風馬家家送，卯酒辛盤度度虔。乞奏緑章香一縷，拈投杯珓酒當筵。郵程計汝無多日，只在新年接舊年。

【校勘記】

〔一〕「送神迎神作」，稿本題作「俗以臘月送神，元月迎神，不知起自何時，戲作以供一笑」。稿本與刻本互歧甚多，故全詩別録於次：

閶闔鵷班首祚聯，如何諸佛亦朝天。雲車風馬家家送，卯酒辛盤處處虔。乞奏緑章祈福命，望來紫闕卜筵篿折竹卜曰篿，即今之跌筊也。行程屈指無多日，只此新年接舊年。

羅兼三登榜自豫章歸〔一〕

音書久已斷文鱗〔二〕，今日刀環幸再親。一十三年沈苦海，二千餘里作勞薪。西江流水難銷恨，南國歸帆許問津〔三〕。從此家鄉長聚首〔四〕，贏他遺骨瘞邊塵〔五〕。

【校勘記】

〔一〕「羅兼三登榜自豫章歸」，稿本題作「兼三二兄自豫章遺歸還里，多年握別，一見爲歡，書以賀之」。

〔二〕「已斷文」，稿本作「斷絶魚」。

〔三〕「帆」，稿本作「航」。

〔四〕「從」，稿本作「自」。

〔五〕「遺骨瘞邊塵」，稿本作「骸骨死征塵」。「塵」下，稿本有注「言午遣戍西邊，暴死半途，較諸使君當何如也」。

歎老

爲底踆烏歲月催〔一〕，揮戈莫挽夕陽回。關心此後情難了，觸目當前志已灰。老得餘閒庸是福，身能早退拙爲媒。悠悠世事憑誰料〔二〕，剥復盈虧任去來。〔三〕

【校勘記】

〔一〕「爲底踆烏」，稿本作「逼近古稀」。

〔二〕「憑」，稿本作「終」。

〔三〕「盈虧」，稿本作「平陂」。

遣悶〔一〕

蓬門寂寂久張羅，兀坐如僧奈老何。已分閒雲容我懶，可憐短墨當人磨。春來欲訪梅花訊，夢醒初聽鳥雀歌。如此韶華聊自遣，敢云託體並山阿。

【校勘記】

〔一〕此詩又載稿本。稿本與刻本互歧甚多，故全詩别録於次：

蓬門寂静久張羅，兀坐枯僧唤奈何。有子酬賓容我懶，無人説話向詩摩。春來相訪教梅報，夢正初醒聽鳥歌。似此韶華聊自遣，天工亦愛老婆娑。

述德〔一〕

當知貽厥起寒儒，鑿硯爲田得食租〔二〕。畢世儉勤嘗薤韭，千秋俎豆盼枌榆〔三〕。刊碑父老談名姓，遺薤兒孫謹步趨〔四〕。猶記彌留清白語先君〔五〕易簀，手書「一生清白」四字，傳家即此是良圖。

【校勘記】

〔一〕「述德」，稿本題作「述德誌感併示後昆」。

〔二〕「鑿硯爲」，稿本作「幾個硯」。

〔三〕「盼」，稿本作「祭」。

〔四〕「刊碑」至「步趨」凡十四字，稿本作「豹名父老碑遺□，鴻跡鄉閭德浹膚」。

〔五〕「先君」，稿本作「先父」。

鐵錢〔一〕

竟化銅山作鐵錢，一文償十百償千。度支已告脂膏竭，阿堵無殊品質懸。如此六州真鑄錯，可憐九府欲通權。從今萬選何人重，卻對泉刀一黯然。

【校勘記】

〔一〕此詩又載稿本。稿本與刻本互歧甚多，故全詩别録於次：

摧倒銅山製鐵錢，一文償十百償千。度支告匱脂膏竭，阿堵無殊品質懸。縱舉六州難鑄錯，未妨九府且通權。朝廷青選由來重，對此泉刀亦黯然。

改葬先塋〔一〕

牛眠欲卜幾盤桓，劫火連天淚暗彈。生有寶田傳世在，死無石槨護身難。一坏骨肉仍同穴，百代衣冠擇所安。此後兒孫應稍慰，天長地久共漫漫。

【校勘記】

〔一〕「改葬先塋」，稿本題作「去冬先塋改葬完成，詩以誌慰」。稿本與刻本互歧甚多，故全詩別録於次：

崇封山谷幾盤桓，灰劫驟驚淚亦酸。生有寶田傳世在，死無石槨護身難。百年鴻案仍同穴，兩處貉邱簇一團。此後兒孫應稍慰，天長地久夜漫漫。

詠齋中梅柳〔一〕

小齋梅柳鬬韶光，各自争春各擅長。柳竟讓梅花掩映，梅猶輸柳葉青蒼。有花無葉徒誇艷，有葉無花自逞狂〔二〕。好是人工能補綴，移將花葉兩相當。

【校勘記】

〔一〕「詠齋中梅柳」，稿本題作「文質不能相廢，因睹齋中梅柳兩株花葉未免偏勝，詩以誌意」。

〔二〕「自逞」，稿本作「枉自」。

元宵感事〔一〕

春光艷説到元宵，爲底觀燈更寂寥。無復魚龍喧百戲，誰看蹴鞠轉三橋。祈男柑向龕前乞，聽卜香藏袖裏燒。此是海邦今夕景，不妨記取作風謡。

【校勘記】

〔一〕「元宵感事」，稿本題作「元宵即事」。稿本與刻本互歧甚多，故全詩别録於次：

春光豔説到元宵，何處觀燈轉寂寥。炬少魚龍猶近樸，戲無蹴鞠只呼么。祈男柑向神龕乞，聽卜香藏女袖燒。此是鄉邦今夜景，不妨記取作風謡。

司馬薛耘廬志亮、李信齋慎彝、曹懷樸、曹馥堂四公遺愛在民，余捐金奉粟主，與婁秋槎司馬雲同祀於書院敬業堂，詩以誌之〔一〕

四十年來惠愛遺，馨香始報未嫌遲。競傳循吏堪留傳，爲記前塵倍去思。一代名尊司户竹，千秋淚墜峴山碑。可知直道人心在，召杜應爲後起師。

【校勘記】

〔一〕「司馬薛耘盧志亮、李信齋慎彝、曹懷樸、曹馥堂四公遺愛在民，余捐金奉栗主，與婁秋槎司馬雲同祀於書院敬業堂，詩以誌之」，稿本題作「前淡廳司馬薛耘盧、李慎齋、曹懷樸、曹馥堂四公遺愛在民，諸紳士以前婁秋槎公入祀書院敬業堂，而四公獨闕不無遺憾，因捐貲補設位牌進列奉祀，亦没世不忘之意也，詩以誌慕」。稿本與刻本互歧甚多，故全詩别録於次：

四十年來惠愛遺，馨香始報未嫌遲。官惟真好回增感，政到相懸去倍思。百世名傳桐邑祀，千秋淚隨峴山碑。可知直道人心在，前輩應爲後輩師。

閒健（二首）

古稀只隔一年期，矍鑠全憑口福貽。傲骨本難腰委折〔一〕，衰軀未藉杖扶持。名歸畫餅終何用，夢破炊粱敢自癡。造物予閒兼予健，老翁尚憶放翁詩。

晚景真無一事娱〔二〕，得邀閒健度桑榆。河山非昔交遊少〔三〕，朋輩無多笑語孤〔四〕。每欲傾杯愁量窄〔五〕，偶思對局怕棋輸〔六〕。不如還把殘書看，到老依然是故吾。

【校勘記】

〔一〕「委」，稿本作「屈」。

〔二〕「真」，稿本作「並」。

〔三〕「河山非昔」，稿本作「奢浮成俗」。

〔四〕「無多」，稿本作「乏人」。

〔五〕「愁」，稿本作「羞」。

〔六〕「對局怕棋」，稿本作「戲局怕錢」。

卷四

七言律詩

盂蘭盆詞（十首）

旛花龍織玉京山，載鬼驅車簇市闤。堪笑冕旒争一飽，大難桎梏贖千鍰。丹青磨滅麟空繪，華表荒凉鶴未還。鼎食鐘鳴都往事，可憐袍笏尚人間。

十萬青蚨撒手哀，曾無富貴到泉臺。捨身瓦器終求蜜，敵國銅山總化灰。甲乙何人操鬼簿，卵胎有刼付輪迴。紙錢今夕新盈貫，莫便揶揄作態來。

餒魂窣窣逐良辰，猶是烟簑雨笠身。甘露可能沾白骨，火坑暫許咽青脣。田園筍蕨謀孫子，邱隴牛羊屬別人。寄語此間多菜色，饑驅難飽藿羹塵。

鈿影釵光土一邱，聲聲梵筴喚回頭。有情眷屬完婚嫁，絶代紅顔是髑髏。百日成妖南嶽障，千金釀禍緑珠樓。重泉蓮步艱難苦，結得香花入袖不。

又是哀絲豪竹天，梨園子弟散如煙。一場笑噱留脣舌，十載生涯付管絃。託鉢赧顔新鬼唱，贈袍熨體故人憐。而今聽徹皈依佛，應悔徵歌到昔年。

校籍頭銜屬地官，衆僧解夏具盤餐。一瓢此日分羹足，千蹠生前下箸難。蕭衍麫牲終早計，馮驩魚鋏莫輕彈。老饕欲破蔬茹例，多事瑜伽護法壇。

寸魂尺魄亦登場，玉碎蘭摧事可傷。五載孱軀非壽者，一家泥首禮空王。今宵佩觽應來受，再世銜環總渺茫。願祝蓮花生净土，莫教容易化衣裳。

一坏何處哭文星，誤墜秦坑夢不醒。三尺紅羅留字去，十年燐火逼燈青。酸儒枵腹哀呼癸，飽鬼頑皮豈識丁。笑煞宫花成底事，是非懺盡法華經。

苦海沈淪不記年，沙蟲猿鶴化三千。英雄末路鈎難脱，水火何人髮倒懸。嚼齒九原𠸄厲鬼，斷頭大將立刑天。恩讎到此冰銷未，灑遍楊枝碧血羶。

元都獅吼鬬狰獰，䖡犬重圍破鐵城。塵世收場皆傀儡，魔宮褫魄到公卿。四山宿草月將曙，滿地紙灰鈴有聲。太息中原兵燹苦，烽烟十里水燈明。

落葉（二首）

淒迷莫辨路西東，古木蕭蕭度塞鴻。入世何人不易節，出山幾輩免飄蓬。滿階月冷苔無迹，一夜霜高淚欲紅。終是託根未牢固，敢將搖落怨秋風。

疊疊重重萬里沙，商音四起亂箏琶。空山落月驚寒蟀，孤驛斜陽數暮鴉。自古落花不返樹，幾時飛絮得成家。遥憐湖海飄摇子，離合關心天一涯。

白梅花

孤山隔斷軟紅塵，冷淡生涯鐵石人。盡洗鉛華空色相，獨留雪月見精神。接籬倒着誰過訪，茅屋相依不厭貧。信是百花頭上占，白衣能釀萬家春。

五雅吟（五首）

五柳頭銜峴首碑，六衙晝永且彈棋。几清案牘書堆滿，堂有琴聲月上遲。薄俸無多堪豢鶴，小胥鎮日只鈔詩。春風桃李河陽暮，又向湖西看水嬉。吏

不覓封侯覓愛卿，春深柳鎖亞夫營。扇巾瀟灑真無敵，裘帶寬閒舊有名。驢背老存垂釣叟，虎頭前是棄繻生。沙場聽慣投壺唱，十萬貔貅亦解聲。將

旅食蓮花借一枝，寄人籬下總堪悲。半生知己牛僧孺，絶代憐才嚴挺之。元夕張燈邀上客，權門彈鋏笑羣兒。平原去後扁舟渺，誰上當年乞米詩。幕

緑天深處愛逃禪，杖錫名山不記年。餑飥高談坡老宴，袈裟醉貰沈郎錢。半龕明月寒偎衲，古刹梅花夜擘箋。携手白蓮成一笑，吟魂猶逐虎溪煙。僧

負笈携囊學抱琴，崑崙釀熟玉杯斟。不甘守舍通關節，卻喜浮家有藁砧。答客一生羞垢面，愛才如汝算知心。柳車賴汝奴星送，莫作咸陽捧劍吟。僕

遊金山寺

挂帆飛渡大江流，重踏金山最上頭。縹緲雲烟籠石塔，蒼茫樹木隱沙洲。銀鑄湧

出三千界，玉宇迴看十二樓。身在東坡圖畫裡，當年留帶是奇遊。

送述安司馬入郡〔一〕

長亭祖帳正歸期，父老殷勤頌口碑。奈此多情争臥轍，那堪相送悵臨歧。來曾何暮歌襦袴，去有餘思託賦詩。可是陽春留不得，萬家壺酒拜旌旗。

【校勘記】

〔一〕「送述安司馬入郡」，稿本題作「恭餞述翁老公祖大人榮程晉郡，兼呈惜别二章」。稿本與刻本互歧甚多，故全詩别録於次：

長亭祖送耀旌旗，父老前途頌口碑。無計攀轅徒飲恨，多情臥轍轉生悲。來經叔度歌襦袴，去比陸雲畫表儀。可是春歸留不得，那堪腸斷賦征驪。

碧紗㡡〔一〕

卍字圍屏護碧紗，玲瓏四面淨塵沙。冰綃籠月疏偏密，霧縠疑烟静不譁。禪榻初醒孤枕夢，詩龕曾伴一燈花。好教容膝同酣睡，肯許羅浮紙帳誇。

【校勘記】

〔一〕「碧紗幮」，稿本題作「詠碧紗幮」。稿本與刻本互歧甚多，故全詩别録於次：

四面幃屏護碧紗，玲瓏徹透絶塵沙。蠅頭誤撲疏偏密，豹腳堅防静不譁。禪榻半張人兀寂，書燈一穗影迴遮。好教黄嬭同酣睡，肯許羅浮紙帳誇。

家恬波茂才祥和納姬〔一〕

海外羈棲久獨眠〔二〕，蕭齋兀坐似孤禪〔三〕。亦知井臼依鴻久，難把滄溟喚鵲填。螺墨新粧今日黛，琵琶〔四〕勝譜舊時絃〔五〕。從兹紅袖添香夜，佐讀剛逢學易年〔六〕。

【校勘記】

〔一〕「家恬波茂才祥和納姬」，稿本題作「恬波茂才家大兄先生新納寵姬，賦此奉賀」。

〔二〕「羈棲久」，稿本作「萍蹤夜」。

〔三〕「兀坐似孤」，稿本作「能忍似枯」。

〔四〕「琵琶」，原作「琶琵」，據《北郭園詩文鈔》稿本改。

〔五〕「勝」，稿本作「添」。

〔六〕「從茲」至「易年」凡十四字，稿本作「莫嫌艾齒鬢眉大，最薄情多惡少年」。

園居遣興

半畝園林景色幽〔一〕，禽魚花木足遨遊。何人乘興同看竹，斯世浮名盡幻漚〔二〕。道味須從閒處玩，物情最愛靜中求。此閒真趣誰能識，悟到南華蜨與周〔三〕。

【校勘記】

〔一〕「景色幽」，稿本作「勝爽鳩」。

〔二〕「何人」至「幻漚」凡十四字，稿本作「俗人只羨登臨樂，我輩□欣景色幽」。

〔三〕「蜨與周」，稿本作「意自悠」。

如蘭如金二姪入泮書以勗之〔一〕

兩兩阿咸素志伸，摩挲喜作石麒麟。藻芹一水遊今日，棠棣雙開趁早春。如此成名真拾艾，須知吾道在傳薪。家風幸守青氈舊，努力清芬望後人。

【校勘記】

〔一〕「如蘭如金二姪入泮書以勗之」，稿本題作「如蘭如金二胞侄以軍需倖邀入泮，不勝憤悶，書此示勗」。稿本與刻本互歧甚多，故全詩别録於次：

兩兩阿咸捷徑新，報書忽到喜還瞋。平時懶受芸窗苦，一旦叨榮落泮均。如此功名真拾芥，須知祖父實勞薪。青氈本是吾家物，努力相期奮絶塵。

讀書

自笑前身一蠹魚〔一〕，白頭仍向酉山居〔二〕。千秋於我終烏有，萬卷如今付子虛。祇此嗜痂留痼癖，忽將食蹠棄殘餘〔三〕。窮年兀兀無長策，不爲功名亦讀書〔四〕。

【校勘記】

〔一〕「自笑前身一」，稿本作「不是前身老」。

〔二〕「居」，稿本作「儲」。

〔三〕「忽」，稿本作「忍」。

〔四〕「窮年」至「讀書」凡十四字，稿本作「儒生托業無衰老，豈爲功名始讀書」。

颶風〔一〕

秋風一夜起狂飆〔二〕，颶母西來怒氣驕〔三〕。何似排雲驅萬馬〔四〕，乍疑傳箭落雙鵰〔五〕。傾摧樹木山皆動，噴激波濤水亦搖。最是關情收穫近，田疇禾稼恐枯焦〔六〕。

【校勘記】

〔一〕「颶風」，稿本題作「詠颶風」。
〔二〕「一夜」，稿本作「瑟瑟」。
〔三〕「西來」，稿本作「聲雄」。
〔四〕「何似排雲」，稿本作「雲陣齊來」。
〔五〕「乍疑傳箭落雙鵰」，稿本作「天威一掃走群梟」。
〔六〕「田疇禾稼恐」，稿本作「含胎禾稼幾」。

乙卯秋，姻丈陳曇軒封翁克勤八十初度，余偕子婦赴祝，今秋復寄雙孔雀贈之〔一〕

登堂祝嘏纔經歲，轉眼添籌又一年〔二〕。鳩杖優遊泉石畔〔三〕，鳳毛環繞几筵前〔四〕。畫屏日月稱觥夜，綺幄雲霞舞鏡天〔五〕。此去雞窠知有分，幾人能作地行仙。

【校勘記】

〔一〕「乙卯秋，姻丈陳曇軒封翁克勤八十初度，余偕子婦赴祝，今秋復寄雙孔雀贈之」，稿本題作「乙卯三秋，曇軒老姻翁八旬榮壽，余偕子婦輩登堂稱祝。今秋壽期又届，未能趨赴，爰寄贈孔雀一雙，借添舞綵，併呈七律一章聊伸賀意」。

〔二〕「轉眼」，稿本作「分袂」。

〔三〕「泉石畔」，稿本作「身尚健」。

〔四〕「環繞几筵前」，稿本作「繞侍齒彌延」。

〔五〕「畫屏」至「鏡天」凡十四字，稿本作「莫稱觥兕偕朱履，聊寄文禽燦綺筵」。

玉兔耳

亭亭玉質出幽叢〔一〕，計日將毋小卯同〔二〕。夜月侵時疑孕月，秋風拂處欲追風。
添毫欲借中山筆〔三〕，搗藥應資上壽功〔四〕。莫誤梁園尋舊種，陶家本是主人翁〔五〕。

【校勘記】

〔一〕「出幽」，稿本作「傲霜」。

〔二〕「計日將毋小卯同」，稿本作「出穎幽姿便不同」。

〔三〕「欲借中山」，稿本作「合借騷吟」。

〔四〕「上」，稿本作「益」。

〔五〕「本」，稿本作「故」。

虎爪黄〔一〕

金精稟氣異尋常，握爪般般色自黄。幾展雄威嘯空谷，獨將勁節傲寒霜。九秋冷入山君夢，一醉催開壽友觴。好向東籬同把臂，悠然何必問柴桑。

【校勘記】

〔一〕此詩又載稿本。稿本與刻本互歧甚多，故全詩別録於次：

稟來金氣異尋常，吐爪般般色自黄。抓破疎籬穿素魄，伸將勁節傲寒霜。雄威不假幽情淡，拇陣能催醉興長。好向南山同把臂，悠然何必問柴桑。

老來嬌〔一〕

雁陣聲中百卉彫，深叢葉葉逞紅嬌。濃粧可有秋娘妒，艷質偏於老圃饒。生似雞皮年少日，啼殘鶗血可憐宵。人情競説春光好，如此容顔豈寂寥。

【校勘記】

〔一〕此詩又載稿本。稿本與刻本互歧甚多，故全詩别録於次：

雁陣聲寒萬卉彫，孤紅獨逞十分嬌。濃粧那怕秋娘妒，艷質偏於老圃超。莫是雞皮能復少，直從鶗血染來饒。人情競羡春容好，一睹夭姿意自消。

明志書院勗諸生〔一〕

多年解組寄浮漚，文字因緣一席留。聊借毫端評月旦，敢誇皮裡有春秋。賦成五色雖迷目，筆埽千軍始出頭。我倘識途慚老馬，年年棧豆欲何求。

【校勘記】

〔一〕「明志書院勗諸生」，稿本題作「明志書院誌勗諸生」。稿本與刻本互歧甚多，故全詩别録於次：

多年解組寄浮漚，一席如同觀禄留。聊假毫端評月旦，敢誇皮裡有春秋。無多課卷堪勞目，幾個文章定出頭。我豈知途慚老馬，諸生莫僅戀膏油。

感事爲鶴山作〔一〕

何人不識金銀氣，千古銅山是禍胎。舞或能工長在袖，債如可避苦無臺。祇緣腐木蟲先附，莫怪聞羶蟻自來。至此補牢應一悔，始知奴輩利吾財。

【校勘記】

〔一〕此詩又載稿本。稿本與刻本互歧甚多，故全詩別録於次：

累將錢樹欲傾摧，權寵奸人是禍胎。平日居寄難飽橐，今朝避債苦無臺。木因先腐蟲方蛀，肉爲有羶蟻自來。至此亡羊牢更補，始知奴輩利吾財。

明年五月爲七十生辰先期示兒子〔一〕

修短非憑自主持〔二〕，何須禱祝望期頤〔三〕。古而不死人何在，生可長延我豈辭。酒進艾蒲難益壽，文成屈宋亦諛詞。得瓜得豆分明判〔四〕，祇此心田雨露滋〔五〕。

【校勘記】

〔一〕「明年五月爲七十生辰先期示兒子」，稿本題作「明年五月爲七十誕辰，余意欲從俗而力有不逮，稍爲鋪張恐難酬應，爰賦二律先期告示兒子，甯樸毋華勿作此無益之舉云耳」。

〔二〕「非憑自主持」，稿本作「由來孰改移」。

〔三〕「何須禱祝」，稿本作「奚須祝頌」。

〔四〕「得瓜得豆分明判」，稿本作「世間欲保千秋福」。

〔五〕「雨露滋」，稿本作「一點貽」。

聞警（四首）〔一〕

化日光天代幾更，斯民何幸享昇平。百年衽席登仁壽，一夕萑苻起戰爭。火始燎原須撲滅，草經滋蔓易縱橫。東南半壁成塗炭，養虎無端禍已萌。

此是紅羊換劫年，無端殺氣動蠻天。何人專閫河山寄，大地斯民水火懸。風鶴一聲驚草木，沙蟲四野化烽煙。出師太息英雄老，十萬貔貅尚裹氈。

到處聞聲響〔二〕鐲鐃，良田萬頃作荒郊。當關一將空稱勇，擣穴無人更進勦。國帑民財徧羅掘，吴頭楚尾恣咆哮。六朝金粉成灰土，例與人間總幻泡。

二十年來返故林，極天戎馬動愁吟。愧無大海迴瀾力，仍抱孤臣報國忱。身老何堪頻撫髀，時艱敢幸早抽簪。瓣香自向蒼穹禱，獻馘相期奏凱音。

【校勘記】

〔一〕「聞警」，稿本題作「憂時」。稿本與刻本互歧甚多，故全詩別録於次：

累洽重熙代幾更，斯民何幸享昇平。多年衽席無兵燹，一旦萑苻起戰爭。火始燎原須撲滅，草經滋蔓易縱横。西南半壁成塗炭，此事伊誰作禍萌。

出師命將已年年，奏捷無成害倍延。專閫徒爲兵死鬼，衝鋒誰作肉飛仙。一聲風鶴門開揖，遍野沙蟲命棄捐。太息生靈懸莫解，何時烽火得銷煙。

到處聞聲響鐲鐃，良田今已變荒郊。寇皆長髮誰驅戮，士即焦頭莫進勦。國帑民財都罄匱，吴頭楚尾尚咆哮。六朝金粉成塵土，付與黃巾作賊巢。

二十年來返故林，頻聞戎馬動愁吟。敢云濱海重洋隔，仍抱中原一片忱。身老豈堪還舞袖，時艱尚幸早抽簪。無才報國情猶切，遥祝大兵奏凱音。

〔二〕「響」原作「嚮」，據《北郭園詩文鈔》稿本改。

景孫體弱，未嚴課而詩文日進，喜而賦此〔一〕

暮年藉此足歡娛，鎮日摩挲筆硯俱。冀汝清聲逾老鳳，喜無覂駕異凡駒。文章有福關聰穎，軌範相期共步趨。最慰書香傳一脈，天將晚景慰桑榆。

【校勘記】

〔一〕「景孫體弱，未嚴課而詩文日進，喜而賦此」，稿本題作「小孫少坡頗具不凡之概，雖氣體孱弱不加督責，而偶作詩文，大有可嘉，老夫有後望矣，喜賦」。稿本與刻本互歧甚多，故全詩别録於次：

暮年何境足歡娱，鎮日文孫硯席俱。冀有清聲逾老鳳，喜無耎駕異凡駒。文章祇覺摹前軌，氣概先覘迥俗趨。累代書香今望爾，且寬心事撚吟鬚。

冬至祠祭〔一〕

緹室葭灰應歲寒，年年家祭薦杯盤。世遥端賴馨香報，老去方知拜跪難。百代清芬傳俎豆，一庭文苑列衣冠。君恩重疊絲綸捧，肸蠁應承告廟歡。

【校勘記】

〔一〕「冬至祠祭」，稿本題作「冬至祠祭偶作」。稿本與刻本互歧甚多，故全詩别録於次：

檢得朝衫自整彈，年年家祭届冬寒。世遥彌覺尊崇重，老去方知拜跪難。要有薪傳芬俎豆，可無瓜代振衣冠。君恩早晚榮鸞誥，告廟還欣換鶴丹。

女孫于歸有日，途梗未通，曾藍田總戎適携少君來迎，喜賦〔一〕

男錢女布亦尋常，酬酢紛紛此日忙。自檢衣裳添作嫁，竟勞釵鈿助催妝。襜軺遠道行親迎，棨戟名門附末光。知汝一篇嫺内則，善心應解事姑嫜。

【校勘記】

〔一〕「女孫于歸有日，途梗未通，曾藍田總戎適携少君來迎，喜賦」，稿本題作「女孫將嫁，因路途阻隔，幸總戎藍田曾公帶仝少君抵臨，迎娶不勝方便，感而賦此」。稿本與刻本互歧甚多，故全詩別録於次：

閨幃婚娶亦尋常，增得應酬幾日忙。戚好賓朋紛送嫁，金釵玉鈿競添妝。幸邀遠駕趨廬就，爲締名門忘路長。只有俗情難了處，臨分別恨惹人腸。

紅梅〔一〕

已過東籬菊傲霜，何來冷艷襯紅粧。萬株偏帶胭脂色，一賦猶留鐵石腸。垂老生涯歸獨鶴，迎年花事問寒螿。應教紙帳重重護，第一春風絳幔香。

【校勘記】

〔一〕此詩又載稿本。稿本與刻本互歧甚多，故全詩別録於次：

已過東籬菊傲霜，何來冷豔襯紅妝。凌寒偏染胭脂氣，獻媚更柔鐵石腸。破臘風光原後殿，迎年花事獨先場。莫嫌老境無顔色，鶴頂居然第一芳。

除夕〔一〕

忽忽光陰逆旅身，祭詩此夕話艱辛。頻聞爆竹千家響，又换桃符一度新。粢餌甑炊寒具品，椒花甕釀隔年春。老夫疏懶渾無事，隨例衣冠拜歲辰。

【校勘記】

〔一〕「除夕」，稿本題作「過年」。稿本與刻本互歧甚多，故全詩別録於次：

逆旅光陰似主賓，家家爆竹送迎頻。絲塵屋角都除浄，楹帖門前又换新。粢餌甑炊寒具品，椒花甕釀隔年春。老夫疏懶渾無事，隨例衣冠度歲辰。

鍾馗除夕嫁妹圖（二首）

堂堂如戟好髯鬚，一幅丹青嫁妹圖。豈篚羲爻歸帝乙，休教營室誤黄姑。女蘿山鬼三章曲，槐笏烏靴七尺軀。恰值桃符新换日，終南迎送有神荼。〔一〕

鳳曆新頒溯斗躔，七旬自是古稀年。河山兩戒昇平日，聞見四朝僻壤天。酒飲屠蘇杯共醉，音調太簇律開先。遥知烽火今猶警，願祝東南奏凱旋。〔二〕

【校勘記】

〔一〕「鍾馗除夕嫁妹圖」，稿本題作「詠鍾馗除夕嫁妹圖」。稿本與刻本互歧甚多，故全詩别録於次：

堂堂髯戟是夫夫，一幅丹青嫁妹圖。豈篚于歸占帝乙，休教許聘誤仙姑。女蘿薜荔佳人態楚辭山鬼：若有人兮山之阿，披薜荔兮帶女蘿。東帶烏靴壯士軀。恰值桃符新换日，或來送媵伏神荼。

〔二〕此詩稿本題作「丁巳元旦」。稿本與刻本互歧甚多，故全詩别録於次：

鳳曆新頒轉歲躔，七旬又喜壽添延。身經三代昇平日，眼見四朝盛治年。醉飲屠蘇杯最後，杖游榆社秩居先。側聞烽火今猶警，遥祝大兵奏凱旋。

即景

一春連日展晴暉〔一〕，應識風光草際歸〔二〕。梅蕊已開花尚少，柳芽初茁葉猶稀。每思健步還留屐，便欲尋春且掩扉。萬紫千紅看未遍，肯教相賞暫相違〔三〕。

【校勘記】

〔一〕「一春連日」，稿本作「新年三日」。

〔二〕「應識風光草際歸」，稿本作「百卉風光漸漸歸」。

〔三〕「萬紫」至「相違」凡十四字，稿本作「可識天工原有準，肯將人意事脂韋」。

迂談〔一〕

莫聽迂談笑口開，從來大匠費心裁。金防躍冶洪爐守，樹盼參天土脈培。未必文章關口耳，誰云混沌屬胚胎。讀書萬卷君須破，好倣昭明且築臺。

【校勘記】

〔一〕此詩又載稿本。稿本與刻本互歧甚多，故全詩別録於次：

子弟奚論才不才，要須大匠費心裁。金防躍冶爐當守，樹望參天土早培。未必高明原性始，誰云混沌本胚胎。此言終被旁觀笑，且把屠蘇醉幾杯。

齋居遣興〔一〕

小築三間安樂窩，蒲團坐破老頭陀。呼牛世上吾能答，旋馬廳前地豈多。幸可消閒搜典籍，有時乘興託吟哦。園丁爲報春光到，如夢鶯花一刹那。

【校勘記】

〔一〕此詩又載稿本。稿本與刻本互歧甚多，故全詩別録於次：

小小精廬亦樂窩，蒲團坐破老頭陀。磨牛踐踏蹤皆舊，垤蟻盤旋地不多。無可聚談惟典籍，有誰結伴自吟哦。園丁報道春光到，且待近游步緑莎。

贈佐才姪廷揚〔一〕

適館依然骯髒身，一枝可借豈愁貧。青雲不墜心猶壯，白日頻過氣未伸。轍鮒斗升誰活汝，鋏魚來去久依人。堪嗟肉眼多同輩，肥瘠相看似越秦。

【校勘記】

〔一〕「贈佐才姪廷揚」，稿本題作「贈佐才宗姪」。稿本與刻本互歧甚多，故全詩別録於次：

適館授餐孰主賓，無枝可借自憐貧。頻年場屋心猶壯，十載硯窗氣未伸。涸轍斗升能活汝，豪家意態總驕人。最堪惱恨鴒原輩，肥瘠相看似越秦。

丁巳春日柬述安司馬（二首）〔一〕

無分攀轅愛日瞻，音書一紙到閭閻〔二〕。暮雲春樹三年別，流水桃花兩度兼。淮老臨行曾乞覇，趙人戴德尚思廉。知君到處蒼生祝，指顧康侯錫馬占。

遥聞卜宅又新遷，宦海勞勞暫息肩。聽鼓轉蓬仍走馬，登車攬轡好先鞭。風塵未了三千牘，樾蔭長留十萬廛。我愧青氈還自守，頭銜如水度衰年。

【校勘記】

〔一〕「丁巳春日柬述安司馬」，稿本題作「丁巳三春柬述安司馬併寄七律二章」。稿本與刻本互歧甚多，故全詩別録於次：

無分扳轅再就瞻，音書枉復問郎潛。暮雲春樹三秋別，流水桃花兩度兼述翁以去年三月間卸事，趨郡至今又三月矣。淮老臨行曾乞覇，趙人戴德尚思廉。知君到處蒼生祝，指顧鶯遷慰皓黔。

遥聞爽塏又新遷，往日勞薪暫息肩。聽鼓趨公仍逐隊，登車攬轡肯收鞭。懷恩猶冀桑三宿，託庇嘗依耜一廛。自愧寒氈惟寂守，頭銜虚假度餘年。

〔二〕「閭閻」，刻本誤作「閻閭」。據黄美娥全臺詩鄭用錫集改。

和曾籥雲茂才驤見贈元韻〔一〕

旗鼓雄壇百萬兵，淋漓大筆冠羣英。無官好敘天倫樂，得地偏逢人境清。今日衣冠萃東海，多年琴劍别春明。小山咫尺如招隱，桂樹經冬亦向榮。

【校勘記】

〔一〕「和曾籥雲茂才驤見贈元韻」，稿本題作「次韻曾籥雲見贈之作」。稿本與刻本互歧甚多，故全詩别録於次：

文陣雄壇愧主兵，虚依講席伴群英。無官聊聚天倫樂，有地姑邀境跡清。早歲雞窗温舊業，多年蟹島别春明。而今倖得頭銜换，敢詡冬松向晚榮。

疊前韻贈籥雲〔一〕

紫電青霜武庫兵，如君嶽嶽復英英。直原在已身難枉，熱不因人心自清。豈過屠門思大嚼，爲分壁火借餘明。相期此筆淩雲去，升斗沾恩亦足榮。

【校勘記】

〔一〕「疊前韻贈籥雲」，稿本題作「寄贈籥雲仍依前韻」。稿本與刻本互歧甚多，故全詩别録於次：

一瓣南豐武庫兵，羞同噲伍獨英英。直堪利己身難枉，熱不因人志自清。豈過屠門思大嚼，爲分壁火借餘明。祈君橐筆雲霄去，升斗能沾亦足榮。

生日誌謝〔一〕

投老鄉關二十春，回思往事笑勞薪。朝廷於我同疣贅，鄉里憑誰許善人。兩序生徒留月旦，一經家學守輪囷。衹今四海多兄弟，愧壽阿同己卯辰。

【校勘記】

〔一〕「生日誌謝」，稿本題作「謝賓朋戚好諸公惠壽」。稿本與刻本互歧甚多，故全詩別録於次：

回首荊關二十春，撚鬚自嘆白如銀。朝廷於我同疣贅，鄉里阿誰許善人。幾度生徒評月旦，一經子弟課昏晨。祇今老大成何用，敢荷親朋祝壽辰。

同年富益齋別駕枉顧賦贈〔一〕

北轍南航四十春，翦燈一夕話前因。篋中新檢同年録，海上欣逢聚首辰。治譜如君聞已久，高軒今日始相親。天涯握手嗟何晚，回憶苔岑尚幾人。

【校勘記】

〔一〕「同年富益齋別駕枉顧賦贈」，稿本題作「別駕富益齋素未會晤，因在鹿溪卸篆，將赴噶瑪蘭之任，道經塹垣，辱邀過從，始知其爲戊寅同年友也，喜而賦此」。稿本與刻本互歧甚多，故全詩別録於次：

南北鄉闈四十春，相逢一旦話前因。當時早隔同年面，今日翻欣聚首辰。初晤只當鴻跡合，深談始覺鹿鳴親。天涯握手悲何晚，回憶苔岑尚幾人。

望雨

播種清明候已遲，今將穀雨未翻鎡。方虞先蟄雷頻發〔一〕，何意愆陽澤靳施。泣到鮒魚仍涸轍〔二〕，喚來鳩鳥更晴曦〔三〕。在山自笑閒雲閟〔四〕，未作甘霖慰怨咨〔五〕。

【校勘記】

〔一〕「頻發」，稿本作「驚響」。

〔二〕「到」，稿本作「去」。

〔三〕「更」，稿本作「轉」。

〔四〕「在山自笑閒雲閟」，稿本作「老夫豈是霑泥輩」。

〔五〕「未作」，稿本作「亦望」。

和籲雲見贈元韻〔一〕

久遂初衣結草堂，奇書百軸自生香。江山此去留模範，文物如今幾典章。築室相依三徑在，登壇雖老一軍張。畢生到此將何用，我且傾杯對釀王。

【校勘記】

〔一〕「和籥雲見贈元韻」，稿本題作「依韻和曾籥雲見贈」。稿本與刻本互歧甚多，故全詩別録於次：

久遂初衣味古香，野狐禪退亦開堂。近游花柳尋幽趣，閒共兒曹課舊章。自分名山情未了，敢誇老將力能張。畢生到此終無用，只得傾杯對釀王。

和籥雲望雨原韻〔一〕

襏襫耰耡尚未親〔二〕，誰爲琴劍太平民〔三〕。莫疑恤緯非關己，竊恐舐糠累及身。溝洫已枯頻待澤，桔槔纔歇又生塵〔四〕。吾儒豈有回天力〔五〕，祇自憂煎作杞人。

【校勘記】

〔一〕「和籥雲望雨原韻」，稿本題作「和曾籥雲禱雨原韻之作」。

〔二〕「尚」，稿本作「卻」。

〔三〕「誰爲琴劍」，稿本作「求霖願蒯」。

〔四〕「已枯頻」，稿本作「流枯田」。

〔五〕「纔歇又生塵」，稿本作「勞竭汗霑巾」。

〔六〕「吾」，稿本作「老」。

讀簫雲詩寄贈〔一〕

卓犖英才願未償，饑驅無力赴名場。長途屢蹶嗟羸馬，修脯無多漸餼羊。挾策能伸三寸舌，憂時空結九迴腸。匡廬嘯詠終何補，恐有旁人笑汝狂。

【校勘記】

〔一〕「讀簫雲詩寄贈」，稿本題作「讀簫雲送閱原作稿抄賦此寄贈」。稿本與刻本互歧甚多，故全詩別録於次：

卓犖英才願未償，饑驅無力就科場。豪門羈託惟修脯，末俗師生漸餼羊。論古瀾翻三寸舌，憤時熱結九迴腸。匡廬嘯詠終何補，尚恐有人笑醒狂。

示兒子〔一〕

喜懼親年汝亦知，人生幾見到期頤。情須稱量心常泰，福要能消分自宜。一脈書香當振刷，百年門祚賴扶持。關心葵筍家家餉，西崦何堪待澤時。

【校勘記】

〔一〕「示兒子」，稿本題作「先事再示兒子」。稿本與刻本互歧甚多，故全詩别録於次：喜懼親年最要知，人生幾個到期頤。情須稱量心常泰，福不能消分豈宜。得共壤歌逾奏谷，幸登壽域自延鳌。關心尤在當前景，旱暵秧田雨未施。

籥雲將歸里應秋試〔一〕

莫嗟鬢影幾成霜，籬菊當秋老更香〔二〕。誰贈綈袍憐范叔，曾燒丹鼎學淮王。枯桐爨下終知遇，寶劍匣中甯久藏〔三〕。且暫籠樊依野鶩〔四〕，冲霄看汝好飛揚〔五〕。

【校勘記】

〔一〕「籥雲將歸里應秋試」，稿本題作「籥雲茂才擬將内渡歸里，明年秋闈又届即用科場題壁原韻，賦此奉勸」。

〔二〕「老更香」，稿本作「亦擅場」。

〔三〕「枯桐」至「久藏」凡十四字，稿本作「函藏寶劍光難掩，爨剩良桐遇定償」。

〔四〕「籠樊依」，稿本作「樊籠同」。

〔五〕「冲霄看汝好」，稿本作「一經奮翮便」。

白桃花和籥雲作〔一〕

紅雨飛殘日又晴，鉛華一洗本天成。初開玉佩江干夢，新翦冰綃竹外明。沅水美人雙鬢縞，天台仙子五銖輕。可憐頮面重重恨，留與梨花訂此生。

【校勘記】

〔一〕「白桃花和籥雲作」，稿本題作「又和詠白桃花」。稿本與刻本互歧甚多，故全詩別録於次：

豈爲贈投始報瓊，夭姿潔素本天成。劉郎去後粧疑改，崔護來時認莫明。恐妒紅裙和月皎，聊同白袷試風清。非關頮面塗添粉，閒與梨花訂此生。

贈藍田姻丈（二首）〔一〕

海疆借汝作干城，極北磺溪一柱擎。堪歎河山成浩劫，能令草木亦疑兵。貔貅在昔稱威武，蠻觸於今息戰争。獨向雞籠山上望，摩崖大筆合書名。

里閈相依誼最真，蔦蘿幸施倍情深。雲泥雖隔欣聯臂，風月何緣託比鄰。君自虎羆稱上將，我仍鷗鷺作閒人。請看玉樹階前立，稚子能文是石麟。

【校勘記】

〔一〕「贈藍田姻丈」，稿本題作「寄贈協戎曾藍田姻翁」。稿本與刻本互歧甚多，故全詩别録於次：

海疆協將老干城，分鉞磺溪柱一擎。保障勳猷先獲醜咸豐三年，臺鳳嘉告警，新邑蕩摇，公率兵勇防堵，首獲賊魁曾佳角，人心大定，威聲草木亦疑兵。雞籠一戰民安集，蝸角群分俗息争。自此鶯遷膺薦擢，會看御座屢書名。

本屬同鄉誼最真，更邀蘿施倍情親。雲泥遠隔忘名分，南北相遠幸比鄰。君是麒麟圖上客，我爲鷗鷺侶中人。正欣蘭桂階前茂，子弟能文侍夕晨杜甫詩：將軍不好武，稚子總能文。

曾汝舟孫女倩雲峯自彰携女孫歸甯〔一〕

雲衢發軔此初基，努力英年及早期。駟馬高門欣邁種〔二〕，蒹葭倚玉望榮施。勳高虎帳家聲遠，錦奪龍山祖德貽。莫道將門惟有將，文壇如汝亦稱師〔三〕。

【校勘記】

〔一〕「曾汝舟孫女倩雲峯自彰携女孫歸甯」，稿本題作「青孺孫女倩英年卓越，自彰攜小女孫來暫歸寧，書以勵之」。

〔二〕「駟馬高門」，稿本作「蘭錡傳薪」。

〔三〕「文壇如汝亦稱師」，稿本作「筆鋒横掃亦雄師」。

作詩〔一〕

時時擁鼻作詩人，衰老餘閒硯席親。豈有江山供晚景，無多風月結芳鄰。編成束筍難醫俗，步學重臺且效顰。自笑三章下里曲，聊同擊壤太平民。

【校勘記】

〔一〕此詩又載稿本。稿本與刻本互歧甚多，故全詩別録於次：

作詩敢學古詩人，衰老餘閒且效顰。豈有江山供眺詠，無多風月暢吟神。編來筍束應嫌俗，覆去醬瓿尚笑陳。只合彙成下里曲，聊同擊壤廁村民。

七十自壽（八首）

微軀七尺宰官身，彈指春華去日陳。家世巾箱多茹苦，生涯饘粥諱言貧。千章喬蔭承先澤，一領寒氈作替人。緩帶敢同羊太傅，金環了了憶前因。

一卷琅琅讀父書，趨庭曾記惜居諸。五經鼓吹依函几，十載篝燈課草廬。拜母相傳能擇里丙寅年自壠遷塹，生兒敢負望充閭余十三歲能文。每思三命銘恭語，遺訓循牆尚宛如〔一〕。

負笈纔逾弱冠時，黌宮尺地許揚眉。待賡芊野三番試，曾踏槐花兩度遲。人羨開荒先得第臺灣土著成進士自余始，我慚摩壘獨搴旗。高堂白髮雙親在，贏得浮名慰所思〔二〕。

小駐東瀛又十春，更從北斗望星辰。分班樞部文兼武，畫諾儀曹夜復晨。拳曲非才難報國，初衣欲遂爲娛親。南陔日月從今永，饈膳筵開酒再巡〔三〕。

解組歸來鬢漸皤，問年已是六旬多。欲循子職悲親逝，未答君恩奈老何。閭里多艱誰保障，涓埃無補悔蹉跎。磺溪一水清如許，獨對秋風理釣簑〔四〕。

遷流日月幾寒暄，故我依然蝨處褌。敢説有才堪用世，謬從無佛獨稱尊。艱難夸父羲輪逐，慚愧靈光魯殿存。今日更增非分感，五花捧誥拜皇恩〔五〕。

朝簪久脱謝京華，繫馬階前往事賒。自詡名山容着屐，欲將身世問乘槎。鬢絲垂老渾如雪，枯木逢春笑作花。回首大羅天上事，紅綾早啖剩零牙〔六〕。

馬齒纔添七十辰，恰當斗柄指雙春。古稀每歎同儕少，夏五争推置閏因。兩度杯盤邀上客，百年風月幾閒人。老夫今日成衰朽，蓬矢桑弧負此身〔七〕。

【校勘記】

〔一〕此詩稿本題作「追述賦懷」。稿本與刻本互歧甚多，故全詩別録於次：

少小芸窗讀父書，鯉庭親奉督居諸。每隆脩脯延師席，自授功程課塾廬余少所讀經書功課，皆家君親定。遷舍已知能擇里自壟遷塹學業由是大進，成童即早望充閭余十三歲即能成文，家君器之。頗因聰敏多浮放，得訓循牆中疾徐。

〔二〕此詩稿本題作「追述賦懷」。稿本與刻本互歧甚多，故全詩別録於次：

芹餼已逾廿載時，功名非早亦非遲。三經省試方搏翮，兩上京闈便漸逵。人羡開荒先得第臺灣土著成進士者自余始，我慚摩壘轉回旗。最欣白髮雙親在，早盼榮歸慰渴思。

〔三〕此詩稿本題作「追述賦懷」。稿本與刻本互歧甚多，故全詩別録於次：

需次歸來十幾春，又從北上逐征塵。頭銜先就樞曹借，額缺旋膺秩部掄。自揣才能難報國，每懷膳寢得歡親。幸天果不辜人願，感遂烏私拜紫宸。

〔四〕此詩稿本題作「追述賦懷」。稿本與刻本互歧甚多，故全詩別録於次：

敢誇暮影足飛騰，回憶循陔歲愈增。子職略酬親已逝，君恩欲報老何能。只期共伴搜巾籍，常自孤吟對穗燈。冀廁堯民歌擊壤，那堪聞警尚軍興。

〔五〕此詩稿本題作「探聞大憲奏請二品封典得旨有日，喜而賦此」。稿本與刻本互歧甚多，故全詩別録於次：

廿年假養返江村，故我依然蝨處褌。敢説有才堪用世，愧從無佛獨稱尊。豈真夸父輪能逐，猶幸靈光殿尚存。今日更增非分感，虛名總出自君恩。

〔六〕此詩稿本題作「七十自笑」。稿本與刻本互歧甚多，故全詩別録於次：

朝簪久脱去京華，僅博虛名敢浪誇。自顧鬢邊渾似雪，還從錦上再添花。衰容傅粉羞争豔，枯木逢春笑發芽。莫把榜中聯五老天復初，杜德祥知貢舉，放曹松、王希、劉象、柯崇、鄭希顔等及第，年皆七十餘，時號爲五老榜，紅綾早啖剩殘牙徐演詩：莫欺老缺殘牙齒，曾吃紅綾餅餤來。

〔七〕此詩稿本題作「今年爲雙春之年，又置閏在五月，余以七旬生誕會逢其適，藉端起詠以博一笑」。稿本與刻本互歧甚多，故全詩別録於次：

賤齒纔添七十辰，恰當歲閏併雙春。天中已届鼇方祝，夏五重逢慶再申。兩度韶光終復始，一年節候舊增新。老夫竊引爲佳話，未必休祥驗此身。

生辰得雨〔一〕

湖海歸來剩此身，廿年閒散守江濱。空留出岫爲雲態，猶作平疇課雨人。已博斗升分涸轍，競傳弧矢正嘉辰。長生報束慚何敢束晳傳：衆爲歌曰，束先生通神明，請天三日甘雨零，聊伴堯天擊壤民。

【校勘記】

〔一〕「生辰得雨」，稿本題作「壽日得雨」。稿本與刻本互歧甚多，故全詩别録於次：

假養歸來剩此身，廿年閒散守江濱。久虚解旱爲霖望，猶作占晴課雨人。泣鮒難分升斗活，稱觥偏值渥霑均。長生報束慚何敢束晳傳：衆爲歌曰，束先生通神明，請天三日甘雨零。我黍以育，我稷以生。何以疇之，報束長生，聊伴堯天擊壤民。

詠柳（二首）〔一〕

長條細拂午風輕，添得園林景色清。滿地夕陽誰繫馬，一庭細雨每藏鶯。隨花掩映饒佳勝，與竹高低互送迎。若便柴門招隱去，也應五柳號先生。

春明門外逐車輪，一色青青迹已陳。鋪白氈如迎貴客，舒青眼總屬才人。曾依九陌彈衣汁，猶拂千絲掃路塵。生性纏綿情最軟，故應獨占渡江春。

【校勘記】

〔一〕「詠柳」，稿本題作「小齋柳樹數株，未及三四年，遂爾日新月盛暢茂已極，喜而生感末章藉以自諷」。稿本與刻本互歧甚多，故全詩別録於次：

□□□□□風輕，添得園林景色清。地僻人稀誰繫馬，齋□□□□□鶯。隨花掩映饒佳勝，與竹高低互送迎。若□□□□□□，也應五柳號先生。

□□□□□□□，□□□□□已□。鋪白氈如迎貴客，□□□罔闻□□。□□□□彈衣汁，空傍孤園掃路塵。生性水懦何如火，□□□占渡江春。

敗將

登壇猶是漢嫖姚，垂首沙場馬不驕。一付頭顱知苟免，半生肝膽愧全消。驚弓欲避同飛鳥，解印無功紀插貂。莫笑于思曾棄甲，十年猿臂病無聊。

羸卒

桑乾負戟又葱河，萬里奔馳兩鬢皤。懶聽軍書徵姓字，强將病骨曳干戈。千山風鶴聞聲憚，一輩沙蟲奈老何。似此頹唐呼不起，淮陰無計將多多。

柝聲

折戟沈沙二百年，重聞嚴柝抱關前。白裘狗盜應難遁，絳幘雞人不再眠。百堞孤城環守地，萬家殘月薄寒天。聲聲莫怨西風急，管鑰微臣隱亦賢。

機聲

鮫室波寒不廢機，何堪促織又聲悲。倩桃悔抵青樓曲，蘇蕙愁編錦字詩。十載故人從閣去，一燈慈母課兒時。報章擬向天河索，牛女當年事亦癡。

琴聲

碧梧庭院七絃悲，埽地焚香待月遲。山水有緣應識我，斧柯莫假更何之。機心此後鳴蟬捕，絶調當年舞鶴知。霜籟一天花落去，可曾魂夢入牙期。

雁聲

舊國啼霜淺渚邊，入秋詩思冷於烟。江南客夢三千里，塞北音書十九年。露白不堪如此夜，月明無可奈何天。傷心寒到蘆花水，莫叩瀟湘漁父舷。

蛩聲

亭院蕭條秋草生，孤燈四壁夜三更。從軍有女思何苦，卒歲無衣懶亦驚。高枕最難將夢續，空階況是欲天明。半間堂圮昏鐘動，落葉江山漫戰爭。

雞聲

振衣猛省惡聲來，起舞劉琨匣劍開。斷尾卻憐身自棄，雄冠猶冀世多才。危關無路何人唱，茅店殘更有月催。寄語司晨休錯過，汝南塒塒長蒿萊。

蟬聲

獨聽宮槐寒雨晴，荒凉不似去年聲。此心高尚原難飽，無口何緣解善鳴。莫作化身中夜泣，争禁久客萬愁生。勁風危露休嗚咽，我亦頭銜一例清。

卷五

五言絶句

新擬北郭園八景〔一〕

小樓聽雨

南樓憑几坐，過雨又瀟瀟。有味青燈夜，爲予破寂寥。

曉亭春望

閒立此孤亭，春光到眼青。東南山最好，金碧列圍屏。

蓮池泛舟

鼓楫正中流，蓮塘泛小舟。連城橋下過，四面芰荷浮。

石橋垂釣

且理釣魚絲，石橋獨坐時。一竿遺世慮，最愛夕陽遲。

小山叢竹

有山兼有竹，宜夏亦宜秋。絶似篔簹谷，新封千户侯。

深院讀書

逍遥深院裡，一片讀書聲。金石開環堵，應推福地名。

曲檻看花

新築闢蒿萊，名花倚檻栽。迎年長有菊，羯鼓不須催。

陌田觀稼

好雨平疇足，門前似罫棋。繪來臺笠好，一一聚東菑。

【校勘記】

〔一〕「新擬北郭園八景」，稿本題作「新擬北郭園八景，藉以命題，率成七絶八則」。稿本與刻本互歧甚多，故全詩別録於次：

小樓聽雨

老子南樓興自遥，如何過雨又瀟瀟。天公爲我難消遣，故送丁東破寂寥。

曉亭春望

曉來閒立此孤亭，無限春光到眼青。更有增人騷興處，東南一帶列山屏。

蓮池泛舟

水繞亭邊四面浮，蓮塘人泛小漁舟。要知得竅中流處，鼓楫任教自在遊。池中隔有短橋，舟要從橋洞穿過，故云。

石橋垂釣

凭欄且理釣魚絲，短曲石橋坐釣時。料想一竿將下去，怕來陽鱎餌難垂。

小山叢竹

山無草木號爲童，況是由來累石崇。難得有山兼有竹，可知人力奪天工。

深院讀書

杖履逍遥院裡行，最欣處在讀書聲。古來金石開環堵，況此謬推福地名。此園之築，人共推爲福地。

曲檻看花

書齋新築闢蒿萊，無數名花倚檻栽。賴有滋培人力厚，不須羯鼓漫相催。

陌田觀稼

阡陌門前似罫棋，兒曹稼穡最先知。有誰能識瑯琊稻，何至茫茫菽麥癡。

七言絶句

目力〔一〕

目力無多不似前，看花如霧更茫然。笑他秋水雙瞳翦，我已勞勞七十年。

【校勘記】

〔一〕此詩又載稿本。稿本與刻本互歧甚多，故全詩别録於次：

目力無多倍減前，近能看字遠茫然。自從孩歲司明起，我已勞他七十年。

歎老

裘馬五陵同學輩，雲龍下上日相親〔一〕。那知到老交遊盡，落落孤蹤剩此身。

【校勘記】

〔一〕「裘馬」至「相親」凡十四字，稿本作「年少相看似路塵，得逢同輩便情親」。

盂蘭會（三首）〔一〕

中元肆赦事荒唐，點鬼如何歲歲忙。變幻豈真有地獄，人心險惡即桁楊。

餤口家家説賑孤，盤堆珍果酒盈壺。若敖有鬼如真餒，博得酆都一飯無。

姓氏編排各一行，先期覺路列燈光。喧天簫鼓魚龍舞，舉國今宵盡若狂。

【校勘記】

〔一〕「盂蘭會」，稿本題作「盂蘭之會遞傳已久，惟臺灣極奢麗，而淡水爲甚，亦風俗尚鬼之偷也，書以慨之」。稿本與刻本互歧甚多，故全詩别録於次：

中元赦罪亦荒唐，點鬼録囚孰主張。如果陰司有地獄，不應暫放歲爲常。
餤口家家説賑孤，盤堆珍果酒傾壺。果真鬼是若敖餒，一飯酆都感載途。
盆設盂蘭演道場，先期覺路引燈光。喧天簫鼓魚龍舞，惹得城庙盡若狂。

虚名

一生盡博此虚名，經濟文章兩不成。天亦曲全寬賦予，免教泯没度昇平。〔一〕

【校勘記】

〔一〕稿本詩末有注「此詩極省一字無可删改自評」。

童子普〔一〕

寸魂尺魄竟叢叢，普施彭殤一例同。知否草元亭下路，童烏今日哭秋風。

【校勘記】

〔一〕此詩又載稿本。稿本與刻本互歧甚多，故全詩别録於次：

盂蘭勝會到兒童，想是彭殤一例同。嬉戲何知陳俎豆，安排未免累家翁。

中元觀城隍神賑孤（二首）〔一〕

神輦扶來鹵簿譁〔二〕，滿街香火迓爺爺。不知男女緣何事〔三〕，爲解凶災共荷枷〔四〕。

恤祭陰孤飯滿筐，拋遺塵土雜餘糧〔五〕。可憐南邑珠同貴，莫貸監河半粒償。時臺郡米價騰貴，民有食薯葉者〔六〕。

【校勘記】

〔一〕「中元觀城隍神賑孤」，稿本題作「中元觀城隍賑孤」。

〔二〕「譁」，稿本作「奢」。

〔三〕「緣何事」，稿本作「罹何罪」。

〔四〕「荷」，稿本作「戴」。

〔五〕「雜」，稿本作「亦」。

〔六〕「時臺郡米價騰貴，民有食薯葉者」，稿本作「時聞臺郡米價騰貴，民有或食薯葉者，適因事嘆及之」。

安晚

最愛安閒樂晚年，人生何事被塵牽。我今亦自稱安晚，要與吾家作比肩〔一〕。鄭清之自號安晚。

【校勘記】

〔一〕「要與吾家作比肩」，稿本作「不向他家拾唾涎」。

十年

十年難學到詩翁〔一〕，少不如人老豈工。只爲村居無一事，聊將晚景付吟筒。

【校勘記】

〔一〕「到」，稿本作「一」。

梁兒添孫喜賦〔一〕

七十筵開北海樽〔二〕，纔經兩月又生孫。老夫正喜含貽弄，他日能興通德門〔三〕。

【校勘記】

〔一〕「梁兒添孫喜賦」，稿本題作「二小兒再添一丁喜賦」。

〔二〕「筵開北海樽」，稿本作「堂前啟壽樽」。

〔三〕「他日能興通德門」，稿本作「何事鬅鬙鑷白痕」。

戲作

轉眼光陰境易遷〔一〕，敢云心緒似當年〔二〕。而今已作泥沾絮，不學神仙只學禪〔三〕。

【校勘記】

〔一〕「易」，稿本作「亦」。

〔二〕「敢云心緒似」，稿本作「風流漫説是」。

〔三〕「不」，稿本作「敢」。

春檳榔

生長蠻烟瘴雨鄉，非關消食饋檳榔〔一〕。可憐衰齒全無用，薄味仍須借汝嘗〔二〕。

【校勘記】

〔一〕「饋」，稿本作「餉」。

〔二〕「仍須借汝嘗」，稿本作「亦難自主張」。

三月菊花（二首）〔一〕

歷盡風霜年復年，天留晚節鬬繁妍。春花不比秋花瘦，此是延齡第一仙。

處士家非富貴家，偏教冷艷作春華。莫嫌老圃無顏色，又向東君殿百花。

【校勘記】

〔一〕「三月菊花」，稿本題作「詠三月菊花」。稿本與刻本互歧甚多，故全詩別録於次：

歷盡風霜節本堅，天留碩果鬥繁妍。秋花不比春花弱，此是延齡第一仙。
處士家非富貴家，偏教冷艷並芳華。近來年少輕先輩，莫向東君獨自誇。

小孫放風箏志勗〔一〕

昂藏意氣入雲煙〔二〕，喜放風箏到九天〔三〕。要識扶搖能直上，全憑一線手中牽。

【校勘記】

〔一〕「小孫放風箏志勗」，稿本題作「小孫好放風箏吟此志勗」。
〔二〕「昂藏意」，稿本作「兒童志」。
〔三〕「喜放」，稿本作「放出」。

借菊〔一〕

三徑新開欲倣陶，愧無素艷負清高。借人顏色秋花好，伴我來題九日餻。

【校勘記】

〔一〕此詩又載稿本。稿本與刻本互歧甚多，故全詩別録於次：

新築柴桑欲倣陶，愧無素豔負清高。春花不比秋花貴，乞得數株亦自豪。

凌虚臺〔一〕

亭亭花木恰相宜〔二〕，添築高樓景更奇〔三〕。贏得親朋相過訪〔四〕，敢誇好客鄭當時。〔五〕

【校勘記】

〔一〕「凌虚臺」，稿本題作「再作」。
〔二〕「亭亭」，稿本作「樓亭」。
〔三〕「樓景更」，稿本作「臺景又」。
〔四〕「相過訪」，稿本作「争賜顧」。
〔五〕詩末稿本有注「漢鄭當時名莊，常置驛馬，請謝賓客，夜以繼日」。

和迂谷題贈北郭園原韻（三首）〔一〕

齋居環堵半依城〔二〕，到老全無一事成〔三〕。差喜青燈仍有味〔四〕，時聽兒輩讀書聲。

一局殘棋袖手觀，園林拓地水雲寬。人間熱夢知多少，敢託高名不愛官。〔五〕

閒來又自種花忙，爲借春陰奏緑章〔六〕。他日親朋重訪處，好教認作鄭公鄉〔七〕。

【校勘記】

〔一〕「和迂谷題贈北郭園原韻」，稿本題作「恭次迂谷中翰題贈北郭園七絶原韻」。

〔二〕「環堵」，稿本作「里閈」。

〔三〕「成」，稿本作「精」。

〔四〕「差喜青燈仍有味」，稿本作「贏得假歸閒自在」。

〔五〕此詩又載稿本。稿本與刻本互歧甚多，故全詩别録於次：

收盡殘棋局外觀，園林花木漫相寬。人情富貴須思熟，敢託高名不愛官。

〔六〕「爲」，稿本作「乞」。

〔七〕「作鄭公」，稿本作「是鄭家」。

感作〔一〕

勞勞相送碧油幢，遺愛重尋繫馬樁。一笑衣冠同傀儡，上場又説換新腔。

【校勘記】

〔一〕「感作」，稿本題作「有感而作」。稿本與刻本互歧甚多，故全詩别録於次：

勞勞心力兩年間，總爲斯民化梗頑。正喜廣場争看戲，梨園又説换新班。

雜詠（二首）

興到時將墨細磨，長箋一幅自吟哦。此中别有長生術，自古神仙脈望多。〔一〕

世事如今果大難〔二〕，人情反覆似波瀾。只須静守江頭看，不上灘來便下灘〔三〕。

【校勘記】

〔一〕此詩又載稿本。稿本與刻本互歧甚多，故全詩别録於次：

興到便將墨細磨，不分長短自吟哦。兒童恐擾精神倦，那覺精神養更多。

〔二〕「果大難」，稿本作「大是難」。

〔三〕「不上灘來便下灘」，稿本作「稍不上灘便下灘」。

孔雀生卵不自伏以雌雞代之（二首）〔一〕

螟蛉果贏負來奇，松柏曾相附兔絲〔二〕。誰料朱公同飲啄，家禽從此是同支〔三〕。

世俗多忘位置卑，攀鸞附鳳漫相欺。卻憐五色圓文輩〔四〕，轉與微禽共塒塒。

【校勘記】

〔一〕「孔雀生卵不自伏以雌雞代之」，稿本題作「家有孔雀，生蛋不自懷抱，姑以雌雞代之，題此以付一笑」。

〔二〕「曾相」，稿本作「亦曾」。

〔三〕「誰料」至「同支」凡十四字，稿本作「豈有屬毛兼出腹，親生兒作寄生兒」。

〔四〕「卻」，稿本作「可」。

齋柳爲颶風所摧以繩繫之〔一〕

生來弱質易飄零，誰向風前獨乞靈。我欲長繩垂地綰，莫教人誤護花鈴。

【校勘記】

〔一〕「齋柳爲颶風所摧以繩繫之」，稿本題作「齋前楊柳一株，被颶風掃捲幾至傾倒，因以長繩繫之，亦将伯之一助也」。稿本與刻本互歧甚多，故全詩別録於次：

許多樹木亂飄零，誰向孟婆獨乞靈。且把長繩絛細綰，莫教人誤護花鈴。

即事感懷

身世由來似轉篷，拍浮一笑總成空〔一〕。何如早返中流檝，幾個歸帆遇順風〔二〕。

【校勘記】

〔一〕「拍浮一笑」，稿本作「黄粱一夢」。

〔二〕「歸帆」，稿本作「波濤」。

不寐〔一〕

遲遲鐘鼓數殘更，一枕黄粱夢不成。猶記早朝趨侍日，花陰曙色聽宫鶯。

【校勘記】

〔一〕此詩又載稿本。稿本與刻本互歧甚多，故全詩别録於次：

夜長漏轉鼓催聲，輾轉衾裯夢不成。猶記早朝趨侍日，每看鐘表聽支更。

獨坐無聊爲景孫評文〔一〕

故交零落已無多，風雨漫天自嘯歌。幸有小同親侍立，一庭書帶影婆娑。

【校勘記】

〔一〕「獨坐無聊爲景孫評文」，稿本題作「獨坐無聊，少坡小孫每以所作詩文請削，亦老年之佳勝也」。稿本與刻本互歧甚多，故全詩别録於次：

晨星散落已無多，風雨祇應自嘯歌。幸有桐孫娱蔗境，時將文字問推摩。

老來嬌（二首）〔一〕

千紅萬紫鬭繁華，獨立西風對暮霞。羡汝經霜顔色好，一枝一葉勝如花。

何須顧盼屬東君，葉葉流丹映夕曛。偏向空山鐃晚節，秋娘未許妒同羣。

【校勘記】

〔一〕此詩又載稿本。稿本與刻本互歧甚多，故全詩別録於次：

千紅萬紫鬭繁華，弱質朝榮枉自誇。幾個經霜秋不老，一枝一葉勝如花。

何須顧盼屬東君，一段風流老尚存。况復英華呈燦爛，春容秋質有誰分。

冬至前二日大雨〔一〕

南檐曝背一冬晴，忽聽芭蕉葉有聲。記否雪花如掌大，圍爐舊夢在春明。

【校勘記】

〔一〕此詩又載稿本。稿本與刻本互歧甚多，故全詩別録於次：

春天多雨冬多晴，俄聽簷前溜有聲。若在北方當下雪，來年二麥慶收成。

補悼亡作（十首）〔一〕

傷心死別廿年期，往事依依淚暗垂。迴憶深閨初待字，當時辛苦覓門楣。

二八于歸正及笄，釵荆裙布作山妻。記曾花下相携日，我亦淳于竟贅齊。
竟謝繁華井臼操，多君晨夕獨勤勞。草廬次第春風到，看取門前駟馬高。
添香夜夜理殘篇，但祝兒夫早着鞭。人願天從同一笑，黌宮長憶聽鐘年。
食性能諳賴有君，南陔饈膳相夫勤。秋風一櫂三山夢，戒旦雞聲尚汝聞。
秋闈三度兩春明，計日看登萬里程。差喜泥金相慰藉，看儂甲乙榜題名。
蘭臺走馬正應官，惆悵臨歧淚暗彈。祇爲瘦軀愁汝病，别時容易見時難。
頻年藥石覓參苓，瘦骨誰憐鏡裏形。卻幸歸田汝無恙，眼看兒子擢明經。
一索充閭喜氣盈，笄珈三度拜恩榮。如何西笑拈花去，未聽兒曹奏鹿鳴。
刹那五十一年身，營奠營齋更愴神。此去應無泉壤憾，鸞章新拜太夫人。

【校勘記】

〔一〕「補悼亡作」，稿本題作「追述亡妻舊德七絶十二章以示兒孫」。稿本與刻本互歧甚多，故全詩别録於次：

悼亡已近廿年期，往事依依尚可追。遥溯深閨初未字，舅翁早爲覔門楣。
多君舉案便齊眉，十六于歸歲未笄。愧我難行親迎禮，翻同秦贅婿從妻。

嬌養娘家本富豪，孟光井臼竟親操。羡君脚跡登門好，自此寒廬漸漸高。
聞雞戒旦敢安眠，惟愛而夫快着鞭。果幸天從人意願，採芹食餼自聯翩。
敬事舅姑孝早聞，又從閫内相夫勤。每當内渡觀光日，早晚炷香禱祝焚。
鄉闈三度兩春明，整拾行裝促起程。冀上竿頭心似渴，看儂甲乙榜書名。
征車北上赴京官，臨别牽衣淚暗彈。祇爲孱軀多疾病，回頭每怕見應難。
虧他醫藥保餘生，勉事老姑自奉羹。竊喜假歸人宛在，長兒時恰擢明經。
旗匾門閭再表旌，三番得遇拜恩榮。可憐鸞鏡分飛去，未睹此兒捷鹿鳴。
鸞章舊已及榮身，又荷絲綸寵命申。他日子孫堂下拜，徽稱共仰太夫人。

歎老（二首）〔一〕

百歲光陰一笑堪，我今得七尚餘三。自慚於世都無補，生死書叢作蠹蟫。
繫腰觀井説彭籛，泥絮風情入定中〔二〕。不管雨雲紛變態，得邀無事便神仙。

【校勘記】

〔一〕此詩又載稿本。稿本與刻本互歧甚多，故全詩别録於次：
人壽動將百歲談，我今得七尚餘三。可憐於世全無補，只作書中老蠹蟫。

繫腰觀井說彭籛，幾個能將福命延。世變愈乖人愈險，得邀無事便神仙。

〔二〕「中」，據一九五九年臺灣銀行經濟研究室印行的北郭園詩鈔，應爲「年」。

感悟

富貴功名豈夙因〔一〕，半由天定半由人。而今迴憶當年事，始覺先機驗若神。

【校勘記】

〔一〕「豈」，稿本作「本」。

自解〔一〕

功名何必較嬴輸，一枕黃粱有若無。領取老莊齊物論，此中勞逸總懸殊。

【校勘記】

〔一〕「自解」，稿本題作「迂談自解」。

春晴望雨〔一〕

清明時節未紛紛，天半誰爲出岫雲。但卜天心來日雨，家家豚酒賽榆枌。

【校勘記】

〔一〕此詩又載稿本。稿本與刻本互歧甚多，故全詩別録於次：

清明祭掃自紛紛，遍處耕農欲斷魂。未卜天心何日雨，無人叱犢到前村。

燈下口占〔一〕

荏苒光陰只自憐，一燈兀坐愛逃禪。老夫不解燒丹術，贏得清閒便是仙。

【校勘記】

〔一〕「燈下口占」，稿本題作「燈下目想口占」。稿本與刻本互歧甚多，故全詩別録於次：

舐掌孤熊只自憐，求名求利費心纏。老來不解鍊丹術，僥得清閒便是仙。

自歎〔一〕

晨星朋輩鬢皤皤〔二〕，回首前塵一刹那。試看兒童都長大，始知人世閲來多〔三〕。

【校勘記】

〔一〕「自歎」，稿本題作「自嘆併以示勗」。

〔二〕「朋輩鬢皤」，稿本作「行輩鬢俱」。

〔三〕「人」，稿本作「生」。

題曼倩偷桃圖（二首）〔一〕

託根仙界實離離，王母堂前結子時。漫道仙家能辟穀，如何臣朔尚稱饑。

歲星等是地行仙，偷得蟠桃閬苑前。三度去來真一瞥，人間已是九千年。

【校勘記】

〔一〕此詩又載稿本。稿本與刻本互歧甚多，故全詩别録於次：

托根仙界實離離，幾個頻逢結子時。漫道啖來當辟穀，一囊粟尚説臣飢。
上書曾侍漢廷前，偷得蟠桃更快焉。如此有才兼有壽，三偷已在九千年。

戲贈鶴珊〔一〕

託迹潛園宇宙寬，故鄉歲月樂盤桓。使君疑是陶宏景，既愛山林更愛官。

【校勘記】

〔一〕此詩又載稿本。稿本與刻本互歧甚多，故全詩别録於次：
取號素名鶴頂珊，潛園又費幾雕鑽。使君終是猿驚客，隱愛山林更愛官。

消閒雜詠二十五首

吴宫教戰（二首）

無端盤馬學彎弓，滿地燕支一笑空。迴憶兵符金帳竊，魏妃還是女英雄。
陣雲慘淡暗吴宫，狼籍桃花血濺紅。千古馬嵬同一轍，美人無計奈英雄。

高漸離筑

十載潛身託宋傭，解裝未出髮先衝。如何又誤咸陽擊，暴魄空教褫祖龍。

遊子吟

落拓江湖壯志違，扁舟何日挂帆歸。傷心累卻深閨婦，無歲秋風不寄衣。

班妃團扇

炎凉閲盡扇中身，長信宫寒月似銀。料得秋風腸斷日，相憐惟有竹夫人。

忍凍敲詩（二首）

蠻烟瘴雨暗江濱，瘦盡梅花悟昔因。到底不知風雪苦，策驢猶自覓前身。
硯冰料峭筆呵頻，聳立吟肩雪一身。怕冷詩僮私自語，可憐辛苦作詞人。

避債臺

紛紛叩闕索逋人，高築危臺不諱貧。堪笑一朝天子貴，頭銜至竟亞錢神。

餞春

離筵狼籍落花辰，燕子鶯哥孰主賓。寄語東君須痛飲，十千婪尾莫辭貧。

龍王嫁女

一派笙歌出禹門，波臣水伯送魚軒。他時九子傳奇種，贔屭真堪作外孫。

鴻門宴

鴻門風急劍光寒，炎漢天心欲改難。生斫卯金亦癡事，空教碎斗髮冲冠。

酒衣（二首）

衾天席地醉江干，別有乾坤酒國寬。千載知心贖紅友，綈袍合贈故人寒。

典盡金貂怯影單，罏頭一醉不知寒。菟裘營向糟邱老，衣被春風兩袖寬。

廣平賦梅

幾生修福到清閒，鐵石心腸伴玉顔。宰相頭銜花一品，調羹賦手重人間。

征邊

貔貅十萬抵胡天，拔幟登壇衆志堅。虜得降王期報國，論功不羨勒燕然。

明妃出塞（二首）

萬里胡沙月暗天，琵琶聲斷玉關前。解環羞寄征邊將，爲結君王再世緣。

一曲聲寒馬上絃，酸風苦雨泣胡天。出宮得見君王面，猶勝阿房卅六年。

元旦新門神到任

頭銜初換喜新遷，印綬長披玉闕前。從此門前無狗盜，勞他鎖鑰管年年。

舊劍

補綴原關中闖事，莫邪不用太無聊。牽衣我欲持三尺，斬此安昌答聖朝。

一紙爐（二首）

紙爇銀鐺巧製高，純青火裏煮松濤。趨炎到底成灰易，多事抽薪止沸勞。

此去無須埽葉勞，列鐺松下夕陽高。可憐世上人情薄，冰炭叢中鬧一遭。

征邊將

萬里風寒夜枕戈，爲君收拾舊山河。封侯豈是儒生福，愧向胡沙奏凱歌。

琵琶

大小盤珠落指頭，忽雷聲繞四絃秋。明妃去後潯陽老，塞草江花一例愁。

鬬酒

森嚴酒令出奇籌，拇戰紛嘩未肯休。忽報降旗壇上豎，乘酣奏凱過糟邱。

照身鏡

空中色相證瞿曇，看取狂奴故態憨。我自前身認明月，舉杯一笑影成三。

述穀堂制藝

卷一

論語

我對曰：無違

述無違之對於門人，欲以發所未達也。

夫無違之對在孟孫，於樊遲何與哉？子爲樊遲述之，非欲以發所未達乎？若曰吾黨之教人也，亦恃其人之默爲領耳。其人能默而領之，則挾所問而來，自得所對而去。在彼固無庸循聲而再叩，在我亦何妨境過而輒忘。

不謂今者孟孫問孝，竟令我他日猶念也。何則？天下惟孝最無窮，故近之則爲庭幃之常理，擴之則爲天地之大經。使繁稱博引，何嘗不示以靡遺。然泛舉之，而使莫識所循，不如切舉之，而使確有所據也。

天下惟孝當自盡，故問者原非有他求，而答者要不歧所指。使更僕紛陳，何嘗有踰於至誨。然教不於倫，令人莫從所適，何如言貴有當，令人不昧所歸也。則我之對孟孫，舍無違，其奚屬哉。

蓋無違者，約詞也，而以我之對孟孫，則詞約而旨賅。無違者，虛詞也，而以孟孫承我之對，則詞虛而義實。

我不敢知，曰孟孫其能領我無違之旨，否也。以我設教杏壇，誨人不倦，一旦世卿考訪，苟得反覆詳明，陰以杜其奢侈相尚之風，陽以示讓善於親之意。豈非予心所甚慰。乃含意而未伸，方欲辨而已忘。就令彼知我意之無他，而曲折未及推尋。保無文貌之周旋，遂謂師承之有自。是不以所聞爲己誤，而轉增伊戚之自貽。前言在耳，而謂我烏能以度外遺之。

我不敢知，曰孟孫其能稔我無違之義，否也。以孟孫大家世族，怙寵相承。一旦進質同堂，或者殷勤名教，不樂爲翩翩之公子，而願廁抑抑之大儒。豈非予意所相需。乃乍叩而即鳴，竟驟聞而遂退。即使彼或能徐而自察，萬不至私心大相刺謬。保無以曲從之阿順，致滋畢世之大慚。是不爲孟孫之藥石，而適爲孟孫之疾疢。往訓猶存，而謂我能恝然置之。

夫非我於孟孫有所靳也。以我深望孟孫，原不敢以大意略陳，等一詞之莫贊，第此當前之啟發。與其盡言無隱，無使再質而更伸，何若餘味併包，聊引解人之求索。而孟孫不知也。未對之先，孟孫爲政，既對之後，以我爲政。聽者孟孫，而誤者由我。我安能忘其爲我也。亦非孟孫於我有所厭也。

以孟孫求教於我，諒祇以初筮已告，不必再三而反瀆，無如片語之提撕。意所已括之端，煩言之，固有不可。意所未萌之處，姑置之，轉有未能。而孟孫又不知也。無違之說，不可易。無違之說，不可易而又可易。孟孫縱不能爲我咎，我不得不爲孟孫危。

我將奚以謝孟孫也。進觀轉告樊遲，而子對以無違，其旨其義，昭然若揭矣。

【評】

五字中有無限期望之意，有無限惋惜之情。文迴環往復，曲曲傳出聖人口吻，千載如新。年愚姪梁鳴謙

夏后氏以松，殷人以栢，周人以栗

歷言三代之社，皆各有所以矣。宰我告公以此，夏殷及周，其各有分屬者乎。且自后王建邦設都，而祀列勾龍之享。説者謂神地之道，理宜從同，不知實隨時而起焉者也。蓋三王迭興，壇壝亦襲舊規，而樹木必標新異。居今日而上溯典章之美報，正不可昧封殖之攸殊矣。

公而以社爲問乎，夫魯有周社，有亳社。周社者，周天子爲羣百姓而立也。亳社者，周天子爲亡國者戒也。

遐想我周初基，當夏政衰頽之日。其時公劉居邠，相陰陽，觀流泉，厥居奠矣。而立社之名，書缺有間。迨亶父，迺立冢土，典則遂昭，至今不廢。此周社之所由起，非若荒遠難稽者比也。然而社固有所樹焉，此其制又不自我周始也。則言其所樹，不可不鑒於有夏，亦不可不鑒於有殷。

讀禹貢之紀，杶榦栝栢，來自荆州，則舉方物而植新都，亦足昭功德之稱。夏之社以栢，宜也。讀殷武之篇，松桷有梴，安其廟寢，則孝先王而用報功，亦足覘赫濯之靈。殷之社以松，宜也。乃夷考當日，竟不以此閒。

嘗歷冀方，過安邑，適耿亳之舊封，尋商邱之故壤。二代之文獻，已無復存矣。而夏之社以松，殷之社以栢，彼都人士，猶能道之。迄今杞降爲夷，宋執於楚，君子歎其社之已屋，而其子孫又皆孱弱而不振，抑亦祖宗之創制，有未深詳者乎？

若我周之立社，則又何以哉？周之興也，甘棠共誌謳歌，棫樸致美薪槱。自郊媒啟瑞，而後泰圻增輝。其所以資庇蔭而固苞桑者，豈無嘉植之足樹也者？即不然，路寢孔碩，松栢新矣。相古有夏，亦以徂徠之松，可也。帝省其山，松栢兑矣。相古有殷，亦以新甫之栢，可也。乃今考其所樹，則以栗焉。殆亦猶鑒三代而損益，不必稽諸古而從同焉耳。夫歎瓜苦與栗薪，殷勤歸勞，周之所以盛也。咏侯栗與侯梅，傷心殘賊，周之所以衰也。

然皇皇周社，栗樹森然，而豈如夏松殷栢，祇偃蹇於故國之邱墟。則其樹栗之遺意，不從可想哉。請進而申言之。

【評】

逆提末句，倒入夏殷。下文語意，筆所未到氣已吞。其操縱開闔，純是古文神境。年愚姪梁

鳴謙

始吾於人也

人使猶是人也，則始念無庸追及矣。夫夫子之於人，原未嘗有間於其始也。至見以爲始，則始之於人子，豈無端而追念哉？今以人與人之相待也，苟可執成見以爲施，誰其指前事以相繩也。而我與人之無間也，苟可守已成之故轍，當亦忘前事於不覺也。孰意吾猶是吾，人猶是人，而吾之於人，已不勝昔時之感矣。

夫人生未歷百年，豈轉瞬頓爲陳迹。設使人果不負吾之爲吾，則情閲久而常新，曩日之殷懷，奚必念茲勿釋。乃相交本非一日，而回首轉若新知。誰使吾竟難拘吾之爲吾，則境以同而忽異，往時之盛事，何能一過輒忘。

夫非猶是吾之於人也哉，而忽焉已成其爲始也。人當時窮勢極，而始舉初意之所存以共白，則人未必自審其爲人，或且轉咎吾之爲吾。然使吾相安若素，在斯人習焉不察，安知爲難得之遭乎。

惟據乎始以相推，人之心即不吾諒，而吾之於人，其始未嘗不厚期也。特無如此心之終付遥遥耳。人當事久見真，而始悔初意之所持爲未確，吾即有以見其爲吾，人未必因吾而自咎其爲人。然使吾仍率其常，將斯人視爲固然，不藉爲藏身之固乎。惟援乎始以明喻，人之心即與吾相歧，而吾之於人，其始未嘗不可據也，特無如此念之，終歸渺渺耳。

故在人也，亦欲吾自隱其始，以得所回護，而隱之有不可隱者。當其時本不覺，過其時則難忘。苟吾不自揭其深衷，彼轉疑執一以施。吾於始本無相期之厚，而此咎又將誰任也哉？而在吾也，豈樂自原其始，以示所變遷，而原之有不敢不原者。當乎此而不思，過乎此已無及。是吾即曲陳其舊念，恐猶謂所見已晚。吾於始實無先事之神，而此意何堪再諱也哉。

聽言觀行，吾蓋撫念於始，而歎今之不能不改也。

【評】

納全神於此句中，如觀舍利珠。大地山河，影子畢見，是何等法力。年愚姪梁鳴謙

冉子爲其母請粟。子曰：與之釜。請益至下。原思爲之宰，與之粟庚戌廳試

首場擬作

因情而後與，未可以概爲宰者之與矣。夫猶是與粟也，而子華之粟，因情而後與，原思之粟，則不請而自與。子於此，豈無意哉。嘗思朋友有告急之情，而朝廷有馭富之典。此中施與攸關，豈可混而無別哉。

大聖人權衡各當，於其不當與者，雖將伯代呼，而有無在必辨。於其所當與者，當選材任用，即俸禄有必頒。然後知情之所係，越乎情，不免於傷惠。而典之所彰，循乎典，原非以市恩也。

日者子華使齊，夫子使之，其家不有母在耶。吾聞古之爲臣者，奉命以出使，一則曰不遑將母，一則曰有母尸饔。亦以臣代君勞，尚有體恤之惠。況師若弟，情誼尤殷。豈子華有母，而夫子竟置若罔聞乎。

顧子華之在吾黨，並不同於原思之捉襟而肘見，納履而踵決也。使其當與之粟，夫子當先爲子華籌之，何待冉子爲其母而請，且至於再，至於三，繼夫子既與之後，

復自與之粟也哉。然則冉子之有是請也，豈不知子華之適齊，所乘何如，所衣又何如乎。冉子亦未聞君子周急不繼富之大義矣。且夫粟之與，貴視乎急與富，不視乎請與不請。然有因請而與，其與尚嫌於繼富，亦有不請而與，其與非以之周急者。

蓋天下無端之推解，第足駭庸流之耳目。故有與不關重，不與亦不關輕。前席而求，在吾儒非以博慷慨好施之譽，而聖人衹自安準情酌理之常，稱物平施，不得而强之也。而國家分職之酬庸，原屬不刊之鉅典。故不與即爲寡恩，與之亦非破格。如分以償，在公家惟以詔糈垂養士之經，而私家亦以報稱待末僚之屬，位定後禄，不得而越之也。

不然，及門如原思，初何嘗有爲之請，而子顧與之粟乎。惟考其時，子爲司寇，而原思固爲之宰也。宰有宰之禄，子之與粟，非與思也，與思之爲宰也。與其爲宰，是不爲子也。宰即不與思也，粟更非與思之急也。

夫周急繼富，可以繩友誼相恤之情，而不可以例天家匪頒之典。向使原思非甕牖繩樞，如子華之肥馬輕裘，家有贏積，豈亦必有人焉。如冉子之爲子華請，而夫子始有是與乎。

君子觀於與思之粟，而至九百之多。益知聖人之發乎情，止乎義，即與釜與庾，尚有不輕與之意存焉。五秉又何多乎哉！

【評】六轡在手，一塵不驚。年愚姪梁鳴謙

發憤忘食，樂以忘憂，不知老之將至云爾月課擬作

聖人自明不異人，亦憤樂以終其身而已。蓋憤樂固尋常事，而至忘食忘憂以不知老，聖人豈真不異人哉？且吾黨從事修途，畢生有甘苦必嘗之境，即畢生有歲月無盡之時。而不知者以爲其人不思而得，不勉而中，優游卒歲，固非尋常擬議者之得罄其形容，是亦未嘗即生平之所可持贈者，歷歷焉而綜計之也。

而由不以吾對葉公，由豈不知吾之爲人乎？天生人而賦性於人，即責人以當爲之事，吾之爲人，亦猶是也。以由也同堂講貫，凡吾之研諸慮，悅諸心者，雖未嘗明以相告，而要無庸深思而自得也。人受命於天而爲人，即予人以不已之爲，吾之爲人，亦無異也。以由也從學多年，凡吾之少而壯，壯而老者，雖自盡於當躬，而要無難代

白其中藏也。

夫吾之爲吾，非別有他奇也。盍即理之未得已得觀之。人非自暴自棄，必不以得失爲無關而轉置諸度外。吾之於未得，祇皇皇以求，瞬息有難安之隱，則發憤也有然。吾之於已得，祇欣欣自喜，衷懷有莫遏之機，則樂也有然。人非見異思遷，必不以俗情之憧擾，而遽改其懷來。吾之憤於未得，覺饔飧不計，惟期奮起而直追，則忘食也有然。吾之樂於已得，覺拂逆胥平，不識消歸於何有，則忘憂也有然。

夫以如是之憤樂，而謂吾猶知老之將至乎。兩間之道理無窮，歷一境焉，更有一境之遞續。即歷一境焉，更有一境之黽皇。悠悠者奚自已乎。吾惟知未得之可憤，而此外之可憤者尚多。吾惟知已得之可樂，而此外之可樂者不少。以難償之探索，值此有限之居諸，縱使多假數年，猶且有累世莫究，窮年莫殫之恐。況乎及今未晚也，而老何知焉？

終身之事業靡盡，易一時焉，更有一時之操修。即易一時焉，更有一時之造詣。亹亹者能自寬乎。吾惟知憤以忘食，而憤之極，忽變而得樂。吾惟知樂以忘憂，而樂之極，又迫而有憤。以懽戚之相尋，當此遷流之日月，設或桑榆難挽，不免有没世無名，蹉跎莫及之悲。何幸此生猶在也，而老何知焉？不知老之將至，吾之爲人如此云爾矣。由，何不爲葉公告也。

【評】含吐道妙，涵泳聖涯，息之深深，達之亹亹。年愚姪梁鳴謙

如有周公之才之美，使驕且吝取進入學

欲警恃才而驕吝者，姑即所恃而極擬焉。

蓋才之美，莫如周公矣。然苟不免於驕吝，何必靳以周公之美才乎？且人常患無才耳。吾謂無才不足患，患在有才而不善用其才。

蓋天下難得有才之人，而實難得善用其才之人。吾嘗盱衡當世，而竊見夫有才而自滿自私者固不少也。今天下競言才矣，然亦知才非爲一己用，實爲天下用乎。建功無取誇功，雖多能多藝，而虛懷常覺其若谷，謙之所以無不利也。夫豈可自矜焉，勝私務去自私，雖經天緯地而無我，乃見其大公，善之所以與人同也。夫豈容自挾焉，而奈何其驕也，奈何其吝也。是恃才也，是恃才之美也。

夫才之美，孰有如周公哉？負扆修四事之勞，流言行三年之討，美哉。才莫已若矣。胡爲吐握下士，抑抑之威儀，有不改乎此度者。公遜碩膚，德音不遐，詩所由稱也，驕何有焉。作樂宏大武之聲，制禮著周官之策。美哉。才莫與京矣。胡爲徽言告君，恢恢之氣象，有彌綸乎宇宙者。明光上下，勤施四方，書所由稱也，吝何有焉。

彼世之驕吝者，必不如周公之才，必不如周公之才之美也，明矣。

然而衡驕吝而不即其才以衡之，則驕吝者猶得援其才以爲口實。衡驕吝而僅即其才以衡之，則驕吝者反將託其才之美以爲侈談。則吾且設一周公之才之美，設一周公之才之美而驕且吝。蓋世人每誤於多所恃，彼惟奇才特出，羣相褒嘉，故視天下無一可勝己之人，且視天下無一可推己之人。是驕者驕其才，吝者吝其才也。

吾極擬一才之美者以予之，而驕且吝者，當恍然所誤之，不在無才已。人情每苦於不自知。彼惟才媲前人，羣深企慕，因視天下皆絀，惟我爲優，且視天下皆無，惟我爲有。故有才不免於驕，有才不免於吝也。

吾予以才美而指其驕吝以詰之，則雖有周公之才者，當翻然所失之，即此驕吝已。餘不足觀，可慨也夫。

【評】批卻導款，脉動筋摇，而於題分不溢累黍，承蜩之能，解牛之技。年愚姪梁鳴謙

悾悾而不信，吾不知之矣

悾悾亦不能無弊，終舉之而意索矣。

夫悾悾雖與狂侗異，而其不信，則弊與不直不愿等。子所爲終舉之，而有不知之歎也。且天地之生人也，其氣質所具，原不皆有才而無拙。而吾黨之待人也，苟責備可寬，何必盡棄之如遺。

顧習俗之移，即全無一技，而亦不免與躁率，顓蒙之輩喪失其天真。是其變而之他，同歸一致。雖有教無類，何妨曲爲包藏，而要其自命居何等也。如狂者，吾知其爲狂。侗者，吾知其爲侗。而乃不直不愿如此，則連而及之，不又有所謂悾悾者乎。

夫狂者其質放，放則輕浮罔定，稍變焉而即入於委曲。侗者其質昧，昧則智淺不明，稍變焉而即流於妄作。

若夫悾悾，則愚而拙者也，材無可以傲世，技不足以欺人。吾知其所稟如是，所

呈如是，尚有變動而不居。予人以難測者乎，奈何其不信也。

謂是詐僞之足以飾其長乎。不知無以飾其長，轉以增其短。終身無一藝之名，凡事皆二心之與，天下烏有如是之悾悾者。謂是詭譎之足以惑夫人乎。不知無以惑夫人，轉以汨乎天。肆應固其所拙，機械偏其所優，天下併有忘其爲悾悾者。

此其人雖欲不指爲悾悾而不得也，指爲悾悾而欲於狂侗之中，高爲位置焉，亦不得也。

夫使悾悾者恬然守拙，仍完其不雕不琢之天。有心世道者，方幸其一成不變，教誨尚有可憑。何至與狂而不直，侗而不愿，等量而齊觀哉。乃不直不愿者已如彼，而不信者又如此。世道之可憂，即予心之大恨也，吾不知之矣。

吾人忠厚居心，斷不以一節足録，竟擯諸門墻。無如遷流所至，不特狂與侗，推測之無從，即悾悾亦依循而罔據。秉質中有是人，秉質中又無是人，吾安能與斯世共此浮沈哉。吾人應物無忤，斷不以善可從長，而竟置之度外。無如稟受多乖，不特不直不愿之自貽伊戚，即不信亦難問所由來。氣習中有是人，氣習中何可有是人，吾安能忍而與此終古哉。

嗟乎。拳曲之材，何嘗不中繩墨。彼蒼之賦予無心，在乎斯人之自彌其缺憾，乃悠悠世態，轉使我一再舉之而歎。狂與侗者之出人意表，終舉之而覺悾悾者亦不在人意中也。

念余情其信芳，奈斯人之自外。不然，余豈真不知哉。

【評】瞿然有思，傾乎其至。一唱三歎，有遺音矣。年愚姪梁鳴謙

柴也愚，參也魯，師也辟，由也喭。子曰：回也，其庶乎，屢空。賜不受命，而貨殖焉，億則屢中

囿於質者無以入道，而不受命者難以近道矣。蓋愚魯辟喭之質，惟道可以移之。貧富有常之命，惟道自能受之。子之詔及門，非欲使知自勵乎。且天之生人，不能有純而無駁，亦不能有順而無逆。其見純而不見駁者，賴有道以變化而裁成，故無駁之非純。其見順而不見逆者，賴有道以優遊而自適，故無逆之非順。而不然者，雖入道非無其姿，近道亦有其具，而要卒歸於無當耳。

夫人必内審返觀深悉乎？沈潛者，時有毗陰之愆；高明者，時有毗陽之憾。斯消融盪滌，乃可起而尋入道之階。抑人必旁參互證深明乎。順氣數者，乃能自安其天；違氣數者，未免自擾其天。斯恬淡寡營，乃可漸而爲近道之學。

是故道以不偏爲貴，若柴之愚，參之魯，師之辟，由之喭，同此一堂晤對，而氣質所成，無以自平其缺憾，是吾黨之憂也。道以受命爲要，若回本近道而屢空，益以見回，賜即億中而貨殖，轉以累賜，共此函丈之追隨，而品評所及，難免各判其低昂，是及門之慮也。而謂我夫子能默默已哉。

人生之受病，每苦於不自知。一重以師長之提撕，而當前每深其覺悟。使四子聞夫子之言，返而各尋其所偏，將用詩書以啟其通，何至嫌其智之不足。積格致以充其學，何至域於識之未超。忠信以爲之本，而根之深者華自茂。禮樂以爲之文，而存其精者去其粗。在詔示者雖未明，授以轉移之法，而攻其短以引其長。原無庸煩言而即解，是在四子之自知而自勵耳。

心術之誤趨，每迷於無所鑒。一與夫同堂爲考鏡，而彼此即覺其兩歧。使賜也聞夫子之言，惕而自安其所受，將視金玉爲糞土，雖簞瓢陋巷亦足娱，視富貴如浮雲，即結駟連騎豈爲樂。判理欲之界，豐嗇惟聽其在天。騁才識之明，精深祇求其在我。

雖衡論者固未明，告以高下之殊，而許其優以形其絀。已可對勘而自明，是在賜能得回以爲師耳。

要之，囿於質者無以入道，不受命者難以近道。諸子苟能如顏子焉，則道其庶幾矣。

【評】按：注中「使之自勵」四字發揮，亦人所同。而其文筆之渾灝流轉，置之國初諸稿中，不辨楮葉。年愚姪梁鳴謙

子貢問政。子曰：足食

以處常者論政，足食，其先務也。

蓋議食於處常之時，則食萬不可緩，而足之未易爲籌。此夫子所以因子貢問政而先告之耳。且國家有萬年不易之政，而百姓無一日可缺之食，使當無事之時，而悠悠泛泛。凡鑿井耕田，祇任斯民之自理，不特次第無可施爲，即此根本已失，先無以見當務之圖。此其意嘗於子與子貢論政見之。

夫子貢固達，而可以從政者也。達則審慮精詳，不至先其所後，亦不至後其所先，而事之有關國計民生者，尤無不瞭然於度内。達則旁通肆應，不至涉於迂疏，亦不至鄰於拘守，而事之有裨於身家性命者，尤無不早握於胸中。

一日以政爲問也。何居？其或有見夫叔季以還，尚智取者一家，尚術馭者一家，究之紀綱不振，措置多乖。即有欲補偏救弊，未免囿於驩虞小補之爲，故問之以求夫大中至正之規焉。抑或有見夫春秋之際，大國每好相欺，小國惟知自守，卒之田盡汙萊，民多凍餒。即有欲勉强自雄，未免徒爲旦夕偷生之計，故問之以求夫長治久安之策焉。

子曰政非一端，而莫重於足食，政可約舉，而足食爲本圖。

曠觀列國之大勢，井田廢而政壞，爰田作而政更壞。政之壞也，壞於爲政者之不知足食耳。夫草野之飢寒何關殿陛，而一絲一粒動煩執政之經營。使當匕鬯無驚，從容展布，既開食之源，又節食之流，崇墉比櫛，共裕蓋藏。夫即或變故多端，難以逆睹，而含哺鼓腹，誰不踴躍而上大田之詩。

近觀我魯於今日，履田税而政衰，私家入而政又衰。政之衰也，衰在爲政者之不期足食耳。夫閭閻之疾苦，當聽自謀，而千倉萬箱，必賴秉政爲區畫。使當四郊安堵，幸覩昇平，既以食充其氣，即以食動其情，介壽稱觥，無憂卒歲矣。即或天心莫測，難以預防，而物阜時康，疇不優游而拜仁人之賜。

要之，政必圖其萬全，在子貢之問，原非足食之外，遂可無庸多求。而政必基於首要，在夫子之對，即此足食之中，已有相因而至。合之，足兵民信。伊古以來，井邑邱甸，兵寓於農，糗糧芻茭，民皆用命。豈非足食有以致之哉。

【評】

莊雅。年愚姪梁鳴謙

足兵，民信之矣。子貢曰：必不得而去，於斯三者何先？曰：去兵

足兵之實者，亦有時而去兵之名焉。

蓋兵足原無可去之理，然有食又有信，則足兵而民在，去兵而民亦在，此不得已議去之善政也。

嘗思兵者，聖人不得已而用之也，誰能去之哉。顧論兵於安常處順，則統主伯亞旅之儔，已自寓卒伍師軍之用。而論兵於事勢艱難，則舍折衝禦侮之具，猶得資感恩

食德之忱。大聖人謀慮周密，有不能不一舉而相連，而觀變審幾，又不能不用二而緩一也。如子貢問政，而子首告以足食，非謂萬寶。苟可告成，四郊無虞多壘，則兵戎自可不設也。

然古人寓兵於農，蒐苗獮狩，農隙講武，而井邑邱甸，車甲步卒。即在計畝授田之内，則足食不又當繼以足兵乎。兵可百年不用，不可一日不備。足之，則生機不匱，生氣亦昌，而果敢之心以奮。蓄兵於有事之時，勢恒不足，蓄兵於無事之日，力常有餘。足之，出則竭力追胥，入則同耦合作，而孝悌之志亦興。民信之矣。此爲政之要道，亦不易之常經也。

夫豈得已而不已，可去而不去哉。然而子貢猶以不得已議去爲慮也。謂或草創之初，經制未備，忽乘以時事之艱，或積治之久，盤錯輒生，遂雜以天人之變。一旦强鄰壓境，大敵當前，食與信固其本計，而出師命將，兵力又恐難支。斯時欲舉國以委敵，舍此將奚之。欲統顧而兼全，必得此而失彼。於斯三者何先？子貢豈不知大事在戎，故必併食與信而較量之耳。

不意夫子竟曰去兵。論克詰戎兵，則兵可議足，未可議去。然至不得已，則兵在所緩矣。散卒歸農，井田更多耒耜，在家寓戎，守望皆其父兄。去一兵而食益足者，即信亦益乎，安知非因偏見全之善策論。佳兵不祥，則兵雖不可黷，原無可去。然至不得已，則兵去而實在矣。芻茭免輸輓之煩，退守養成城之勇。去一兵而食愈足者，即信亦愈固，誰謂非兼權熟計之要圖。

要之，聖人能處常，亦能應變。有食與信，而又重之以兵，所以防未然之警。聖人能應變，亦能通變。兵可去，而食與信在必需，所以握本要之籌。輓近以來，兵與民分爲二，而又虧民以養兵，至使百姓有脂膏之竭，而四野懷離散之憂。豈如三代上，兵民合一，兵可足而亦可去哉。

【評】寫去兵處，是經濟有用之文，豈得以制藝目之。年愚姪梁鳴謙

百姓足

與魯君論足，仍足在百姓而已。

蓋百姓之足，以徹之故。然行徹而百姓足，是豈第知有百姓哉。嘗觀大易之卦，損上益下謂之益。夫益下者，即取民什一之說也。

古先王藏富於民，故不言有無，不計多寡，但切切焉爲斯民籌蓋藏之裕，其意良深遠也。如臣告公以徹法，而公尚以二不足爲慮。

想公之意，亦明知祖宗之成法不可易，而值此目前之匱乏，要不能不取舊制爲變通。公曰加賦，臣亦曰加賦，此言固甚便也。然而其計則已左矣。在臣之意，亦明知救時之急務爲要圖，究之爲宵旰籌艱難，斷不能置斯民於不問。公曰加賦，臣則曰不必加賦，此言固甚乖也。然而其機則誠順矣。臣今再爲公熟計之，仍不外因徹以求足，而徹之足，即在於百姓驗之。且夫徹之足於百姓也，往事已有明徵矣。

在昔公劉，因翟之迫，謀徙於邠，國固小矣。況立國之初，百事未舉，凡城池之用，器具之用，豈不云多。而度其隰原，惟曰徹田爲糧，絕不聞於常賦之外，而別言會計之書。蓋國以民爲本，民以食爲天，誠使行徹以通力合作，家有崇墉之慶，户興多稌之歌。嗟此小民，豈真含哺鼓腹，而忘帝力於何有乎。此足百姓之一徵也。

亦越宣王，承汾之烈，雲漢爲憂年，更飢矣。況中興之始，庶務孔殷。凡車馬之用，戈甲之用，詎不云多。而式闢四方，惟曰徹我疆土，絕不聞於惟正之餘，而再謀征取之法。蓋民爲誰之民，民足以誰而足？誠使行徹而計畝均分，食有四鬴之充，政無重征之困。相我小民，豈第扶老携幼，祇自爱其身家乎。此足百姓之又一徵也。

周官半理財之事，其間如九職生財，九賦斂財，凡皆爲百姓而已。即至凶荒有書，救荒有政。要衹散利薄徵，此外已無餘事。爲想其時豐亨豫大，比閭族黨，緩急且以相賙，康樂和親，有無尚自相救。以此思足，足何如也。詩章多恤民之什，其間如風陳七月，頌歌良耜，亦皆爲百姓而已。即或天降喪亂，飢饉薦臻，要衹割牲瘞璧，此外更無他圖爲想。其時民康物阜，百室皆盈，遺秉且貽寡婦，十千維耦，多稼反歸曾孫。以此思足，足可知也。由是而君尚慮有不足也，孰與之乎？公其勿以行徹，爲徒益百姓焉可。

【評】經術紛綸，其取下文處，自有匣劍帷燈之妙。視一挑半剔，有仙凡之別。年愚姪梁鳴謙

如知爲君之難也

能知爲君之難者，其知正未可量焉。

夫爲君之難，特患其不知耳，如其知之，則其知豈可量耶。告定公意謂，臣與君論治，而先言君之難。蓋其所以難者，在乎經營創造，而又在於迪知忱恂也。然而蒙

業相承，誰識仔肩之重，則草茅所議，正未可漠不關心也。

　如人言爲君之難。夫能言之，則其能知之矣。身非居五位之尊，而有天位維艱之論，則此言所發，直爲後世開屏扆之神明。人非處九重之貴，而有克艱厥后之談，則此言所陳，直爲當宁啟自然之覺悟。雖然爲君之難，能知之者，誰乎？

　食租衣稅，正一人勞苦之時，而昧焉不察，轉以爲足供逸樂之緣。内作色荒，外作禽荒。一若有君可爲，而天命可不恤，祖宗可不懼，民碞可不畏也。則僅知爲君，而不知爲君之難也。垂裳高拱，正黎民責備之秋，而茫焉罔覺，轉爲足資威福之擅。慢遊是好，傲虐是作。一若有君可爲，而叢脞可不懲，衣袽可不戒，馭朽可不凜也。則爲君之難人知之，而爲君者固未之知也。

　而臣於此且重思之，臣於此且深望之。

　莫難於開創之君，工虞水火之未設。苟非勵精不遑，則一日二日萬幾，其何以明我新造邦乎？然而開創誠難，爲君而能知開創之難，此何如主乎？蓋既知之，則凡堯典欽始，禹謨欽終，皆可於知驗之矣。

　莫難於守成之君，世德作求之所係。苟非圖維弗懈，則先王先公式憑，其何以無墜天寶命乎？然而守成固難，爲君者而克知守成之難，此何如主乎？蓋既知之，則凡堯曰兢業，禹曰祇台，總可於知而决之矣。

蓋如知爲君之難，則若蹈虎尾，涉於春冰。如知爲君之難，則思艱枚寧，無敢或替。如知爲君之難，則宵衣旰食，永竭精勤於黼座。如知爲君之難，則海隅出日，悉覘率俾以從風。興邦之效，不幾乎此一言而得乎？

【評】至理名德，隨題觸發，於題分仍不溢累黍。年愚姪梁鳴謙

狂者進取，狷者有所不爲也

進按狂狷之實，其志有可與也。

夫目之爲狂者狷者，必有可與之實矣。驗其進取與不爲，非中行之次哉。且人必有向道之姿，而後可與言志道。人必有衛道之力，而後可與言守道。

蓋道中曼絶之詣，非委靡者所能幾，亦非遊移者所可據。惟準乎道以爲衡，而卓絶孤立之士，皆吾道中所深賴，亦即吾願中所深慰者也。不然，吾由中行而思狂狷，豈降格以求哉？夫狂不在氣之矜，而在志之勇。狷不在見之狹，而在守之堅。即難企

乎中行，而要可漸進乎中行者也，然則狂者狷者豈易言哉？

天下非無奇傑之士，而果於自恃，則鹵莽滅裂之害，未必非勇往者誤其趨。見道德而悦，見紛華而亦悦。此似乎有志，而不得謂之進取也，則非狂者也。天下非無耿介之流，而所見太拘，則孤高憤激之爲，未必非自好者貽其惑。失之矯情者半，失之戾俗者亦半。此似乎有守，而非有所不爲也，則非狷者也。

而狂者有其真矣。道有難易，而一往無前之概，斷不以難而生餒心，其志之必欲進者，皆道之所當進者也。則惟狂者，有此遠到也。而狷者有其實矣。道有常變，而百折不回之操，終不以變而易吾貞，其行之所不爲者，即道之不當爲者也。則惟狷者，有此定力也。

夫吾豈不望狂者範其材力，狷者擴其襟懷，期勉赴大中之域，而以進取不爲限其量哉。上哲既難數覯，則英流皆造道之資。有狂者之進取，而因循自誤者，將倍奮其精神。有狷者之不爲，而慞擾未除者，當益嚴其操守。即所詣未歸純粹，而性真不可没也，是在入道者之自勵矣。

吾豈不慮狂者入於歧趨，狷者膠於成見，且漸遠至中之歸，而以進取不爲滿其望哉。氣節未可深恃，則學問有變化之功。得狂者之深造，而裁其有餘，漸進不同於鋭進。有狷者之守經，而充其不足，不爲終見其有爲。雖止境不能驟幾，而仔肩無難勝也，豈非傳道之厚幸哉。

【評】聖門品詣與聖人襟期，曲曲傳出，其氣粹然以和，其語淵然以深。年愚姪梁鳴謙

不恒其德，或承之羞。子曰：不占而已矣

再舉易詞以示人，警之以不占，而意愈切矣。

夫恒卦九三之爻辭，正爲無恒者言之，夫子引之，而即以不占警之。無恒者，可不勉哉。且大易爲卜筮之書，言大吉者四，言元吉者十二，而言羞者則有二。故否之六三曰包羞，發隱微以開遷善之門，其所以漸消默化，而爲抑邪崇正之思者深且密。恒之九三曰承羞，揭妄動以防立身之弊，其足以趨吉避凶，而爲研慮悦心之意者切而嚴。如南人以人不可無恒爲言，此非南人之私言也，嘗觀於易之恒卦而知之。

蓋聖人極深研幾，不假神物之用，而察理既精，即推行永固，無非欲使人見久道之化成。因念後人得喪窮通，不免遷移之見，故發揮生爻，即偶舉一二，無非爲萬世

示審歸之準則。

恒之義大矣哉。於此而不用吾占。烏乎！用吾占。獨是恒之六爻，或占貞凶，或占吉凶，或占悔亡。惟九三一爻，以貞吝爲辭。誠以德爲其德，我所固有也。不恒其德，我所固有，而自喪之也。或承之羞者，我有取悔之道，而人之侮我，並不知其所自來也。斯言也，爲無恒者言之也。然而不恒者，竟比比而有，何也？

富貴福澤，不過變幻之浮雲，而惟灝氣英光，足亘古今而不易。古之人修德立功，何嘗無諸務之紛乘。而知至知終，效乾之健，可大可久，法坤之貞。即至造次顛沛，不渝得主有常之素。則試爲之，勘厥操持，有非盡率詞揆方之力者，未易到此也。夫惟立不易方而已矣。

而利欲紛華，每多歧途之日出，故凡立言制行，豈容旦夕以頻遷。世之人進德修業，何嘗無精神之奮發。乃浮慕未捐，詎爲介石之吉，率循無定，安得履道之貞。迨至敗名喪節，致爲樵夫牧豎之憐。則試爲之，課其功修，覺未深原始要終之學者，自應至是也。夫惟曰思未過半而已矣。

嗟乎！名言之悚聽，惟虛者爲能受，故悔吝憂虞之故。古訓甚嚴，則立辭以儆指摘之集，所貴猛省其迷途。往轍之招尤，惟窮者爲善變。故閑邪存誠之機，觸而必轉，則提耳以開覺悟之端，應亦竦然其有會。子之言此，儆之也，實勸之也。無恒者，其勉諸。

【評】切論動心，危詞悚世。抉經之精，執聖之權。年愚姪梁鳴謙

子曰：君子和而不同，小人同而不和。子貢問曰：鄉人皆好之，何如？子曰：未可也。鄉人皆惡之，何如？子曰：未可也。不如鄉人之善者，好之，其不善者，惡之

以和同別君子小人，而言好惡者，又當辨其類矣。蓋和同別，則君子小人得其真。若就皆好皆惡以論人，又惡能定真君子哉。此夫子所以進子貢也。且世有君子小人，固各自爲類，而不能相假者也。顧不類之中有相類，而相類者未始不各從乎其類。論人者，惟即其相類，以別其不類。又即其不類者，以見善與善之同其類，必不使不善者，亦强合於類。斯心術無所淆，即品詣可立辨焉。

今夫爲善者爲君子，爲不善者爲小人。善與不善，各肖其真，而其愛憎即形於衆著者也。然人第知君子爲善，小人爲不善，而不知善與不善，不在愛憎衆著之間，而在處事應物之際。苟非即義利以判其是非，因公私以分其志趣，何以别君子小人於其微哉。

則試即以和同論。

君子樂易雍容，不立異以鳴高，亦不違情以干譽。故有時人以爲可，彼亦以爲可，人以爲否，彼亦以爲否。觀其與物無忤，幾疑或涉於包荒，而要其端正宅衷，不於物情徇好惡，而惟於理道定依違，則和也而不同見焉。

小人媚世苟合，陰固結於僉壬之列，亦陽自附於正士之儔。故有時曲直任人論斷，而彼祇專事以逢迎。迹其徇物無違，幾同不嫌於孤立，而要其譸張詭詐，不以好惡拂人情實，即以畛域存意見，則同也而不和著焉。

和與同相似，而實相反如此。此非有能嚴疑似之界，操鑒别之精，鮮有不於稠人稠處之際，混小人爲君子。好惡不已失其平哉。何居乎子貢以鄉人皆好皆惡爲問也。夫皆好皆惡，豈可以定人乎哉？

蓋一鄉未必盡爲君子，一鄉未必盡爲小人。惟有好有惡，而好惡又不混於所屬。

是其制行立心，自有以成和衷之美，而剛方磊落，決不肯蹈苟同之爲。所以植品有真，毁譽何妨於交集。持躬非偶，取舍何必其從同。況皆好者，安知非合污而同流。皆惡者，安知非詭世而戾俗。

惟有好有惡，而好惡又各别以其人。是其性情古處，固足登君子之門，而卓犖孤蹤，自宜擯小人之别。所以同心必由同德，古來無獨賞之真修，清流可投濁流，叔季必有分之朋黨。不如鄉人之善者好之，其不善者惡之。夫子此言，較之子貢之皆好皆惡，更何如也。

要之，和同辨而天下無冒濫之君子，好惡殊而里閭有考證之定評。學術由此而精，審核由此而正。使其以小人混君子之真，而又以皆好皆惡立觀人之法，安見三代下之人材，能古若哉。

【評】兩章各還實義，筋節處以大力搏捖之。磬澈鈴圓，雲舒霞捲。年愚姪梁鳴謙

子曰：其然

事有未可遽信者，聖即其言而先按之焉。

夫時言樂笑義取，賈信以爲然，而子曰其然，亦即其言而先按之耳。且夫吾黨有夫子，凡有所譽，必有所試，亦以試之而知其必然，固不敢徒循衆論耳。乃若譽之有所未可，試之有所未嘗，覺得諸時俗之傳聞者，未足深償其期許，而得諸追隨之稱道者，轉足大慊其衷懷，則何妨姑仍其説，以見其以德愛人者，初何嘗遽輕以相量也。

如公明賈之以時言樂笑義取，稱文子也。在夫子初心，祇以不言不笑不取，是其矯情過正，雖爲世俗所震驚，不免爲聖賢所擯棄。人以爲有，然我夫子實深懼其有然也。及公明賈所謂以爲時言樂笑義取，是其措履攸宜，事非三代以下之事，人非中人以下之人。賈信爲有，然我夫子當亦樂其有然也。

然而夫子聞之，將何詞以應賈乎？

兩間有必然之理，即容有或然之人。輓近以來，公卿大夫大都謟諛相尚，貪黷成風，一旦有晉接周旋，動輙得當者，不必遍求諸人寰，而即近睹在鄰國也。我夫子忠厚居心，原不存鄙夷一世之想，而顧直等諸無稽，竟不先出一言以相懸度乎。

天下有歷指其所以然之人，必有親見其所以然之事。當今之際，物情輿論，大抵口述相傳，耳目無據，一旦有深情代揭，不襲雷同者，固非離羣遠侶，而在左右之心交也。我夫子慇懃致質，原早挾惟子知彼之思，而顧轉同諸妄説，竟不姑循其意以相商乎。

其然之語，夫子所以未遑置辯，而即應聲如響也。論人必求其可據，况事關世道，更不宜冒昧相將，致有人云亦云之誚。夫文子之爲人，其修制睦鄰，昭昭在人耳目。衛之君以爲然，即衛之臣亦以爲然。乃時言樂笑義取，人求一節之偶合而不得，何文子而竟衆美畢臻如是乎。賈言之信爲其然，律以夫子與人爲善，安得不許爲其然，然此中大費躊躇矣。

衡品必徵其足乎，况行合中庸，更不宜輕心相掉，致有隨聲附會之慙。夫文子之爲人，其同升薦僎，嘖嘖流播鄉邦，衛之人以爲然，即我夫子亦以爲然。至時言樂笑義取，人求一時之勉强而已難，何文子而竟優游中節若斯乎。設夫子亦遽許爲其然，安知異日波靡相沿，未必不共謂其然，則此事未堪臆斷矣。

豈其然乎。此夫子所以懷疑莫釋，而豈果以爲其然乎哉？

【評】游刃於虚，神完語雋。年愚姪梁鳴謙

豈其然乎？子曰：臧武仲

有未敢遽然於衛大夫者，又有不能釋然於魯大夫焉。夫文子非果無可然者也，特時措之宜，有未可遽以爲然耳。若魯之臧武仲子，不更有所見而云然乎。

當思衛與魯爲兄弟之國，而其間有一二賢大夫之藉藉人口者。或廉静可風，而聲稱過當。大聖人既刻意推求，終不敢循其名，而即指以爲實。或多智足録，而心跡未純。大聖人雖待人忠厚，而要不敢忘其實，而徒震乎其名。不然，如時言樂笑義取，公明賈既以文子爲然矣。

我夫子盱衡列國，評論人材，若文子之薦僎同升，較諸魯國臧武仲之先，蔽賢竊位，大不相侔。我夫子固嘗以不愧爲文稱之，使其時言樂笑義取，苟可信爲必然，夫子何難出一言以相許。無如一偏之行，固不免矯拂乎人情，而時措之宜，又安知從容而中道。雖其生平修班制，睦四鄰，當魯不假道，知尤人而效之，非禮不至同，作不順施不怨者之儔。然未必其人之賢，果與公明賈所言適相合也。豈其然乎？

子蓋有疑焉者。且夫善善貴從長，惡惡貴從短也。我夫子直道爲公，論人固未嘗從刻，特律以春秋責備賢者之嚴，則譽必有所試，而名未易相假。使人以爲然，我亦以爲然，恐世風日下，真士難求，不惟無以勵上哲之材，且隱以伏奸回之輩。不然，若魯有臧武仲者，其明智擅於一時，較諸衛之文子何多讓焉。我夫子又何必取而論之也哉。

蓋武仲固文子之孫、宣叔之子也，當日者長於公宫，爲姜氏之愛。使其能如文子富而能臣，以免於難，則世守宗祊，何至干國之紀，犯門斬關，致爲衆人所不然。即不幸而能洒濯其心，一以待人，何至卒自嫌其智之不足。

惜乎春秋之時，世禄之家，鮮克由禮。若文子尚不克爲夫子所深然，矧以武仲順事怨施，尚有未講，而謂以防求後，爲非要君也。豈其然乎？

【評】以議論爲聯絡，得龍門之髓。年愚姪梁鳴謙

不逆詐，不億不信，抑亦先覺者

不逆億而亦覺，自然之覺也。

夫不逆億，似乎不能覺，况先覺乎？豈知抑亦有先覺焉者，夫子故懸想之。

今夫人同此心，心同此覺。而未事而求覺，覺尚待在事後，遇事而即覺，覺已握在事先者也。覺在事後者，物未至而心早役之，以有所覺，而轉累清明之體，覺在心，實覺在事也。覺在事先者，心不紛而物難遁之，以有所覺，而益徵坐照之神，覺在事，實覺在心也。

今天下之詡詡焉自命爲覺者，我知之矣。謂人不能欺我，人不能疑我也。非人不能欺我，人之欺未來，而我先有心以迎彼之欺，則彼之欺無從掩也。非人不能疑我，人之疑未見，而我先有心以意彼之疑，則彼之疑無從覆也。若此者，非逆詐億不信，不爲功夫。

詐而曰逆，是必我有可受人之詐，而後恐人之詐，乘我於不及知。不然，何以知人之必詐，而故爲此先期之命中乎？大丈夫剛方持己，何事致來人欺？即謂人心叵測，而智謀相勝，不免自啟其刻覈太甚之端。

不信而曰億，是必我有可受人之不信，而後恐人之不信，施我於不及察。不然，何以知人之必不信，而故爲此先發之預防乎？士君子忠厚待人，何事致擾人疑？即謂古道云亡，而鉤距相尋，奚能自安於廓然大公之隱。

是姑無論其未必覺也。即使其覺焉，而覺於逆億，非覺於不逆不億也。我用是穆然於不逆詐，不億不信，抑亦先覺者。世豈無不逆億，而爲詐爲不信？竟冥然而罔覺，此不逆億而無具者也。

夫不逆億，亦貴其有以自濟耳。彼其智能不尚，原與天下相忘於淡定之天，而至詐見爲詐，不信見爲不信，則猶是詐不信者之自貢其真，初無俟巧察之明，而已難昧當前之鑒別。所謂天不容僞也，寂然不動，感而遂通，彼詐不信，應駭然於韜光養晦之，亦有若此者。

亦有不逆億，而爲詐爲不信，必遲焉而始覺，此不逆億而未神者也。

夫不逆億，正恃其不疾而速耳。彼其大智若愚，原與天下共徵其性情之厚，而至不逆而詐無所容，不億而不信無所容，則猶是不逆不億者之早藏其妙，而非有鬬捷之技，使人莫測摘伏之何從。所謂誠精故明也，恒易無險，恒簡知阻，彼逆詐億不信，應皇然於先幾畢照之，亦有若此者。

是之謂賢，亶其然乎。

【評】

越石清剛，景純雋上，兼而有之。年愚姪梁鳴謙

衛靈公問陳於孔子。孔子對曰：俎豆之事

衛君以陳爲問，聖人先告以禮之要焉。

蓋陳與俎豆較，則俎豆之事尤重。衛靈以此問，子能不先告其要乎。今夫爲君者，舉念而動興兵，亦誠昧治國所需之在何事耳。夫兵政之盛，實禮教之衰。苟不察乎武之不可黷，而獨舉以相詢，大聖人聞之，安能不爲舉所重者以相告也？

日者子至衛，靈公以禮待孔子，亦可謂有禮之君矣。其問孔子，想必彰明軌物之事耳。乃何以談論之間，未嘗他及？即以問陳傳。

豈以喪馬求材，社稷之憑依，難保安全於此日，因思夫卻敵之一策，以上追夫風后八陣、尚父六韜。豈以使鶴乘軒，先公之血食，嘗遭隕墜於曩時，因謀及自强之一

術，以近效夫鄭師鸛鵝，楚師乘廣。噫，誤矣！

夫聖王之治也，車甲藏於府庫，干戈包以虎皮。豈非戰爭可以不事，而禮教有所必崇乎。使靈當此之時，能耀德不觀兵，則衛國之宗社不辱者此耳。乃戰伐獨深其研究，典章竟聽於淪亡，孔子蓋黯然傷之，而不得不於禮中之有俎豆者，爲之鄭重其事也。

揆黍稷非馨之旨，俎豆亦器數之微。然試思：祝以孝告，嘏以慈告，儀文之備美，孰非此執事有恪啟其端乎？而豈其俎豆而伏兵戎。論犧牲告備之儀，俎豆特有司之掌。然試思：君西酌犧象，夫人東酌罍尊，名分之整嚴，孰非此駿奔有事昭其則乎。而誰云折衝匪在樽俎。

然則子之念及俎豆也，豈忘所問之在戰陳乎。亦以其事固不可没耳。雖曰出兵則造於禰廟，發命則卜於先君。俎豆中何嘗不通於戎行。

然而不親其事，無能爲役矣。我夫子亦即生平所聞者以對之而已。

【評】

名貴。年愚姪梁鳴謙

無爲而治者，其舜也與戊寅鄉墨

論治而推無爲，聖人神往於虞帝焉。

夫有爲而治，亦極難耳，況無爲乎。載稽帝舜，子能不神往歟。

嘗思不言者大造，而時行物生，宗子肖其職，此裁成輔相，象固取諸泰也。不盡者羣黎，而生成教養，君上握其權，此草昧經綸，象又取諸屯也。

夫惟懋緝熙，申景鑠，上通帝緯，下愜輿情，斯其德盛，其遇隆，而其治與人亦遂卓越於千古。蓋嘗仰稽皇邃，俯察近朝，而見夫庶績之不能自熙，一人之不能獨逸也，則爲尚焉。

上世洪荒初啟，渾淪沕穆，似無煩宵旰之精神。乃考泰皇以上之書，主不虛生，未聞稍寬其制作，則知明堂贊化，其所以勤爲劼毖者，日有萬幾也。後世府事已開，懿鑠顯融，似弗勞深宮之經理。乃讀疏仡以下之紀，功惟求敘，不聞一弛其憂勤，則知皇極敷言，其所以纘乎前徽者，端在庶事也。

然則治之必出於爲也，孰是無爲而治者，而令我得一人焉。其當躬具徇齊之諳，以治繼治，前有修明典則之君。其登庸擅天亶之姿，以人治人，下有翼爲明聽之佐。

夫而後軌迹夷易，易遵也。湛恩龐鴻，易豐也。憲度著明，易則也。「洋洋乎若德，帝者之上儀。」弗可及已，是在何代歟。其舜也與。

七十載平成之業，盡起而付諸有鯀。即使濬哲文明，恐難辭水火工虞之任。乃作訛成易，授時早命羲和，至察政窺璣，直行所無事也。昏墊懷襄，治水已咨大禹，至滌源刊旅，第順以爲施也。

雖其時逸欲戒，率作歌，而頌復旦，而慶昇平。人第見重華之天子，則夫明目達聰而神不勞，輯瑞時巡而形不瘁。乃知正月上日之格文祖者之自有真也，而遠溯中天，蓋已蔓乎。莫以尚也已。

十二州向化之忱，盡環而待諸瞽子。即使克從時敘，豈遂免亮工勑命之勤。乃稷、契皆先朝耆舊，而重巽以命，明倫教稼，任有專司也。夔、龍本帝世英才，而因讓以咨，典樂納言，權有專屬也。

雖其時巡方岳，覲羣后，而載絜旌，而乘鸞輅，孰不仰協帝之聖人，則夫五載敷功而工可代，四方從欲而政不干。乃知懷珠握寶祚於姚墟者之關天授也，而景懷午運，又已褘然。而獨隆也已。

夫何爲哉。恭已正南面，非甚盛德，其能當此受命而帝者乎。

【評】

玉券十華，靈書八會。金聲擲地，寶光燭天。年愚姪梁鳴謙

失言，知者不失人

失言無異於失人，可即知者，而先觀其不失焉。

蓋失言與失人等，而其機即自失人肇之也。子所爲先，即不失人，以觀知者乎。今夫無易由言，古人所戒，而知人則哲，自古爲難。則甚矣言之不可以易而苟，而人之不可以易而得也。

自世有好爲談論者，謂與其多生顧慮，而恐貽啟口之羞，何如過爲包荒，而甘昧先幾之照。是其易在言，即其易在人，亦未嘗奉教於明哲之士，而知擇人之術也。如失人者，在可與言而不言，則欲矯失人而爲不失人。或在不可與言而與之言乎。夫以不可與言而與之言，亦以有教無類，故極陳無隱。然誨之諄諄，難保不聽之藐藐乎。

嗟乎，此失言之弊所又起也。或强聒也而等弁髦，或金石也而同糞土，邇言失而

遠言亦失，非彼聽之不聰，實予心之多躁。夫非不可與言乎哉。而奈何自昧若斯也。或以多瀆啟猜忌之嫌，或以不密爲厲階之漸，小言失而大言亦失。非吾詞之無當，實彼聽之不明。夫豈真可與言乎哉？而奈何自迷若是也。

嗟乎，此其弊在失言，即其弊在失人也。弊在失言，而不特指爲失言，是非以言爲政，而以人爲政也。弊在失言，而不併指爲失人，是不知弊在失言，即矯失人之弊有以開之也。

況失言者，失於不可與，亦猶失人者，失於可與。可與不可與，均以人爲斷。此中之決擇，非精於權衡之妙用，未易知之明。而處之當乎，則惟知者，不失人乎。

知者胸有成見，原不必預存一失言之慮，而本其窮理格物之懷，以與世相酬酢。故一遇其人，未嘗不矢口而樂道之。大叩大鳴，小叩小鳴，斷不稍留其義藴，致斯人以領受之無從。知者心有定識，原不必執一不可與之虞，而本其虛衷鑑物之公，以相操乎不得遁。故一得其人，未嘗以交臂而或置之。陳其紀綱，析其條目，斷不肯祕而弗宣，致斯人以傳聞之無自。

夫言因人而彰，人因言以顯。知者之不失人，其以不失人止乎。抑不第以不失人止乎。如第以不失人止也，則必盡天下無有累我以失言之人，而不失人。已握其全天下而有累我以失言之人，則不失人僅居其半。而要之，知者之不失人，即無往而非不失也。

進觀於不失言，豈非不失人相因而至哉。

【評】

胸有成竹，動合自然。年愚姪梁鳴謙

當仁

有志於仁者，當之則竟當之矣。

夫仁，固我生自具之理者也。以是言當，容有不即當者乎。子故爲有志於仁者正告之。且天下事有不必徑行獨任者，必其外度諸人，有難自便内審諸己，可容自寬者也。

若乃天生蒸民，好是懿德，授之原非在人，爲之本屬由己，而顧以局中之責，等局外之觀，吾不知其慨然自許者，果何事也。

今夫天下之至切莫如仁，人所宜從事者，孰有如仁哉。

以其爲人所至切，推而外之，不可也。維皇降衷，若有恒性，其賦畀則不偏，其稟受則各得。蓋天之付任，爲有原矣。以其爲人所從事，遺而棄之，不可也。民有秉彜，本乎天性，於人原無所分，於己並無所奪，則人之仔肩，當自決矣。

念吾自杏壇設教以來，於及門之問仁，有論爲仁之道焉，有論爲仁之方焉。而及門之受教於吾者，如回與雍請事斯語，參以仁爲己任，卓卓可謂有志於仁矣。

要之爲仁，有全體求仁，有全功而論。入德之初，總不外即定識以爲定力，則當之之説也。今且不必與人言爲仁，不必與人言求仁，而與人言當仁。

凡人於漠不相關之事，一旦遽舉以相屬，未有不色然駭者，謂其於我身無與也。若仁，豈可謂之無與乎？舍仁則無以爲人，舍仁則别無可當。父兄即不以相詔，朋友即不以相規。試使返躬自審，亦必有舍我其誰之思，則當之烏能自已也。

凡人於可有可無之事，一旦竟漫以相投，未有不藐然視之，謂其可以意而遷也。若仁，豈可以意遷乎？仁，爲我所固有之仁，當，即我所自有之當。功雖極之百年，力難遲之俄頃。即使他人我先，亦必挾一後來居上之想，則當之烏容自寬也。

從人心敗壞之際，獨挺然自奮之曰：當是其位置不凡，將前有千古，不妨自我承之，後有萬年，不妨自我啟之也。故天下無當仁者則已，天下而有當仁也。如迴瀾，然彼則爲中流之砥柱。如對壘，然彼即爲拔𩐋之先登。從庸流委靡之中，獨毅然自任之曰：當是其精修自矢，將我有聰明，不難自我用之，我有材力，不難自我張之也。故天下無當仁者則已，天下而有當仁也。如任重，然彼則爲大車之以載。如致遠，然彼即爲日進之無疆。師且不讓矣。遑問其他哉。

【評】「仁」字寫得極親切，「當」字寫得極奮厲。文筆如飆馳霆擊，所向無前。年愚姪梁鳴謙

切問而近思，仁在其中矣癸未會墨

問與思又並致其功，心存而仁在是矣。

夫問不切，思不近，雖博篤猶無當也。切焉近焉，仁豈外是乎？

今夫人將以心宅理，非第殫見洽聞之專所向已也。專所向於殫見洽聞，而毫釐未必悉剖，亦意趨未能胥融。善斂此心者，既於衆理有維繫之概，而所以求晰諸心者，不敢浮也。所以求詳諸心者，不容騖也。如是而心存，心之理亦與之俱存。然則博學

篤志，特致知之始事耳。

吾想古之仁者，勤知天之學，而芻蕘可採，猶虞諮訪之未周。盡窮理之功，而晝夜以圖，尚憂精微之不逮。則問與思，又豈可廢哉？顧問與思，正自有辨。其問也，非必舍吾所學所志，以爲問也。第即吾所學所志，以爲問而問焉，必侈古今之奇與問焉，必究身心之蘊等問也，而華實判焉矣。惟即日用之經，以質疑而辨難，而詩書易象，考訂無取虛誇，忠孝節廉，折衷務歸確當。好問則裕稱克仁者，所以體恒性之綏也，則切問尚焉。

而其思也，亦非必離吾所已問者，以爲思也。第即吾所已問，而爲思而思焉，必踰分外之維與思焉，不出位中之念等思也，而遠邇殊焉矣。惟即當前之事，以反覆而綢繆，而性命天人，返躬無難取譬，後先本末，研慮不過範圍。惟思曰有基作聖者，所以會維皇之極也，則近思尚焉。

且夫近思也，而以切問先之。學之博者，心自約也。切問也，而以近思繼之。志之篤者，心自純也。天下惟約其心者，不敢馳其心於理之外。亦惟純其心者，不致紛其心於理之中。此雖未得爲仁乎，此豈不足見仁乎？則請平心察之。

論克復之渾全，微特博學篤志，未詣其極。即切問近思，亦衹完格致之能耳。然試思莫切於仁，切爲問，而泛念自見消除。莫近於仁，近爲思，而不遠可徵來復。人以爲踐履之未經者，吾則以爲操存之已固也。蓋得主爲有常矣。

論明察之至要，就彼博學篤志，已啟其端。况切問近思，尤足殫研窮之用乎。嘗曠觀好奇之士，問不切，而學轉覺其多荒。騖外之儒，思不近，而志竟傷於窮大。反乎此，而精神不虞其旁雜者。即反乎此，而方寸乃見其靜存也。蓋誠身爲有自矣。

仁在其中矣，致知烏可忽乎哉？

【評】剖毫析芒，含精咀粹，是得髓於五子諸書者。文氣之安詳冲穆，亦上追正嘉先輩。年愚姪梁鳴謙

卷二

學庸

克明峻德，皆自明也

終引古帝以釋明德，詞異而旨同也。

蓋德本峻也，而堯克明之，不與湯文同，其自明者乎。傳者意謂，夫子删書，斷自唐堯，誠以堯之德超前聖而立隆，開後聖以立極也。惟其超前聖而立隆，故聖不自聖，七十載廣運之神，包乎宇宙。惟其開後聖以立極，故聖有由聖，十六字心傳之奥，沿及商周。

夫是以帝變爲王，世運雖有升降，而性同於反，功候各無旁叅也已。如明德顧諟，見於康誥太甲如是，是其心思不自蔽，其精神不自廢，而其修爲之自奮。即由文溯湯，而已見先後之同符，又何必進稽諸帝典哉。

蓋帝典冠全書之首，而即爲湯文之所宗者也，不觀有云「克明峻德」乎。且夫德之虛靈，不昧者爲明，而明之體具，用周極於至大者爲峻。巢燧羲軒，上古非無哲后，獨至堯而詣擅生，安特剖人道危微之界。所以氣量莫名蕩蕩，早挾純粹美備之胷懷，而戛哉無尚。禹皋稷契，在廷亦有真修，獨於堯而欽明首出，直探民彝物則之原。所以太虛同此巍巍，早懔宥密單心之劼毖，而止矣蔑加。堯之克明如此，其視湯文之學，究何如乎？

蓋就時勢而論，洪荒甫闢，不聞治性有成書。乃聰明睿智，眷顧時萃，彼蒼而又以恭讓者，深黽皇於寤寐。則踐形盡性，樹厥先聲，知緝熙之敬，智勇之功，即於斯延其脈也。誰謂見聞無自，難語作聖之楷模。而就性分而論，誕降初基，何嘗賦畀之獨厚。縱察地明天，資稟迥殊，倫類亦惟以精一者，盡瘁勵於當躬。則文武聖神，著爲成式，知文之肅雝，湯之昧爽，實由是紹其流也。

誰謂世代遞遷，絕無同臻之學業。皆自明也。

道統至中天而始啟，苟非運以會心，策以全力，鮮不齟齬憾於宸衷。似堯之獨居於創，不若湯文之並居於因，而非創也。性天人所同具，以仁如天，智如神之帝堯，要不過即其所共然者，以完其所自有，固無庸特别其爲創，又奚庸更别其爲因也。則堯之明德，不與湯文之明德，異途而合轍也哉。

學術因繼起而倍精，向使留於姑待，急於提撕，亦安能心源之共印。似湯文之並處於勞，何若堯之較處於逸，而非勞也。秉質原自無疵，以布徽柔，昭聖敬之湯文，要猶是順吾所自有者，以還吾之本體，固無可見其爲勞，亦無能自任其逸也。則湯文之自明，不與堯之自明，並轡而齊驅也哉。

此明明德之旨也，學大人者，其以此爲本。

【評】日光玉潔，嶽峙淵渟。年愚姪梁鳴謙

詩云：瞻彼淇澳，菉竹猗猗，有斐君子，如切如磋，如琢如磨。瑟兮僩兮，赫兮喧兮，有斐君子，終不可諠兮

詩咏君子之有斐，歷擬之而如見焉。蓋於終不可諠，而後知君子之有斐在此。即君子之所以有斐，亦在此矣。淇澳之詩，所以歷擬之歟。且詩言文王之敬止，曰於緝熙。夫緝，繼續也。熙，光明也。猗歟休哉。

後有作者，弗可及矣。乃不意家學相傳，而後嗣猶克慎爾止而謹爾度。頌其德

者，一時歌咏所及，流連弗置。覺興體也。而比與賦俱見其中焉，如衛風淇澳之詩。是夫淇澳之詩，何爲作乎？爲不諠其君子而作也，爲不諠其君子之有斐而作也。蓋降衷有恒性，故古者大學之教，不獨君王有劼毖，而愚賤亦有懋勉。而好善有同心，故古者明德之止，不獨深宫有學問，而草野亦有性情。此淇澳之美君子，所由來歟。

獨是詩之美人也，必序人之始，以及其人之終。又必序人之内，以及其人之外。且必合其人之始終内外，而極示愛敬之弗衰，然後足稱快於一時。世之謳吟衆矣。要不過侈千秋之駿烈，効茲揚詡，竭一心之頌禱，媚茲一人已耳。而試問其人之始終内外，竟寂寂無聞也。曷若此之興懷菉竹，歎美有斐。若言之不足而長言之，長言之不足而嗟歎之者乎。且此詩之所以若是，其精詳者，則曷以故。

人當奮發無從之際，雖師友在右，亦恐不及牖其衷懷。一旦於瞽箴矇誦間，穆然見王德之憂勤，遂若默觸，其愧勵向往之忱，而不覺爲之低徊而往復。人當愛慕極至之時，即反復深思，常恐不能曲傳其寤寐。一旦於山川景物中，偶然悟物情之不遠，遂若隱繪其金錫圭璧之躬，而不禁乎其詞複而言重。

惟然，吾得受其詩而讀之。其託物以起興也。曰瞻彼淇澳，菉竹猗猗，有斐君子。而詩人以爲未盡形容也，復擬之曰：如切如磋，如琢如磨。瑟兮僩兮，赫兮喧兮。德至此詳且盡矣。而詩人又以爲未臻於極至也。爰是悠然深思，曠然遠志，曰有斐君子，終不可諠兮。

【評】識踞題巔，神遊象外，縶馬閬風，俯視齊州，九點煙耳。如此超詣，誠不易到。年愚姪梁鳴謙

詩云：瞻彼淇澳，菉竹猗猗

傳者引淇澳之詩，覺物猶如此矣。夫淇澳之詩，衛人所以美武公也。覩猗猗之菉竹，非其有感而咏哉。今夫能傳人者地，非地之能傳人也。有篤生乎是地，寄迹乎是地者，而地乃因之而俱傳。能感人者物，非物之能感人也。有適肖乎是物，增輝乎是物者，而物乃因之而生感。則如淇澳之詩。

是夫淇澳之詩，衛人所以美武公也。以彼生長於邶南鄘北之區，而山川若藉是以增其靈秀，草木若因是以發其光華，則相彼流泉，撫茲嘉植，頓觸人以心曠神怡之

感。以彼交儆於賓筵戒抑之章，而被化者相與愛其人而思其地，望光者相與覩其物而寓其情，則悠悠可想，青青可悦，殊深我以騁懷寓目之殷。

詠之曰：瞻彼淇澳，非重淇澳也。有重乎淇澳，而瞻之者也。繼之曰：菉竹猗猗，非重菉竹也。有重乎菉竹，而益形其猗猗者。

凡物莫不惡醜而好美，猗猗云者，甚美之詞也。夫萇楚則歎其沃沃，夭桃則羨其蓁蓁，美與醜自不同矣。乃茲則取乎甚美意，必有欣乎甚美，而於猗猗者見其端也。左之右之，披之拂之。彼淇澳之旁，固有是娉婷而可慕者乎。

凡物莫不懼衰而喜盛，猗猗云者，甚盛之詞也。夫悲黍苗者歎其離離，詠棫樸者樂其芃芃，盛與衰又有間矣。乃茲則取乎甚盛意，必有欣乎甚盛，而於猗猗者示其意也，不密不疏，不蔓不支。彼淇澳之間，固有是蘢葱而可悦者乎。

是故讀淇澳之次章，則曰：菉竹青青。夫非以中之虚而外有筠者，爲足動人之流連乎。撫茲竹也，吾不知幾經培植，幾經涵養，以媲美乎梓材樸斲之遺風。讀淇澳之卒章，則曰：菉竹如簀。夫非以直不介而弱不虧者，爲足深人之遐思乎。覩斯竹也，又不知若何鍾毓，若何涵濡，以追蹤夫椅桐梓漆之妙選。有斐君子，如之何勿思。

【評】秀氣遠出，神光四照。有手揮五絃，目送飛鴻之妙。年愚姪梁鳴謙

如惡惡臭，如好好色

極擬一好惡之誠，毋自欺者當如是也。

夫用惡於惡臭，用好於好色，故未有自欺者也。如之，其好惡豈猶是徇外之好惡者哉。且夫善惡之分本於知，而好惡之誠決於意。乃用其意以應物，而意無或留，用其意以治理，而意若有待。是豈物之好惡易摯，理之好惡難真乎。夫亦未嘗即用意於物者，以用意於理。斯知之所至，意有未至，而好惡遂因以不誠。如誠意，必毋自欺者。何哉？

蓋意之中有善惡，而欺之萌，即在於好惡。業已從，一旦貫通之候，則爲惡爲善，黑白難淆。決擇精，斯取舍定，而苟且之見，豈可相參。業既從，物格知致之餘，則爲惡爲好，絲毫難昧。可否斷，斯從違專，而游移之心，在所必絕。

然而惡惡者，亦明知夫惡之當惡也。而恒不力於惡，必其惡與意尚相牽，而暫爲

暱就者也。不然，則其惡與意初相距，而繼復姑容者也。又不然，則實見其惡之可憎可浼，而私欲未消，仍專事夫掩覆者也。則有惡仍如無惡者，此其故。

好善亦明知夫善之當好也，而又不堅於好，必其善與意尚相隔，而視爲緩圖者也。不然，則其善與意未盡洽，而憚於曲赴者也。又不然，則始見其善之可親可近，而轉念淡漠，弗能寢食之胥融者也。則有好亦如無好者也，此其故。

若吾所謂毋自欺者，其好善惡惡，當何如乎。夫不見惡惡臭、好好色者乎。天下拂意之事，至於惡臭，而其情尤易見。穢敗而變其初，詎等芝蘭之味，染濡必防其漸，何啻垢糞之塗。物既如此，人何以堪？則惡莫惡於惡臭矣。彼誠於惡惡者，其如之。天下愜意之途，至好色，而其願尤樂償。心乎愛矣，向慕久而神與之移。願言思之，固結深而志不少怠。未免有情，誰能舍此？則好莫好於好色矣。彼誠於好善者，其如之。

蓋好惡各有其端，不極乎端之所究竟。無論好惡悖於知，固非好惡之誠。第令好惡歉於知，亦非好惡之誠也。惟如惡惡臭，毅然決去，境過而念不爲渝。如好好色，皇然必得，歷久而懷無或變。不紛其意於好惡之外，不遺其意於好惡之中。痛疢嚴亦精真契，爲惡爲好，舍是別無實致之功。

好惡各有其量，不極乎量之所擴充。無論知至於十，好惡衹及其一，固非誠之盡。即令知至於十，好惡僅虧其一，猶非誠之盡也。惟惡之而以惡臭視惡，懼瑕垢之必滋，身名不受其玷。好之而以好色視善，慕彝良之至美，夢寐難易其天。不雜此意於未好未惡之先，不滯此意於既好既惡之後。性情正亦志趣肫，真好真惡，舍是別無暢然之境。

此而不謂之自誠，得乎。

【評】胷中如鏡，筆下如刀，兩如字洞脅穿膺，力破餘地。年愚姪梁鳴謙

此謂誠於中，形於外

誠形有難昧之真，可知揜著之謂矣。蓋誠與形本一致也，既誠於中，即形於外。揜著之謂，其以此夫。且天下有無之數，亦最難假耳。而世之以緣飾爲功者，每欲匿有以爲無。誠謂中與外有兩隔之勢。有者亦何不可假爲無也。

抑知藴而能宣，其機每神於莫測，積而必發，其情自載以俱流。故不第已不自暴其有，而有不可飾，即已欲自匿其有，而有愈不可飾也已。揜不善著善，而肺肝如見，彼小人亦何不幸而至此哉。

此而猶謂中藏之未巧歟。而非有摘其中藏者也。僞爲襲取，此中有自貢之真，而掩飾以圖維，亦覺齟齬之難合。此而猶謂外著之未工歟。而非有發於外著也。機械變詐，此外多跼蹐之地，而無情之笑貌，倏然自露其衷懷。

蓋誠者，形之基也。不誠則已，誠則未有不形者。而初非誠爲一時，而形又爲一時，誠爲一端，而形又爲一端也。故始祇以誠爲誠，而不知誠即誠其所形。繼又因誠慮形，而竊懼形即形其所誠。終且以誠爲形，而無誠之不形，無形之非誠。不如其誠之量不已，不盡其形之態亦不已。其面目豈能相假也哉。

中者，外之符也。無中則已，中則未有不發乎外者。是中爲用之體，舍中不足以言外。外爲體之用，舍外更難别求其中也。故始祇以中爲中，而中不復知有外。繼又以中慮外，而因外以曲諱其中。終且以即中即外，而外適隱肖乎中。中與外實相需，而非有兩境。外與中有相印，而不俟更端。其神明不與之俱化也哉。

然則人勿舉不似者，而記之以必似矣。夫使不似者，而可託之爲似，則誠者其常，而形者其變。吾不知誠何以無可形，形何以非其誠也。而要之託不似者以爲似，無論清夜，自知愧悔之萌，即大廷莫遏端倪之露，繪摹之情，有昭於當境耳。

然則人勿取不習者，而强之使必習矣。夫使不習者，而可强之爲習，則誠在於此，而形在於彼。吾不知所誠將遁於何地，而所形又將責於何物也。而要之強不習者以爲習，微特精神，已多扞格之端，即手足難禁倉皇之致，倚伏之機，有神於頃刻耳。

君子於此，而敢不慎乎哉。

【評】以靈轉之筆，運沉摯之思。戛戛獨造，自成一子。年愚姪梁鳴謙

人之其所親愛而辟焉，之其所賤惡而辟焉

情以親愛賤惡而見偏，修身者先致察焉。

夫人既有家，而能無所親愛賤惡乎。若之何，其辟矣，是在先察之焉可。且吾人一身，固恩威交責之身也。使其與物相接之時，當恩者與以恩，當威者處以威。

夫豈恩或不必用，而威轉有所窮哉。惟本身以盡恩，而過恃其恩，則出乎情者未裁以義。本身以立威，而過恃其威，則迫於嚴者弗制以寬。一於恩者狎，一於威者殘，均未得其當也。不然者，齊家必先修身。是其身之所當盡恩者，莫親愛若也。其身之所當示威者，莫賤惡若也。曾誠意正心之君子，於親愛賤惡，尚有倒行逆施之事者乎。

雖然猶有慮，萬不至性天稍背，骨肉間時，形詬誶之私。特以親愛有同情，情聯而吾心自歸於大順。亦親愛有定分，分定而此理貴準乎大中也。則欵洽之晉接，宜嚴也。萬不至流俗苟同，周旋中衹率包荒之度。特以可賤可惡，苟理所難堪，當深棄夷之責。而爲賤爲惡，倘情或可恕，應存寬厚之仁也。則忿疾之懲痛，宜慎也。

然則人之於其所親愛，以其可親愛而以親愛應之，初非於親愛之準有所踰。於其所賤惡，以其可賤惡而以賤惡出之，何嘗於賤惡之則有所過。由斯道也，親愛者無失其親愛，賤惡者無失其爲賤惡。

洽乎理所當然，不且順乎情之自然也哉。奈何人於其所親愛賤惡而辟焉者。

夫人情之染濡，於親愛中而靡所底也，則皆世道之虞矣。以血脈之統同，念念即爲之固結。以性情之歡洽，事事樂與之綢繆。一若徇寵昵之私，而綱維可以不講，篤死生之誼，而名分亦可以相忘也。徑行所至，往而莫追，其弊也。箕裘手足之意，一變而成履霜中冓之憂。鐘鼓琴瑟之風，不幸而釀司晨煽處之禍。非親愛之辟，有以開其漸乎。而可勿兢兢歟。

夫人之忿心疾首，於賤惡中而曷其有極也，則皆不平之患矣。其衷懷本非暴戾，惟以谿刻，峻物望之閑。其叱斥實由卑污，惟以過苛，招庸流之忌。蓋其痛絶深，以瘠瘵竟無暇，棄短而録長，譴訶及於終身，弗望其改途而易轍也。堅僻之習，激而已甚，其弊也。情失當而氣多偏，天下有難馴之頑梗。義有餘而仁不足，兩間無遷善之門牆。非賤惡之辟，有以階之厲乎，而可勿懍懍歟。

進觀畏敬，哀矜敖惰之，各有其辟。欲齊家之君子，而不修身，可乎哉。

【評】

義吐光芒，詞成廉鍔。年愚姪梁鳴謙

明乎郊社之禮，禘嘗之義戊寅鄉墨

禮緣義起，深望乎明之者焉。

夫郊社禘嘗，非第事帝祀先已也。由其禮而思其義，不深望乎明之者哉。嘗思享帝必歸仁人，享親必歸孝子，知明禋昭假，不徒應以虛文也。惟夫通錫類之典，而後明天察地煥其儀，崇美報之思，而後祖澤宗功隆其制。此中有精意焉，固非浮慕者所得泛而求矣。

武周之達孝，既有郊社宗廟之禮已。今夫蒼璧禮天，黄琮禮地，非徒祝史之文也。率仁本親，率義本祖，非徒粢盛之薦也。作者謂聖，述者謂明，而由禮以達義，則其事重焉。且夫論郊社禘嘗於今日，其禮其義，有未易明者矣。

僭大典於王朝，鼠食郊牛，忽致改牲之卜。恣淫威於侯國，人用亳社，罔顧舊典之垂。洎夫不郊，猶望高卑之等級，奚存伐鼓於社，守府之典章安在，禮失而義亦晦，誰其據禮以明之。追享惟天子得舉，而丁卯大禘，獨貽逆祀之譏。時祭雖諸侯得行，而乙亥有嘗，徒垂不害之紀。他如君未，禘祀强侯之鉅典，敢干釁作由嘗，俎豆之兵戎亦伏，義亡而禮遂紊，誰其援義以明之。

有如能明之者，天高地厚，我以藐躬處其中，苟非親荷生成，胡爲獨崇其禋祀。體此意以相準，則燔柴泰壇，瘞埋泰圻，合祭之説可删也。百神受職，百貨可極，封禪之文已誕也。

明其禮者，天神不聞有六，而日月星辰之祭，無事統同。地祇不聞有二，而山川邱陵之司，尤須辨異。聖天子躬神靈於上，協氣感夫苞符，則夫父天母地之思，皆吾宗子所講明，而切究之也。而南郊北郊，大社王社之通，其精心以酬對者，可統此矣。

木本水源，我以一脈承其統，苟非心存陟降，胡爲來格以居歆。本此意以相尋，則行以五年，行以四仲，南郊明堂之配不可易也。追所自出，溯所自生，來雍閟宫之詩盡可咏也。

明其義者，禘審昭穆，東向屈尊，何論乎遷主與未遷主。嘗取嘗新，西成告廟，豈及乎享帝與享羣臣。聖天子以慈孝爲心，駿奔懍夫將事，則夫尊祖敬宗之意，皆吾肖子所洞徹，而推明之也。而春禘夏禘，大嘗祫嘗之惑，於羣説以滋疑者，非所論矣。

以之治國，固亦不難，吾所以爲孝之至也。

【評】薈萃漢宋諸儒之説，而折衷之。披卻導窾，擇精語詳，根柢槃深，義藴宏富。年愚姪梁鳴謙

哀公問政。子曰：文武之政

政貴有恒，法祖其要也。

夫哀公時，政逮大夫久矣。有志於政者，盍法文武哉。且我魯自春秋以來，政幾不可問矣。迨昭定而後，政出私門，遂成積重難返之勢。即有轉移世道之君，欲收大權於公室，俾後嗣世守勿替，要非興復古先王之令典不爲功，何則？夫魯，周公之裔，而周公實成文武之德者也。迄今千百年間，王風既降，政教亦稍淩夷衰微矣。祭則寡人，政由季氏。哀公之問於夫子也，豈無志哉？周之東也，吴有百牢之徵，齊有儒書之誚。其時文昭武穆，類多孱弱而不振，則政之僅遺守府者，誰復知所折衷哉？魯之季也，家起鬭雞之釁，野興鸛鵒之謡。一旦文謨武烈，已皆澌滅而殆盡，則政之空懸象魏者，幾莫識所諮詢矣。何意哀公而有是問哉。夫子於此，不覺穆然神往，曰治以法古爲隆，政以本朝爲尚。

臣生也晚，不獲與周召畢榮，親承文武遺訓，猶幸得於删訂纂修之餘，溯累朝之典故，考豐鎬之遺規，竊有以見。夫宜古而宜今者，孰有如文武之政之燦然者乎。

政積久而大備，以數聖人之規畫，而措諸當時者，即欲傳諸後世也。今雖桓僖告災，亳社示警，而敬叔景伯諸臣，猶知財可爲，府可顧，而舊章必不可忘，則入故府以問章程，覺文武之道其未墜也。而誰則承之？政歷久而愈新，以兩聖人之裁定，而光於四方者，即可顯於西土也。今縱略言難終，更僕足數，而儒行大婚諸解，可知物恥振，國恥興，而古道之不可不復，則蹴前席以陳令甲，將文武之法其堪稽也。而誰則繼之？公誠率乃祖攸行，迪前人功於不逮，雖文武之政，至今存可也。方策俱在，盍取而觀諸。

【評】肅穆簡括，先輩典型。年愚姪梁鳴謙

有弗思，思之。弗得，弗措也。有弗辨，辨之。弗明，弗措也

更即思辨以驗困知，仍無解於弗措而已。

蓋弗思弗辨，雖學問終無補也。思辨焉，則求得求明，又安能外此弗措哉。且天下惟存弗措之心者，不至淺嘗而坐廢。矧在思與辨，又烏可半途而止哉。故矢其心以

求知於學問，既無盡境者，亦無止境。即矢其心以求知於思辨，而圖厥初者，尤圖厥終。功有漸致，心無他適。

夫亦曰率此以從事，則知終終之。斯擇善確有足憑耳。然則困知者，其弗措豈特見諸學與問哉。試進觀夫思辨。

思之云者，固有所求於學問之中也。其學問在是，即所思亦在是。苟弗思焉，則徒説諸心而不窮諸慮，何能極深而研幾？辨之云者，非別有求於學問之外也。其學問在是，即所辨亦在是。苟弗辨焉，則息之深，深無由達之亹亹，何能昭融而罔閒？

是弗得也，弗明也，即弗思弗辨，所由致也。

若既思矣，而可自安於弗得哉。困知者曰：「吾而無意於求知則已，吾而有意於求知也。知其表而不知其裡，不可謂得。」知其粗而不知其精，不可謂得。而要非弗措以爲思，則雖思，終屬無得耳。

夫曲禮三千，先之以儼若思。古今來惟思最微而善入，故身何以修道，何以達。此中曲折之推尋，有非淺人所能領者。思之思之，又重思之。畢生有必得之事業，寸衷無可措之功程，而猥以弗得謝也。則何如終於弗思，尤足免人以擬議之端。

既辨矣，而可甘同於弗明哉。困知者曰：「吾而無意於求知則已，吾而有意於求知也。知其爲理欲，而不知理欲之界，貴判幾希，不可謂明。」知其爲是非而不知是非之間，每多疑似，不可謂明。而要非弗措以爲辨，則雖辨，仍屬不明耳。

夫大易九德，終之井以辨義。古今來惟辨最析而易精，故修身如何而治人，治人如何而及天下國家。此中無窮之藴奧，有非冒昧可相將者。辨之辨之，又重辨之。宇宙有必明之事功，中藏無可措之痞寐，而猥以弗明，諉也。則何如終於弗辨，甘自居於顓蒙之輩。

蓋困極則思通，故弗慮胡獲，伊尹以之訓太甲，仰思而得，周公以之兼三王。弗措焉。而有思以爲睿，即可爲作聖之基。而困爲德之辨，故辨宜早辨。坤所以防履霜之漸，明辨以晳，大有爲照天之離。弗措焉。而用晦以求明，何至有幽谷之入。

况有思以開辨之門，有辨以善思之用。業有交修，責無旁貸。苟非至於得與明，則擇善亦游移而鮮據。而有思則學不流於泛騖，有辨則問，不入於紛歧。由博返約，沿委探源。而惟統操之以弗措，則擇善，斯無懈於初終。

推而至於篤行，困勉者，其可忽哉。

【評】

明辨晳也。純粹精也。年愚姪梁鳴謙

自誠明謂之性，自明誠謂之教

即性教以別所入，天人之道所由分也。

蓋誠而明者，全乎天，而明而誠者，則全乎人也。原其所自，不有性教之異乎。子思有會乎天人，而統言之，曰：「聖賢之所以各異者由於所入之有異焉耳」。

夫理，本自具於人心。其在聖人，則積厚流光，衹全生初之固有。其在賢人，則知至意誠，端賴後起之修能。所入之途既異，而天人之道亦分焉。

蓋降衷以來，理之畀於人者，一一臻於各足。而姿質既分，遂覺此以逸而成者，彼以勞而效託。始之見端，即詣力之所由判也。賦與之後，理之具於心者，在在出於同然。而氣稟有異，遂覺由乎此者，不得下同乎彼，由乎彼者，不得上託乎此。安勉之殊途，即指稱之所由定也。

夫不有自誠明者乎。天下惟實理藴於中，而四達不悖者，始得謂之誠而明。惟聖人全理道於衷懷，無所積之非實，著光輝於事物，無所照之或遺。是其不思而得，不勉而中，不謂之性，不得也。

夫不有自明誠者乎。天下惟知之無不至，而實用其力者，始得謂之明而誠。惟賢人始以學問思辨，而是非之莫淆，繼以求慊戒欺，而二三之勿雜。是其擇之極精，執之極固，不謂之教，不得也。

夫性之盡者踐於形，視聽言動，往往不克全其性者，大抵有所間，而又有所蔽耳。誠而明者，受性以來，本有此肫然無妄者，立於視聽言動之先，於是本性以宰形，而衆形之所具，乃無感之不通。蓋誠至而無足以間，吾性亦誠至，而無足以蔽吾性也，謂非得天之獨厚哉。

抑教之深者驗於事，恭從明聰，往往不能充其教者，大抵有所蒙，而又有所奪耳。明而誠者，從教以來，自有此昭然不爽者，周乎恭從明聰之間，於是本教以通事，而衆事之所發，乃無踐以不實。蓋明至而無足以蒙，吾教亦明至，而無足以奪吾教也，謂非復執之異趨哉。

蓋誠則有主，而萬感不能爲所迷。明則旁燭，而定識斯以定力。誠則明矣。明則誠矣。及其成功一也。

【評】樸實説理，不落邊際。年愚姪梁鳴謙

敦厚以崇禮

凝道有終事，敦崇其要也。

夫厚爲本而禮至重，不敦崇則德何修，道何凝？故歷言修凝之功，更於終事詳之，曰：「人各有其情有其文，情生則文亦生。」故忠信可學禮，而品節非尚僞。爲文至，則情亦至，故秩叙皆本天，而忠孝不以愚累，惟君子卒於是致功焉。

道之在空虚，與其在充實無以異。空虚者，洋洋而所以然者。吾性之厚也，厚與厚相加，則道凝。道之在品類，與其在神明無以異。品類者，優優而所以然者。吾學之禮也，禮與禮相積，則道亦凝。

敦以崇之，厥惟君子。厚之在君子，即在天地萬物者也。將敦其在天地萬物者乎。不知天地萬物皆厚之氣，非厚之理。君子以理輔氣而厚之，理積於中自厚之。氣充於外，則大地萬物皆吾德性中事也。敦之，所以立德之基也。

禮之在君子，即在三百三千者也，將崇其在三百三千者乎。不知三百三千皆禮之事，非禮之意。君子以意率事而禮之，意無偏私即禮之。事皆中正，則三百三千皆吾學問中事也。崇之，所以爲德之輿也。

然必先敦而後崇者，帝王雖有制作之才，必深仁與厚澤洽而後興。惟有藏於禮之先，雖嗜欲形而不生蕩佚。有貫乎禮之内，雖筋骸束而自著雍和。非是則聲無律而身無度，何以集天下之成。

然必既敦而又崇者，聖人雖有盛德在躬，必禮運與禮器協而後治。惟知厚易流於薄，故盛其文章之數以救之。知薄宜返於厚，故多其恩義之紀以接之。非是則情不深而文不明，何以建中和之極。

此修德以凝道之終事也，學者其知之。

【評】

堅凝密栗，筆筆中鋒，文品於榕村稿中爲近。年愚姪梁鳴謙

知遠之近，知風之自，知微之顯，可與入德矣癸未會墨

進爲己而示以知幾，德之入有由始矣。

蓋遠不遽遠，風不徒風，即微不終微也。知之而幾在是，德不由斯入乎。

今夫知幾其神，此上聖達天之德，非下學所能驟期也。顧上聖以知幾，妙入神之用，而下學以知幾，得入道之門。不明乎幾之自外見内，即隱見彰，而徒信心於爲己之足憑，吾知其修爲之無當也。如淡簡温之君子，其即成德爲行之君子乎。雖然猶未也。

蓋其中又有幾焉，幾無非發之於己，幾亦不必泥之於己。揆諸世，度諸身，返諸心，愈引而愈深者，莫不有其幾之難昧，則遠與風與微，可析指也。己爲幾之所從生，亦即爲幾之所由露。止諸躬，藏諸密，徵諸色，愈積而愈形者，莫不有其幾之足據，則近與自與顯，可歷推也。

夫第執遠以言遠，則遠自爲遠，而非近之可爲遠也。然千里之違，即在一室，境内之象，不出廟中。自遠止者，原不自遠始也，是謂遠之近。第執風以言風，則風自言風，而非自之可爲風也。然跛倚之容，已覘内散，威儀之著，悉本中涵。從風動

者，原不從風流也，是謂風之自。

且夫微莫微於近，微莫微於自，而顯而爲遠，顯而爲風，則微豈終微乎。彼執微以言微，第知微自爲微，而以顯爲不本於微也。豈知幽獨之間，昭然若揭，神明之地，燦若難藏。無微之不顯，即無顯之非微也，是謂微之顯。

此其中固有幾焉，而不可爲不知者道也。蓋不知則雖立心既正，而内念弗能常惺，即從入之途亦左。不知則雖外欲弗衆，而端倪罔由自察，即進德之路未開。如其知之，則凡幾之因端而各見者，無不洞悉之靡遺矣。夫人惟無心於爲己，即有審幾之明，亦覺精神之扞格耳。若既嚴於公私之界，而樞機所發復，有以用其聰明。姑無論異日之爲六德，爲九德，而即此知著識微，已爲内聖外王所由肇。如其知之，則凡幾之隨在以遞呈者，無不本原之畢照矣。夫人惟無意於研幾，即有爲己之學，亦覺趨向之混淆耳。若能辨於存發之交，而篤實所含，早有以資其強固，雖未見此時之爲升堂，爲入室，而即此審端用力，已爲賢關聖域所由躋。

可與入德矣。吾願爲己者，即知幾爲謹幾，以訓至天德之達也。

【評】澄心渺慮，獨窺真諦。字精句碻，可以注經。年愚姪梁鳴謙

孟子

百姓聞王鐘鼓之聲，管籥之音與民同樂節

更即百姓所聞以觀，而鼓樂之聲音可想焉。

夫鐘鼓管籥，猶是王之樂也。王之好樂甚，豈不可令百姓聞之耶。今使人主必無荒於樂，而鐘鼓不復設，管籥不復庸，使民寂寂無聞焉，斯亦迂矣。

顧君方和奏以爲娱，而遥憶輿情，覺有若冀諸意中，忽聞之意外，而叢集於一人者，抑獨何歟。今王又鼓樂於此也。

夫百姓疾首蹙頞，非爲王鼓樂於此，聞鐘鼓之聲故耶。聞管籥之音故耶。則有諫王者曰：「甚矣。王之不可鼓樂也。王盍銷鳧氏之鐘，徹韗人之鼓，毁伶倫之管，去伊耆之籥，惟是宵衣旰食以謝百姓耳。」今而後，毋鼓樂，則又有爲王慮者曰：「甚矣。鼓樂之不可使百姓聞也。王盍鳴鐘於内寢，伐鼓於深室，播管於别院，吹籥於離

宮，惟是宦官宮妾得與共聞耳。」今而後，百姓其無聞夫鼓樂。其

夫以養尊處優之王，既鼓樂於此，而必使鐘鼓之聲管籥之音，毋令百姓聞也。其時之王可知，其時之百姓更可知矣。

且夫閭里細民，歲時祭社，猶復吹豳雅，擊蕢桴，盡一日歡。況王擅表海之雄，泱泱大風，時或悦耳，而特以百姓之故，轉爲是而惴惴於一聞也，豈理也哉。故臣特慮王之未甚好樂也。王而甚好樂也，則臣又將爲王勸曰：「盍更進而驗，所聞於百姓。」

王今日試命樂工，試召太常，鼓琴之忌進，絶纓之髡侍，相與抗曼聲，奏爾能。有鏗以立號者，非即前此之鐘耶。有讙以立動者，非即前此之鼓耶。有舞象而示事者，非即前此之管耶。有赭顔而錫爵者，非即前此之籥耶。快意當前，王亦自適而已。是王之鼓樂也，與向者無或異。

而於是聲聞於外，音聞於外，扶杖之皓叟，嬉戲之黄童，相與趨而聆，側而聽。彼鏘然而鳴者，其即前此之鐘耶。彼鼛然而鼓者，其即前此之鼓耶。彼合簫笛而備舉者，其即前此之管耶。彼應雅南而不僭者，其即前此之籥也。繁響畢宣，百姓其共聆矣。是百姓之聞之也，與向者亦無或異。

而乃欣欣相合者，何也？此可以觀民情矣。

【評】以古文之神理，合時文之矩矱。色澤斑斕，則子虚上林之裔也。氣味淵永，則廬陵南豐之遺也。年愚姪梁嗚謙

周公之過，不亦宜乎

過有出於倫理之宜，元聖所以無慚也。夫周公固宜於無過也，而爲管叔弟，則不免於有過。非天倫之至愛，何以致此。今夫不觀聖人之境者，不知聖人之心。心順而境順，境不至累心，而聖人之心見。心順而境逆，境固能累心，而聖人之心亦見。蓋值無可如何之境，雖聖人亦難逃指摘之加，要其心無不可昭然共白於天下。

子謂聖人有過，子亦知周公爲管叔弟乎。夫論小腆之紀叙，何可以我國有疵，致滋艱難於王室，則溯芹蜂辛螫所由來，斷難爲周公特寬其律。然論天顯之當敦，祇此恭兄弗克，已足得罪於冲人，則念麟趾螽斯所由屬，又當爲周公曲諒其心。

蓋周公未嘗無過，周公不必諱言過也。周公之過，不亦宜乎。天理爲斯人所同具，拂乎天而得免異時之擬議，豈周公所樂爲？夫兄弟之間，即聖帝不能無遭此奇變，使爲之兄者，能善體其弟，則流言不作，何至拮据捋荼，竟勞三年之風雨。然公之初心，固不忍預防其有是也。孽自作而蔓難圖，公惟以誠信而任者，循乎天理之自然而已矣。

人情爲古今所共準，悖乎情而得泯後人之口實，原周公所不屑。夫兄弟之情，在聖人非不能彌此嫌隙，使爲之弟者，苟默制其兄，則懲毖維嚴，復何至悲傷集蓼，竟缺四國之斧戕。然公之當日，固不忍逆料其若斯也。釁起家庭，而變生肘腋，公惟以懿親足恃者，本乎人情之極至而已矣。

然則誦德音之不瑕，在詩人或以周公有過，故爲是揜飾之。辭而正，不必爲之揜飾也。寶龜紹告，鬼神自能默察其先機，而雷霆震威，天地亦若代宣其至隱。管叔宜使，則周公之過，亦宜得也。不然，罪惡未萌，而猜疑早肇，周公何以得爲宇宙之完人哉。

讀鴟鴞之取予，在周公或忘其有過，反以推諉於他人。而正無容自推諉也。桐葉分封，戲言亦歸於至性，則宗藩重鎮，倚任敢料其陰私。管叔之使自所宜，然則周公之過亦所宜受也。不然，不靖本起自頑民，而刻薄先形於同氣，天下豈肯爲周公從末減哉？

由此觀之，周公之過，以兄弟而過也。豈他人之有過，所可同日語哉。

【評】

至情至性，可泣可歌。得此文數十篇，可以厚人心，敦風俗。年愚姪梁鳴謙。

學則三代共之，皆所以明人倫也戊寅鄉墨

國學無異名，合鄉學而並無異教焉。

蓋三代國學之共，以其異於鄉學也。然名異而實則同，不可合而得明倫之旨哉。

今夫輻輳隆於京都，故列代興賢，必有統宗之地。範圍歸於秩敘，故百族彝訓，不外庸行之常。蓋建國君民，教學爲先。其教之仍其名者，所以大統同之量。而學之殊其制者，未嘗有變易之圖。固可綜觀焉，而得其義也。

庠序校之各殊，其號如此，是豈立學明倫之意，不盡同乎。試由鄉學而進觀國學。

帝王應運而興，類有以新一朝之耳目。矧辟雍鉅制，奚必恪守。夫成規乃殷受夏，周受殷，要未嘗於東學尚仁，南學尚禮，西學尚義，北學尚智之餘，別崇徽號，則事固從同也。聖主乘乾而治，詎無以動一代之心思。矧類璧攸關，何必獨循。夫舊制乃周因殷，而殷因夏，究未聞於入學釋菜，入學鼓篋，入學習樂，入學習舞之後，更錫嘉名，則典無或異也。

以言夫學，蓋自三代來，天子之元子，公卿大夫元士之適子，與夫國之俊選，皆造焉。三代共之，豈非以建學之典，雖聖帝神王，有不可易哉。

顧或者謂，大昕鼓徵，學兼乎校。貍首騶虞，學兼乎序。適饌省醴，學兼乎庠。而要之，立教多端。祇共敦夫本行，則學之爲父子，學之爲君臣，學之爲長幼。其行之於國，有同趨者，即其行之於鄉，無異轍也。所以明人倫，有皆然者。

從來貴游之子，每多踰閑，故示以典常，學校難而鄉校易。倫之明，則不以難易殊也。帝王之視學也，期天下以一道同風。所以夏曰彝倫，殷曰人紀，周曰彝教。維皇降衷有恒性，勿謂世族驕淫教行自近外，此之日用飲食，遂可任其性天也。則夫德有三，物有三，不已統遐邇親疏，而同此意也哉。

從來首善之區，最關風化。故簡紬之典，學校峻而鄉校寬。倫之明，則不以寬峻異也。樂正之造士也，示天下以禮樂詩書。舉凡夏之蠢愚，殷之放蕩，周之利巧，惟后綏猷而後乂，勿謂不變即屏貴介綦嚴外，此之族師黨正，無所用其簡稽也。則夫升司徒，升司馬，不仍總朝廷草野而共此情也哉。

遵斯義也，通德隆於京師，淑問揚於疆外。父老攜杖，而觀德化之成，以此也夫。

【評】讀書能見大意，洋洋纚纚，如登先聖制作之堂。親承風旨，文筆偉麗。國初諸老中，於黃岡石臺爲近。年愚姪梁鳴謙

入則孝，出則悌，守先王之道 癸未會墨

道莫大於孝悌，即入出以明所守焉。

夫孝悌非可盡先王之道也，然入孝出悌，道不賴其人以守哉。

孟子意謂，子以士爲無事，是不知士之事，固敦倫飭紀之事，亦則古稱先之事也。以敦倫飭紀爲事，則一息無可懈之修。以則古稱先爲事，則千秋有必肩之任。其

自懍也嚴，其自持也重。高曾矩矱之留，非異人事矣。

蓋自先王，綿綿延延，以至於今，而幸有是人。孩是人也。名不隸工賈農商之版，而岸然自異。讀白華而起慕，歌常棣而感懷。孩提知愛，少長知敬，天良之所具，由此敦焉。躬不任兵刑錢穀之司，而退若無能，見耰鋤則痛懲德色，臨觴豆則致歎囂淩。立愛惟親，立敬惟長，軌物之所垂，必身率焉。是故入而有事，則孝是也。出而有事，則悌是也。夫其入而則孝，出而則悌，豈徒區區焉爲家修計哉。

若人曰：「吾循孝悌，吾思先王矣。」先王知祇父恭兄之不可或息於人心也，於是明堂教孝，老更教悌。而不孝之刑，不悌之刑，又以時頒爲法令，故孝悌之在先王則爲行。而吾人知日用周旋之不可或遠夫古訓也。於是道二帝則必稱堯舜，嚴二本則必原孝悌。而事親之實，從兄之實，又以時奉爲成規，故孝悌之在吾人則爲守。

夫其守之者，何也？亦曰先王之道。固不盡此孝悌，而孝悌尤道所從出者也。我不守之，將誰爲守之？

而吾固爲若人危矣。當此異端蠭起之秋，逞爲我者一說，逞兼愛者又一說，紛紛焉。咸思相攻以潰吾道之防，而若人毅然秉正，續萬古之薪傳，伸兩間之名教。覺先王已往，有非我莫能保宮牆之美富者，是甲胄干櫓之所寄也。蓋其守也，有金湯捍衛之嚴焉。

而吾乃爲先王幸矣。值此富強競尚之日，謀刑名者一家，謀法術者又一家，泯泯焉。孰追所創以維吾道之統，而若人悠然長思，懼彝倫之攸斁，尋墜緒於微茫。覺先王可作，必以我爲能承燕翼之貽謀者，是心傳手澤之所存也。蓋其守也，有堂構箕裘之紹焉。

要之，道莫大於孝悌，而遵百行之原，即以留一綫之脈。道不外乎先王，而切羹牆之見，即以起學校之衰。待後之學，士之事在此矣。烏得以無事疑之哉。

【評】

芒寒色正，如五緯之麗天。年愚姪梁鳴謙

規矩，方員之至也。聖人，人倫之至也

理各有其至，明物即可以察倫者也。

蓋外規矩無以爲方員，則外聖人安得爲人倫乎。

推之爲至，而明物不可以察倫者哉。且以物與人之相待也，使憑虛而責以極至之境，則於彼於此，終茫然而無所據矣。

惟實指一極至之程，而其至爲物與人所可至，其至爲物與人所不容不至。究之，所可至，所不容不至者，必先有一物一人焉，以完其所至之理。而其至爲範圍所莫能外，即其至爲表極之所共推。

今夫言制物者，必稱規矩，言爲人者，必稱聖人，由來尚矣。乃忽焉而語以聖人，而人且震而驚之，以爲天之生是使獨也。及與入考工之府，操物巧之能，則運斤成風，竟欲自離規矩而不得者。豈藝成而下，德成而上，淺深固判爲兩途哉。

則吾且即規矩與聖人而並按之，且即規矩以例聖人而參觀之。

無端而輒奉一物爲規矩，則或有疑焉。謂如是即規矩，不如是獨非規矩乎？我思古聖，興物前民，仰觀天而俯察地，故徑三圍四[一]，徑一圍三，而乘震執規，乘兌執矩，於是出焉。後有作者，非無聰明材力，可以別運其精神，而要分釐毫，末有不能稍背而馳之者[二]，則規矩固方員之至也。

無端而輒崇一人爲聖人，則或有訝焉。謂如是則聖人，不如是豈非聖人乎？我思至誠，整躬納軌，始窮理而終至命，故人紀肇修，民彝攸敘，而踐形爲聖，參三爲人，由斯著焉。後之學者，非無智名勇功，可以别矜其卓越。而要至正大中，有舍此即窮於無可入者，則聖人實人倫之至也。

然則人亦淺視夫規矩耳，不知規矩亦聖人因心作則而成也。秉行方智圓，以爲規矩，而制器尚象，多材之聖兼成制禮之書。由中規中矩，以爲聖人，而飭紀敦倫，形上之理可通形下之器。其兩至者，即各有其專至者也。各有專至，則其至也爲最絶。

然則人亦高視夫聖人耳，不知聖人亦人倫中無形之規矩也。規矩爲人官物曲所必需，而不外方員以爲規矩，則規矩極正而極庸。聖人爲神靈首出所專屬，而不外人倫以爲聖人，則聖人可模而可範。其獨至者，即其衆至者也。可以衆至，則其至也又甚平。

吾願人共法聖人以爲規矩，勿謂不可至，不必至，使聖人獨爲人倫之至焉，則得矣。

【評】説理洞達，其筆力如丈八蛇矛左右盤。年愚姪梁鳴謙

【校勘記】

〔一〕按：「徑三圍四」应为「徑一圍四」。古人認爲天圓地方，圓形的規象征天，方形的矩象征地。「徑一圍四」爲方，「徑一圍三」爲圓。邵雍觀物外篇記載：「圓者徑一圍三，重之則六。方者徑一圍四，重之則八也。」（宋）邵雍著；郭彧，于天寶點校，邵雍全集，上海：上海古籍出版社，二〇一一年，第七百五十二頁。

〔二〕按：「未有不能稍背而馳之者」，疑爲「未有不能稍背而馳之者」。

興曰

清聖之興有由致，大賢首舉以爲鑒焉。蓋伯夷之興，興於北海，實興自文王也。然則欲觀文王，可不即伯夷而首舉之乎。

且夫千古賢人之興伏，即關於氣運之盛衰，此其機非偶然也。蓋賢人痌瘝在抱，勃然難值萬無可奈何之際，原自有審時度勢，以與斯世相權衡。則當其離隱出潛，亦有不得不出其身爲斯世先，而豈漫無決擇，詡詡徒爲藉口哉。則試首觀夫過，伯夷。

當伯夷避居之日，正商紂播棄之時。想其居北海也，在伯夷軫念時艱，目覩夫商紂之咈其耇長，與其爲鴻之飛，孰若爲蠖之屈。對此茫茫，百端交集，伯夷當有黯然神傷者，安得不輕心遠舉，姑作漁父之吟。而其聞文王作也，在伯夷沈幾觀變，耳聽夫文王之父母孔邇，與其爲簪之謝，孰若爲冠之彈。斯人不出，如蒼生何。伯夷當有奮然色動者，又豈以海上移情，永矢澗磐之詠。

蓋伯夷於是興矣，且興而有言矣。

人非大有非常之舉，必不能使絶世離羣者，振起而生向慕。況以伯夷非君不事，非民不使，早挾一衣冠塗炭之思。而謂文王以秉鞭作牧，遂足回隱遁之高蹤，想在當局，固不敢厚期也。乃西郊方布密雲，而北海如殷就日。其情爲之移，意爲之動，覺當年之延頸仰首，至今猶能即其言而道之。

人非大有感觸於中，必不能使憤時嫉俗者，踴躍而切覲光。況以伯夷不降其志，不辱其身，早挾一横政不居之意。而謂文王以蒙難艱貞，遂足向隱淪而勸駕，即在旁觀，亦難逆料也。乃西方正歌彼美，而北海如睹榛苓。其心爲之轉，念爲之回，覺當年之奮然激昂，至今猶得述其言而陳之。

然則此一興也，謂伯夷其有所繫乎。非也。以彼去位讓國，即孤竹食封，猶且棄君位如敝屣，詎以文之高爵厚禄，遂足增吏藏之豔羨乎。興者伯夷，而所以致其興者非伯夷，中情信芳，我將爲伯夷代通其謦欬。抑謂伯夷其無所慕乎，亦非也。以彼耿介難容，即採薇食蕨，猶且矢百折而不回，豈今日海濱高傲，反自投清流於濁流乎。興者伯夷，而所以使之興者文王，同調有人，伯夷且爲彼先導其前路。

再觀太公之興，其爲西伯之養老，固同出一轍矣。

【評】

才鋒卓犖，顧視清高。年愚姪梁鳴謙

有不虞之譽，有求全之毁

毁譽之無足憑也，大賢重慨其有焉。夫毁譽何關榮辱，然出於不虞求全，則其有之，所繫豈小哉。孟子故重慨之。且自世之以褒貶定人，於是士每謂得一知己，可以不恨，又謂苟有一眚，足掩大德。此自待不薄之言，然亦深痛之論矣。

嗟乎。此生所以動天下之毁譽也，夫人一而已，有所德亦有所怨。要綜計其生平，其本末始終之事，總有其真耳。奈之何譽之者毀之者，竟適然而至也。朝廷之上命討本之於天，而人必欲操其進退之權。草野之間，臧否持之以道，而人無難握其予奪之柄，向初不知其獨有所持據也。

迨觀其有所譽也，非其人果有足譽也。其有所毀也，非其人果有足毀也。君子於是不得不適然驚矣。曰：「譽之毀之，若是其有也，將毋其人有以招之，抑有以致之也耶。」

若謂其有以招之也，則在受毀譽者，初念原不到此。一士之升沈不足言，而挾無憑之意以升沈一士，則人心之患方深矣。若謂其有以致之也，則在施毀譽者，本心亦難自明。三代之是非不可變，而操一己之衷，以是非三代，則世道之憂方大矣。

嗟乎。此吾所以不能不爲天下正告之。曰：「是其譽也，固不虞之譽也，其毀也，固求全之毀也。」是其有此毀譽也，有於直道之不行，實有於風俗之大變也。不然王道之隆也，無有作好，無有作惡。即遞趨遞下，亦不過有善而揚之逾其真，有惡而抑之過其實。何至任情適意，顛倒混淆，變本加厲。

如此之極，固無怪純盜虛聲者之羣然而起，而道高謗來者，志士者亦愸然而沮也。可慨也夫。

【評】取兩有字，純從題頂盤旋而下。大賢慨世苦衷，千載如揭，是真能於前人名作外，獨樹一幟者。其胎息，則純乎古文。年愚姪梁鳴謙

予私淑諸人也

以私淑學聖，即以私淑存道者也。夫戰國有孟子，亦猶春秋有孔子也。私淑云乎哉，然其意自此遠矣。今使天生聖人，而不生傳聖人之人，則聖人之道廢。天生傳聖人之人，而不生宗其所傳之人，則聖人之道亦廢。惟人以傳人，亦道以傳道。斯道不墜於在人，即人可因人以存道。然則未得爲孔子徒，予豈晏然已乎。夫以其未得也，而輒生暴棄之想。是世無孔子，不當在弟子之列。將虞夏商周之道統，無以貽遠紹於來兹，即自命亦嫌其太薄。抑以其未得也，而遽分門户之思，是世無孔子，末由存幾希之道。將楊朱墨翟之異端，益逞新奇於天下，而取法已泯厥常師。蓋孔子往矣，其澤在五世内者，不更有諸人哉。

諸人而在及門之時，則培塿難比泰山之峻。諸人而當哲人之萎，則支流猶分巨海之波。夫以彼蒼之不遺一老，而顧使諸人綿綿延延，爲往聖紹繼業，安知非防庶民之盡去，而賴君子之猶存乎。雖無老成，尚有典型，予安能與斯世同漠然於終古也。諸人而出貽謀之式穀，則繼述仍守祖父之箕裘。諸人而爲苗裔之薪傳，則步趨無殊高曾之矩矱。夫以世俗之淩夷日甚，而顧使諸人繩繩繼繼，爲後學衍心源，安知非挽天理之幾希，而分人禽於異路乎。一綫未亡，斯文宛在，予奚忍與今人共相棄以如遺也。

予私淑諸人也。萬不敢云末學之師承，遂可媲前徽於昔聖。然何至決擇未精，致迷淵源之所自乎。私而淑焉。採其偏以擴其全，而觀摩已賅萬理之備。倣其純而祛其雜，而摭拾無非獨得之奇。諸人於予乎何私，而以予仰宮牆之美富，覺見諸人，如見孔子。將寥寥天壤，誰是足任，予取而予求。

萬不敢謂一身之則傚，即可迴既倒之狂瀾。然何至遺風未遠，竟留頹憾於厥躬乎。私而淑焉。泯詖淫之固習，而聞知直等於見知。存仁義於末流，而其難益深以其慎。予非有私於諸人，而以諸人承金玉之大成，覺慕孔子，愈慕諸人。則落落寰區，惟斯可以爲模而爲範。

予之爲予如此，世之人苟知予，不願爲幾希之去焉，則得矣。

【評】厚重深摯，式靡振浮。年愚姪梁鳴謙

庾公之斯學射於尹公之他，尹公之他學射於我

因善射而遞述所學，其師承爲甚要矣。夫庾公之學射，無異逄蒙之學射也。而必遞述其學之所遞出，非以師承固甚要乎。且人苟有一技之堪名，當不自昧其技之所始。斷未有掩人之技，以自炫其長者也。

蓋人無不學之人，亦無不師之聖。惟即其所名之技，以推其所學之人，斯沿委溯原，其技傳，其所從出之技亦傳。而其所從出之技，得諸何人所指授，亦與之俱傳。吾茲因子稱庾公之善射，而不禁有念於庾公矣。夫子也，始以追之者爲庾公，而即爲我危。繼以庾公爲善射，而更爲我懼。子之意何嘗不殷以相顧，然未免輕於視我，而重於視庾公也。

而吾也，始以追之者爲庾公，而即幸得生。繼以庾公之善射，而更幸得生。吾之意何敢遽輕於料敵，然亦深知庾公之爲庾公，故不恤我之爲我也。

蓋子亦未先識夫與我爲距者，其生平得力所由來，斯不免倉皇而無據。亦未逆料夫與我相攻者，其術業專精所自起，斯不覺震奪其先聲。吾今未暇與子論庾公，而即與子論庾公之善射。亦不必與子論庾公之善射，而即與子論庾公之學射。

且夫庾公之善射，果何自學乎？無端而謂庾公之善射由於我，子必突然疑之，謂夫庾公素固與吾不相熟也。無端而謂庾公之善射，遇我無能爲役，子必更色然駭之，謂夫兩雄不相下，況同能妬生，得今日之不執弓，斷無不乘人之短，以誇己之長也。循斯言也，則必庾公立心叵測，祇思逞其善射，絶不思及主善爲師，而其善射所學之爲誰耳？夫庾公之所學射者，非學於學我之尹公他乎？

論叔季之人情，大抵有争而無讓。庾公既受學於尹公，宜以尹公爲依歸。況彼自爲師，我則已遠。當此命將出師，擇能而任，設視我爲尹公，恐庾公未必敢援。大節在三之文，而附私門之黨與。

然論一脈之相承，則淵源依然其可接。尹公既受學於我，宜與尹公同尊奉。即業有專師，誼無旁貸。值此疆場危地，覿面相逢，明知尹公非我，想庾公斷不能舍先河後海之例，而竟坐昧厥薪傳。

觀於取友必端，君子不多尹公之能取友，而多孺子之能知尹公，以知庾公也。

【評】

捀縱翕張，空靈夭矯，筆力所向，無不如意。年愚姪梁鳴謙

操則存，舍則亡

觀於操舍之間，而存亡之機決焉。

蓋天下之存亡，恒生於操舍。則觀於操舍之間，而存亡之機不已決乎。若曰予既觀於物，而恍然於消長之理矣。夫消長之理，即存亡之機所由判也。顧物之長，非物之自長也，我使之。物之消，非物之自消也，亦我使之。消長之權由乎我，即存亡之權亦由乎我，固無難一言而決之矣。不觀孔子之言乎。以爲天下之物，有忽焉而在者，物之存也。然存則存矣，是何道以處之乎？亦有竟然而失者，物之亡也。然亡則亡矣，是何故以致之乎？我知之矣。由操之舍之耳。

獨是有操，而等於非操者。嘗見夫下愚之輩，其操持罔懈，亦思不墮於冥冥，而性有所不通，理有所未明。觀其外有確然不拔之象，叩其中實有游移罔據之情，儼若操之乎，而操之未有必存者也。抑有舍而等於非舍者。嘗見夫上智之才，每因天而動，曷嘗有意於拳拳，而睿可以作聖，聰可以作謀。雖有時若放失不求之態，而其內常有較然難奪之情，儼然舍之乎，而舍之未有必亡者也。

然此非真操也，亦非真舍也。夜氣清明之際，其喪失於不自知者，至清明而畢露。操存之功，即於此時而見焉。苟實用其力而堅持不墮，則性由於此而通，理由於此而明，天機靜而外物不紛。蓋其效若有可立覩也已。旦晝物交之時，允執於我身者，至物交而易失。舍亡之速，即於此際而觀焉。苟直等罔聞而放失自甘，則睿即於此而昏，聰即於此而壅，人欲動而內蘊遂亡。蓋其失，若有可坐觀也已。

是其操也，惟恐其亡也，而已不能保其存矣。其舍也，惟恃其存也，而由是遂即於亡矣。以是知既操之後，物從何來，既舍之後，物從何往。蓋至惝恍莫測，而良心已不可問矣。

是學問有得後文字，非以吆喝爲能者，所可望其項背。年愚姪梁鳴謙

【評】

雞鳴而起，孳孳爲善者，舜之徒也。雞鳴而起，孳孳爲利者，蹠之徒也

善利俱起於雞鳴，而其人從此判矣。

蓋雞鳴者，靜而方動之時也。而爲善爲利在是，即爲舜爲蹠亦在是，人何自昧而各異所爲哉。且夫人心皆靜也，而當其靜而之動，則不能皆得而無失。蓋爲得爲失，起於片念之隱微，故時無先後，幾有彼此，而其志趣各致其慇懃，遂爲斯人各定其品詣。

今夫千古而上有舜焉，千古而下有蹠焉。舜何以爲舜，善是也。蹠何以爲蹠，利是也。今使懸兩人於此，而爲天下告之曰：「爾其當爲舜，而不可爲蹠乎。」人未有不欣然相應者。又使懸兩途於此，而爲天下告之曰：「爾其當爲善以爲舜，不可爲利以爲蹠乎。」人未必盡憬然自返者。謂夫爲善未必即能爲舜，爲利未必即果爲蹠也。則吾試先爲斯人直言揭之。夫謂爲善未必即爲舜，豈有爲善而猶流於爲蹠乎？從

來良心之發見，始於清明，而畢世之修爲，基於俄頃。誠使雞鳴而起，孳孳爲善，是其善念所在，早挾惟日不足之恐。與警旦以俱來，雖濬哲之資，未易遽及而充其懿好。則士可希賢，賢可希聖，斷不至靡而出諸門牆。

抑謂爲利未必果爲蹠，豈有爲利而猶期其爲舜乎？凡人一息之幾希，亡於平旦，即一生之事業，敗於崇朝。苟其雞鳴而起，孳孳爲利，是其利心莫解，早存一稍縱即逝之思。與寸陰以俱惜，雖穿窬之擬，未免不倫，而極其貪婪。則恣睢之輩，殘酷之儔，安知不引而樂爲同調。

舜之徒，蹠之徒，是不可即爲善爲利者而决之哉。大抵純疵之迥絶，惟有識者自能逆睹於當幾。爲善者非敢自居爲舜，而出以孳孳之向慕，則末路已可預期。爲利者未必肯甘爲蹠，而矢以孳孳之歧趨，則究竟已可先卜也。百年之造詣，肇於一日。祇此朕兆初形而動，而之善者利弗能誘動，而之利者善弗能回。片刻之時，倏成兩境。而爲善者可欣矣，爲利者可懼矣。

清濁之各殊，惟達觀者，自能深窺其至隱。舜與蹠何嘗不同居燕息，而舜其心者即舜其身。蹠與舜何嘗不同起雞鳴，而蹠其心者即蹠其形也。終身之成敗，端於初萌。祇此寂然方感，而我何以感而爲舜，彼何以感而爲蹠。幽微之地，祇争毫釐。而爲舜者當循途以進矣，爲蹠者當返己自思矣。此無他，惟在利與善之間而已。世之爲蹠者，其知之否耶。

【評】講下奮筆疾書，有高屋建瓴之勢。以下如清鐘警旦，其聲動心。年愚姪梁鳴謙

今之與楊墨辯者，如追放豚，既入其苙（一）

異端之宜辨也〔一〕，未可例夫既歸者矣。夫與楊墨辯，亦辯其未歸耳。若既歸矣，何異放豚之入苙乎？今之與辯者，其思之否耶？且輓近多歧出之徑，吾儒有大道之閑。歧出之徑，人爭趨之。苟是非之界有不嚴，則縱之愈逝，實足增吾儒之憂。大道之閑，人共軼之。苟悔悟之心不遽失，則挽之復來，未始非吾儒之幸，乃吾不能不致慨於今也。

今天下亦知楊墨之辯，當辯之於未歸者乎。以其未歸也而辯之，在我原非好爲口舌之争，在彼未必不爲迷途之返。亡羊補牢，豈遂爲嘅。其辯也，正所以追之，使勿放也。以其未歸也，而辯之，在彼未必遂爲蹢躅之豕，在我實欲驗豚格之孚。失之東

隅，收之桑榆。其辯也，正所以追之，使必入也。

夫使我追之而放之如故，我追之而不入如故，是我有意以相距，而彼有心以相距。求之愈殷，失之愈遠，固無怪與辯者之彌形其太迫。抑使我追之而放者未必旋入，我追之而入者復即旋放，是我無以爲豶豕之牙，而彼益肆夫羝羊之觸。麾之不來，馳之即去，復何怪與辯者之難改其初心。

乃今之與楊墨辯者，祇知有辯，而不知其始之爲楊墨。其終非仍爲楊墨。其始未嘗有以追之，故放而流於楊墨，其終固有以追之，已入而就於吾儒。

人情當馳驟既久，原未嘗無悔意之偶萌，一旦有以力牖其神明，而勇開其覺悟，則懼而思返，覺欲舍此之他而已，窮於無可遁。吾儒泰宇甚寬，原未嘗有藩籬之過峻，一旦不憚挽回其覆轍，而引導於範圍，則挾以必來，覺欲踰閑蕩檢而已，倀乎其何之。吾爲譬之，如追放豚，不既入其苙乎。

夫未入則楊墨固可危，既入則楊墨甚可喜。非喜爲楊墨也，喜爲楊墨之能入吾教。而吾之辯而追者，毋容過執也。奈何與楊墨辯者，竟與既入又招同一轍也耶。

【評】

前路厚集，其勢緊注，既字落墨，有盤馬彎弓之巧。後幅游刃於虛，精力彌滿。年愚姪梁鳴謙

【校勘記】

〔一〕「辨」，應爲「辯」。

今之與楊墨辯者，如追放豚，既入其苙〔一〕

異端之宜早辯也，難以例諸既歸者焉。

夫楊墨之辯，亦辯之於未歸耳。若今之與辯者，盍思追而既入乎。孟子故設喻以曉之，若曰外人皆稱予爲好辯，豈知予之好辯，非以其背道而馳，不免舍此而入彼乎。

顧世之同起而力攻者，守一成不變。業既滕口舌以相爭，使知迷途之宜返，而當其謁吾徒而來請，似覺我意之未償。是其見責於前日者，轉無以自效於今日。嗟乎。此吾所以不能不重有概於今也。夫吾儒與斯世立範圍，衹有入而無放，而

吾儒與斯世相厚期，苟有放則必入。

以其不入也而放之，天經地義，至理日在人間。楊氏爲我，墨氏兼愛，各挾一意以孤行。而要之畔道離經，罔知還流於胡底，則放之，甚可悲也。以其已放也，而追之，物則民彝，至道常昭天壤。墨必歸楊，楊必歸儒，各循其性之所近。而要之歧途異轍，祇期相率以偕來，則放而入，大可幸也。乃吾竊有歎夫今之與楊墨辯者。其辯也，非挾黨同伐異之見，而故爲此犄角，使彼無地可容也。明明有大中至正之閑，而姑令恝然舍去。有心世道者，能不共此深憂乎？憫負塗之豕，而失諸東隅，何必不挽諸桑榆。占豶豕之牙，而歧路雖亡，豈竟同喪羊於易。蓋如追放豚焉。其辯也，非存鄙夷不屑之思，而故爲決排，使彼無能自返也。明明有名教可欣之地，而甘此見異思遷。想爲楊墨者，安知不憬然自失乎。懲覆轍之堪虞，覺仁義可宅，或能變羸豕之孚。悔絶塵之安軼，覺道德爲藩，敢仍效羝羊之觸。則既入其苙矣。

夫以與辯者之其追若彼，而爲楊墨者之既入若此。向使追之而不入也，是其執迷成性，不爲豚孚之格，而爲豕突之狂。雖以我中流砥柱，日逞其正言讜論，以與此輩相抗衡。而迎之愈殷，拒之愈甚。大道爲公，誰能忍而與此終古哉？

乃若追而既入也，是其向誨有機，不爲越畔之慝，而有升階之吉。即使彼初附門牆，未必遂俛首下心，以就吾儒之軌範。而驅之即至，麾之自來。引入漸進，奚可錮而與此爲仇哉。

奈何今之與楊墨辯者，又從而招之也。可慨也夫。

【評】以單行爲排偶，一氣貫注，股法相生。先正典型，於茲未墜。年愚姪梁鳴謙

述穀堂試帖

卷一

東韻

稼穡維寶得豐字

異寶原非寶，當知稼穡崇。有秋勤服力，函夏慶登豐。貴直逾珠玉，珍惟辨稑穜。但期甘可作，已覺藏常充。不愛歸於地，其成告厥功。南金輸並入，北里獻皆同。美利倉箱富，良謀子婦工。聖朝敦本計，黼座繪豳風。

銅爲士行得銅字

表率推多士，如何勵厥躬。束身原是璧，制行即爲銅。質本堅剛秉，修將律度同。名山新鼓鑄，斗室舊磨礲。寶鑑千秋朗，精金百鍊工。不誇青入選，早抱赤輸衷。立柱他時績，銘鐘蓋世功。聖朝敦實詣，耿介効臣忠。

功懋懋賞得功字

國有酬庸典，皇朝重報功。殊勳隆懋賞，異數奬公忠。臣志干城壯，天恩雨露同。鴻猷資寄託，燕賚示優崇。入覲釐圭瓚，臨軒錫矢弓。微勞膺聖眷，宣力慰宸衷。蒲穀千官上，河山一柱中。旂常留姓氏，萬禩勖羣工。

土圭測景（二首）得中字

赤日交南陸，占時表地中。土深圭始正，景短測俱同。半徑周形準，重規驗候工。懸繩知子午，植臬眡西東。執玉圓殊璧，懸鉦鑠似銅。刻分參晷漏，尺寸異桓躬。羲宅兼和宅，清蒙與濁蒙。里差如計步，天道悟張弓。

土深圭埶測，辨景判西東。日至分長短，天高驗正中。稽將躔度準，算到里差工。火繖驕陽熾，花磚煖氣烘。駒光占寸寸，羊胛熟匆匆。宅自羲和始，量終子午同。依時憑植臬，觀象悟張弓。葵藿知相向，朝陽仰聖衷。

公生明得公字

應物須忘我，生明本自公。無私同示掌，有耀實由衷。燭己調无妄，衡仍秉至中。胷襟君子坦，心鏡至人沖。量玉懷偏澮，求珠目詎窮。懸魚追昔日，宰肉溯高風。知白誠相與，能黃理可通。名言堪取繹，海月一輪空。

談笑可使中原清得翁字

不負兒時祝，高談屬放翁。中原清此日，大笑謝羣雄。揮麈當筵辯，持籌密幄功。江山誰攬轡，瀚海正韜弓。折屐歡餘子，掀髯壯乃公。八垓成浄土，萬里想英風。自展雲霄羽，都芟枳棘叢。儒生多勝算，經略愜皇衷。

憂國願年豐得豐字

憂樂關天下，微臣此願同。艱難存國計，祈禱在年豐。所冀符初念，相交省厥躬。公田期共足，天庾盼常充。有豸心能守，維魚夢可通。戴星勤庶職，膏雨慰宸衷。補闕當思過，平疇競奏功。焚香還自祝，秉穗滿南東。

心中有心得中字

物誰參物外，心本在心中。欲把靈臺揭，應從密幄通。是非分曲曲，憂患其沖沖。明旦窺重叠，危微貫始終。秤能權上下，宅已澈虛空。金鑑千秋朗，冰壺一片融。塞淵當自秉，岐路本無窮。去僞存誠日，天君表裏同。

臺笠聚東菑得東字

民事菑畬切，郊原舉耒同。笠聲朝雨裏，臺影夕陽東。丁壯人維耦，辛勤畝克終。輪囷翻麥浪，欹側度梅風。戴日三農聚，成雲一派通。啼鳩誰逐婦，叱犢有歸童。已卜倉箱足，何虞杼柚空。大田多稼頌，鼓腹答皇衷。

瑶琴一曲來薰風得風字

朗誦翁森句，焚香理嶧桐。有誰來顧曲，惟我快披風。流水人蹤静，高山夕照空。寄懷明月下，得意緑陰中。逸響聆窗北，餘音繞逕東。螺徽曾九變，雁柱已三終。穆若聲彌遠，温其韻倍融。攜琴時對客，樂景正無窮。

一月得四十五日得功字

促織寒蛩月，宵深課女紅。惜分勤繼晷，得半計成功。一匹量縑素，三週驗雨風。長更承短晝，人事補天工。抽乙篝燈下，歸奇筮草中。五紋添弱線，十指剥春葱。夜夜鳴梭急，家家弄杼同。遥知繅繭日，四野愜宸衷。

荷風送香氣（二首）得風字

消夏南亭畔，懷人得句工。香聞晨潤氣，荷送午晴風。出水莖摇碧，凌波粉膩紅。鴛眠花向背，魚戲葉西東。好共擎爲蓋，誰將曲作筩。麝煤烟自裊，烏影日初烘。欲語看池上，相憐傍沼中。更聽清露滴，修竹隔簾櫳。

一别襄陽路，南亭詠孟公。荷香濃挹露，花氣送宜風。清自脾能沁，聞教鼻可通。潑光波上下，照影葉西東。似著晨煙重，偏從午日烘。魚游曾戲徧，鴛夢竟甘同。冉冉江鄉畔，溶溶水國中。懷人當永晝，拚酒截爲筩。

狀元紅得紅字

炎官張火繖，飛騎逐塵紅。荔譜無雙品，楓亭第一叢。狀頭仙竟許，渴睡漢誰同。奪錦霞披彩，流丹日挂銅。側生珠錯落，獨占玉玲瓏。小宋傳呼艷，長生奏曲工。南州輸貢重，北闕拜恩隆。倘列櫻桃宴，羞盤佐碧筩。

冬韻

張藻畫松得松字

能事傳張藻，漓淋看畫松。榮枯雙管下，紙墨一時供。鱗甲添毫活，雲煙著色濃。階前宜舞鶴，腕底欲蟠龍。四壁濤如答，千崖月自舂。畢宏休並駕，韋偃有遺蹤。豈有花生筆，原同竹在胷。請君爲直幹，共拜大夫封。

高車高棚得從字

高也高誰先，能教國令共。庳車難俗易，立棚竟民從。縱使雙棖限，真堪四牡容。壯觀乘大蓋，軒舉出崇墉。尺寸輪人度，馳驅梓里恭。水衡尊昔眡，篳簵陋前蹤。製不重門礙，更當九達衝。乘軺趨帝闕，臣馬快如龍。

兒童冬學鬧比鄰得冬字

納稼時方畢，兒童學課冬。四鄰聲正鬧，十脡脯曾供。弟子村腔拗，先生古貌恭。音難分句讀，才總費陶鎔。束髮了雙綰，聱牙興倍濃。居環蝸舍並，册挾兔園從。開卷風前聒，烘窓日影重。力田同孝悌，具訓莫疏慵。

户外一峯秀得峯字

一覽青蒼外，山光入户濃。飛來如此秀，坐看最高峯。挹氣眉能爽，披圖面乍逢。當窓孤嶂月，排闥五株松。且拄西來笏，初聞夜半鐘。黛痕看點點，嵐影辨重重。在牖天然色，如粧絶代容。柴門將緑繞，未許水雲封。

未到曉鐘猶是春得鐘字

正當三十日，報曉未聞鐘。猶是春將盡，何堪夢已慵。蒲牢風自閟，榆莢雨重逢。鯨吼僧寮閣，驪歌祖道供。詰朝臨午夏，此夜待丁冬。忽訝聲藏寺，微看色辨峯。燕鶯尋舊夢，蜂蝶悵芳蹤。一刻千金值，澆愁酒尚濃。

南檐曝日冬天暖得冬字

茅舍巡檐樂，南來得氣濃。負暄天正暖，曝背日初冬。隅坐仍叉岫，觀儺共倚筇。消寒時自適，得地膝堪容。火繖開千里，黃綿挾幾重。烘氷坚已釋，澼纊興應慵。柳絮雙肩壓，梅花一笑逢。長裘能徧覆，復旦頌堯封。

雉入大水爲蜃得冬字

細推微物化，爲蜃辨初冬。豈料山梁雉，來依水府龍。飛潛真入妙，魚鳥共忘蹤。瞥見嘘樓幻，曾從竄囿逢。游鱗迎浪噴，脱羽出雲封。卻笑時無失，非關氣所鍾。淮休嘲變枳，豐亦感鳴鐘。燒尾文明象，新沾聖澤濃。

江韻

國士無雙（二首）得雙字

一騎追蹤去，風塵控黑駹。王孫今得遇，國士信無雙。虎幄登壇印，鷹揚背水幢。大材良將種，熱血少年腔。漂母城陰識，諸侯壁上降。王真扶赤漢，敵已破烏江。廣武英雄歎，鴻門豎子撞。至今淮市過，何處認漁矼。

共逐中原鹿，淮陰謝釣矼。此才真國士，斯世本無雙。天地身孤立，英雄血滿腔。登壇諸將冠，背水一軍撞。與伍羞同噲，封侯獨佐邦。衆人殊易得，豎子不生降。烹狗人言畏，歌騅楚語哤。酇侯空賞識，定鼎卯金扛。

江上詩情爲晚霞得江字

不儘飛霞感，離筵借酒降。吟情曾古驛，送别又長江。檣影斜陽漾，鐘聲古寺撞。東西紅葉渡，來去木蘭艭。城赤驪探一，天青鶩落雙。微波争暮色，餘綺入新腔。擊鉢雲翻岫，攜樽浪打窗。何當樓上望，潭水夜淙淙。

游山雙不借得雙字

爲踏巢山去，相需不借雙。吟情隨處著，游興幾時降。滑每防苔徑，痕偏印石杠。半生身力健，一路足音跫。蠟屐尋奇境，麻鞋辨異腔。纖同麟士沈，隱訪鹿門龐。意可稱何僻，軍持語亦哤。殊他蘇玉局，驚怪吠羣尨。

荷香暗度窓得窓字

知是荷花放，香風度綺窓。襲來燈半壁，送入酒盈缸。不礙鮫紗隔，都教麝炷降。夢回朱鳥桁，人在木蘭艭。圓蓋留聽雨，微波唱涉江。琉璃煙縷一，菡萏月痕雙。蟲語櫺初透，魚游水自淙。納涼庭院悄，何處採菱腔。

支韻

政如農功得思字

治政如農政，論功在設施。所行無越矣，有畔以閑之。宣力勤三事，程材秉四時。敏人曾樹比，舍己欲芸誰。霖雨千家澤，豳風七月詩。耡根期凈絶，種德務蕃滋。好共栽棠徧，毋教去蔓遲。聖衷懷稼穡，圖易每艱思。

迨天之未陰雨得時字

陰雨今仍未，觀天戒及時。先庚當此日，後甲已逾期。劼毖鴞猶取，懷安駟莫追。每虞鳩喚亟，預作蟻封思。戰戰營巢切，兢兢累卵危。西郊雲自密，南狩翼曾垂。桑早盤根固，苴休補漏遲。風雷彰聖德，蔀屋洗羣疑。

好雨知時節得知字

關心時節近，好雨恰相知。吉日初占彼，屯膏更潤之。一江瓜蔓駛，十里稻花遲。下尺頻沾澤，兼旬預卜期。冷淘寒食夢，楊柳渭城思。社酒聾治母，番風信問姨。清塵天不滓，潑火候相宜。屈指良辰屆，來催五字詩。

山月隨人歸得隨字

終南山下月，太白醉題詩。酒熟香初襲，人歸影自隨。相思千里隔，獨酌一杯持。捷徑休争矣，呼天欲問之。團圝偏共照，躑躅未曾離。匹馬重關路，昏鴉古木祠。每懷吹笛夜，况值荷鋤時。有客看顏色，行行襆被遲。

風約半池萍得池字

誰料風能約，浮萍半在池。四圍初點綴，一角正漣漪。樓影涵曾遍，山光缺乍知。縠紋衣帶束，黛色畫屏窺。鷗夢剛分席，蟾痕恰映規。微吹蘋末起，倒照鏡中疑。荇葉仍披拂，楊花慣別離。釣磯人獨坐，漁火隔江湄。

客路相隨月有情得隨字

別路三千里，團團繫所思。多情惟有月，與客竟相隨。一掬都盈手，雙彎恰上眉。年年憑雁訊，處處聽雞遲。共約琴樽侶，來依襆被時。夢魂關塞遠，心事屋梁知。未許清光減，重逢隔夕期。似曾經識面，吳質話臨岐。

點點楊花入硯池（二首）得池字

點點晴空入，都教漬硯池。楊垂三徑徧，花落一春遲。有客風摹字，何人雪詠詩。楨窗消黵福，棐几寫新詞。梨雨釵千股，松煤月半規。銜香來燕子，呑墨誤魚兒。在水前身是，連山上口疑。更看飛瓦雀，紙閣坐多時。楊花三月暮，點點入書帷。小瓣香留硯，微凹墨浸池。靈源來活水，好鳥在高枝。隋苑飛千片，端溪鑿半規。一泓摩鴝眼，六畫讀犧辭。耕石原無稅，浮萍易別離。白雲重點檢，紅雨又紛披。領略青燈味，春光去不知。

蟪蛄不知春秋得知字

相彼微蟲者，春秋閲幾時。準將鴻雁訊，問否蟪蛄知。候日懷前度，號寒屬後期。二分新社散，十里故山思。未信炎涼變，渾忘歲月馳。語冰仍自篤，坏户欲何爲。蟣蠓生同幻，蜉蝣世共欺。蒙莊存物論，妙悟正堪推。

海水知天寒得知字

天氣寒如許，偏從海水知。每逢南雪下，相送北風吹。絶島撐枯木，扁舟老釣絲。地初成凍候，冰恰積堅時。黯淡雲千里，消除酒一巵。牙檣縈遠夢，紙閣賦新詩。挾纊家家是，圍爐處處宜。草茅欣曝背，向暖頌昌期。

勸君惜取少年時得時字

記取年當少，春華努力時。君如來日誤，惜到夕陽遲。綺歲歡能幾，流光逝若斯。月憐將滿好，花看半開宜。結客人生樂，封侯我輩期。三河應自賞，十載莫輕離。休説衣猶緑，須妨鬢易絲。夜遊良有以，相勸酒盈巵。

青燈有味似兒時得兒字

有約秋齋夜，青燈此意知。舊書經我讀，滋味似兒時。誰卜花心燦，如嘗蔗尾遲。曾偷匡氏壁，重下董生帷。嗜好酸鹹別，光陰鬢髮欺。文章千古事，風雨十年期。結習孤檠戀，回甘敗篚披。劍南渾不寐，疊鼓最相思。

陳肋草得時字

農功傳已畢，田獵正逢時。省革看柔滑，陳肋俟取資。調弓應賴幹，製甲恰須皮。毛去堪蒙馬，弦張欲麗龜。誰誇能過札，聊藉此成規。綏止還供獸，原平好逐麋。六鈞容我挽，七屬任他爲。夏正今頒布，餘閒講武宜。

良弓爲箕得箕字

本是良弓子，如何學作箕。義方原有自，物曲恰相宜。合九形偏肖，隅三類可推。簸揚真利用，張弛早成規。昔以懸弧重，今將式穀詒。口同量斗計，弦共佩韋垂。無俟穿楊擅，端須剖竹爲。載櫜逢聖代，治協好風思。

賦詩易蘆被得詩字

只把蘆花織，商量易所宜。乃公方索被，此父竟求詩。價豈黃金值，償將白玉披。揮毫當立就，覆面莫嫌遲。楮葉三年刻，蒹葭一水知。爾情原不俗，我意亦忘疲。抽比春蠶苦，偎同野鶴癡。扣舷能和否，鷗夢願相隨。

黃絹幼婦得辭字

有客題黃絹，還稱幼婦奇。千秋留蔡筆，八字讀曹碑。隱語從頭測，評章上口疑。織應勞月姊，裁欲倩風姨。墨寫烏絲界，文成白璧辭。百金縑計值，萬首錦同披。流水中央在，貞魂片石知。何人猜絕妙，解語莫嫌遲。

賈島祭詩（三首）得詩字

供養三杯酒，推敲一字師。世傳除夕祭，家有浪仙詩。何以精神補，空餘瘦骨支。斗杓占丑盡，籩卣拜庚宜。獺自今宵列，驢曾昔日騎。瓣香勞自祝，臘鼓和何遲。此會方鳴爆，何人共繡絲。文章尊俎豆，遺蹟賈公祠。司命塗糟日，長恩逐蠹時。叅禪多妙句，祭臘有新詩。列脯燈前拜，騎驢月下推。天將酬錦繡，人亦享馨粢。料想才通鬼，休嫌俗笑癡。此身餘瘦骨，幾度斷唫髭。豪翰留千載，心香祝一枝。來年春社鼓，樂此又忘疲。歷盡推敲力，編成脫稾詩。好當除夕祭，聊補一年癡。銀燭魚膏餤，金樽蟻影醨。衣冠虔致獻，酒脯告輪辭。敢比陳經日，剛逢索享時。卷應同筍束，禮合備芹儀。鱗次篇排獺，珠聯句取驪。明朝椒有頌，又見寫新詞。

撚斷數莖髭得髭字

費盡推敲力，沈吟自撚髭。數莖纔斷後，五字正成時。豈等然持燭，因求妙解頤。裁箋豪寫兔，得句頷探驪。牙慧應嫌拾，心花獨怒披。何人歌競病，有客笑于思。唾喜隨風落，神忘照鏡疲。髯蘇才可並，奪狀替劉滋。

第一功名只賞詩（二首）得詩字

上賞論門第，花王一角旗。功名都入畫，風雨只催詩。拜賜千家酒，留題七字碑。文章裴相宅，香火董仙祠。萬户通侯薄，三元種子宜。賀書尊豔客，擲筆謝封姨。大塊誰宗匠，長城正犒師。儂家麟閣在，重與撚唫髭。

長物吾何愛，論功一卷詩。名花真厚福，異賞謝新知。此是無雙譜，休刊第二碑。千紅齊俯首，尺地許揚眉。側席推君鶚，空山算汝夔。不貪如斗印，獨撚數莖髭。鼻觀聞香最，頭銜勒石宜。吴村壇坫勝，廿四品稱奇。

會送夔龍入鳳池得池字

幸際風雲會，夔龍佐帝期。送將鵷鷺侶，都入鳳凰池。松棟羣賢萃，薇垣碩輔基。絲綸分掌日，環珮話歸時。一足搜羅富，千鱗變幻奇。昴星飛的鑠，卿月照漣漪。丹沼簪纓集，黄扉砥柱資。歸昌鳴盛世，刷羽邁西岐。

榮鞠樹麥得時字

四月秋光過，重陽節未離。鞠榮纔應候，麥樹恰逢時。摘艷今朝屆，嘗新異歲期。白衣人乍到，烏笠課難遲。祇任開千朵，惟謀秀兩岐。幽芳猶惹蝶，雅韻未歌鸝。屈子餐英早，畦丁播種宜。聖王勤率育，夏正驗無移。

菱熟經時雨得時字

遇雨菱花落，遥知乍熟時。半池萍約住，四壁藕開遲。緑並芭蕉滴，紅應菡萏欺。聞香招鳳子，唼浪出魚兒。騷客誰偏嗜，佳人有所思。折腰雙角露，刺手一莖持。羅襪曾淩否，金盤欲薦之。歌聲聽不斷，新月上如眉。

左右修竹得詩字

屋繞千竿竹，猗猗譜衛詩。清修分妙品，左右挺幽姿。夾水雲陰合，當階月影移。蔭連圖史集，籟叶徵宮吹。槐棘叢中雜，淇泉個裡窺。蘭亭憑映帶，荇菜擬參差。煙鎖重簾密，風生隔樹遲。此間佳士列，相對好彈琴。

菊殘猶有傲霜枝得枝字

猶是重陽菊，殘秋賸幾枝。經霜惟有汝，傲世合如斯。落豈他人後，香真晚節遲。風塵初冷夜，顔色乍開時。鞋伴高僧院，杯持處士籬。白衣仍舊送，青女不妨欺。心迹金能淡，頭銜雪亦宜。餐英相賞樂，兀坐對丰姿。

披榛采蘭得披字

聖代菁莪盛，恩膏壽宇滋。詔求蘭芷采，俗化棘榛披。宿莽芟當路，靈根茂及時。蘿圖收並棫，蒿殿獻同芝。澤潤鑾坡徧，芳留黼座垂。作人推帝闢，香祖達皇知。幹與岩相映，葑真野不遺。宸衷培萬彙，甄育並無私。

微韻

學如鳥數飛得飛字

鳥性惟吾悦，爲資在數飛。學能同彼翫，效自疾如翬。漸喜鳴鶪變，無慚刻鵠非。步趨循雁序，俯仰悟鳶機。秩課東西準，時妨下上違。越雞尊孰妄，宋鷁退堪讖。隅集知民止，天高敢聖希。鴻儒崇盛世，羽翼贊彤闈。

五鳳齊飛得飛字

宋代才華盛，齊看五鳳飛。樓曾平地起，詔早自空揮。同響池頭佩，雙垂鏡裏翬。九苞紅日近，千仞碧桐依。弱水栖仙翰，凌雲著舞衣。翔從丹穴繞，銜得紫泥歸。阿閣風仍暖，高岡露正晞。翰林誇共入，軼事尚流徽。

緑楊風外颭紅旂（二首）得旂字

何處垂楊緑，隨風絮欲飛。到門敲白板，傍郭颭紅旂。弱縷搓三月，濃陰護四圍。一竿依客舍，十里認漁磯。攜榼聽鶯早，當椿繫馬肥。化身萍梗合，望眼杏花稀。水檻懸明月，山村閃夕暉。欒天留雅句，相賞共忘機。

連番風不定，春色上紅旂。望杏花如颭，垂楊絮欲飛。一竿臨水郭，十里認柴扉。帘影沾微雨，鞭絲閃落暉。金鈴聞箇箇，玉笛弄依依。別浦何人綰，前村有客歸。藏鶯枝半亞，繫馬草初肥。罨畫山村畔，相黏緑四圍。

楊柳依依得依字

多少垂楊感，歸途詠采薇。舊遊都歷歷，別恨此依依。共憶婆娑舞，曾看嫋娜飛。夕陽催短笛，細雨送征騑。陌路鴻泥徧，樓臺燕壘非。樹猶無恙否，景説再來非。贈客離亭酒，懷人卒歲衣。長條休折盡，留取戀春暉。

菊花須插滿頭歸得歸字

開到重陽菊，尋芳得得歸。滿頭須徧插，佳節莫相違。傲世來青女，知心有白衣。西風吹短髮，老圃看斜暉。大地黄金鑄，空山木葉稀。好拚陶令醉，共療屈生饑。勝會同簪鬢，幽居此叩扉。自憐顏色瘦，待取雨中肥。

似曾相識燕歸來得歸字

似是當初燕，春來度度歸。記誰曾作伴，識我又相依。王謝尋常見，樓臺約略非。堂前逢舊雨，巷口認斜暉。賽社旋期準，禁風軟語微。留連三月暮，問訊一年稀。簾待多時下，泥銜故壘飛。模糊思往事，後會訂烏衣。

魚韻

大丙得車字

信有椎輪力，何憂脱輻軟。揚鑣傳丙御，振策走寅車。亥步鸞和裡，庚郵馭控初。馳驅真範我，操縱劇憐渠。炎帝憑驂乘，陽曦假挾輿。馬疑天廄借，輦傍紫微居。差許王良並，真堪造父如。問名當火配，炳爍仰丹除。

秋闈獻藝初得初字

聖朝科目重，大比進賢書。過夏闈扃日，當秋藝獻初。鹿鳴聲韻叶，鶚薦羽毛舒。月窟香争採，風簷技早儲。功應需九轉，業肯負三餘。共冀名題雁，先看隊貫魚。鑑衡全賴子，衣鉢或傳予。右轄升庸慶，人文萃帝居。

課讀等身書得書字

黄中傳幼慧，能讀等身書。乃父殷勤詔，斯兒典籍舒。莫欺童五尺，須令學三餘。頂立躬爲度，肩隨古與居。出頭原不讓，過眼總非虛。計日量功課，遵程驗密疏。直同衡石勵，宜把簡編儲。年少榮科第，鴻才孰比如。

郝隆曬腹得書字

爲愛秋陽曬，休誇錦綺舒。凡情皆負腹，我輩獨藏書。邊笥文多積，程磚影尚徐。橋成填鵲日，樓展曝衣初。仰面晞三足，撑腸富五車。頭烘應笑俗，背炙卻羞渠。聊比褌披犢，何曾字飽魚。郝隆真灑落，胷次有誰如。

異書渾似借荆州得書字

雅愛文爲富，頻年索異書。遺編讎魯誤，奇籍借荆如。事業三分鼎，功名一草廬。嫏嬛真福地，宛委即方輿。岣嶁碑留處，邱墳史讀餘。雉城休假我，鴟酒獨償渠。日月雙輪照，琳瑯萬軸儲。聖朝崇實學，多士愧虚車。

書貴瘦硬方通神得書字

瘦硬推能手，通靈尺幅餘。惟神方入妙，所貴在工書。翠羽輕軀立，黄庭拓本初。得中應度合，敢諫獨心攄。肥莫豐頤肖，柔誰繞指如。偃風芳草秀，摹月勁松虛。勻碧箋攡繭，深青硯滴蜍。千秋傳鐵畫，珥筆侍宸居。

疾風偃草得書字

索靖工章法，和風狀草書。偃波神獨肖，肩樹妙相如。糾結鈎宜蚓，婆娑墨豈豬。莫嘲翁舅諱，曾得大夫譽。禾卉高垂下，枝條密間疏。齊名推杜度，寸紙寶文舒。棠棣華同載，蒲陶結有餘。吹林能順氣，荊棘幾時除。

心正則筆正（二首）得書字

舉筆何由正，因心課以虛。莫忘歐氏諫，難得柳公書。朋字休從側，臣衷不負初。引繩胷有準，合矩腕能如。位素靈臺上，銘丹智府餘。主皮堪中鵠，僞體漫嘲豬。表飭當年值，懸針此日譽。流芳金管在，染翰侍宸居。

永叔曾流諫，公權又善書。因心期在正，舉筆悟相如。晝日葵能向，成風竹自虛。寸丹堪樹鵠，尺素不傳魚。立表三毫上，懸鍼十指餘。無偏峯自卓，入妙杮同儲。合矩微忱抱，從繩僞體除。久欽皇建極，染翰鳳池居。

胷中有萬卷書得書字

萬卷羅胷富，時還讀我書。鎮心仍似此，曬腹近何如。在笥藏千帙，餔糟飽五車。可能成脈望，原不借鈔胥。列宿三霄燦，層雲一片舒。靈臺森氣象，祕閣閱居諸。宛委搜求徧，嫏嬛寢餽餘。便便文字福，歌嘯屬吾廬。

謫居猶得住蓬萊得居字

舊是蓬萊侶，如何竟謫居。幸猶留小住，未遽返吾廬。愆許金鍰贖，名休玉檢除。自蒙天帝宥，豈借大王噓。手版仍隨例，頭銜不改初。蔡鞭應鑒彼，吴斧合憐予。尚卜方壺宅，重抽祕閣書。好删年少習，狡獪事多虚。

通印子魚猶帶骨得魚字

通應祠前水，嘉肴説子魚。印方容恰稱，骨小帶休除。斫玉絲絲弄，鉤金寸寸如。充腸休易綬，鈐尾好傳書。科斗銜泥古，之而刻木疏。人喧桃漲後，地訪荔香初。倒用宜穿柳，貪鮮合佐蔬。莆陽誇食品，誰話故侯居。

臣心如水得如字

曾酌廉泉水，微臣敢弗如。門雖疑市近，心豈負齋居。漱石知無愧，懷冰請自譽。可能輪飲馬，不信驗懸魚。獨柱狂瀾挽，孤舟宦海虛。區區盟澹泊，懍懍戒泥淤。素履清芬守，緇衣濁垢祛。寸忱占井洌，猶是在山初。

魚戲蓮葉北得魚字

鶺聲曾喚北，今日又觀魚。戲戀蓮新植，開逢葉乍舒。依光波月靜，涵影渚雲虛。剎海誰鳴槳，横塘好寄書。江鄉遲雁向，水國伴鷗居。星拱紅衣畔，風迎白社初。東西南已徧，香色味何如。樂府歌天籟，忘機看晚蕖。

江湖滿地一漁翁（三首）得漁字

滿眼干戈日，生涯遜老漁。江湖多白鳥，天地一蘧廬。小艇來煙雨，長亭報羽書。雙鷗渾似我，孤鷺合愁予。蒓菜思鱸後，蘆花聽雁初。挂帆殘照入，隔水夜燈疏。萍梗嗟吾輩，綸竿問故居。少陵懷信宿，舊侶近何如。

江湖多事日，寂寞釣人居。滿地愁行客，餘生話老漁。狼煙飛劍外，蟹火覓燈初。窮士誰呼飯，將軍有報書。此翁真碩果，小艇即吾廬。有願難騎鶴，無聊託賣魚。乾坤仍似此，朋輩近何如。夔府城樓感，蕭蕭夜雨疏。

長作江湖客，天涯賸老漁。干戈愁滿地，蘆荻足平居。一水微波動，孤燈夜雨疏。吾徒誰是與，舊夢復何如。蟹稻思鄉苦，鱸蒓返櫂初。乾坤原樂土，風月有蓬廬。入世同飛鳥，依人笑食魚。浣花逢釣叟，爲寄腹中書。

種松皆作老龍鱗得書字

訪舊新昌里，松陰好著書。門無凡鳥到，鱗恰老龍如。繞屋蒼皮换，冲霄黛色舒。冰霜高士骨，風雨故人車。夭矯虬枝挺，盤旋鶴夢虛。吼濤聲灝瀚，拏月甲齟齬。自是精神老，何妨節目疏。吟殘摩詰句，吾亦愛吾廬。

虞韻

耕織圖得圖字

耕織編黎重，關心締造模。吹詩曾入樂，作繪又披圖。蒼赤辛勤計，丹青子細摹。萬家求粟帛，七月笑瓜壺。稻隴黄痕布，桑田緑影鋪。好謀衣與食，欲問婢兼奴。一幅兒孫業，千緡主伯輸。聖朝敦本務，宵旰念民劬。

函夏無塵得無字

函夏歡聲沸，征塵半點無。士龍初入洛，司馬已旋都。四座胡盧笑，三軍鞠曆圖。江天開帟幕，風月滿氍毹。洗甲抛犀鎧，銷兵解虎符。中原同覆幬，大地浄泥塗。奏凱西南徧，論功頴囧俱。金墉城垢滌，明鏡照寰區。

大雅扶輪得扶字

只有蘭成筆，如輪大雅扶。幾人猶櫪驥，我輩豈轅駒。並轡推兼挽，聯鑣步亦趨。望塵空後起，炙輠笑當途。鉅□争輈快，虚車覆轍虞。輶軒風可採，輗軏信非誣。服軛千秋任，乘輿一代驅。文章真卓爾，旋轉五經腴。

桑麻鋪菜得都字

桑柘鳩民宅，絲麻雁户租。鋪張班北地，菜鬱漢西都。田舍茅龍换，溝塍稻蟹腴。蔭周森栝柏，隰坦靖萑苻。陌上和風暢，邱中暖日晡。篝車真滿野，荆棘不當途。貓虎迎年曲，雞豚賽社圖。萬家鱗次樂，鼓腹誦皇謨。

水枕能令山俯仰得蘇字

一枕滄江卧，悠然俯仰俱。能令山展轉，直與水縈紆。拾似低頭是，流曾洗耳無。頡頏魚鳥趣，融洽鏡屏圖。鷁首浮嵐活，蛾眉倒影鋪。峰青人去也，月白客知乎。地勢東南坼，天光上下趨。化將身萬億，逸興想髯蘇。

唱酬佳句如連珠得珠字

一一傳佳句，連蜷妙似珠。他山文字助，爾室唱酬俱。得解圜中悟，聞名日下呼。故人重擊鉢，良夜共提壺。自許千金值，應添百琲圖。編排真軋軋，贈答每于于。鬬已雙叉捷，穿將九曲無。詩成明月弄，好語合相娱。

秋露如珠（二首）得珠字

秋夜涼如許，晶瑩色暗鋪。清輝曾浥露，的皪竟成珠。凝素川添媚，騰文岸不枯。滿川胎老蚌，帀樹戀飛烏。自警林閒鶴，應穿屋角蛛。寒疑生雁背，捋莫誤羊鬚。溼處垂丹桂，投來貫白榆。聖朝膏澤渥，甘液表祥符。

清露三霄降，瀼瀼瑞色鋪。流甘同出醴，餘液恰凝珠。涼影含金粟，寒光映玉壺。綵囊承錯落，寶甕浥醍醐。夜靜驪眠熟，秋高鶴夢孤。砌堆還彷彿，盤走費規摹。顆顆荷盤瀉，纍纍草帶濡。含毫歌帝澤，優渥徧如酥。

雙鳳雲中扶輦下得扶字

糺縵紅雲下，欣看輦並扶。中央惟鳳駕，臣庶各鳧趨。軫已飛青闕，轅初映白榆。星辰都錯落，日月其馳驅。騎鶴風相送，驂鸞轡與俱。遊纔過閬苑，歷早到蓬壺。栖處曾鳴竹，迎來合奏竽。雙雙朱仗列，盛會集天衢。

孤燈寒照雨得孤字

寒雨雲陽館，離杯話酒徒。與君千里別，相對一燈孤。江海嗟爲客，驪駒感在途。短檠如豆小，敗葉聽蕉枯。此夕煙浮竹，前宵月滿湖。故人情脈脈，殘夜醉烏烏。剔燄風明滅，跳珠點有無。司空留雅句，把盞向庭梧。

梅妻鶴子得孤字

幸免妻孥累，山孤興不孤。聊將梅作伴，長與鶴爲俱。竹外鴛閨侶，松間燕翼圖。羅浮新眷屬，羽化舊仙雛。影想懷春瘦，形憐對客癯。羞同桃妾偶，肯共雁奴呼。迨吉三兼七，添丁有也無。先生真脱俗，遺迹在西湖。

南村諸楊北村盧得盧字

莫道村南北，諸楊外有盧。色香誰獨絶，紅紫汝先驅。按譜推陳冠，比鄰笑阮俱。聖僧平等視，仙叟此閒輸。左右亭亭玉，高低樹樹珠。檎榴羣季宅，閩蜀一家圖。同具甘酸味，休訛姓氏呼。評章炎海定，百顆飽髯蘇。

花蘂上蜂鬚得鬚字

花底香成國，遊蜂駐得無。負蘭曾上背，採蘂又粘鬚。孕露葩重鬱，掀風粉半敷。數莖垂粒膩，小瓣綴絲糊。桃李三春米，樓臺一寸圖。銜應髭聖放，課足蜜官輸。脂萼收金翼，纖鋮貼絳跗。料從脾滿後，錦水萬紅臞。

春駒（四首）得駒字

不知原是蝀，相競喚爲駒。皎皎花間活，蘧蘧陌上驅。騎牆三月暮，滚地一輪孤。夕照翻鴉舅，東風控鼠姑。長隄嘶朽麥，香國飽生芻。青草王孫路，紅塵帝子圖。鬭飛仍躪柳，入夢又平蕪。萬里春如海，牽車倩鳳雛。

怪底形非螘，如何又是駒。化生原一體，小字可相呼。牝牡頒來似，雌雄辨得無。玉腰誰換骨，白額竟輕軀。栩栩千金值，昂昂五色俱。蝸同稱大武，蠶亦作於菟。空谷多情種，南華有牧奴。東君如税駕，借汝効前驅。

探春餘事耳，如汝稱名駒。之子勞相秣，爲周笑共呼。莫嘲形渺小，也解赴馳驅。雖媚仍留骨，能飛不畏途。一篇休自穢，千里有吾徒。咫角深深見，修眉衮衮圖。食苗看大地，化橘脱凡軀。瞥眼乘風去，皮毛賞識無。

喚起羅浮夢，嬉春别有駒。得名同鳳子，問種異龍雛。裙帶披雙耳，鞭絲綰五銖。六宫寒食節，一騎夜遊圖。化葉偏生足，銜香易上鬚。翩翾妨路滑，蹀躞倩花扶。蹝膩衣裳粉，腰纏絡索珠。最宜敲板和，驪唱聽于于。

齊韻

陽律娶妻得妻字

陽律調陰吕，如何比娶妻。偶奇惟竹截，匹儷竟絲締。分管葭莩託，爲炊秬黍攜。雌雄均羽叶，尺寸恰眉齊。觀德宜司饋，和倫待及笄。婦庚同手執，姑洗戒脣稽。並奏聲吹谷，相生候驗梯。初鐘耽樂爾，隔八莫乖暌。

戰馬南嘶草木腥得嘶字

整旅皇威震，天南戰馬嘶。江山何擾擾，草木共淒淒。壁壘蠻煙鎖，旌旗瘴雨迷。九關開虎豹，一騎埽鯨鯢。髀肉消疆場，頭顱繫狄鞮。欃槍芒上下，牛女界東西。慘淡花無色，陰寒月亦低。妖氛今日靖，奏凱樂烝黎。

佳韻

平淮西碑得淮字

家世西平貴，將軍夜渡淮。北方誰牧馬，西徼正驅豺。大雪真相助，穹碑幸未埋。文章韓段異，銘勒李裴偕。鵝鴨聲聲亂，蛟螭字字排。凌煙應繪象，紀日欲磨崖。萬騎來天上，千秋矗水涯。乾坤旋轉手，此筆屬吾儕。

僧鞋菊得鞋字

此花原是菊，爲底號僧鞋。跌石雙雙印，同龕采采佳。足將陶令度，餐當太常齋。色相參秋末，綦絲認水涯。其人如汝淡，好夢借君諧。衣鉢傳香國，青黃踐玉階。重陽經雨綻，五兩倩霜揩。大地捐金徧，禪房幾處皆。

灰韻

六鼇海上駕山來得來字

六鼇看曉策，旭日上蓬萊。誇海梁誰渡，如山駕忽來。兩行三島峙，一柱五丁開。踏背邀同伴，當頭許占魁。扶桑堪濯足，圓嶠共持杯。吼處鯨翻浪，噓時蜃幻臺。欲移真左計，能釣亦奇才。無限蒼茫裡，峨峨首屢回。

春從何處來得來字

訝道東皇侶，春真有腳回。何時從我別，幾處待君來。音信殊憑準，郵程費浪精。輕裝無襆被，小住覓樓臺。似入高枝畔，翻疑近水隈。萍蹤終惝怳，絮語漫追陪。風月宵千里，鶯花酒一杯。憶曾消息漏，相盼綺窗開。

最難風雨故人來得來字

鎮日風和雨，何人剥啄來。最難逢戴笠，相對共銜杯。花徑無妨滑，蓬門爲汝開。連床良夜永，把袂故鄉纔。自踐登堂約，休勞短札催。十年同硯席，一路長莓苔。天下誰知己，空山幾俊才。草廬相卧起，往事話徐崔。

詩債敲門不厭催得催字

有債原難負，惟詩不厭催。文章吾輩累，風雨故人來。忙到春三月，償將日百回。頻勞他剥啄，卻費我敲推。佳節徵租未，良宵貰酒纔。自扃猶有户，欲避已無臺。搜索愁凭几，逋逃笑鑿壞。禪心今謝客，騷友勿疑猜。

平明閭巷掃花開得開字

迷路桃源入，平明有客來。花誰閭巷埽，地别洞天開。雞犬迎人樂，桑麻傍水栽。但知秦日月，不識漢樓臺。擁篲侵晨去，聞鐘向曉催。到門敲白板，覓路浄蒼苔。偕隱田千頃，相邀酒一杯。輞川留雅什，高詠獨徘徊。

楊柳樓臺得臺字

一幅詩中畫，楊花上砌臺。吟魂隨柳去，好景入樓來。自有精神在，休令富貴灰。笑嚬依板渚，金碧繪蓬萊。華屋春如海，陽關酒滿杯。流鶯嚦路曲，引鳳下庭隈。明月仍紅杏，芳暉尚緑苔。奚囊驢背重，鸚鵡賦奇才。

鶻盼青雲倦眼開得開字

倦飛誰自盼，青眼幸重來。鶻喜乘風去，雲看撥日開。摩天凌咫尺，横塞脱塵埃。毛養三年久，眸凝一瞥纔。注應窺下界，栖不戀高臺。結念縈霄漢，超凡謝草萊。盤秋真得意，氄夏豈庸材。羽翼皇猷贊，鴻儒徧九垓。

且向百花頭上開得開字

本是調羹手，沂公擅異才。花中真特立，頭上且先開。百卉甘趨後，羣芳許占魁。瘦軀留髗骨，清夢破香胎。明月前身認，春風絶頂來。冰霜推極品，紅紫陋凡材。汁憶衣沾柳，班應位列槐。千秋資鼎鼐，相業託鹽梅。

釀梅天氣不多寒得梅字

不多琳館竹，長伴客窗梅。地氣寒猶閣，天心釀欲開。陰晴重藹戀，消息一鞭猜。橋北聽鵑未，湖西守鶴纔。糟床千里夢，紙帳十分胎。瓶熟葡萄供，爐遲榾柮煨。孕香疑中酒，吹律滯飛灰。聞梵馮臨海，唫懷淨點埃。

梅妻得梅字

山妻何冷淡，素性只躭梅。一樹瓊姿匹，三更玉骨陪。幽魂銷紙帳，粉質駐瑤臺。形影冰人結，因緣月老猜。雪霜仍自傲，雲雨莫相催。豈有鴛同夢，居然蝀作媒。尋香知我許，索笑爲誰來。準擬卿卿喚，無言亦快哉。

探梅吟罷帶花回得回字

本爲尋芳去，探梅即咏梅。吟當遊興罷，帶得暗香向。有客騎驢冷，何人倚馬裁。錦囊千里負，緑萼一肩來。摘艷枝誰折，停毫思未灰。溪山清友訪，風雪美人陪。歸迹鴻泥印，栖巢鶴夢猜。銅瓶應細插，好句定相催。

櫓摇背指菊花開得開字

背指籬邊菊，孤舟欸乃催。半江摇櫓過，九月報花開。繞㨗西風緊，叉魚夕照回。聞聲知汝瘦，側影避人猜。舷向前汀扣，香從隔浦來。藍初拖一鑑，黄恰綻重臺。千里相思未，三秋欲别纔。故園何日繫，相約共銜杯。

真韻

黄羊祀竈得神字

五祀曾尊竈，非關欲媚神。糟塗難免俗，羊薦不因人。刲血辛盤列，炰羔子夜陳。所司原在命，能送豈愁貧。臘鼓聽今夕，脂花啖早春。牢惟供一具，酒自獻三巡。祭虎迎貓日，吹豳祭蜡晨。來歆應降惠，鳴爆徧比鄰。

老去怕看新曆日得新字

韶華如過客，去日惜良辰。自怕龍鍾老，旋看鳳曆新。顔無丹可駐，髪每白堪嗔。細數花週甲，重逢月建寅。傷心驚逝水，回首話前塵。歲序嗟殘律，光陰付轉輪。迎年難免俗，賀朔亦因人。尚幸精神健，衣冠共薦辛。

閒思往事似前身得身字

光陰嗟過客，逆旅賸孤身。閒憶前番事，翻疑隔世人。千秋華表夢，十載碧紗塵。欲問先天卦，如迴大地輪。桃花仍逝水，萍梗可知津。轉瞬同終古，回頭閲幾春。江山原不老，歲月又更新。俯仰蒼茫外，鴻泥迹已陳。

春晚緑野秀得春字

鳳律調三月，乘時玉輅巡。上林紅競秀，瑞草緑初匀。大地依銅輦，芳郊蹴錦茵。萬家寒雨足，十里豔陽新。碧染朝官履，青垂學士巾。生機含帝澤，淑景煦皇仁。英擢瀛洲日，恩醲禁籞晨。寸心酬舜陛，隨扈翠華春。

斗指兩辰間〔一〕得辰字

斗柄何方指，占天在兩辰。推遷時恰閏，損益度彌均。影射三垣夜，光生十座春。亢躔窺大角，軫宿驗常陳。器府雙輝入，天厨四照頻。魁杓移旦暮，南北判風塵。曾散精爲彘，將臨次是鶉。璇璣迴轉準，協律頌皇仁。

【校勘記】

〔一〕「間」，刻本誤爲「閒」。

未到曉鐘猶是春得春字

一片花飛減，明朝不是春。喜猶鐘未曉，細與酒重巡。採蜨尋香寂，聞雞破夢頻。蒲牢聲閣雨，婪尾宴生塵。祖道如相待，僧寮且作鄰。論園商此夜，燒燭屬何人。離別殘宵感，閒關後會身。恰當三十日，洗酌話良辰。

春草碧色得春字

南浦多芳草，離離碧似茵。濃于前渡色，送盡短亭春。馬足王孫路，楊花客子身。陌頭三月暮，雨後四郊新。簫酒陽關曲，油幢祖道塵。痕應蘇野燒，夢尚滯江濱。萍水逢知己，蕪城憶故人。緑波回首處，别緒感良辰。

春水緑波（二首）得春字

别淚多于水，離懷况惜春。波光芳草岸，帆影緑楊津。十里濃藍潑，三篙軟翠匀。黛描螺髻活，暖送鴨頭新。小雨湔裙褶，輕煙釀麴塵。半江雲外樹，一櫂鏡中人。鴻爪憑君認，魚書遺我頻。魂銷驪唱後，南浦共傷神。

南浦依然緑，銷魂是此辰。逝波猶去日，送别更何人。桃葉懷前渡，楊花訴舊因。十年孤櫂夢，三月轉蓬身。悔卻封侯早，忙他作郡頻。河梁攜手感，壇坫過江春。憑弔憐湘女，通辭託洛神。正當時節好，紅雨浥輕塵。

政在養民得民字

郅治咨修政，洪猷重裕民。在寬敷帝德，引養浹皇仁。子愛廑荃宰，辛祈懋鞠人。設施懸象魏，保合仰鴻鈞。畫卦蒙求叶，占爻井汲陳。臺萊笙奏雅，葵薁籥吹豳。國計農桑重，天家俎豆新。大烹逢聖世，調鼎協臣鄰。

須知痛癢切吾身得身字

痛癢何人切，相期吏盡循。須知黎庶命，環待宰官身。劘齒么麼輩，同心侍從臣。四方牙爪利，萬姓股肱親。莫遺膚相剝，爭禁指未伸。摩搔勤使臂，盤錯警亡脣。捫蝨中原夜，除螽大地春。蒼生衣被共，鼓腹頌皇仁。

士伸知己得伸字

知己於今得，因之士氣伸。品評留月旦，賞識出風塵。好借揚眉地，誰爲折腳薪。牙期神獨契，管鮑意相親。魚水歡游日，鴻毛際遇辰。文章真有價，肝膽屬何人。點首朱衣筆，昂頭白屋身。菁莪歌聖世，草野頌皇仁。

組織仁義得仁字

組織功猶密，師資況故人。不惟交以義，更賴友其仁。和煦抽心繭，剛方守道紃。綢繆千里共，經緯十年新。繡黼文章重，投機笑語親。孔成應擇里，孟取合遷鄰。無縫泯尋隙，相繩陋失因。孝標留緒論，銘佩至今紉。

寸轄制輪得輪字

區區惟一寸，制度創輿人。納鍵原需轄，迴環妙在輪。擊莛殊眾響，飛秕笑前塵。脂已閒關潤，尻能造化神。扶將承蓋庾，投有閉門陳。合轍符斯世，虛車誚此身。鎖經蟾[illegible]未，磨似蟻旋頻。尺木誰持要，文章悟夙因。

苹鹿燕嘉賓得賓字

式燕歌苹鹿，天開蘂榜新。野無嘉遯客，國有大觀賓。琴瑟三章奏，氍毹八月春。霓裳仙子曲，槐笏宰官身。麌麌鳴簧叶，菁菁染袖勻。羹應調芍藥，脯自擘麒麟。舉孝興廉日，剬風緝頌人。兕觥宸賞渥，葵向戴皇仁。

人淡如菊得人字

詩品司空著，秋光淡有神。何當榮比菊，竟爾瘦如人。夜雨東籬下，斜陽古渡濱。開樽躭味泊，簪鬢樂天真。此友原超俗，相看等化身。落英鋪地散，奇想出塵新。花已疏紅蓼，風初起白蘋。不逢陶處士，誰更結芳鄰。

文韻

多文爲富得文字

天地精英萃，包羅屬典墳。其鄰誰自富，所尚在多文。鑿鑿名山業，翩翩陋巷羣。曹倉籤壓架，杜庫軸連雲。孔壁搴三體，羲爻重一斤〔一〕。船珠同錯落，杯玉共繽紛。東觀應充棟，西園更辟芸。萬金書可抵，阿堵漫云云。

【校勘記】

〔一〕「斤」，刻本誤爲「斥」。

以文會友得文字

載道將何以，觀摩在攷文。鶯聲求益友，蛾術會同羣。麗澤功相長，他山志不紛。鳳樓煩共助，虎觀博多聞。左右羅圖史，居稽讀典墳。論心真似水，翻手莫如雲。帷憶談狸下，香因辟蠹焚。好教疑義晰，雪案賞奇欣。

心游萬仞得文字

萬仞青蒼極，游心未肯紛。弱齡工作賦，令弟共能文。壁立干霄石，風摶出岫雲。圖書看了了，土壤陋云云。奎府羅星斗，靈臺足典墳。身居嵩室近，手擘華山分。虎氣中天亘，蠅聲下士聞。煙雲歸腕底，嘯傲笑同羣。

牀上書連屋得文字

一醒連牀夢，攤書對暮雲。牽蘿誰補屋，命酒好論文。有壁森俱立，何人思不羣。等身千載業，穿膝十年勤。上下眠圖史，東西卧典墳。名山逢稺子，廣廈憶將軍。好把丹黄徧，時將甲乙分。少陵勤寢饋，朗誦挹清芬。

止戈爲武得文字

止辟投戈地，旂常好策勳。象形真偃武，會意在同文。筆定剸犀利，書訛渡豕云。中心忠自表，用力勇曾聞。逐日揮三舍，横流枕六軍。成能丁戊合，畊莫井田分。無復宣韜略，相將事典墳。戎機欽聖算，四海靖兵氛。

青雲在目前得雲字

一醉高常侍，投詩慰藉勤。目前誰白髮，天末有青雲。霄漢扶摇上，泥塗頃刻分。鸞翔雙舞麗，鳳翥九苞紛。得路金鞭掣，因風玉佩聞。高騫依五色，俯視埽千軍。借地揚眉待，爲霖出岫殷。聖朝歌復旦，糺縵頌仁君。

火雲猶未斂奇峯得雲字

奇絶森森立，嵯峨怯夏雲。未將峯儘斂，猶是火初焚。炎宅同爲虐，冰山異所云。盤空横突兀，銜耀吐氤氲。列鶴荼如望，蒸鴉語不聞。凸凹嵌石古，濃淡隔霄分。絮影披何峭，霞光落共紛。幾重青未了，收拾待斜曛。

山雲潤柱礎得雲字

久切爲霖志，輪囷竟作雲。巖廊賡糺縵，柱礎集繽紛。鼇首中流戴，魚鱗列岫分。趙牛披白絮，魯馬焕青雯。疊石縈朝靄，奇峯斂夕曛。陰陽憑吐納，天地自絪緼。鍊處爐蒸郁，披時棟鬱薰。山川濡聖澤，滂沛四郊聞。

青雲羨鳥飛得雲字

左省誰懷杜，嘉州獨憶君。詩成看過鳥，宦後羨飛雲。天末奇情想，枝頭好語聞。游絲真不定，去雁可同羣。得路登梯共，當風刷羽欣。輪囷争變幻，飲啄陋紛紜。知倦思歸岫，投閒感夕曛。清時無厥事，拄笏謝塵氛。

何可一日無此君得君字

除是山陰客，何人愛此君。可能無一日，放使戰千軍。宛爾平安報，居然左右分。但期長作伴，莫便歎離羣。氣味投應合，圓通賞共欣。結林邀七友，削簡讀三墳。眼飽王郎看，胷羅左氏文。徽之供嘯咏，相對傲煙雲。

元韻

地逢雷處見天根得根字

大地雷逢處，資生肇一元。陽爲陰所伏，静乃動之根。庶彙胚胎茁，洪鈞孕育存。機緘將出震，朕兆已藏坤。律轉葭灰動，春回黍穀温。星躔占隱見，月窟驗晨昏。誰啟干支籥，初開道義門。天心來復日，培植仰皇恩。

棋局消長夏得園字

消夏知何處，温公獨樂園。此枰松下展，有叟橘中論。斯世炎凉易，其間黑白存。王柯曾爛斧，謝墅漫攜樽。清簟雙奩列，疏簾一紙温。小年忘日月，孤壘立乾坤。多劫愁時局，歸休話主恩。勝他瓜李夜，六博幾黄昏。

花氣襲人知驟煖得村字

四面花成霧，山居别有村。襲人香驟撲，知煖氣偏温。暈入蝦鬚密，輕籠蜨翅翻。數分寒尚勒，一抹望如痕。扇影深叢月，鈴聲隔院旛。惹衣真似水，吹夢欲離魂。舊雨來金谷，新晴過沈園。渭南千畝竹，此夜正移樽。

寒韻

欲換凡骨無金丹得丹字

欲學蘭亭帖，商量著筆難。鉤心摹玉枕，换骨煉金丹。市駿誰求匹，和熊自弄丸。三生成慧業，九轉屬仙官。倘識懸鍼妙，都將舐鼎看。脱胎從紙上，洗髓到毫端。皮相休同誚，毛吹總未安。右軍書法擅，百軸仰翔鸞。

業精於勤得韓字

進爾諸生業，精勤學溯韓。旁搜尋墜緒，既倒挽狂瀾。提要鉤元貴，閎中肆外難。成功雕桷木，繼晷爇膏蘭。齒豁編騷雅，牙聱讀誥盤。爬羅收箭赤，剔抉煉砂丹。博士三年訓，名師六藝殫。上規兼下逮，吾道蔚奇觀。

陳詩觀風得觀字

太史陳詩日，閭閻次第觀。搜羅窮學海，編緝壯騷壇。南國高軒過，東山片石刊。琴尊千里契，絃誦萬家安。自有垂綸訓，何愁改轍難。春風鳴鐸徧，時雨下車看。六義源流貫，三餘醞釀寬。歌薰逢聖代，獲古慶彈冠。

奉揚仁風（二首）得安字

敢奉仁人教，清風仗謝安。揚鑣來太守，授扇及郎官。在手初持柄，因時好製紈。馬蹏塵乍拜，羊角羽初摶。吹黍河山煖，鞭蒲世界寬。炎蒸三伏退，生氣萬家歡。雲逼爲霖急，絃留解慍彈。五明誇煦煦，一例掌中看。

一麾江海出，朋舊盡彈冠。仁奉袁公足，風揚謝傅歡。分符生虎嘯，得路趁鵬摶。衆母呼爲煦，羣黎賴以安。汙人塵好障，怨女谷休乾。典午衣冠古，東陽雨露寬。熙春登共樂，下草偃何難。鼓盪閭閻徧，鴻鈞仰御鑾。

鵬摶九霄得摶字

瞥眼冲霄去，圖南展雪翰。鯤池形倏化，鵬路翮初摶。八九吞雲夢，三千徧廣寒。扶搖羊角上，旋轉蟻心盤。垂翼乾坤窄，昂頭宇宙寬。蓬蒿嗤適鷃，枳棘陋棲鸞。自是飛天易，何曾運海難。鴻毛今日順，聖主得臣歡。

霜高初染一林丹得丹字

高著霜華染，楓林報早寒。半篙初漲緑，一角夕陽丹。獨樹雲中綺，交枝海底珊。靚粧醺宿酒，粉本製新紈。火獵三更幻，花紅二月殘。青山鴉背閃，黄葉雁聲乾。策馬孤城路，叉魚淺水灘。茜窓人影悄，吟興滿江干。

小欄花韻午晴初得欄字

小雨初晴後，何人倚曲欄。午陰環樹静，花韻逗春寒。深院苔痕滑，中庭鳥語歡。不留脂粉氣，好作畫圖看。綫驗貓睛細，衣留蜨粉乾。步磚凭七寶，測晷上三竿。獨坐支頤悄，相逢解笑難。簾旌香霧撲，盡日樂盤桓。

滿堂風雨不勝寒得寒字

幾片蕭蕭竹，華堂滿座寒。莫將繁簡較，但作雨風看。渲染青綃活，迷離翠袖單。有聲皆入畫，相對好凭欄。庭院猶今夕，樓臺此數竿。一天生意思，四壁報平安。拚酒爐初擁，横琴燭未殘。不勝秋夜感，粉本拓來難。

鸚鵡驚寒夜喚人得寒字

信是能言鳥，偏知入夜寒。喚人來畫閣，破夢到雕欄。休把多心懺，如聞慧語歡。籠疏栖未穩，風峭睡應難。瓦上霜華重，簾前月魄團。非關紅板響，似怯翠衿單。玉局飛灰冷，銅荷照影闌。願歌鸚鵡賦，獻技步金鑾。

删韻

安得廣廈千萬間得間字

廣廈憑空想，何人肯破慳。帡幪開萬户，風雨庇千間。願等三多祝，居非一堵環。無家愁錦水，有約待巴山。拓室成奇觀，誅茅展笑顔。渠渠來燕賀，濟濟盼鵷班。豈復繩樞困，奚虞蓆帽艱。龍樓今咫尺，多士共躋攀。

顔魯公乞米帖得顔字

魯公貧約日，枵腹困鄉關。乞米曾持帖，求餐豈赧顔。舉家饑待哺，下筆涕應潸。肯以侏儒飽，而從里黨頒。甑塵嗟我拙，釜鑠笑兒頑。鶴俸須分給，鵞書若等閒。數行憑告貸，五斗藉憐艱。所願平原守，儲糧措泰山。

一覽衆山小得山字

訪勝來工部，何當絶頂攀。乾坤供一覽，齊魯小羣山。削不三峯亞，煙如九點間。鍾靈封禪地，羅立子孫班。識馬吴門白，聞雞海日殷。處尊惟我獨，展步豈天艱。芥蔕誰吞澤，泥丸可閉關。帝功符泰岱，巡幸覲龍顔。

山遠行不近得山字

海嶠西風起，行行覓遠山。相看原不近，有路可曾攀。襆被三秋末，金焦兩點間。浮雲鼇尾蔽，夕照馬頭殷。咫尺覘螺髻，迷離隱豹斑。生天登恐後，鑿險笑何頑。眼底千峯小，疆中十載還。謝公多逸興，木屐偏塵寰。

白日依山盡得山字

鸛雀樓千古，登臨獨往還。依來惟白日，盡處有青山。羅立羣峯亞，蒼茫夕照間。浮雲休自蔽，絶頂共誰攀。忽訝陽烏入，争投倦鳥閒。流光真迅速，峭壁自迴環。天地無情碧，煙霞著意頑。中條看面面，相對一開顏。

石可攻玉得山字

何可無良玉，攻之莫等閒。我心原匪石，此手借他山。黽勉雕鐫下，商量利鈍間。好成瓊玖貴，不數碔砆頑。功比三年楮，謙同五寸環。一拳磨自苦，萬鎰琢休慳。昭質將誰譬，微瑕藉汝删。聖朝資國器，蒲穀列清班。

花落訟庭閒得閒字

不管花開落，衙齋鎮日關。此庭真似水，無訟便稱閒。傳舍三椽庇，匡牀一鶴還。抱琴仍倚樹，拄笏獨看山。風雨忙鶯燕，桁楊笑狴犴。十年空案牘，四壁寓痌瘝。埽徑人初到，鈔詩吏不頑。馴階看雀食，長傍蘚苔斑。

雲合山餘一髮青得山字

頓覺嵐光合，層雲尚在山。只餘青一髮，莫辨翠雙鬟。隱隱描螺黛，絲絲露豹斑。遥天初過雨，叠嶂未開顔。暮靄蒼茫裡，斜陽指點間。梳痕如月挂，帽影倩煙環。驅犢迷應返，飛鴉倦未還。佛頭看霽色，躡屐好登攀。

山藏小寺遠聞鐘得山字

何處鐘初動，聞聲遠近間。遥知藏古寺，小住隔空山。門迴雙松拱，天高獨鶴還。清齋依傴仄，餘韻叶淙潺。花外相尋徧，林中獨坐閒。歸雲盤斗室，隨月叩禪關。萬谷噌吰答，千峯匝叵環。好覘温室樹，待漏列仙班。

帶水屏山得山字

帶礪皇圖鞏，屏藩帝室環。智臨應樂水，敦艮合占山。東赤臣躬懔，書丹祖訓頒。恩波江海沛，壽宇阜岡攀。滅火修容紀，維垣列輔班。周圍開麓藪，流峙冠瀛寰。樓拱懷風敞，泉聽對瀑潺。静宜園景麗，宸賞愜龍顔。

卷二

先韻

顔淵李得淵字

西京多上果，有李號顔淵。根託仙家種，名同復聖傳。一瓢沈在水，三月薦加籩。化雨緇林地，春風老圃年。整冠嚴勿動，鑽核笑彌堅。垂實農山畔，成蹊陋巷邊。廟楸姬旦夢，壇杏素王天。草木如區别，羣賢孰並肩。

四十賢人得賢字

佳句如名士，分班四十賢。揮毫方免脱，選俊自蟬聯。嘯傲稱强日，推敲不惑天。騷壇排一一，雅座集翩翩。摩壘誰摧敵，扶輪好並肩。蘭亭餘過二，耆社讓居先。拔幟呼將伯，穿珠拜列仙。登瀛依舜陛，藝苑譽争傳。

其動也直得乾字

造物清虛裏，苞符祕孰宣。靜專原自正，動直本無偏。明體同旋轂，凝神恰應弦。窟深應驗月，根奧合窺天。養氣如繩運，張機似矢懸。不撓心早定，能轉節彌堅。壁立千尋矗，輪迴一鏡圓。聖人隆首出，萬象叶乘乾。

焚香告天（二首）得天字

使君真鐵面，宦迹説當年。難得香焚夜，都將事告天。此心原坦白，斯世有媸妍。廊廟危言達，衣冠下拜虔。九重高乃聽，一瓣直無偏。炙手慚猶熱，從頭訴倒懸。循聲留鶴伴，雅化借琴傳。省盡平生過，端惟宋室賢。不合荆公癖，争推御史賢。朝朝香自爇，事事告於天。無愧休言諱，惟馨敢德宣。旱蝗平越郡，琴鶴上西川。一柱扶持久，中庭盥漱虔。聲高殊叫闔，氣直欲凌煙。民瘼蒼穹禱，臣心魏闕懸。好憑真宰訴，千古鑒廉泉。

先中命處得先字

爭也唯君子，蓬弧卓卓傳。志原求在己，中必命乎先。獸搏風千里，禽窺月一弦。麗龜神早定，正鵠體無偏。横塞流星夜，平原落日天。楊曾穿百步，輪已貫三千。並射垂雙翼，齊驅獲兩肩。聖朝歌載纘，從事樂于田。

先器識後文藝得先字

唐代多文藝，難期器識全。末應居厥後，大必立其先。容物虚能受，觀人見勿偏。有餘須力學，不試故心專。四者分華實，參之互比權。德才誰命世，憂樂敢希賢。相顧言兼行，宜區倦與傳。通儒修素踐，摛藻頌堯天。得士推唐代，裴公判後先。識毋同器囿，藝乃並文傳。遠大車能任，高明鏡自懸。兼修三策衍，他技六書專。責實真儒尚，爭名末學偏。兩端宜緩急，四事有虧全。論秀升羣彦，分科判衆賢。圭璋今特達，樂育被堯天。

金鑄賈島得仙字

吏部耽吟癖，曾師賈浪仙。珠誰穿句句，金欲鑄年年。擊鉢留清供，傳燈證老禪。鬚眉看宛若，骨格想鏗然。口業三緘懺，心香一瓣傳。莊嚴空色相，陶冶絶塵緣。突兀休嘲瘦，推敲莫笑顛。即今談往事，模範仰前賢。

詩家眷屬酒家仙得仙字

嗜好惟詩酒，相隨未了緣。風流真眷屬，瀟灑足神仙。梅鶴吟中侶，煙霞醉裏眠。連床邀皓月，把盞問青天。織錦成千首，扶笻挂百錢。一瓢兼一榼，無累亦無牽。紙閣攜琴伴，糟邱荷鍤便。白公多樂事，衹此自年年。

誦得數篇黄絹詞得篇字

不減曹碑語，琅琅誦數篇。白雲曾點檢，黄絹更纏綿。雕玉羅胸富，如珠上口穿。清歌三婦豔，好句七襄聯。糺糺絲綸美，條條組織妍。餘霞飛作綺，微唾落從天。牙版雙聲度，璇圖一幅連。文章誰絶妙，修到散花仙。

一年容易又秋風得年字

又值秋風起，蹉跎似去年。青山仍似夢，明月只如煙。颯颯微波外，蕭蕭落木邊。衰顔楓葉老，往事柳絲牽。蟹稻千家夜，鱸蒓一櫂天。流光真過隙，生世易華顛。地籟驚寒蟀，商音咽暮蟬。詩情應入早，指點荻花前。

渴不飲盜泉水得泉字

此水非廉讓，相呼是盜泉。飲之雖覺爽，渴矣莫垂涎。銜稱條冰冷，心盟片玉堅。望梅思度度，鑽穴費年年。笑我淘恭井，嘲他灌跖田。洗將何處耳，投得幾文錢。同是迴車地，誰爲漉酒天。清時嚴一勺，礪齒對漪漣。

邑有流亡愧俸錢得錢字

敢以無多俸，蒼生任倒懸。流亡繁邑日，慚愧好官錢。鶩眼誰争擁，鳩形我亦憐。衣冠相衮衮，膏澤但涓涓。在牧牛羊少，盈溝老弱填。閭閻空額蹙，囊橐幾腰纏。鄰國成逃藪，先生賸舊氈。焚香仍悔過，一紙訴青天。

春江壯風濤得年字

侍游春日麗，佳句誦延年。京口風濤壯，江南景物妍。扶摇程九萬，鞺鞈浪三千。明月拖金練，祥飈捲碧漣。鶯花光禄筆，簫鼓晉陵船。作勢鯨能跋，知時鴨獨先。盪胷桃渡水，豁眼蒜山天。帝狩乘陽氣，懷柔徧嶽川。

紅樹青山好放船得船字

絶好春江畫，鳴鉦看放船。紅排千樹骨，青削萬山肩。皂莢危橋水，垂楊古渡煙。嵐光柔櫓盪，風力片帆懸。夕照翻鴉背，平沙縮鷺拳。三篙彭蠡澤，一櫂武陵天。帘亞長隄外，篷推疊嶂前。何當聞笛夜，蓑笠話長年。

蕭韻

果然奪得錦標歸（二首）得標字

奪錦榮歸日，龍門姓字標。郎君真獨占，我輩好相邀。在手雲霞燦，昂頭日月招。功名操左券，意氣壯今朝。餅已紅綾啖，衫將白紵飄。乘風争喊吶，擊水看扶搖。樓閣三層浪，笙歌萬里潮。賦詩觀競渡，元箸自超超。果爾乘流上，公然看奪標。捷書誇得第，衣錦話歸朝。一朵紅雲色，三層紫海潮。鱗從靈沼躍，尾趁禹門燒。獨樹霞城幟，羣仙畫舫簫。真同鼇背穩，健羡馬遞驕。破壁睛能點，搴旗手自招。盧家裙屐少，勝地駐星軺。

鳳鳴朝陽得朝字

千仞丹山麗，休嘉應早朝。踆烏看久照，鳴鳳聽高調。絢采臨三島，和聲澈九霄。輝騰阿閣迥，音繞海門遙。煜爍光明放，翱翔色相超。桐生徵茂豫，葵向擬扶搖。載舞逢周德，來儀協舜韶。彤庭多藹吉，唱和好招邀。

花朝撲蝶得朝字

報道花生日，嬰春雅興饒。鬧蛾談往事，撲蝶趁今朝。不用拋金彈，相逢繫玉腰。滕圖何處院，莊夢可憐宵。纔向南園逐，旋從北苑招。飛觥燒蠟炬，傅粉上冰綃。紈扇隨風轉，瓊筵坐月邀。唐宮傳韻事，捉放幾魂銷。

銅雀春深鎖二喬得喬字

不與東風便，癡情想二喬。深春扃鎖固，飛雀鑄銅翹。自許臺留妓，何期屋貯嬌。英雄嗟屈戌，夫壻羡穠夭。頽瓦仍重疊，銀鐺久寂寥。魚銜門鑰靜，蟾齧炷香燒。折戟相思夜，吹笙獨坐宵。有人談賣履，笑煞老瞞驕。

魚苗得苗字

待汝魚兒出，陂塘學種苗。暫依拳石島，不上尺波潮。佶屈窺千尾，噞喁飲一瓢。分秧田罅豢，剖秕水坳招。小住繁星簇，微呴細雨跳。約萍相泛宅，渡芥可容刁。睫自巢蚊便，肝應切蟣饒。莫教方寸澤，垂餌倩僬僥。

肴韻

賞雨茆屋得茆字

小築三椽屋，幽居合近郊。此中宜賞雨，當日記誅茆。蘿徑生涼潤，蕉窗弄影交。鳩忙仍繞樹，燕重正歸巢。拚酒壺頻挈，催詩鉢細敲。蝸涎摹壁角，蛛網漏堂坳。別有蓬門樂，應無陋室嘲。司空詩品在，如水借書鈔。

君子之交淡如水得交字

斯世多君子，何人解締交。斷金盟共懍，如水淡休嘲。爲錯賡詩什，同心筮易爻。江湖欣有託，涇渭莫相淆。敢以酸鹹異，而將道義拋。性天原浩浩，風雨任膠膠。等是無言菊，卬須利濟匏。淵衷真上善，于野更于郊。

山童隔竹敲茶臼得敲字

一覺山中睡，呼童隔水坳。竹牀方晝永，茶臼忽聲敲。石火生巖罅，鑪煙出樹梢。化龍初解籜，避鶴未歸巢。拂拂春陰碾，丁丁午夢交。挈瓶應綆汲，作釣已鍼拋。熱不因人戀，頑真替汝嘲。商量供茗戰，借得柳詩鈔。

豪韻

冬嶺秀孤松得高字

峻嶺嚴冬矗，蒼松託迹牢。歲寒仍秀茂，節勁自孤高。霜月三更鬬，笙鐘萬籟號。千尋親雨露，百尺壯風濤。絶澗長吟悄，空山獨立豪。嵐光呈古貌，蓋影寫清操。隱約疑龍幻，翩躚看鶴翱。森森梁棟器，採擇在吾曹。

萬古雲霄一羽毛得毛字

百萬沙蟲地，風雲一旦遭。古今看鳳羽，霄漢順鴻毛。翼衛三分定，頭銜兩字褒。爲儀期管樂，獨步渺孫曹。傍月孤星朗，冲天健翮翱。十年豐滿養，六合泬寥高。誚狗諸昆遜，稱龍蓋世豪。錦城森廟柏，仰首髮重搔。

人在金鼇頂上行得鼇字

絶頂何人在，來乘海上濤。成橋殊玉蝀，抃石有金鼇。浪湧三千壯，山盤十五高。百靈皆懾伏，萬仞獨週遭。渤海羅胷闊，榑桑濯足豪。聽雞同月弄，驅鱷息風饕。挹袖仙乎樂，擕竿釣者勞。宸遊佳景麗，侍從列詞曹。

鶴從高處破煙飛得高字

久抱淩煙志，孤飛出九皋。一聲驚落月，萬里送寒濤。警露三更冷，迴風百尺高。聳身環島繞，刷翰倚天號。冊冊羣誰立，軒軒氣自豪。争鳴嗤衆喙，先翥屬吾曹。碧漢開雲霧，丹霄振羽毛。鮑昭曾賦鶴，珠玉想揮毫。

綠槐高處一蟬吟得高字

幾處槐陰綠，蟬吟樹最高。一聲聽悄悄，萬籟響飂飂。吸露清誰匹，驚風冷自號。此間真邃密，凡鳥莫啾嘈。古道來殘照，空山淨俗囂。抱枝仍獨語，翳葉笑徒勞。栖處身應穩，聞時首屢搔。五更疏欲斷，重與讀離騷。

歌韻

政成在民和得和字

緬彼安仁政，成民貴在和。花開稱滿縣，草偃驗同科。最已三年報，功應九敘歌。飲人孚有惠，課績治無頗。時雨由庚徧，春風坼甲多。甄陶歸橐籥，熙皥戢干戈。雅化麟遊藪，循聲虎渡河。羣黎咸頌德，五瑞慶騈羅。

海不揚波得波字

渤澥安瀾日，風恬水不波。奉琛航大海，洗甲近天河。幻市看嘘蜃，仙山浄點螺。光天逃魍魎，平地埽鼋鼉。穩渡千帆正，新澂一鏡磨。掣鯨容我獨，驅鱷仗臣多。效順皇威暢，朝宗帝澤歌。越裳涵聖教，德化樂含和。

孝弟力田得科字

一代西京訓，新開取士科。孝原兼弟貴，力更在田多。樂事家庭敍，知時畎畝和。蘭陔祥氣釀，榆社笑顔酡。俗已消金革，人争藝黍禾。晨昏勤自省，晴雨課如何。王霸分端近，丁男起舞歌。求賢逢聖世，相慶里嗚珂。

數問夜如何得何字

記得當年事，霓裳奏大羅。捫心清若許，視夜問如何。棐几頻鳴雀，銀缸自剔蛾。殘星沈鳳掖，斜月度鸞坡。封事緘題玉，殘更漏滴荷。臣心覘斗柄，人語隔天河。鵠立參文笏，鵷趨振曉珂。紅塵看曙色，征雁一聲過。

畏人多言得多字

謗書三篋畏，詛語一篇多。古以言爲戒，人當玷共磨。重裘能自禦，零雨爲誰歌。盛德奚傷我，無瑕豈恤他。寸心盟斗室，眾口陋懸河。同作雷霆懼，須防月旦訶。寢衾應猛省，鄉校近如何。翼翼師前事，儒修互切磋。

伏波銅柱（二首）得波字

百粵勳名徧，爭傳馬伏波。鑄銅憑界畫，立柱紀功多。赤手圖能拓，金精氣不磨。謗珠嗟薏苡，聚米小山河。雄鎮留形古，蠻天奈老何。據鞍眞矍鑠，插漢看嵯峨。刻鵠羣兒誡，飛鳶大地過。漢家資保障，奏凱聽高歌。

交趾留銅柱，封侯羨伏波。埽將蠻女子，劃卻漢山河。放膽高如此，擎天壯若何。鼓猶埋土鎮，薏竟謗珠訛。分界終千古，平夷及二娥。自甘身裹革，相對夜橫戈。生氣金精古，聞風瓦解多。蒼涼懷百粵，故壘長煙莎。

相觀而善得摩字

觀我觀人日，相期事事摩。莫甘嘉善蔽，而自悔尤多。古鑑同瞻視，他山共切磋。平生文字契，良夜雨風歌。與子論金石，誰人異臼科。服膺俱弗矢，刮目近如何。率此天真樂，憑將世俗訶。拳拳篇什在，心鏡借書磨。

含睇宜笑得阿字

窈窕工含怨，其如乃睇何。祇宜吟楚澤，莫笑隔天河。秋水窺瞳影，春山暈頰渦。逐燐臨睆眇，瞰室歡醹多。茲佩惟蘭芷，予冠稱薜蘿。盼兮憐汝獨，咥矣喜人過。粲齒休嘲鶡，修眉莫妒蛾。絕纓成一粲，晞髮對陽阿。

荷花生日得荷字

競說花生日，池塘正放荷。下弦仍挂月，孕水自凌波。可許郎顏肖，何曾佛咒過。碧筒傾四座，華蓋祝三多。菡萏千年色，鴛鴦一曲歌。根應移太乙，香或積維摩。降豈庚寅並，猜休甲子訛。洗兒錢尚在，葉葉共婆娑。

芰荷聲裏孤舟雨得荷字

風雨孤舟夜，聲聲聽芰荷。三更收畫舫，十里隔烟波。倚櫂經香國，跳珠滿釣簑。田田青雀外，漉漉白鷗多。蛙鼓兼津鼓，菱歌又榜歌。蒼葭人宛在，紅蓼思如何。四壁筒斟象，千山髻疊螺。恰逢裳集後，欸乃片帆過。

麻韻

孔李通家得家字

孔李論門第，名言記不差。淵源同一室，彼此是通家。儀邑封人見，函關尹喜誇。壁經傳脈絡，柱史擷精華。歎鳳吾衰日，猶龍孰測涯。幾如聯沆瀣，即此等莩葭。投刺詞何誕，登堂謁恐賒。髫齡真巧慧，舉座笑聲譁。

讀書聲裏是吾家得家字

一片書聲裏，紅塵静不譁。平生無别業，此地是吾家。座有談經席，門多問字車。風雲看萬里，桑柘隔三叉。長物青氈贉，何人白板撾。草堂栽柳密，茅屋補蘿斜。在笥千章熟，連床百軸誇。箇中真境樂，誰復讀南華。

地暖花長發得花字

省識春長在，時時自發花。生機關地脈，暖氣挹天家。温室千年樹，炎州五色花。樓臺非近水，幕帟正烘霞。寸土根荄潤，經年雨露加。辟寒誰種玉，騎火恰抽芽。不着三分雪，如吹六琯葭。上林移植早，珥筆誦清華。

春寒猶勒數枝花得花字

遲汝東風暖，尋春到若耶。寒添三月雨，勒住數枝花。燒燭當筵看，圍爐擁袖賒。重簾相護惜，古木自了叉。不借金鞭斷，渾疑絡索加。樓臺垂幕帟，樽酒聽箏琶。約束香爲國，勾留蜜釀衙。千紅齊俯首，誰拗小園葩。

桃花紅似去年時得花字

一簇夭桃豔，依稀洞口花。聊將深淺較，不管歲時賒。度度迎風笑，年年帶雨斜。漁郎曾問渡，仙子可還家。記憶來時肖，描摹舊態差。如粧人半面，猶認路三叉。潭水迷香霧，天台襯晚霞。蔓蒿仍滿地，風景足繁華。

人家四月焙茶天得茶字

四月清和候，山山已焙茶。催租逢估客，利市幾人家。着笠沾新雨，携筐趁早霞。石泉分井臼，槐火話桑麻。梅酎應爲佐，櫻厨合並誇。微醺欒社酒，小掇雪溪芽。團餅雕形巧，旗槍列影斜。頭綱烘未了，獸炭地爐加。

且看黄花晚節香得花字

看此黄金鑄，經霜綻作花。且留香到晚，便信節無瑕。顏色中央近，光陰老圃賒。半生甘冷淡，一洗浄鉛華。品以無言貴，容真不改誇。九秋風景暮，三徑夕陽斜。傲世人如玉，延齡酒是家。接䍦逢處士，招隱謝塵譁。

地罏茶鼎烹活火（二首）得茶字

火自鄰家乞，寒罏夜試茶。穿雲烹活水，帶雨掇新芽。石鼎香塵起，銅鐺夕照斜。苦吟詩思悄，團坐語聲譁。浪沸龍頭餑，濤翻蟹眼花。秋風寒玉壘，明月冷金沙。埽雪追前事，燃薪憶舊賖。記曾煨榾柮，相對手頻叉。爲有躭書癖，先生細品茶。罏仍煨雀尾，鼎已試龍芽。玉乳香生腋，銀絲冷沁牙。松煙寒老鶴，槐火亂昏鴉。煎去翻泉脈，嘗來滴露葩。聲探三沸好，神透一槍斜。異卉評雙品，新吟鬭八叉。此中真足樂，月影上窗紗。

寒與梅花同不睡得花字

擁衾寒不睡，相伴有梅花。雪冷風逾峭，參横月半斜。巡檐供嘯傲，燒燭對了叉。庾嶺高人宅，孤山處士家。襹褷驚守鶴，消息問棲鴉。小立形何瘦，同甘夢未賖。魂應銷紙帳，影自逗窗紗。倦眼惺忪拭，聽殘羯鼓撾。

看到梅花又一年得花字

不覺年光駛，山梅已放花。傷心如過客，觸目到寒葩。竹外聞香近，窗前問訊嗟。眾芳都闃寂，萬本自横斜。蓬梗悲身世，詩書感歲華。粃盆當乍爇，臘鼓又誰撾。紙帳香初動，蘆簾興未賖。屠蘇應熟否，樽酒話鄰家。

雨牆蝸篆古得蝸字

梅雨更番過，牆陰篆作蝸。八分秦篆判，一角觸蠻譁。屋漏垂痕黯，垣衣着迹斜。蜿蝓都入畫，蝌蚪自成家。破壁防穿筍，留涎貼落花。擘窠經蘚蝕，拓本礙蘿遮。石鼓參魴鱮，金壺幻蚓蛇。漬雲如蘸墨，字字映窗紗。

潯陽琵琶得琶字

明妃環佩去，誰更抱琵琶。賸有潯陽妓，相逢白傅家。哀絃驚謫宦，商舶感生涯。儘可從頭訴，何須半面遮。裙釵悲老大，車馬説繁華。此夜同看月，而夫尚賣茶。選聲偷菊部，和夢入蘆花。無限青衫淚，能令座客嗟。

陽韻

祥開日華得祥字

壽宇如升頌，重華旭日祥。一輪開朵殿，五色煥奎章。瑩鏡乾符朗，垂裳泰運昌。嚮離欽久照，出震仰當陽。書字雲迎紫，騰輝珥守黃。葭飛曾線驗，花步合甎量。織錦霞輪絢，凝珠露讓光。知臨徵丙曜，紀瑞效賡颺。

羲皇上人得皇字

晉魏何年代，狉榛共一方。所居惟栗里，此志在羲皇。舒嘯東皋曠，盤桓北牖涼。心還參太古，界自闢洪荒。同是庚寅降，都將甲子忘。門前環緑柳，枕上熟黄粱。元酒巾湛漉，希音操不張。放懷容膝地，世事付滄桑。

黄綿襖得黄字

霏霏寒雪夜，一瞥展晴光。無復綿鋪白，相將襖着黄。負暄情共慰，挾纊願初償。輪已迴暘谷，裘同覆洛陽。帡幪真廣廈，衣被徧中央。豈待袍爲贈，應逾絮是裝。揚暉瞻若木，吹暖出扶桑。聖主民依切，休徵五色祥。

防意如城得防字

此意誰能固，如城預設防。早教推蕩蕩，好自見堂堂。衆志成原易，端居立有方。隍應醒夢鹿，牢莫笑亡羊。守口川誰決，平心道自莊。一私袪滓穢，千里奠金湯。湛爾猿休擾，巍然雉并藏。名言留座右，紉佩莫相忘。

海旁蜃氣象樓臺得旁字

突兀樓臺景，奇觀出海旁。氣能噓有象，蜃自幻爲章。萬頃鯨波湧，三層鳳闕昂。凌虛連碧落，倒影入蒼茫。雉化前身是，翬飛此地剛。彩虹拖一匹，釵雨捲千行。鸞鶴疑巢閣，黿鼉遠駕梁。氤氳何處歛，瞥眼笑滄桑。

紙作良田得良字

學耨傳家業，生涯紙一方。當年無歲惡，此日有田良。劃盡書中畝，分來筆下疆。耕煩毛穎力，耘藉楮生忙。菽粟曹倉貯，瓜壺孔壁藏。帶經鑱木荷，鋪几麥花光。自具便便富，無教每每荒。試看揮灑處，捲浪綠千行。

詩王得王字

雲誥宣天闕，詩人拜玉章。幾人堪列伯，此老竟稱王。心法千家授，頭銜兩字香。分班崇五等，受命領三唐。奄有雕龍衆，誰争倚馬强。凱旋應祭獺，臣服盡牽羊。雜霸嗤流輩，孤行據上方。提封今不愧，無敵壓詞場。

姜肱大被得姜字

大被天倫敘，伊人紀姓姜。同衾偏冷耐，一榻共宵長。棣萼仍相向，蘆花爲底裝。在原頻喚鶺，有夢未甘鴦。纊比三軍挾，裘真萬户償。池塘春得句，風雨夜連床。愛此三珠合，商將尺布量。怡怡欣臥起，五幄莫誇唐。

瘦羊博士得羊字

我懷甄博士，小取大官償。人共求肥羜，君惟愛瘦羊。一麾應汝愧，五羖爲誰忙。雪窖吞氈夜，金華叱石場。讓田應慕卜，計利肯同桑。食肉謀何鄙，腠膏念早忘。夢園憑菜踏，歧路笑牢亡。他日成驢券，頭銜好比方。

劉郎不敢題餻字得郎字

恰遇題餻節，偏難遣興狂。字如嫌杜撰，人競説劉郎。空自搜緗帙，無從付錦囊。檢書多闕佚，閣筆費商量。陔黍添疑義，牢丸補散亡。入門殊諱避，拔宅笑吟忙。槎玉形應巧，敲金句未償。簪萸歡勝會，遺事話重陽。

密幹疊蒼翠得蒼字

户庭吟杜老，林木自成行。疊疊疏還密，森森翠又蒼。濃陰添雨意，淺黛染嵐光。樹底迷香霧，枝頭漏夕陽。天空看鶴舞，葉重訝鶯藏。排骨凝雲結，垂髯拂水長。送青來別院，分緑上匡牀。楨幹思賢佐，皇朝慶拜颺。

一府傳看黃琉璃得黃字

鄆簟當窗卧，琉璃着色黃。傳看渾不厭，一府最宜凉。冰骨分重疊，波紋認短長。冷齋天正午，片席水中央。雲母三分薄，桃笙八尺方。枕痕嵌半月，簾影漏斜陽。拂拭紅牙板，安排白玉牀。留將新睡足，相賞徧閒廊。

柴門臨水稻花香得香字

鸂鶒交塍啄，柴門一水香。村園松子暗，花浸稻孫凉。樹影三間屋，天光半畝塘。麂籬通斷港，烏臼挂斜陽。春酒羔羊社，秋風筍蕨鄉。乍扃雙板白，新漲滿畦黄。繞樹歸鴉寂，爬沙看蟹忙。許渾吟興逸，洄溯在中央。

好竹連山覺筍香得香字

好竹山山竹，相連一色望。悄無人迹到，但覺筍根香。鳳尾篩明月，貓頭戴夕陽。此君看不厭，稺子咒仍忙。濃蔭偏垂徑，新梢未出牆。參禪誰悟版，坐嘯獨依篁。渭畝貿長在，淇泉鼻乍嘗。餉耕葵並煮，好景話農桑。

晚涼看洗馬得涼字

南池來主簿，携伴浣花郎。一洗空凡馬，相看恰晚涼。披襟論赭白，執策辨驪黄。練影寒前渡，鞭絲倚夕陽。滚塵袪十丈，澡雪解雙韁。柳外隨鷗浴，花陰趁蝶香。忘形惟水月，卻暑有陂塘。古木蟬聲噪，臨流話九方。

荷浄納涼時得涼字

丈八溝前路，相邀好納涼。芰衣開已徧，荷蓋浄能香。面面花爲壁，田田水是鄉。篇斟名士酒，鏡蘸美人粧。揮麈開軒坐，披襟倚檻望。魚游天一角，鷗占席中央。延爽惟篠枕，高眠有石牀。數聲漁笛起，破睡對滄浪。

涉江采芙蓉得香字

覽物懷君子，芙蓉着手香。采來花四面，涉向月中央。所贈難盈掬，相思枉斷腸。薜蘿山鬼曲，菡萏水仙鄉。紉佩惟芳草，淩波有夕陽。此身穿藕壁，有客集荷裳。翠袖搴時濕，紅衣拂處凉。最憐嬌欲語，葉葉蓋鴛鴦。

青草池塘處處蛙得塘字

蛙聲聽遠近，草色滿池塘。處處根荄長，朝朝鼓吹忙。堂前三月夢，水底六更長。頻聒愁人耳，能迴旅客腸。錦衣鳴兩部，翠羽襯雙行。古井同誰語，離亭別汝傷。繁音疑瀉瀑，嫩色漸依牆。淺漲桃花外，逢逢正夕陽。

紫櫻桃熟麥風凉得凉字

乍見山櫻紫，剛逢隴麥黄。日烘千樹熟，風捲一畦凉。磊磊丸連理，幢幢穗兩行。四垂珠蕊綻，十里浪花香。映赤胭脂奪，翻紅穲稏忙。傾宜中使宴，寒異大官漿。薦果懷登俎，延飆話築場。筍厨開御苑，綾餅喜先嘗。

千林嫩葉始藏鶯得藏字

太液千門曉，宫鶯囀緑楊。乍抽新葉嫩，始向上林藏。鳳閣巢煙密，龍池宿雨香。穩棲芽淺碧，輕染縷微黄。玉律調三月，金衣肅兩行。攜柑宜煮酒，待漏共聽簧。佳話留温室，高飛入帝鄉。喬遷新刷羽，濃蔭荷恩光。

岸容待臘將舒柳得將字

繞岸千條柳，微舒待臘將。纏綿情乍露，旖旎態猶藏。眉窄慵初展，腰纖舞未狂。三眠仍匿醉，半面恰成妝。土脈占伸屈，天根較短長。飛葭吹氣暖，擊鼓聽聲忙。可許東風漏，能容北陸光。更參山意思，消息在梅梁。

庚韻

以禮制心得誠字

大禹傳心法，儀文一代呈。教中惟制禮，遏欲即存誠。黼座冠裳飭，靈臺矩矱明。日躋勤聖敬，風儆勵公卿。繁縟分經緯，馳驅範性情。整躬端負扆，防意聳如城。戒滿占謙吉，銘新叶履亨。皇衷澄睿慮，軌物邁殷京。

由庚得庚字

盛世休徵應，蕃滋驗物情。深宮惟正己，大道在由庚。茂對瞻辰拱，宣和趁卯耕。子孳開位育，丑紐遂生成。幾等占先日，無殊兆大横。見躔同指斗，補叶並吹笙。丙問時無失，申行蟄自驚。聖朝當午運，庶彙達勾萌。

正誼明道得明字

董子儒修重，千秋道誼精。持躬型久正，析理緒偏明。直矣從繩定，昭然似鑑呈。鵠懸嚴克己，犀照徧由庚。功利圖堪笑，天人策早成。奉三泯反側，達五共遵行。植璧矜風厲，銘盤浴日誠。下帷勤典學，真契見牆羹。

閏月定四時成歲得成字

定閏誰占月，知時驗健行。三年期最準，四序歲初成。過隙駒何速，添翎鳳乍生。積陰均損益，按度測盈虧。蟻磨如輪轉，鶉躔並斗横。歸奇蓍扐草，合朔莢垂莖。寒暑無愆候，周流有定程。堯門新闥左，佳日樂和平。

人情以爲田得情字

治業如農業，陳修本此情。芸田防自舍，終畝戒無成。蕢稗仁同熟，蒲盧政速生。暑寒天冷暖，方寸地縱横。農畔思休越，民嵒畏早平。性禾勤有播，心糞挹何清。非種圖滋蔓，斯倉藉力耕。閭閻揚帝績，擊壤樂豐亨。

寰海鏡清得清字

賦手推裴相，寰區慶永清。劍供田器鑄，鏡澈海波瑩。澥霧臨空浄，雲霄在上明。龐鴻千里治，氣象十洲呈。仁壽光輝日，瀛壖頌載聲。蟠龍輪廓展，徙鱷雨風平。淮蔡新開域，貞元已息兵。即今逢聖世，力穡樂羣氓。

天晷仰澄得衡字

元圃皇家讌，歌詩有士衡。天光供仰企，日晷喜澄清。杲杲重輪浄，蒼蒼萬石平。東南躔再午，黃赤道由庚。曝背談暄煦，昂頭看運行。土圭中室測，金鎖上穹明。塵滓消雙珥，靈暉徧八瀛。當陽逢聖世，碧落挂銅鉦。

方隅砥平得平字

壽宇巡方徧，歡呼萬歲聲。如弦仁路直，似砥德隅平。御扆權咸準，天衢轡不驚。一人恭正己，四海樂由庚。帝道康莊坦，臣心止水衡。東西南朔届，磨厲錯礱成。越石鋒能淬，周圻柱並撐。皇塗真浩蕩，祝嘏阜岡賡。

淨洗甲兵長不用得平字

如洗天河甲，將軍不用兵。江山今淨土，戎馬昔長征。判卻魚龍混，銷爲日月明。腥風猶在水，刁斗已無聲。瀚海哥舒返，關門定遠生。百年金鎖擲，兩界玉繩橫。赤手迴瀾挽，丹心照鑑清。賦閒歸壯士，曝背話昇平。

海城臺閣似蓬壺得城字

臺閣重重聳，高低列海城。地非臨弱水，境即似蓬瀛。雉堞三層拱，魚鱗一望平。霏烟如吐蜃，嘘浪欲騎鯨。冠帔滄溟擁，笙鐘閬苑鳴。凌空浮日月，倒影落軒楹。梁已千山駕，槎將萬里迎。玉堂今咫尺，珥筆待蓬瀛。

月明見潮上得明字

一夜東風疾，春潮應月生。水光涵紫府，山色駕蒼瀛。準信分朝夕，清暉驗闕盈。弩迴江上射，鏡入海中明。極浦胎靈蚌，空江吼怒鯨。客圓三五夢，軍擁萬千聲。繞鵲棲枝穩，聽雞列嶼鳴。漁燈何處落，驚起放船鉦。

月明垂葉露得明字

野殿丹青古，秦州葉葉明。月高垂有影，露重聽無聲。砧杵荒村夢，蒹葭故國情。齧蟾偏不夜，送雁又長征。老幹飛烏帀，殘更睡鶴驚。九天珠錯落，一樹玉縱横。鐘鼓聞西時，關山近北城。年年羈滯客，別緒隴頭縈。

老見異書猶眼明得明字

莫道吾衰矣，而疑此目盲。祇因書見異，轉覺眼猶明。窺豹重讐魯，儐鴟欲借荆。桑榆嗟暮影，柿葉展餘生。毫末千條辨，胷中百軸横。金篦休刮膜，銀海自瑩晴。雪鬢臨朝鏡，霜眉對短檠。放翁身健在，努力護詩城。

心清足稱讀書子得清字

喜有奇書在，先生束帶迎。不教千軸厭，賴有一心清。參諦螢囊握，聞香蠹簡生。占時逢北陸，擁卷抵南城。石室披吟樂，靈臺洗滌明。冰壺看了了，燈盞辨聲聲。鏡裏紅塵浄，窗前白雪横。寒宵酣讀足，活火地爐烹。

春華秋實得成字

敢笑劉公幹，春華尚競名。請看能實者，誰是到秋成。北土原多彦，東阿好主盟。文章皮裏富，筆削口中評。並爽推衙佩，同酙比弟兄。空山紆木氣，斗室作金聲。匏繫存吾道，榛披采此生。乾坤留碩果，七子冠羣英。

琴聲三疊道初成得成字

難得心心印，琴中託興清。疊三聽孰悟，道一證初成。流水高山感，陽春白雪情。知音神乍遇，入妙耳頻傾。珠柱參真契，絲桐屏異營。七絃和月按，十指逐波生。解愠殊凡響，忘機悟正聲。好吟供奉句，半偈證禪盟。

山水有清音得明字

妙境誰能悟，清音處處生。好添山水癖，不辨竹絲聲。摩詰披圖領，鍾期入奏驚。羣峯如應響，大海自移情。攡篴行雲遏，眠琴瀑鳴。地天千籟合，風雨一庭并。耳已箏琶洗，心還鼓吹傾。上林延賞樂，勝景紀圓明。

諸葛一生惟謹慎得生字

一代推諸葛，龍岡享大名。綱常存正統，謹慎矢平生。付託深淵懔，匡扶朽馭驚。羽書嗟絡繹，心秤準權衡。社稷三分鼎，雲霄萬里程。憂勤謀北伐，惕厲佐南征。翼翼勳猷裕，兢兢紀律明。草廬論出處，千載話躬耕。

詩成燈影雨聲中得成字

江亭纔破睡，詩句又裁成。竹屋摇燈影，蕉窗滴雨聲。懷人巴峽夢，送客楚山情。冷談重簾逗，凉痕一枕生。餘光窺紙帳，微響和瓶笙。子細分箋潤，丁當擊鉢清。半窗金穗燼，千澗玉泉鳴。坐有長吟者，瀟瀟對短檠。

九日春陰一日晴得晴字

漫道風光好，濃陰處處生。一春惟有雨，九日幾多晴。連夕雲披絮，今朝樹挂鉦。爲霖三已浹，占畢十爲程。往事鳩頻逐，當前鵲乍鳴。從頭推换甲，屈指數逢庚。柳自藏時暗，花應養處明。宸襟欣茂對，紅紫滿皇京。

蘭芷升庭得榮字

紫庭真咫尺，傅句誦君明。臭擬蘭相契，升欣芷向榮。茅茹初拔彙，荃蕙本同生。嘉種芳堪佩，靈根秀自呈。蓬門凡卉謝，蒲觳眾香迎。言利金能斷，神幽玉比清。雨風尼父操，沅澧屈原情。聖世菁莪盛，聞馨邁杜蘅。

既雨晴亦佳得晴字

既慰三農望，佳辰盼出耕。儘教占好雨，亦復快時晴。芳樹濃紅綻，平疇淺緑生。嶺雲猶自漬，簷溜已無聲。此日開軒爽，前宵破塊驚。酒陪茅屋賞，篇檢綺窗明。笠屐王孫路，雞豚主伯情。披襟欣坐對，一色挂銅鉦。

夏雨生衆緑得生字

買夏論園好，知時雨未晴。丁畦添衆緑，甲坼喜初生。樹密煙猶鎖，泥融路乍平。郊原誰犢叱，池館有蛙鳴。屐齒千山響，裙腰一帶横。夜深聽斷續，曉起辨分明。豈借吹嘘力，還聽霡霂聲。韋公多逸興，繡壤樂催耕。

緑波如畫雨初晴得晴字

湖上添詩本，煙蕪入望平。緑波三月畫，紅雨六隄晴。笠屐留痕潤，樓臺蘸影明。濃雲天末斂，柔櫓鏡中行。曬網雙丫挂，開匳尺幅横。水光垂柳渡，山色夕陽城。南浦重簾捲，西泠去櫂輕。艤舟新霽後，好結白鷗盟。

天青雁外晴得晴字

無限瀟湘意，吟將五字成。天空青未了，雁外雨初晴。孤鶩齊飛悄，斜陽一片明。潑藍開晚景，涵碧起秋聲。古塞三千里，殘霞十二城。馬頭鞭共指，牛背笛仍橫。浄展塘坳鏡，光懸樹杪鉦。待看星數點，更觸倚樓情。

老枝擎重玉龍寒得擎字

玉龍寒似水，枝老重能擎。古幹横空矗，蒼髯入夜明。孤山孥屈曲，庾嶺積晶瑩。盤地根應蟄，參天節自撐。蛟寒千歲月，鶴守五雲莖。苔髮封疑甲，松脂點作晴。劍光開匣影，笛韻倚樓聲。耐冷巡檐笑，新詩雪裏成。

松月生夜凉得生字

微露松梢月，凉風謖謖生。眠琴陰滿地，擫笛夜初更。蟾魄三霄冷，龍鱗四照明。鏡圓湘簟夢，濤答梵鐘聲。一枕寒凝石，千釵影落棚。牽牛無睡待，過雁此宵征。境悄凡塵隔，天空衆籟清。東軒延爽入，倚銚欲茶烹。

小欄花韻午晴初得晴字

十二闌干悄，初逢雨乍晴。小開花有韻，卓午鳥無聲。深院苔痕滑，中庭樹影生。不留脂粉氣，如抱水雲情。蝶曬雙飛翅，貓分一線睛。八磚斜度玉，七寶窄雕瓊。久倚聞香度，微温索笑迎。困人春晝永，薄霧撲簾旌。

朽麥化爲蜨得生字

蜨是何年化，相傳朽麥生。微蟲終得氣，敗物豈無情。囷竟如輪轉，衣原積雪成。落花香國活，曬粉太倉晴。多事驚呼魏，何勞話倩嬰。夢魂看變幻，色相辨分明。草笑螢同腐，蒲稱蜨異名。綠裙他日壞，栩栩更身輕。

青韻

束帶迎五經得經字

束帶頻迎送，醋醪在五經。有人同飲㦸，大笑自攜瓶。道味薰常醉，危言悚獨醒。讀真心不厭，披復手無停。夜月藜燃乙，春風菜釋丁。一斤新醞釀，三雅舊儀型。鄴架雙鴟借，湯盤九字銘。何如酣六籍，鼓吹奏彤廷。

西蜀子雲亭得亭字

夢得依西蜀，因編陋室銘。地傳揚氏宅，人説子雲亭。環水珠江碧，依山玉壘青。一廛春可坐，九曲晝誰扃。酒爲澆書載，車應問字停。夕陽何處訪，杜宇此間聽。校獵曾留賦，談元尚著經。錦官城上望，弔古酹芳醽。

游鱗萃靈治〔一〕得靈字

文沼同遊泳，恩波及百靈。躍鱗仍萃澤，跛浪正開溟。縱壑鬐翻白，登門額聳青。子來成不日，乙列戴惟星。貫處聯臣庶，幾餘辨色形。施仁君解網，守潔吏懸庭。甃石春如海，銜珠月滿汀。躍舟符聖瑞，賜袋拜彤廷。

【校勘記】

〔一〕「治」，應爲「沼」。

風約半池萍得萍字

點點楊花落，無端半作萍。池幽容恰好，風定約曾經。樓影斜涵碧，山光缺露青。别離看一水，聚散悟雙星。小泊堂坳芥，微聞樹鎛鈴。劃流憑蟹斷，盟席占鷗汀。結束皴衣帶，平分蘸畫屏。游蹤逢左右，應話可中亭。

蒸韻

六年春王正月得興字

聖道乾綱握，初春泰運興。六年占首祚，正月肇休徵。鳳紀人時授，麟書歲數增。履端開乙覽，啟朔矢寅承。統一璇圖闢，兼三寶籙乘。斗占星象轉，輪捧日華澄。帝曰勤資治，臣哉共業兢。佳辰逢壽丙，椒酒頌升恒。

率土稱臣得稱字

寸土天家屬，臣僚率作興。東西南朔訖，侯伯子男稱。拜手揚惟后，歸心立此烝。鴻圖真遠拓，魚貫此同升。對命簽名入，來朝載贄登。要荒無弗届，戎狄不須膺。一統收疆域，三公效股肱。錫圭叨大賚，壽宇祝岡陵。

新數中興年得興字

中天歌舜日，甲子數龍興。域浄干戈戢，年豐黍稷登。赤符侔漢紀，石鼓媲周稱。星聚真人瑞，河清乃聖徵。八埏皇極建，五福帝躬膺。再造金湯鞏，同僚佩黻升。摩崖碑共勒，寰海鏡初澄。幸際重華盛，鴻猷仰統承。

人間文武能雙捷得能字

武達人争羡，文通汝亦能。疊雙堪命中，先捷許同登。兩字頭銜冠，千秋姓氏徵。英雄都入彀，科第有傳燈。斗柄星分曲，雲梯日共昇。檀王兼技擅，廉藺一身稱。鳴野三秋鹿，揚塵萬里鷹。即今推經緯，多士更蒸蒸。

海不揚波得澄字

四海安恬日，天清萬象澄。波臣蹤已斂，河伯氣休騰。鼇柱擎天立，鼉梁駕霧登。掣鯨容我獨，驅鱷問誰曾。不雨憑吹浪，無風孰盪陵。布帆開六幅，金鏡澈千層。澎拜曾奔馬，蒼茫欲化鵬。百靈今效順，聖世瑞堪徵。

萬馬定中原得陵字

且喜中原定，新詩詠杜陵。八埏同起舞，萬馬自喧騰。絡索千軍控，鞍韉一將憑。相皮餘子笑，汗血幾人曾。在握琴如轡，窺邊月似棱。馳驅雙耳雪，蹀躞四蹏冰。壯士頭顱老，英雄髀肉增。不羈天地闊，飛躍誦龍興。

直如朱絲繩得繩字

敢以朱絲比，誰將物理徵。不惟清似玉，更有直如繩。兩界懸杓轉，千章削墨能。此心抽乙乙，予手觸棱棱。綸綍真堪擬，紺緅合並稱。笑他膠柱末，問我按絃曾。破的棚誰中，調琴几獨凭。聖朝多經緯，赤舄喜同登。

青燈有味似兒時得燈字

猶記兒時事，垂青伴一燈。相依真有味，似我豈無能。照壁花雙穗，窺窗月半稜。蠟灰偏耐嚼，馬齒愧虛增。憶昔休檠棄，回甘慣几凭。晦明千古共，辛苦十年曾。衫舊痕凝酒，氈寒影卧冰。燃藜剛綺歲，祕閣快先登。

尤韻

遜志時敏得修字

奮志師於古，乘時勵厥修。虚懷惟遜讓，敏學在勤求。戒滿先型述，銘新祖訓留。謙衷君子受，乾德至人謀。左右勞咨儆，光陰懔息游。簡篇分乙夜，日月速庚郵。法健爻開畫，持盈道訪疇。孜孜昭聖教，雅化及遐陬。

尚書爲喉舌得喉字

列位台星近，尚書職最優。傳宣三寸舌，出入九重喉。翕自南箕異，躔應北斗侔。含雞同馥郁，追駟戒愆尤。音徹宸聰朗，聲偕涣汗流。重霄咳唾落，萬里綍綸周。囀處珠能潤，捫來刺尚留。即今逢聖代，辰告佐皇猷。

諸葛武侯上出師表得侯字

季漢紆籌策，孤忠有武侯。出師曾盡瘁，拜表獨耽憂。餘子吞吴魏，斯人匹吕周。河山先主託，梁棟老臣謀。叩闕雲霄捧，回天日月侔。扇巾尊一代，文字重千秋。鼎已三分峙，圖仍八陣留。心書時展讀，誰抱卧龍愁。

陶侃取樗蒱投江得投字

不事豬奴戲，樗蒱水底投。當躬修職治，諸佐戒嬉遊。方罫中原定，殘碁半壁收。此心争一着，予手敵千秋。分寸餘陰惜，輸贏上策籌。奇功需柱石，壯志陋枰楸。浩劫干戈弭，孤軍竹木留。陶公勤晉室，運甓未曾休。

賣劍買牛得牛字

渤海分符日，龔公政治修。蒼龍歸北斗，烏犉下西疇。爲棄雌雄佩，因占子母儔。牡丹新入絡，蓮蕚舊鳴鞲。彈鋏誰貽誚，披簑共聽謳。山中驅犢候，水底化龍秋。甯戚應相飯，虞公莫更求。熙朝超漢治，賣劍易爲牛。

圯上進履得侯字

圯上相逢夜，干戈竟未休。一椎嗟力士，雙履進留侯。道貌先生肅，儀容孺子修。陰符存日月，黄石祀春秋。鹿尚中原逐，鳧從夕照收。河山供響屧，功業借前籌。舞劍嗤依項，傳書切輔劉。穀城猶在否，憑弔水長流。

當避此人出一頭地得頭字

廬陵能得士，賞識有名流。餘子難迷目，斯人避出頭。冰壺吾輩澈，珠網此才收。黼黻無雙品，淵源第一儔。五經推首席，三唱借前籌。脱穎應多讓，吹竽莫濫投。超羣空我顧，入彀拔誰尤。千載傳文采，坡公盛事留。

黄河入海流得流字

好卜中條隱，來登鸛雀樓。黄河分派入，大海逐波流。鯷壑浮千古，鼉梁駕一舟。涓涓原不擇，滚滚幾曾休。車憶桑乾渡，槎憑博望遊。極天探宿海，此地溯瀛洲。萬壑荆門赴，雙條濟水求。朗吟之涣句，逸興感清秋。

瀛洲玉雨得洲字

玉樹瀛臺雨，春光勝十洲。根荄沾帝澤，雨露徧皇洲。蓬島聽鶯早，花天走馬周。金莖思舊挹，瑶草待同收。賜醴朝官燕，鳴珂學士騶。珠跳香霧窟，衣溼染霞樓。聯筍仙班列，然蓮御苑游。溶溶新月上，清賞鳳池頭。

一年容易又秋風得秋字

容易經年别，凉風又報秋。黄花仍識面，明月況當頭。客話前番雨，人歸舊渡舟。匆匆重駐馬，度度待牽牛。蟹稻江鄉戀，鱸蒓水國愁。長楊仍北向，大火復西流。寄遠書頻達，相思袂强留。每逢蘆荻夜，翦燭憶高樓。

山雨欲來風滿樓得樓字

咸陽東向望，日腳四山收。雨欲來猶閣，風先滿此樓。漬雲城郭暝，吹籟地天秋。黯黯千嶂羃，颼颼四壁裯。辨聲飄瓦未，作勢撼窗不。乍避堂前燕，相催屋角鳩。潤疑生柱礎，影自動簾鈎。丁卯詩人興，登臨勝境幽。

翦得秋風入卷來得秋字

入得詩情早，清光一卷浮。好教千首翦，並作十分秋。吴郡新藏本，并州欲斷流。天心空點綴，人意巧雕鎪。未碎邱遲錦，應添宋玉愁。移將淞水闊，寫此洞庭幽。蘆荻三更夢，珠璣百軸收。深閨今夜月，刀尺製來不。

一夜扁舟宿葦花得秋字

此夜西江宿，離懷滿釣舟。一天楓葉暮，十里葦花秋。倚棹聞過雁，攜竿狎泛鷗。篷推橋畔月，纜繫水邊樓。荻港聽鐘醒，蘆磯曬網收。浮家成眷屬，生計託泡漚。篝火頻吹口，煙波獨掉頭。明朝何處泊，七十二灣愁。

惟有江心秋月白得秋字

送客潯陽夜，琵琶水上舟。江山惟見月，人意不勝秋。一曲歌聲慢，三更練影浮。青衫紅袖夜，楓葉荻花洲。過雁驚寒斷，孤蟾入抱愁。四絃調遠恨，九派溯中流。金鏡憐華髮，朱絲怨白頭。素娥長不寐，今古自悠悠。

紅蓼花疏水國秋得秋字

淺渚娟娟月，疏紅一桁浮。蓼灘聽水夜，鷗國著花秋。漁火三更閃，蒲帆六幅流。推篷依岸背，罷釣卧江頭。荻浦初聞雁，葦磯正泊舟。風聲催葉老，人影借燈留。隔斷雙叉港，斜鋪十里洲。微波天欲曉，凉意上高樓。

楓葉荻花秋瑟瑟得秋字

送别潯陽夜，相望瑟瑟秋。荻花摇櫓指，楓葉蘸波流。舊夢江鄉冷，生涯水國愁。聽風紅蓼岸，泛月白蘋洲。一櫂平沙外，孤燈古渡頭。横斜依落雁，疏密伴眠鷗。罷畫漁郎網，迷離估客舟。琵琶停撥後，萬頃浸銀鈎。

疏簾巧入坐人衣得秋字

巧入螢三兩，巫山昨夜秋。簾疏人獨坐，衣冷火初流。點綴珊枝映，依稀玉蒜留。扇疑同撲蝶，屏欲待牽牛。燕尾紅添袖，蝦鬚碧上鈎。樓臺雙桁下，風雨一燈收。腐草前身幻，湘紋淺暈浮。錦囊如可照，展卷白雲謳。

蟋蟀俟秋吟得秋字

久切知時志，高吟每俟秋。蜉蝣形自渺，蟋蟀興偏悠。南國籬花寂，西堂野草幽。争鳴嗤衆喙，懷響屬吾儔。刀尺荒苔外，篝燈古渡頭。空階尋舊夢，落月伴閒謳。信逐金風急，音隨玉管流。王褒名句在，雅頌奏聖猷。

侵韻

竹解虚心即〔一〕我師得心字

不信淩雲竹，偏虚一片心。有誰能此解，惟我久相欽。瞻仰思丰度，追隨契古今。切磋君子意，風雨故人忱。氣味淇園合，淵源嶰谷尋。好教留勁節，儘許滌塵襟。戛玉班聯筍，敲金譜學琴。千竿堪北面，繼起蔚成林。

【校勘記】

〔一〕「即」，應爲「是」。

成連移情得琴字

欲識絃中趣，須從海上尋。移情如此水，妙悟在於琴。三疊琅琅調，千秋渢渢音。蒼茫寬眼界，澎湃滌胸襟。相對神應爽，無言契獨深。九章仙子曲，一櫂故人心。波闊魚遊出，沙平雁影沈。成連人在否，逝者古猶今。

布衾多年冷似鐵得衾字

獨卧蕭齋冷，多年擁布衾。一寒偏至此，似鐵到於今。襆被三更夢，風霜萬里心。肌誰憐起粟，鍋卻羨銷金。如水愁孤榻，空山急暮碪。重裘誰着線，敝袴共紉鍼。老鶴褷褷伴，殘灰榾柮尋。聖恩真挾纊，獻曝好輸忱。

苦吟僧入定得吟字

詩學通禪學，跏趺面壁深。如僧初入定，得句且長吟。探本蓮生舌，涵空鏡在心。一篇參色相，五字滌塵襟。遠寺鐘聲答，寒窗月影沈。斷髭仍兀兀，抽繭獨尋尋。香火重緣結，蒲團夜氣侵。同龕應不負，什襲待雞林。

江心鑄鏡得心字

神物何人鑄，揚州進水心。鷁飛江競渡，犀照鏡初臨。水火交相濟，波濤鑒此忱。懸虛成萬象，在冶值千金。天地爐中鍛，蛟龍匣底吟。樓臺應有影，風雨不曾侵。辨字殊仁壽，留形閲古今。良辰逢聖世，航海貢奇珍。

與人一心成大功得心字

天驥成功大，沙場歲月深。與人能共膽，此馬有同心。麟閣憑君繪，鴉軍賴爾擒。十年消髀肉，萬里助胸襟。汗血河山徧，嘶風草木瘖。裹瘡經百戰，市骨重千金。蒙虎威誰假，驅羊力自任。烽煙今日息，奏凱據鞍吟。

又展芭蕉數尺陰得陰字

數尺芭蕉展，休教午餤侵。瀟瀟曾聽雨，密密又添陰。園畔看舒卷，窗前映淺深。扇開經寸骨，旗卓幾重心。市地青光潤，横天緑影臨。何人尋夢鹿，此處寫來禽。一紙和風折，雙旌蔽日沈。半床凉意足，更自理瑤琴。

一徑緑陰三月雨得陰字

新闢通幽徑，垂楊碧作林。緑波三月暮，紅雨一庭陰。簾幕濃雲捲，樓臺古木沈。賞沽茅屋雨，眠穩柳堤琴。玉勒停遊騎，金鈴閣曉音。平蕪歸燕倦，滿地落花深。潑墨看天色，拖藍蘸水心。春光將九十，繞樹聽鳴禽。

覃韻

宵雅肄三得三字

入學官其始，陳詩肄者三。有司歌自習，宵雅義誰探。業已剬風並，音還緝頌堪。韋編功早邃，皮弁禮能諳。競奏簫韶叶，休貽鼓篋慙。集愁如杞苦，食喜有苹甘。先甲重爻演，由庚佚句參。彤庭賡燕樂，競誦主恩覃。

三筆六詩得三字

典册詩推六，高文筆仰三。蜚聲雄絶代，競爽有奇男。峽水源同湧，葩經義共探。元音鐘吕列，浩氣地天參。賦雪滕神豔，歌絃蔣妹諳。五思呼鄭歇，九憶喚歐堪。扛得龍文健，吟成鳳藻酣。芳名劉氏著，分道各揚驂。

曝背談金鑾得談字

多故思田里，眉山一草庵。金鑾隨例入，曝背幾時談。晚景斜陽感，君恩大地覃。艱難懷骨肉，賓主數東南。收到桑榆暖，供來筍蕨甘。風檐終愛日，湖海待抽簪。得蠏無官樂，燒豬此願貪。千秋寃獄白，檜雨尚毿毿。

三入鳳凰池得三字

鳳凰池上客，宋璟拜恩覃。登第題名一，爲官入閣三。君猶分省貴，我亦逐波慙。小謫離家苦，頻遷作宦諳。嗟余仍似此，奪汝更何堪。瓜待門前種，薇從日下探。羽毛誰得養，台鼎許相參。知己懷供奉，多情水滿潭。

興酣落筆搖五嶽得酣字

筆底蛟龍鬱，高吟興正酣。嶽真搖徧五，峽異倒流三。鎮紙元精降，揮毫鉅手探。藺波生檢策，虹氣亘東南。日月衡嵩峙，雲煙泰華含。河山雙酒榼，風雨一詩龕。能撼千峯力，誰驚四座談。宸巡鑾蹕駐，臣庶頌恩覃。

人語中含樂歲聲得含字

歲熟千家樂，聲隨笑語含。桑麻曾共話，羔酒有餘酣。不負籌車祝，遥傳里巷談。築場欣積九，擊壤慶登三。喜氣茅簷溢，歡情蔀屋探。耕耘酬子婦，祈報愜丁男。相慰饔飧足，羣眈稼穡甘。屢豐歌聖世，郊遂拜恩覃。

蒸梨得甘字

食品圓梨紀，誰蒸此味甘。瓊漿餘潤挹，玉質冷香含。讓者儀能習，攢之禮久諳。熟時應並棗，摘處恰如柑。執贄陳筐重，開筵佐酒酣。籠烘經日午，榼餉到村南。莫誤楂名比，同嘗蔗境堪。堆盤甜雪滿，佳果話秋三。

監韻

長官齋馬吏爭廉得廉字

自分清齋慣，休爭長物兼。官真同馬旋，吏亦效雞廉。獨騎風雙袖，閒廳水一匳。潔身如槁蚓，强步笑竿鮎。可有吹齏警，應無戀豆嫌。頭銜偏耐冷，皮相漫趨炎。惜錦泥誰濺，辭金夜最嚴。驅民登上善，天廄拜恩沾。

户映花枝當下簾得簾字

侵户芳叢密，横斜當畫簾。誰移花悄悄，恰映月纖纖。爐篆香縈押，波紋水滿匳。蜨應迷去路，燕不礙歸檐。旛影重門護，衣痕一桁添。緑天疑種紙，紅雨盼垂帘。翡翠櫳微隔，蠨蛸網半黏。佳辰逢上巳，鈎莫誤明蟾。

華嶽峯尖見秋隼（二首）得尖字

魏侯奇骨聳，嶽嶽亦何嫌。隼恰三秋見，峯如二華尖。鷹鞲平地脱，雁塔入天纖。此出風塵小，其巔日月兼。羽迴仙掌矗，旟笑畫叉拈。北嚮凝眸疾，西來竪指嚴。帝曾投箭博，公好射墉占。七字將軍贈，毫同頰上添。

華嶽當空見，將軍爽氣添。秋都生筆底，隼又在峯尖。晴昊摩雙翮，咸京俯萬檐。揚眉驚日近，捎爪趁風嚴。絶好蓮花削，何來楛矢銛。兒孫羅竦處，燕雀謝高瞻。俊恰鷹眸竝，奇還馬耳兼。如斯英偉態，願爲寫冰縑。

咸韻

嗜好與俗殊酸鹹得鹹字

與衆何殊處，端由辨俗嚴。我非忘嗜好，人自具酸鹹。直道脾神守，鹺風腎府芟。乞醯羞獨巧，點醬怕同饞。水木源先異，鹽梅用不凡。甜鄉銷半刺，苦境託長饞。志淡茶庸譜，憂深酒亦監。廿年參世味，敢負此冰銜。

竟達空函得函字

欲達桓公訊，書成啟視嚴。誰知郵遠道，竟爾託空函。反覆期申意，兢持在畏讒。忘言魚枉剖，多事雁相銜。畫比通神贈，碑真没字嵌。中虚無一紙，外慎且三緘。莫副蒼生望，終看白簡劖。問天徒咄咄，名士太庸凡。

十年塵土青衫色得衫字

塵土年年涸，勞人色不劖。半生盟白水，十載負青衫。麴意斑斑染，泥痕縷縷嵌。裁縫艱滅迹，拂拭怯開緘。草褪初春緑，梅添隔歲黬。名場詩一覺，清淚酒雙銜。好向江湖浣，休嗟日月飃。他時衣一品，拔淖詎同凡。

斷雲一片洞庭帆得帆字

一片飄然去，孤雲下斷巖。收將衡岳雨，送過洞庭帆。遠陣鴉疑破，長空馬共颿。白沙痕隱隱，青草影髟髟。綺偶餘霞帶，檣剛落日銜。好隨湘女織，莫誤水仙衫。巫峽神應到，君山態自巉。朗吟沈醉裏，此境隔塵凡。

神麯（二首）得監字

此麯泉南品，稱神早不凡。良方應聖授，妙製儼師監。消納中樞筦，温涼眾藥芟。六時修日月，五味備酸鹹。色黝長留范，腸肥藉去饞。近塵防贗物，遠道伴郵函。鼎銚供三沸，刀圭費一劖。相傳需地脈，取水最高巖。

六神傳妙麯，范氏禱祈諴。利市松牌揭，傳家石臼鹹。兼收雙塔草，曾荷萬峯鑱。雞戀殘膏舐，蟫穿隔歲緘。稻孫蒸在籠，梔子襲爲衫。方切囊中玉，堅投櫝裏瑊。檳榔同此性，荳蔻不須銜。教婦休教女，偏勞一室監。

蠣房得鹹字

幻泡成佳品，烹鮮辨海鹹。列房添結構，牡蠣解貪饞。每值潮痕退，都依石骨嵌。螺攢高架斗，蜂聚密圍巖。萬落環鼊柱，連山俯鬣帆。榴開欣肉滿，蓮熟想跗銜。問狀蛟宫化，分甘蜑户劖。梅花風味好，大嚼喜非凡。

附録

鄭用錫詩文輯佚

姪孫江水入泮爰寄七律二章示勗〔一〕

凶音遠接隔重洋，佳耗又來自故鄉。乃祖乍驚方去世，厥孫旋喜已登庠。人稱文度爭誇譽，我羡阿咸果得郎。此後衣傳惟望爾，英年總不負書香。

【校勘記】

〔一〕此詩稿本有二首，刻本録一首，題作「姪孫紀南入泮」，現補刻本未録一首。

余前掌明志講席，迨遠宦京都歸藻亭弟代庖，此後遂不另聘主講，經十幾年矣，今春故業仍還，書此誌感〔一〕

十幾年前此講堂，依然函丈列門牆。已無舊雨惟今雨，翻覺新場是故場。謬負虛名推老輩，叨聯雅誼屬同鄉。關情只在沖霄日，一縷斯文託瓣香。

【校勘記】

〔一〕此詩稿本有二首，刻本録一首，題作「余主明志講席入都後代者爲藻亭弟今春假還仍主之誌感」，現補刻本未録一首。

晚律二章哭檠亭亡弟〔一〕

去日西河淚尚流，今朝又作九泉遊。驟遭疾病醫難療，猝入膏肓命彌留。鴻跡衹成終世苦，燕貽差慰百年謀。可憐妻老兒還幼，門户支持孰與籌。

【校勘記】

〔一〕此詩稿本有二首，刻本録一首，題作「哭棨亭弟用鈺」，現補刻本未録一首。

即景寫懷〔一〕

過了新春又一年，從頭再展舊青氈。侁侁子弟分童冠，兩兩□堂接後先。老境相期惟蔗啖，兒曹所望在薪傳。蕭齋遲日閒無事，聽得書聲快食眠。

【校勘記】

〔一〕此詩稿本有二首，刻本録一首，題作「即景」，現補刻本未録一首。

丁述安司馬菘淡兩載戢暴除奸民以安息，一旦卸任遠近頌聲愛不能舍，爲呈拙律四章〔一〕

梗頑革面暨降旌，服德畏威罷鬥争。力破囊貲招勁勇，窮追谷險掃兇横。局頒約法名安定，人想和親樂太平。最是盜艘雖捍禦，成功朝食走鯢鯨。

纔經就緒似治絲，一遇更張恐解移。前歲方歌來暮喜，今朝忽動去思悲。徒勞借寇呈官紙，應擬懷欒築社祠。不是民情偏愛舊，幾誰挽救切瘡痍。

【校勘記】

〔一〕此詩稿本有四首，刻本録二首，題作「頌述安司馬德政」，現補刻本未録二首。

前淡廳司馬薛耘廬、李慎齋、曹懷樸、曹馥堂四公遺愛在民，諸紳士以前婁秋槎公入祀書院敬業堂，而四公獨闕不無遺憾，因捐貲補設位牌進列奉祀，亦没世不忘之意也，詩以誌慕〔一〕

後先德澤一方覃，往事棠陰久憶甘。父老口碑原確論，草茅尸祝尚何慚。官稱慈惠無殊轍，祀奉明神共一龕。此後循良應有傳，年年蘋藻獻登三。

【校勘記】

〔一〕此詩稿本有二首，刻本録一首，題作「司馬薛耘廬志亮、李信齋慎彝、曹懷樸、曹馥堂四公遺愛在民，余捐金奉栗主，與婁秋槎司馬雲同祀於書院敬業堂，詩以誌之」，現補刻本未録一首。

恭餞述翁老公祖大人榮程晉郡兼呈惜别二章〔一〕

鶯花一路壯行程，指日黄堂竹馬迎。芳草芊眠三月景，甘棠蔽芾兩年情。官當别任争知好，人到解懸倍感誠。我本腐儒桑梓重，聊伸肺語共盃傾。

【校勘記】

〔一〕此詩稿本有二首，刻本録一首，題作「送述安司馬入郡」，現補刻本未録一首。

詠碧紗幮〔一〕

聊比詩龕布造工，愧無佳句壁間籠。未堪散步徒容膝，尚可伸腰免屈躬。幾幅氷綃應透月，周圍霧縠欲生風。莫嫌坐對拘墟窄，祗此心齋六幕空。

【校勘記】

〔一〕此詩稿本有二首，刻本録一首，題作「碧紗幮」，現補刻本未録一首。

恬波茂才家大兄先生新納寵姬賦此奉賀〔一〕

同是駕輕就熟程，衾裯一御倍關情。新巢敢佔前居鵲，喬木新遷出谷鶯。欣侍儒衿陪櫛帚，仍隨硯席伴燈檠。重磨菱鏡應增耀，莫漫今盟比夙盟。

【校勘記】

〔一〕此詩稿本有二首，刻本録一首，題作「家恬波茂才祥和納姬」，現補刻本未録一首。

明年五月爲七十誕辰，余意欲從俗而力有不逮，稍爲鋪張恐難酬應，爰賦二律先期告示兒子，甯朴毋華，勿作此無益之舉云耳〔一〕

無多家計絀支持，酬應重重費轉滋。今日力籌孫女字，明年擬祝老夫眉。難辭酌斗來朋酒，竊恐罄瓶恥壽卮。此是虚名身外事，莫教煩惱白添髭。

【校勘記】

〔一〕此詩稿本有二首，刻本録一首，題作「明年五月爲七十生辰先期示兒子」，現補刻本未録一首。

謝賓朋戚好諸公惠壽〔一〕

多謝諸公共介眉，無才無德愧徒滋。莫辭酌斗來朋酒，竊恐罄瓶耻壽卮。觴進艾蒲難益歲，文成屈宋亦諛詞。老夫敢保千秋福，只此心田一點期。

【校勘記】

〔一〕此詩稿本有二首，刻本録一首，題作「生日誌謝」，現補刻本未録一首。

望雨〔一〕

曾得霏微灑一宵，倏經旬日又枯焦。車薪杯水原無補，抱甕灌園總未饒。稍挹溝流桑釁起，驟增米價市聲囂。想天當不辜人願，早晚滂沱赴插苗。

【校勘記】

〔一〕此詩稿本有二首，刻本録一首，現補刻本未録一首。

小齋柳樹數株，未及三四年遂爾日新月盛暢茂已極，喜而生感末章藉以自諷〔一〕

種樹惟欣種柳便，小園今日競争鮮。無心倒插還拖地，轉眼□榮已蔽天。已是裁培成處篤，非關雨露得來偏。可知遲□□□□，□竟生姿□自然。

翻來□□□□□，□□□□□經秋。三眠似覺慵開眼，千縷□□□滿頭。久避征途辭贈□，早沾泥絮絶風流。關心最是攀枝處，感物傷情涕未收。

【校勘記】

〔一〕此詩稿本有三首，刻本録一首，題作「詠柳」，現補刻本未録二首。

盂蘭之會遞傳已久，惟臺灣極奢麗而淡水爲甚，亦風俗尚鬼之倫也，書以慨之〔一〕

不信陰間有鑄爐，冥財堆積滿街衢。須知内祭宜豐潔，佞鬼佞神總笑愚。

【校勘記】

〔一〕此詩稿本有二首，刻本録一首，題作「盂蘭會」，現補刻本未録一首。

二小兒再添一丁喜賦〔一〕

面方耳大更豐頤，他日興宗或可期。吩咐乃娘須愛護，側生兒即本生兒。

【校勘記】

〔一〕此詩稿本有二首，刻本録一首，題作「梁兒添孫喜賦」，現補刻本未録一首。

戲作〔一〕

閒來無事掩柴關，誰是歡談伴老孱。臥榻一張書一卷，終朝長此自輪環。
共説稱觴祝壽眉，如何白髮少年欺。想嫌老樹枝無葉，不比春華豔麗時。

【校勘記】

〔一〕此詩稿本有三首，刻本録一首，現補刻本未録二首。

借菊〔一〕

見説東籬九月斜，如何轉借在鄰家。衹因冷傲人争厭，貪種玉堂富貴花。

【校勘記】

〔一〕此詩稿本有二首，刻本録一首，現補刻本未録一首。

恭次迂谷中翰題贈北郭園七絶原韻〔一〕

久辭京國謝朝簪，忠隱難爲世所欽。但得區區行樂地，浮雲一片老夫心。

【校勘記】

〔一〕此詩稿本有二首，刻本録一首，題作「和迂谷題贈北郭園原韻」，現補刻本未録一首。

有感而作〔一〕

枉呈官紙冀扳延，借寇未能倍悵然。豈是下情難上達，有人或出拔釘錢。
下灘容易上灘難，幾個如渠挽逆瀾。莫道浪平風稍順，一更舵手便生寬。

【校勘記】

〔一〕此詩稿本有三首，刻本録一首，題作「感作」，現補刻本未録二首。

雜詠〔一〕

信手攤來閲舊編，免煩掛鏡更心便。天公怕我霧中看，特假清矑傲少年。
强飯關情在齒高，奚庸祈勸到兒曹。老夫豈有長生術，只怕旁人笑老饕。
博得清閒就是仙，休干餘事過殘年。孫曾自有他翁在，貽厥能教累世傳。
旋開旋謝眼前花，閲盡盛衰到幾家。莫道此中原定數，銷沉畢竟是驕奢。

【校勘記】

〔一〕此詩稿本有六首，刻本録二首，現補刻本未録四首。

前意未盡再續三首〔一〕

少年鼻息衝雲漢，老去算來總未償。若使有才兼有位，老成枕上夢黄粱。

人生何事竟皇皇，不是名場即利場。我固愛名兼愛利，肯教利鎖併名繮。

有何勢利逞狂囂，白日冰山恐易消。待到鐘殘更盡後，招人怨報望誰饒。

【校勘記】

〔一〕此詩三首刻本未録，據稿本補。

家有孔雀生蛋不自懷抱，姑以雌雞代之，題此以付一笑〔一〕

卵育胎生物類移，各爲翼長各蕃滋。如何越鳥文禽族，翻借家雞代伏雌。

居然抱養竟無疑，飲啄相呼共倡隨。若使朱公能識此，敢將孔族認同支。

【校勘記】

〔一〕此詩稿本有三首，刻本録一首，題作「孔雀生卵不自伏以雌雞代之」，現補刻本未録二首。

齋前楊柳一株被颶風掃捲幾至傾倒，因以長繩繫之，亦將伯之一助也〔一〕

生來弱質本輕狂，一遇罡風趨勢忙。縱有纖腰能鮮舞，蓬頭不免笑郎當。

【校勘記】

〔一〕此詩稿本有二首，刻本録一首，題作「齋柳爲颶風所摧以繩繫之」，現補刻本未録一首。

即事感懷〔一〕

我本無才自棄捐，宦途早已讓人先。而今始識由天定，浪得虛名亦快焉。

人情動説欲爲官，那識爲官甚是難。便使有才堪一試，顛危世路似撞竿。

齒啖紅綾頂鶴丹，算來頗覺自爲難。海旁蜃市多樓閣，差免尋常一樣看。

【校勘記】

〔一〕此詩稿本有四首，刻本録一首，現補刻本未録三首。

再伸前意〔一〕

仰荷湛恩格外優，幾教人喚富民侯。一官鷀秩多年去，三世鸞封此日酬。只得鄉閭騎欵馬，敢同旌旆擁鳴騶。岑樓寸木知何限，莫把衣冠廁沐猴。

【校勘記】

〔一〕此詩一首刻本未録，據稿本補。

不寐〔一〕

邀來黄嬭伴燈前，唱到晨雞始就眠。差喜衰齡神尚足，稍經欹枕樂游仙。余性知睡一夢便足。

【校勘記】

〔一〕此詩稿本有二首，刻本録一首，現補刻本未録一首。

獨坐無聊少坡小孫每以所作詩文請削，亦老年之佳勝也〔一〕

弱體劇憐學就荒，有時摇筆便成章。可知蘭蕙非凡質，受得滋培壓衆芳。

【校勘記】

〔一〕此詩稿本有二首，刻本録一首，題作「獨坐無聊爲景孫評文」，現補刻本未録一首。

冬至前二日大雨〔一〕

豈爲冷梅欲吐芳，故將膏澤潤寒妝。不知此是天心好，正使翻犁待插秧。

【校勘記】

〔一〕此詩稿本有二首，刻本録一首，現補刻本未録一首。

追述亡妻舊德七絶十二章以示兒孫〔一〕

一堂姊妹只追隨，伯季相同未嫁時。那識良緣天作合，妹偏先姊見牽絲。張嘉貞欲納郭元振爲婿，令五女各持一絲於幔前使牽之。振欣然從命，遂牽一紅絲線，得第三女。

五十一旬壽竟終，算來福分亦豪雄。衹餘遺憾留泉壤，尚有孫枝長碧桐。

【校勘記】

〔一〕此詩稿本有十二首，刻本録十首，題作「補悼亡作」，現補刻本未録二首。

春晴望雨〔一〕

未逢驚蟄即聞雷，晴少陰多數可推。那識老天無氣力，枉教震電自先摧。

【校勘記】

〔一〕此詩稿本有二首，刻本録一首，現補刻本未録一首。

燈下目想口占〔一〕

荏苒光陰去已賒，畢生事業總無涯。如今不敢多癡想，求落恒河算一沙。

【校勘記】

〔一〕此詩稿本有二首，刻本録一首，題作「燈下口占」，現補刻本未録一首。

自嘆併以示勗〔一〕

盈門旗匾尚彬彬，無大功名卻可人。劇惜多年成絶響，第留榜様望傳薪。

【校勘記】

〔一〕此詩稿本有二首，刻本録一首，題作「自歎」，現補刻本未録一首。

題曼倩偷桃圖〔一〕

三千桃實世間無，西母堂前樹一株。不是短人能識認，那知竊去有夫夫。

【校勘記】

〔一〕此詩稿本有三首，刻本録二首，現補刻本未録一首。

續養一丁吟示二子〔一〕

老夫有二子，尚作螟蛉計。不思此鬚眉，未免生疣贅。爲念三賤姬，身後誰爲繼。祀苟無可憑，鬼恐能爲厲。況溯生民初，源由同譜系。託根雖各殊，非可秦越例。遷地倘爲良，充閭或有濟。寄語諸兒曹，切勿存芥蒂。

【校勘記】

〔一〕此詩一首刻本未録，據稿本補。

自悔〔一〕

宦途未久忽歸田，妄擬清高效古賢。況今復得園林樂，天公待我爲不薄。只慚畫餅博虚名，並無經濟及蒼生。到此始悔去官早，雖悔難追身已老。

【校勘記】

〔一〕此詩一首刻本未録，據稿本補。

吃鴉歌〔一〕

莫吃鴉，莫吃鴉，吃過了鴉似人羓。膏粱美味不去吃，只要一枝斑管對燈花。口中吐煙霧，榻上臥雲霞。身如束筍骨如柴，遇着好友當姻家。爾一嘴，我一嘴，彬彬禮讓静無譁。此是黑甜飲，安樂窩。有業有錢都抛棄，無日無夜昏欹斜。設逢報道雷霆急，且遲遲，再吃些。勝似一枕邯鄲夢，又如劉邕癖嗜痂。迨至財已盡，癮愈加，哮聲類虎狀類蛇。到此日，悔念差，怎奈無錢没處賒。空床裡，只搔爬。墮淚來目睫，流涎出齒牙。有誰哀進王孫食，垂頭摇尾不自嗟。求奶奶，拜爹爹。敢望爾，賜煙渣。但望爾，賜癬疤。乞得一撮來，賽過黄金奢。速將滚湯下，却不管中有土泥沙。嗚呼，人生憂患死安樂，何苦自尋毒鴆争吃鴉。

【校勘記】

〔一〕此詩一首刻本未録，據稿本補。

吃乳〔一〕

借將乳汁當瓊漿，不羡仙家服玉方。白髮人爲黄口哺，老夫竊欲效張蒼。
温和氣味衛生存，服匿盛來日兩飧。堪笑世間豪貴客，竟將人乳去蒸豚。

【校勘記】

〔一〕此詩二首刻本未録，據稿本補。

染鬚〔一〕

女流傅粉我塗鬚，一樣粧張黑白殊。縱使須臾面目變，也應略費小工夫。
未免憎人笑老顛，翻同陸展愛姬憐。近來風氣輕前輩，故染鬚髭冒少年。

【校勘記】

〔一〕此詩二首刻本未録，據稿本補。

爲小孫讀書鄰花居作〔一〕

勿忘兼勿助，此是養生方。但願身能健，何憂學未償。英姿年正富，來日候還長。書篋今傳爾，仍期努力强。

【校勘記】

〔一〕此詩稿本有二首，刻本録一首，題作「景孫讀書鄰花居」，現補刻本未録一首。

鶴山姻大兄弄璋初喜，敬依元韻奉賀二章，兼爲其如意次姬預頌之〔一〕

發祥初誕秀，一索便懸弧。鸞鏡偕雙美，鳳巢定兩雛。蓮應開並蒂，星已兆連珠。莫笑湯筵客，爲貪口腹圖

【校勘記】

〔一〕此詩稿本有二首，刻本録一首，題作「林鶴山觀察占梅生子和元韻」，現補刻本未録一首。

再賀〔一〕

嘉名稱祖望，昌後啟鴻圖。出匣鋩冲斗，藏胎小媚珠。不誇螟有子，正喜鶴生雛。從此綿瓜瓞，盈門矢掛弧。

【校勘記】

〔一〕此詩一首刻本未録，據稿本補。

感事戲作〔一〕

干卿原甚事，追逐亦皇皇。爲受當途託，偏來越俎忙。逾期情可假，燒券咎難償。最惜癡年少，云何不早量。

【校勘記】

〔一〕此詩稿本有二首，刻本録一首，題作「感事」，現補刻本未録一首。

近事奇聞爲作五古以博一笑〔一〕

巡檢本卑官，縱是爲貧仕。何至攘人豬，自貽身不軌。此事實奇聞，禍由秀才始。秀才列膠庠，雀頂非獬豸。大憲有典刑，曲直官能理。爲稍難受情，沸騰物議起。不許收民詞，碑立巍巍峙。坐使訟庭荒，公門冷如水。三月味不知，無術謀甘旨。口腹累豬肝，未免難遣此。事或偶爲之，竟同負塗豕。唱和相隨聲，聯名控官紙。若使質大廷，憑虚難懸擬。繩以朝廷例，兩者皆不是。一則俎代庖，一則肉食鄙。置之不論間，各安分所止。止謗在自修，正人須正己。士要勵廉隅，官要飭簠簋。

【校勘記】

〔一〕此詩一首刻本未録，據稿本補。

近事奇聞偶作五古以博一笑改前作〔一〕

戲子戒雞豚，嚴自初試士。孟子戒攘雞，知之斯速已。渺哉巡檢官，即是爲貧仕。何至攘人豬，自貽身不軌。此事實奇□，禍由秀才始。秀才列膠庠，雀頂非獬豸。大憲有典刑，曲直官能理。干卿爲甚事，沸騰物議起。不許收民詞，碑碣巍巍峙。坐使訟庭荒，公門冷如水。三月味不知，無術謀甘旨。口腹累豬肝，未免動食指。事或偶爲之，遂同負塗豕。唱和相隨聲，聯名控官紙。若使質大廷，憑虛難懸擬。繩以朝廷例，兩者皆不是。一則俎代庖，一則肉食鄙。置諸不論間，隨分安所止。弭謗須自修，正人先正己。士要勵廉隅，官要飭簠簋。

【校勘記】

〔一〕此詩一首刻本未録，據稿本補。

即景漫作兼以示戒〔一〕

新春無事樂樗蒲，童冠若狂習尚趨。須慮舐糠能及米，恐來得雉枉呼盧。一文錢競争毫末，百萬擲難算丈夫。豈比老軀惟静養，優游遠勝牧豬奴。

【校勘記】

〔一〕此詩一首刻本未録，據稿本補。

感時〔一〕

秀才一個值三千，不論文章只論錢。利市襴衫當議價，膠庠弟子竟增員。莫誇司馬能掄士，須讓宏羊爲主權。剜肉原知非至計，那堪軍務望誰填。

【校勘記】

〔一〕此詩一首刻本未録，據稿本補。

愧感〔一〕

謬從瀛島破天荒，枉負君恩老故鄉。東觀有書羞未讀，南宫得路願徒償。百年心事歸春夢，再世簪纓賴子行。且喜精神猶健適，巋然竊欲擬靈光。

【校勘記】

〔一〕此詩一首刻本未録，據稿本補。

觀童子試喜賦〔一〕

今春歲校又逢期，局外人看局内棋。小試如同新字女，阿婆尚憶少年時。據鞍自盼心還壯，見獵猶欣鬢已絲。寄語諸公須努力，高樓百尺此初基。

【校勘記】

〔一〕此詩一首刻本未録，據稿本補。

新春賀歲頂戴居多亦衣冠之盛也觸目感賦〔一〕

十家門户九家春，接踵簪裾拜歲新。海市樓臺平地起，泉刀銖兩倒囊頻。富民侯允符稱號，窮巷士誰得比倫。莫道功名如敝帚，須知感激報君仁。

【校勘記】

〔一〕此詩一首刻本未録，據稿本補。

戲贈何鑑之作〔一〕

園門剥啄任頻催，兩耳如瑱扣莫開。户外蛙喧忘似鼓，簷前蚊聚昧成雷。聲傳蓮漏還終寂，夢唤鶯歌總不回。見説治聾原有酒，須從社日早傾杯。

【校勘記】

〔一〕此詩一首刻本未録，據稿本補。

刺時〔一〕

桃李春風没處栽，泮宮今日盡蒿萊。門真如市沽應待，席果懷珍聘自來。一紙揮毫同畫券，千金論價只輸財。莫誇得意歸鄉日，索債人從背後催。

【校勘記】

〔一〕此詩一首刻本未録，據稿本補。

知足〔一〕

加少爲多願自償，無須計較付穹蒼。科名奮跡開三代，世德及身聚一堂。得託先疇安飽煖，更欣暮影尚康強。人生最要能知足，操挾望奢枉笑狂。計余一生前程，雖未遠到，而在一族則倡一族，在一邑則倡一邑，在全臺則倡全臺。凡有獲雋，皆蟬聯而繼，亦得天之幸也。

【校勘記】

〔一〕此詩一首刻本未録，據稿本補。

擬陶淵明責子詩〔一〕

雖有諸兒曹，總不好紙筆。間有年長大，懶惰故無匹。時讀三五聲，旋入亦旋出。居然作秀才，慕名未核實。餘年十二三，不識六與七。何況八九齡，但覓棗與栗。

【校勘記】

〔一〕此詩一首刻本未録，據稿本補。

小齋初經油漆賦此寓勗〔一〕

舊築書齋棟宇陳，纔經黝堊又增新。丹青有色徒誇豔，粉飾雖工易染塵。白屋自甘儒者分，雕牆貽誚古之人。來年春燕如尋壘，惹得棲簾睇認頻。

【校勘記】

〔一〕此詩一首刻本未録，據稿本補。

絲竹〔一〕

少年子弟樂清閒，絲竹或聞響此間。豈有周郎能顧曲，老夫何敢效東山。

【校勘記】

〔一〕此詩一首刻本未録，據稿本補。

傷孫婦之亡兼慰小孫〔一〕

風度大家姆教循，何期玉樹遽埋塵。憐渠未滿三年婦，累我尚遲四代人。想是仙娥來謫世，故乘槎月轉回身孫婦别世在八月十三日。多情肯學蒙莊達，莫便悲傷致愴神。

【校勘記】

〔一〕此詩一首刻本未録，據稿本補。

孫婦初亡，小孫移住於齋之聽春樓，賦此誌慰，兼以示勗〔一〕

素負凌雲志，移從百尺梯。樓高由地起，身立擬天齊。兒女情須短，英雄氣勿低。五更風雨夢，不借警鳴雞。

【校勘記】

〔一〕此詩一首刻本未録，據稿本補。

自嘆〔一〕

生長偏隅似面牆，白頭方悔學難償。管中窺豹徒拘隙，井底坐蛙自笑狂。豈有江山供艷藻，更無聞見饋貧糧。亦思榆影期收補，怎奈師丹竟善忘。

【校勘記】

〔一〕此詩一首刻本未録，據稿本補。

女孫將嫁爲蔭坡長兒喜而生感〔一〕

男已成婚女結縭，年當四十不嫌遲。可憐婚債仍未了，再向名山展限期。孫婦甫亡，長孫尚當議娶。

【校勘記】

〔一〕此詩一首刻本未録，據稿本補。

乙卯歲天庾不足，余以捐輸納粟，赴津蒙恩加級議敘二品封典，賦此誌喜〔一〕

朝衫久脱返瀛東，早向江湖學釣翁。對鏡每慚鬚益白，掛冠偏幸頂更紅。頭銜二品名增重，齒秩七旬壽尚崇。只惜桑榆幾暮影，何時得報國恩隆。

【校勘記】

〔一〕此詩一首刻本未録，據稿本補。

悟想〔一〕

茵溷花分總宿因，求榮求富枉勞神。誰非死後無名鬼，幾個生前有福人。冀享安閒終老秩，得完婚嫁作平民。當途見説争稱羡，容易書生自在身。

【校勘記】

〔一〕此詩一首刻本未録，據稿本補。

長兒生孫不成養，未踰兩月而次兒續生一孫，賦此誌慰〔一〕

弧矢空懸乍蹙眉，階桐又幸茁孫枝。莫將甑破仍回顧，□爲湯筵補漏卮。
熊羆今再兆祥符，添得老翁更鑷鬚。寄語乃娘須細養，豪家兒似掌中珠。

【校勘記】

〔一〕此詩二首刻本未録，據稿本補。

有人來訴異事，余無以辨，只得委曲周旋，爲儒家存忠厚可也，書此聊博一笑〔一〕

不識在三道誼長，溺冠莫怪漢高皇。先生豈爲牛金糞，要抵修資借補償。
蒙童翻把作頑童，没齒師生一旦窮。此事奚堪來污耳，吾儒應共起鳴攻。
底事微茫恐未真，滋人笑柄説津津。莫須有難斷斯獄，只合讓他自省身。

【校勘記】

〔一〕此詩三首刻本未録，據稿本補。

無事〔一〕

一生無事可垂芳，到老惟知自立防。健步免扶藤竹杖，養衰不籍術參湯。數行書是消閒術，兩碗飯爲益壽方。七十曰傳原古訓，早將家計付兒郎。

【校勘記】

〔一〕此詩一首刻本未録，據稿本補。

近有一班恶少争學梨園，自鳴得意令人一見輒爲側目，是亦風俗之衰也，賦此誌慨〔一〕

豈有霓裳一曲誇，甘爲微賤自豪華。歡場袍笏相徵逐，優孟衣冠共笑譁。未免郎當羞舞鶴，縱教粧抹似塗鴉。閨房妻女如窺見，竊恐增慚面半遮。

【校勘記】

〔一〕此詩一首刻本未録，據稿本補。

嘆所見〔一〕

學優始登仕，誰知正不然。今朝纔納粟，明日已備員。取禾囷三百，估值貫萬千。不俟綸音逮，但憑長官權。名未躋天府，跡早列班聯。輿添健役舁，威叱奴隸鞭。此子之參政，觀者嘆息焉。寸長原莫展，一歲或三遷。倘必循資級，力疲眼成穿。如斯同拾芥，曳履上星躔。莫怪富豪輩，自誇美少年。

一領小青衿，仍不離下士。如何海外人，營求勝金紫。價即兩三千，揮金似棄屣。旁觀争笑癡，謂此卑卑耳。倘以之納官，顯榮光閭里。繄余云不然，斯言殊足鄙。朝廷重科目，賣爵非得已。試看窮巷儒，寒窗習經史。功名難倖求，或終皓首止。苟得強有力，不妨造基址。寸進雖無多，雲衢此其始。一翮許聯翩，前程安所底。至是論高低，薰蕕總異揆。所恨自畫途，轉增辱泥滓。

【校勘記】

〔一〕此詩二首刻本未録，據稿本補。

長髮賊歌〔一〕

長髮賊，長髮賊，問爾起禍從何來，敢向潢池弄兵力。紛紛嘯聚倏成羣，西南一帶半昏黑。我朝賢聖六七君，二百年來俱安息。況復啟宇及邊疆，窮荒以外無反側。中間小醜或跳梁，屢經滅此而朝食。謂是孽孽起重征，催科未聞有掊克。謂是亂階起嚴刑，對簿未聞有羅織。遇災蠲賑網開三，大臣小臣胥舉職。胡爲爾等轉無良，甘冒天威震誅殛。嗚呼，長髮賊，長髮賊。爾踐何土食何毛，離裏屬毛誰羽翼。一絲一寸皆君恩，靦然人面作鬼蜮。蓄髮雖然仍古制，興王通變即定式。國家令甲黔首遵，毫髮豈容自區域。此罪擢之終難贖，當把竿梟投叢棘。天下從無賊白頭，赤眉黄巾盡傾踣。想是生齒日太繁，多必删除盈必蝕。我朝福祚自綿長，蠢彼妖魔何損斯年之千萬億。

【校勘記】

〔一〕此詩一首刻本未録，據稿本補。

有感示諸子〔一〕

未必弄璋不破璋，由來百事付穹蒼。商瞿四十方生子，果是甯馨誕自長。商瞿三十八歲，無子。其母謂更娶室，仲尼告以無憂，過四十當有子，不生非妻之過。從之，二年而生子。

【校勘記】

〔一〕此詩一首刻本未録，據稿本補。

俗以能成進士者，稱之曰公不知起自何時，惟考後漢書孔融深敬康成告高密縣爲，立一鄉曰公者仁德之正，號不必三事大夫也，宜稱其鄉曰鄭公鄉，今余既姓鄭而人又稱之爲公，不能無慚，賦此以自解〔一〕

初衣早遂穩漁翁，無德無才敢自雄。一字能增鴻譽貴，千秋幾個豹名崇。祇循齒秩居鄉老，那假頭銜比鄭公。譜牒不殊稱謂似，教人錯認誚冬烘。

【校勘記】

〔一〕此詩一首刻本未録，據稿本補。

喫鴉感嘆〔一〕

不入酸鹹氣味偏，惹人渴戀口流涎。倒迴日月昏成晝，黑變心肝霧障天。一束筋骸窮死鬼，孤檠燈火小游仙。可憐毒鴆沿中土，竟爲漏卮鐵鑄錢。

【校勘記】

〔一〕此詩一首刻本未録，據稿本補。

即事〔一〕

因無偏得有，索予望加償。禮衹隨豐歉，情難較短長。雞廉儒者分，狗苟俗人腸。賣菜傭求益，終教笑大方。

【校勘記】

〔一〕此詩一首刻本未録，據稿本補。

嘆老〔一〕

泥絮風情入定身，久將嚼蠟看横陳。白頭到處人皆惱，赢得衰軀自保珍。

【校勘記】

〔一〕此詩一首刻本未録，據稿本補。

嘆奢〔一〕

婚姻雖大禮，習俗太浮華。首飾羅珠琲，衣裳疊錦紗。綴行人似蟻，鼓吹部鳴蛙。高舉三層繖，前呼四座車。居然秦晉正，竟比石王誇。似此流胡底，安能不嘆嗟。

【校勘記】

〔一〕此詩一首刻本未録，據稿本補。

世事〔一〕

世事忙如此，私心暗自憐。囊經傾萬貫，粟不剩盈千。待得租收補，須遲候半年。人情知好看，那計磬空懸。

【校勘記】

〔一〕此詩一首刻本未録，據稿本補。

自臘月後連日多得晴霽，頗有温和之氣，喜而賦此〔一〕

纔當祭臘便陽和，誰説寒消九九過。黍谷律吹春最早，茅檐纊挾暖居多。南天地喜稀霜雪，東作人謀種稻禾。偏是老夫能自適，免尋衣笥撿絲紽。

【校勘記】

〔一〕此詩一首刻本未録，據稿本補。

送神〔一〕

紙馬風輪到玉京，一年一度送行旌。豈真閶闔晨趨覲，可有簿書歲考成。丹闕梯挑雲渺渺，銀河筏渡水盈盈。天皇若問凡間事，乞爲斯民道苦情。

【校勘記】

〔一〕此詩一首刻本未録，據稿本補。

即事誌笑爲鶴山作〔一〕

紳士原殊獬豸官，况非己事勿相干。公評置汝將何等，片語論人總不難。蝘蜓鴟梟休竊笑，甘蕉修竹莫輕彈。轅門射戟知誰待，未免齟齬起舌端。

【校勘記】

〔一〕此詩一首刻本未録，據稿本補。

戒賭五排一則〔一〕

莫以豬奴戲，而誇適意豪。初猶涓水滴，繼竟極天滔。得馬知非福，亡羊悔補牢。一場眸轉瞬，萬貫火銷膏。盧雉聲争喝，輸赢券孰操。技無殊局博，囊已罄泉刀。金或奢爲注，臺甯債可逃即寧字避諱。手談雖小趣，珍重戒兒曹。莊子金注瓦注，金注以金爲注，瓦注以瓦爲注。

【校勘記】

〔一〕此詩一首刻本未録，據稿本補。

大字帖〔一〕

手板投來姓字誇，居然尊大似塗鴉。名非金馬玉堂客，身是陶朱猗頓家。誰信胸中無點墨，偏於紙上浪添花。禰衡懷刺多漫滅，若個分毫總不差。

【校勘記】

〔一〕此詩一首刻本未録，據稿本補。

附記正陽門關聖帝籤詩〔一〕

五十功名志已灰，那知富貴逼人來。更行好事存方寸，壽比岡陵位鼎台。京都正陽門關聖帝籤詩，靈驗著於天下。余於癸未春闈赴試，適有友人告余到廟叩求籤詩，以卜功名上進可否，因如命叩請，求得此籤。時闈試尚未揭曉，得此籤，首句有「五十功名」之語，不勝悵然自失，以爲此科猶難上進。迨揭榜，竟邀獲雋，遂藉「富貴逼人」句附會其説，指爲此科之應。但於「五十」句究竟未有着落，至末二句，不過帝君勸人爲善套語，可置勿論。不意距今三十五年，壽值七旬，適有二品誥命之榮。燈下回憶當年帝君所示諸語，始恍然大悟。信乎。歷歷不爽，有如斯也。蓋余於獲雋後數載，赴官京都，至五十歲假歸就養時，以養親爲急，不復有仕宦志。迨後適有英夷之變，因爲地方出力，兩次得邀議余，初賞花翎，繼換藍頂，皆在家始念不到之事。迄至今日，年屆七旬，又因運米赴津，得邀議余二品封典，自顧僅屬虚名，而撫今思昔，證諸帝君所示，一一頗相吻合。諺云：「莫道虚空無報應，舉頭三尺有神明。」則信乎。帝君誠不余欺，而余益以見人生自少至老，順逆半由天定，半由人爲，其間固有鬼神默相，非到其時不知耳。用錫附記。

【校勘記】

〔一〕此詩一首刻本未録，據稿本補。

升菴唐公被人帖謗，適逢考試，即以此事寓意命題，藉爲解嘲，可發一笑，感而賦此〔一〕

毁譽幾誰出至公，人言可畏勿欺蒙。蠅能點污須完璧，蛇或生疑自掛弓。但使胸懷同好惡，何妨口耳效癡聾。古來原有求全謗，置辨嘵嘵總未工。

【校勘記】

〔一〕此詩一首刻本未録，據稿本補。

余今年七十賤辰耳，聞賓朋戚友擬來酬應分有難辭，而數年家計左支右絀甚費支持，兒子不知節省好爲鋪張，不勝憂掛，因賦此以爲先期之戒〔一〕

自古孝親要順親，莫教咈意喜生嗔。逢場作戲徒誇樂，踵事增華轉失真。酒祝觥觴須得體，屏張綵縵總虚陳。老夫冀養無窮福，一線留將予後人。

【校勘記】

〔一〕此詩一首刻本未録，據稿本補。

不雨〔一〕

片片濇雲鎮日陰，空教祈禱望甘霖。老天倘有矜憐意，滿地枯塍變是金。

【校勘記】

〔一〕此詩一首刻本未録，據稿本補。

乞兒求雨〔一〕

一點真誠達上蒼，求霖求到乞兒忙。可憐天聽全無耳，不管呼飢各有腸。

【校勘記】

〔一〕此詩一首刻本未録，據稿本補。

是日林鶴山觀察亦到各神廟叩求〔一〕

貴賤同關一樣情，斯人志亦切蒼生。恨天不許行方便，枉使搶頭血欲并。

【校勘記】

〔一〕此詩一首刻本未録，據稿本補。

和籥雲再贈詩前意未盡仍依元韻奉寄〔一〕

仍安儒素淨心香，絲竹敢希列後堂。結伴難尋同調友，消閒聊藉短吟章。官非濫竊身甘退，老更疏慵氣莫張。幸有園林堪寄興，邀誰入座作山王。竹林七賢内有山濤王戎。

【校勘記】

〔一〕此詩一首刻本未録，據稿本補。

北門天后宫水田福德祠同日乞雨，兩處服飾不同，是早天亦下幾點微雨而杲日復出，非天心之不我愛，實下情之有未協耳，感賦〔一〕

稱雨道晴兩不和，素袍朱笠竟殊科。天公亦略酬微意，未必湛恩許插禾。

【校勘記】

〔一〕此詩一首刻本未録，據稿本補。

求雨不來賦此自笑〔一〕

莫道天心難挽回，人情亦要自量裁。先憂後樂知誰是，一炷香期達上台。

【校勘記】

〔一〕此詩一首刻本未録，據稿本補。

自顧〔一〕

自顧褌中蝨，偏邀造化功。孤行休藉杖，健步免携童。鬢白頭猶黑，眸明耳未聾。鳩形原不噎，禽術笑徒工。齒脱非全落，顔丹自帶紅。結趺閒獨坐，構思意仍雄。鎮日牙籤伴，通宵燭影融。衰軀欣若此，聊比信天翁。

【校勘記】

〔一〕此詩一首刻本未録，據稿本補。

軍興世變納粟營官古今同慨，讀籲雲稿即申其意依韻奉酬，亦以歌代哭也〔一〕

瘴霧昏天黑未收，西南半壁盡刀矛。國財告匱瓴傾水，名器濫膺海聚漚。入座衣冠慚狗尾，求官面目到獐頭。也知拯亂需才重，幾個旂常紀壯猷。唐苗晉卿數薦元載，李揆輕載地寒，謂晉卿曰：獐頭鼠目子乃求官耶。

【校勘記】

〔一〕此詩一首刻本未録，據稿本補。

望雨即事〔一〕

四處枯苗待澤蘇，此疆彼界總無殊。如何膚寸崇朝遍，聞内地於初十，十一二等日大雨，竟使臺黎自向隅。

月影西斜夜欲明，驟欣降雨又驚晴時四月十六早。老天亦怕人哀乞，分此絲毫兆報情。

【校勘記】

〔一〕此詩二首刻本未録，據稿本補。

感事憂時〔一〕

古稀須學古稀人，碌碌塵寄寰此身。枉受親朋多賀祝，空教子婦費鋪陳。觀河童耄今殊昔，閲世盛衰轂轉輪。太息閩邦又告警，殘軀雖健亦傷神。

【校勘記】

〔一〕此詩一首刻本未録，據稿本補。

近逢喜讌，惜無美劇可以侑酒，適有一班腳色頗佳惟衣装甚舊，當略添補方成雅觀，亦逢場作戲也，感詠〔一〕

都門劇讌集園場，往事追歡莫再償。何處雅歌尋菊部，聊將下里佐蒲觴。曲陳難把新腔换，服舊代煩作嫁忙。未免邯鄲忘故步，教誰顧誤學周郎。

【校勘記】

〔一〕此詩一首刻本未録，據稿本補。

自笑自解〔一〕

孱儒福分本難遭，鶴頂花翎亦足豪。豈有勳猷誇海内，併無學業震江皋。虚名敢望垂青眼，晚節更深嘆白毛。尚幸出身通仕版，曾叨瑞錦爛宫袍。

【校勘記】

〔一〕此詩一首刻本未録，據稿本補。

壽龜添旦〔一〕

弧矢辰方屆，靈龜益十朋。涵胎生一一，添旦喜繩繩。不受余且困，還從巨浪乘。老夫逢介壽，竊引作休徵。

【校勘記】

〔一〕此詩一首刻本未録，據稿本補。

文爲賢宗姪以壽日得雨，壽龜添旦爲余七旬瑞應，兼惠佳律四章，奉讀之餘，且慚且感即此復和〔一〕

事有相逢亦偶然，稱觴兩美愧争傳。彼蒼本自恩施物，此老何能德達天。幾個魚乎占感格，阿誰龜算並綿延。庚桑畏壘猶逃祝，莫漫誇談賀壽年。

【校勘記】

〔一〕此詩一首刻本未録，據稿本補。

□□□□□登場所由挑運谷石，悉被内山粤匪截搶，而廳司馬置□□□罔聞以致賊匪充斥，可慨也夫〔一〕

水懦何如火烈雄，由來患積養癰中。登收正喜糧棲畝，輪運翻來莽伏戎。淵聚山陵皆米賊，損傷禾稼甚蟊訌。民生國計終奚補，怎奈當途耳轉聾。

【校勘記】

〔一〕此詩一首刻本未録，據稿本補。

世界〔一〕

如斯氛世界，無地可潛逃。只藉仁爲宅，何妨險涉濤。榮枯原定數，否泰任相遭。且把吟情遣，况茲已白毛。

【校勘記】

〔一〕此詩一首刻本未録，據稿本補。

面壁〔一〕

莫誇面壁已多年，科目能堪值幾錢。説到詰身易一醉，祇應心思付雲煙。

【校勘記】

〔一〕此詩一首刻本未録，據稿本補。

吴鴻業百蝶圖題詞〔一〕

畫出翻翻變幻奇，風流體態各相宜。三千宫粉凝香處，五百韶光鬥豔時。折蕊全憑柔腳力，馱花不仗小腰肢。東皇得藉長爲主，免待幽芳過晚籬。

【校勘記】

〔一〕此詩一首刻本未録，收於連横臺灣詩乘，又載林文龍臺灣詩録拾遺。

松江觀釣〔一〕

青山無數夕陽多，溪上行人發棹歌。翻憶舊游江畔路，幾回清夢落鷗波錫口。

【校勘記】

〔一〕此詩刻本未録，收於蘇子建塹城詩薈。

續廣北郭園記〔一〕

北郭園之作也，肇於咸豐之辛亥年。其始不過居中建有廳事，前後門垣、庭院，旁及兩廊、書舍、房櫳，規模畢具。而廳事後鑿池通泉，上有亭，下有橋，荷花掩映，亦幽居之勝概也。然而嘉木美植，天地之菁華，稍有未備。譬如富家大室，其堂廈雖燦然巨觀，而人材未養，學殖多荒，空諸所有，闃如無人，良足慨矣。咸豐壬子，因就其地而闢之，分爲内外兩園，環栽莿竹，蒔以名花，梅柳珍果，無物不植。而其外則增建，有時鐘樓爲斯園出入之啟閉。内有井，井泉味清而冽，不特可資灌園，兼足以分霑里黨。東廊後更設一廳事，上爲八角樓，與聽春樓巍然對峙。

計自創始至增修，前後尚未及四年耳。而高者高，下者下，俯仰登臨，森然異象，差云盛矣。且夫盛者，衰之所伏也。前者，後之所繼也。余自京都解組歸，至今日而年近七旬。自恨少不如人，老終無用，猶幸得有區區之地，杖履逍遥，賓朋戚友，問花尋柳，看梅倚竹，吟詠嘯歌，流連竟日，以快餘生。異日，子若孫相與指而溯之曰：此吾今人退處舊游之所也，某花某樹我先人所愛護而栽培，當謹守之。豈不休哉。

所慮者，時運變遷，每見夫歌臺舞榭，一變而爲荒榛斷梗。或祖父有之，而其子孫不能有。迴憶四五年前，畇畇原隰，連阡累陌，時見農夫野叟，扶耒駢肩，迄今而爲文人學士騷客游觀之所。以今視昔，亦猶後之視今。余安能料盛者之不變爲衰，而作於前者即能繼於後也。爰就其盛者記之，以爲後者之鑒。

【校勘記】

〔一〕此文刻本未録，收於浯江鄭氏族譜。

初志稿序例〔一〕

淡廳向無專志，其大略附列郡志内。自乾隆二十九年後，郡志未有重修，所有增添各款無從編入，遂置缺如。兹奉上憲志纂輯省志，檄飭各廳縣設局採訪，彙成卷帙，繳郡詳送，以憑核辦。用錫奉本廳主特派採録廳志，敢不其難其慎，小心搜訪。第一，人之精神有限，耳目難周，今祇就原郡志内所有各款附輯淡廳專條，另爲摘採。其自二十九年以前者，或仍從舊文，或重加考訂；自二十九年以後者，除林逆之變案牘焚失無從查核外，其餘或得諸案牘之考據，或得諸同人之見聞，按照憲頒格式條目臚列增修。其間信者録之，疑者闕之，不敢濫爲摭拾。然言之無文，不過據事直書，略有頭緒，惟俟兼總其成者，取裁而釐正之。

一、淡廳山川，郡志内只載明某山川在於某處，混列錯舉，並未載明其山來自何脈，迤入何處，其水出自何源，流達何處。今則分別註明。至某口、某港、某澳、某嶼，歸入海防志内，概不與列。

一、郡志内載淡廳街庄，錯雜無序，今依保訂正。其水利、津梁、祠廟、義塚，悉遵門類，分別各保，鱗次註明。

一、田賦按照舊額、新陞分別詳列，惟叛産、屯田係乾隆二十九年後增設，郡志内所未之及，今則並詳於後。

一、二十九年前，淡廳營制所置官兵，寥寥無幾；今則按照裁設更改處，分別詳註。其糧餉、馬匹及各件器械亦皆附載。

一、災異易涉荒唐，今則採諸故老傳聞確有可據者，略紀數條，不敢濫載。

一、淡廳雖增有學宫及山川、社稷等壇廟，然祀典、儀注各處皆同。他如風土人情、天時地利，有係通臺合一者，概不具載。

一、人物、列女，載諸志書，原以鼓勵風俗，淡廳開有歷年，此二者非無可採，然訪諸輿情，竊恐見聞之未真；稽諸案牘，又覺報旌之罕見。兹編所以未及多載者，非敢昧善善之心，惟以避嫌疑之論，願高明者曲諒之。

【校勘記】

〔一〕此文刻本未録，收於鄭用錫謹識淡水廳志稿凡例。

諸家序文

北郭園全集序　林士傳

道光癸未，禮部貢士，吾閩通籍者十三人，祉亭鄭公與其選，余亦忝附驥焉。公籍隸臺灣淡水，臺灣土著之登甲科者自公始。當時春明握手，往來數相見。未幾，公歸省侍，余在京邸，彼此遂暌隔。及甲午、乙未間，公以部郎進京供職，適余奉諱旋里。余服闋再至京，公又已請養歸。浮蹤相左，常以不獲多聚首爲恨。咸豐三年，余自粤歸。維時疆事多警，聞公在本籍辦團籌餉，保障有功，心竊嚮往之，而遠隔重洋，竟無從相見也。今則距公殁十有六年矣。其次君稼田觀察奉公北郭園全集，郵寄楊雪滄侍讀轉達，屬序於余，受而讀之。

詩鈔多歸田後所作，抒寫性真，不甚事雕飾。雜文無多，而勸和論一作，助宣教化，特有裨風俗。制藝則醞釀深厚，有國初諸大家風力。與試帖若干首，大半課餘草也。凡各册，雪滄侍讀皆有弁言。制藝又經梁禮堂吏部論定，品評備矣，無俟再贅。獨念公早歲淡於榮禄，篤於行，邃於學，既而力於王事，懋其勳績，以承寵榮於朝，卓然爲海東碩望，模楷一鄉。公之箸作，自有可傳者在，豈以余言爲輕重。而稼田顧惓惓屬余者，則以五十年前大羅舊侣，誼託金蘭，人唯求舊，意良厚也。今讀公之集，回憶曩昔，親承謦欬，恍昨日事。因慨念十數年來同譜凋謝，如飄風墜雨之相續，不但吾閩十三人，唯余僅存，即訪當日同榜二百四十人之散居海内者，屈指亦復寥寥，殊不勝暮景晨星之感。而如公行純業盛，其傳也無疑焉。稼田觀察善繼先志，尤堪欽敬，爰書數語以歸之。

同治十二年二月，同年愚弟林士傳序於榕城烏蘢山館，時年七十有三。

北郭園全集序　林鴻年

同治十有二年，歲在癸酉，正月既望，楊雪滄侍讀持北郭園集示予，曰：此淡水鄭祉亭先生箸作也，喆嗣稼田觀察寄乞序，言其毋辭。

予憶在都日，先生由外任改官儀部，道光甲午、乙未、丙申年事，與予之挑知縣，入詞曹皆同時。其時雖尚往來，未及晨夕過從，備聆緒論也。今讀所箸詩文鈔、制藝、試帖，凡十卷，扶質立幹，言明且清。竊念吾閩海濱鄒魯，其可傳者，不在辭章。即以修詞言之，數十年以前，士習尚未佻薄，文字亦不至剽竊古處，衣冠非優孟比，猶於北郭園集中恍惚遇之矣。夫天之生人也，清濁異氣，靈鈍殊根，耳目手足，皆難久存，所可不朽者，惟此心之神明。但就性之所近，才之所長，取法乎上，以漸而進，皆可有成。文苑儒林，各有門徑可尋，何嘗懸以一格。傳不傳視其人之所自爲，特恐文詞可傳，而出之非其人，雖傳，不足重耳。雪滄習海上風土，縱論人傑，盛推先生，其意豈僅以臺陽通籍？惟先生起自土着，遂爲此寡二少雙之歎羨哉。

予江潭賦命，珠滇二海，皆嘗問津，臺澎爲閩海外藩，惜未涉其地。曩歲揚帆姑米，北過雞籠山，可望而不可即。惟考諸紀載，采之見聞，大約官得其人，則民率教而蘖芽不生，紳得其人，則鄉有物而紛爭自息。較之内地，握要尤難。

噫，巨浸稽天，浮島動地，不揣其本，尚亟亟然闢萊任土，以言利爲良臣耶？先生往矣。一生心血，僅此留貽。苟藉此得，有所矜式，化行於鄉，則片紙足珍，何必以多爲貴？稼田爲兩世鄉賢後，先芬之誦，任匪異人。伊古以來，士大夫不難於富且貴，難在富貴之父兄，能教子弟。朱門華胄，往往不如白屋孤寒。人無知愚，多財皆足爲累，誠哉言也。世禄之家，鮮由高明之室鬼瞰，保世滋大，豈易言歟。

海山蒼蒼，海水茫茫，百萬人郡入版圖，又數百年矣。若有人兮卓自樹立，守紫陽之道，以培地脈興人文乎。予雖衰朽，尚日望之，故於先生，不論其集，論其爲人，且以望其後昆，亦頌不忘箴之意云爾。雪滄知言者，持此以往，爲我謝稼田觀察，可乎？

侯官林鴻年贅筆。

北郭園全集序

林振棨

制義肇於宋，而重於前明，然皆單行稿本，未見有與詩、古文合刻者。惟近時所刻唐六如居士全集附制義一卷，國初李文貞公全集附制義四卷。試帖詩始於唐，而最盛於我朝乾隆之中葉，是以河間紀文達公、韓城王文端公各遺集均附有館課試帖詩。近人趙損之光禄㛹雅堂全集、羅蘇溪中丞知恬養齋全集，則皆合詩賦、制義、試帖而彙刻之，生平手筆薈萃成篇，傳誦藝林，亦誠盛舉。吾閩淡水廳祠部祉亭鄭君北郭園遺集文鈔一卷、詩鈔五卷，而綴以制義二卷、試帖詩二卷，其仲嗣稼田觀察所校刊，閣讀楊雪滄先生所裁定，有成規可循，非創也。

觀察囑閣讀索序於予，予與祠部君爲戊寅鄉榜同年生，迄今計五十六年，老成彫喪，惟予以樗散幸存，何敢以不敏謝。受而讀之，文五篇，其勸和論則君家少谷子宗誓之旨也，北郭園記則君家大司農誡子之意也。前光濡染，片玉足珍。古今體詩，端莊而不腐，流麗而不纖，逸思遥情，時時有見道語。制義則説理精深，四子之心源若揭也。試帖則措詞嫺雅，三唐之矩矱猶新也。衆美畢臻，洵足以範今而傳後矣。

夫君之可傳者，正不僅在區區文字也。朱丹園觀察爲之誌墓，吾撮其大者，蓋有三焉。一則道光壬寅間，洋船竄擾淡屬之大安港，君捐貲募勇禦之，生擒黑白彝多名，洋船退而廳城獲全。君復奮勉，倡運津米，協濟京畿，先後俱蒙恩優敘，此報國之忠也。一則爲其太夫人壽，節省浮費，捐穀三千石以贍族戚之空乏者，衆咸歌頌母德，此事親之孝也。一則咸豐癸丑間，晉、南、惠三邑人與同安邑人以積釁定期互鬭，君本同安籍，單身赴兩處，諭以大義，怵以利害，事遂中止，所保全者甚巨，此澤物之仁也。具此三者，君之人品可以見矣，而君之文字亦可見矣。

嗟夫，睦婣任恤之風，俗所罕覯，安得鄉閭中輕財好義之士多如君。其人者，排難解紛，扶危濟困，作中流之砥柱，爲寒畯之長裘哉。且吾更慨乎當世諸先哲，往往有學問淹通，著作宏富，生前未及編梓，身後泯没無傳者，何可勝數？稼田觀察，克承家學，闡發先芬，俾數十年心血所凝結而成者，壽諸梨棗，得以吐如虹之氣而垂不朽之名。故人樂有賢父兄，尤樂有賢子弟也。通德門中，典型長在，既爲君慰，又爲君羨，而君亦可無遺憾於九京也。已質之閣讀，其以予言爲河漢否耶？

同治十二年癸酉春正月，侯官年愚弟林振棨拜序於福州城北讀我書之廬，時年八十有二。

北郭園全集序　王有樹

予甫出守西川，祉亭同年亦假旋故里，彼此音問闊絶，遂不相聞。每念宣武城南，文酒過從之樂，不可復得。洎解組歸，審知祉亭尚健在，而予以衰朽，足迹不入城市，况遠隔海天，欲刺船相訪，更末由從。乃不數載，聞祉亭已先我爲古人，得耗慟甚。自此以往，朋輩益如晨星，既傷逝者，行自悼耳。或告予曰：祉亭有子，能承父志。又爲之喜。蓋悲喜交集，日結轖於胷中，不能已已。

去冬，得稼田世講郵寄先集，索序於余。展卷卒讀，如作覿面談。嗟夫！祉亭雖死，猶未死也。何其浩瀚之氣，蟠亘毫端，光芒百丈，不可磨滅，極之俎豆馨香，當與天下人共鑄金而事之。予今老矣，及見其刊刻告蕆，抑何幸也。遂書數行，以報稼田。

同治壬申孟春，年愚弟王有樹序。

北郭園全集序　鄭世恭

兄子卡言，客遊塹垣，以書來，極言吾宗稼田觀察善繼先志。其尊甫祉亭先生爲臺陽名進士，品詣學術，卓絶一時，所著作氣息深醇，蓋學有根柢者。啟函亟讀，爲之起敬。先生淡於利禄，視一官如敝蹝，歸田後奉親盡歡，日嘯歌於所築之北郭園，怡然自娱，與世無忤，本和平之天倪，悉於詩、古文、詞，寓之言爲心聲，益徵信焉。予友楊雪滄，嘗爲予述東瀛人物之盛，如先生者，循循善誘，鄉黨胥無間言。證以斯集，愈歎雪滄爲知人也。先生介弟藻亭與亡兄乙酉同年，今兒子復獲交觀察，兩世契好，不可無言以紀之。爰識數語，爲海天鴻爪云。

同治壬申嘉平，年愚弟鄭世恭序。

北郭園全集序

梁鳴謙

臺陽，東南一大都會也，其屬邑曰淡水。去郡數百里，帶山襟海，巖壑雄秀，尤據全臺之勝，氣之磅礴鬱積，恒産名材、美箭、丹砂、美石，要不能獨當也，往往出英絶瑰偉之士。邇來風氣日開，材彦蔚起，幾與三山埒，而通籍者則自鄭祉亭先生始。先生以道光癸未登進士第，由兵曹補儀部郎，聲籍籍京師，顧不樂仕進，歸以其所學，教其鄉後進，門下士至今多聞人。

憶余前二十年，晤鄭蔭坡同年於都下，接其言論丰采，每歎其家學之有淵源，尚以未得讀先生文章爲憾。去歲，稼田同年乃以制藝全集見示，披讀之下，覺其根深，其葉茂，其氣雄直而浩瀚，所謂胚胎於秦漢，矩矱於歸胡者，不其然歟。

先生於詩、古文、詞，無不詣極。即以制藝言，山海英靈之氣，已窺見一斑。夫豈聲悅爲工者可比哉！世以司馬子長文得江山助，若先生之文，且足爲江山重，詎待求助於江山耶！校訂既畢，因識數語於簡端，以誌景仰云。

時同治壬申上元，年愚姪梁鳴謙序。

北郭園全集序　楊浚

鄭祉亭先生歿十有二年矣。嗣君稼田觀察捧其遺稿泣告曰：此先大夫數十年心血也，將謀付剞劂氏。乃人事蹉跎，家庭多難，自亡兄蔭坡、猶子小坡相繼凋謝，予既困於生計，而諸雛復未長立，深慮遺佚，今編次之役敢請焉。予受而讀之，竊歎老成典型於茲未墜，況習聞先生之嘉言懿行，嘖嘖閭里，而稼田善繼先志，獨能拳拳弗失，予奚敢辭？時庚午五月也，予甫纂淡水廳志，簿書叢集，幾欲以一身了十人之事，寢饋不遑，日點竄者將及萬言，求一暇晷而不可得。稼田延寓於北郭園，晨夕過從，相與搜求遺事，皆有本之言。獨惜開淡至今百四十年，箸述闕如，後學無所模範。

先生通籍爲此邦第一人，其詩文、制藝、試帖，炳炳具在焉。文獻攸關，更不容緩。迨九月廳志告成，遂踵而編次之，得十卷。

先生與予寄籍，一磺溪，一榕郡，然同温陵産也。今幸獲交稼田，相依日篤。而一門之内，食指千計，黄童白叟，咸藹然可親，恂恂有儒素風。益歎先生遺澤未艾，不其山下書帶及見於今也。予以海外羈人，得此邂逅，殆文字因緣有夙契歟？嗟夫！海天豪翰，所沾匄來者厥功匪淺。先生斯集，既開壖北之先聲，後有作者，其亦聞風而奮然起矣。

同治九年十一月，鄉愚姪楊浚雪滄氏倚裝書於塹城北郭園之試筆寓廬。

北郭園文鈔序　楊浚

祉亭先生文多散佚，此五篇乃稼田觀察從叢藁中檢以相示。勸和論一作，已刊石於後壠鄉，一時傳誦。雖密菁村氓，幾於家有拓本。十餘年來，漸移默化，其消弭之功，豈淺鮮哉。

夫文字有關世道，三不朽中，立言居其一也。儻於人心有所裨益，即此數章，而先正之典型具在，亦何必多云。

同治九年九月，鄉愚姪楊浚雪滄氏謹序於塹城北郭園之試筆寓廬。

北郭園詩鈔序　楊浚

昔高達夫五十始學詩，祉亭先生亦歸田後所作爲多也。蓋發於性情，深得三百篇之遺旨。其品格在晉爲陶靖節，在唐爲白樂天，在宋爲邵堯夫，間有逼肖元遺山者。先生自家居奉養，託跡郊坰，日以歌詠爲事，世比之山中宏景、介休林宗。所築精舍曰北郭園，萬峯環峙，秀甲瀛壖，宜其得江山之助，不求工而自工矣。

同治九年九月，鄉愚姪楊浚雪滄氏謹序於塹城之試筆寓廬。

述穀堂制藝序　楊浚

稼田觀察既校刊其尊甫祉亭先生所著北郭園詩文鈔蕆事，復以制藝相示，因卒讀之，益歎先生之學，根柢六經，矩矱先正，不矜才，不使氣，而萬象包羅，應有盡有矣。

先生前後主明志講席，爲時最久，及門多聞人，掇巍科者，如拾艾然。陳鏡河舍人、吴以讓孝廉，嘗爲予述其三十年前負笈從游，提撕之言，今猶在耳。蓋涵濡之入人深，而霽月光風與天地同無盡藏。讀是篇者，亦可得有道之形容焉爾。

同治九年九月，鄉愚姪楊浚雪滄氏謹序於塹城北郭園之試筆寓廬。

述穀堂試帖序　楊浚

原夫占雲干呂，誦好道於中天。向日開騣，紀輸忱於西域。釋奠觀於國學，不殊五言歌梁。慶雪試於都堂，豈數六臣註謝。

此排律之原，雖權輿六代，而專體之創，實弁冕三唐，沿及宋元，以洎有明。陳無逸之戒，孔文仲御座有章。讀未見之書，黄庭堅帝裾能補。珥筆奎章閣下，虞集則元玉賡歌。從游東苑池頭，高啟則青坊獻頌。凡兹清廟、明堂之什，端賴剬風緝頌之人。惟我祉亭先生箸述，瀛壖覘依山斗。乾符六韻題名，争滔谷之先。清明百官賜火，步鄭韓之武。固足和聲聖世，敷藻海邦。今者燕乳樓高，良辰如昨，鷺飛雨重，繼詠能修。金簡玉堂，冠殷寅於詩林。韶濩公槐，卿棘軼方回之律髓瀛奎。三百年初盛，鐘鏞正音，猶存膠序。八十字抉分，雲漢天章，自有絲綸。是爲序。

同治九年九月，鄉愚姪楊浚雪滄氏謹書於塹城北郭園之試筆寓廬。

鄭用錫傳 淡水廳志

鄭用錫，字在中，號祉亭，崇和子，少穎異，淹通經史百家，尤精於易，好吟詠。主明志書院講席，汲引後進。淡自開闢，志乘無書，乃纂稿藏之。嘉慶戊寅舉於鄉。道光癸未成進士。開臺二百餘年，通籍自用錫始。丁亥督建塹城，功加同知銜。復捐京秩，籤分兵部武選司，補授禮部鑄印局員外郎。精勤稱職。旋因母老乞養。壬寅，洋船擾大安口，率先募勇赴援，以功賞花翎。繼獲土地公港草鳥洋匪，加四品銜。甲寅，在籍協辦團練，勸捐津米，給二品封典。曾捐穀三千，贍父黨母黨之貧乏者。南北漳、泉、粤各莊互鬥，用錫躬詣慰解，並手書勸告，輒止，存活尤多。凡倡修學宫橋渡，及賑饑恤寒，悉力爲之。治家最嚴，所編家規，子孫猶恪守之。晚築北郭園以自娱，著述日富，有詩文若干卷。請祀鄉賢祠。

鄭用錫傳　臺灣通史

用錫，字在中，號祉亭。少遵父訓，以力行爲本。道光三年，舉進士，家居讀書爲樂。淡自開闢以來，尚無志乘，乃集弟友纂稿，藏爲後法，文獻以存。六年，孫爾準巡臺，至竹塹，用錫請建廳城，並董工役。既竣，敘同知銜，嗣改京秩。十四年，入都供職，簽分兵部武選司。翌年，授禮部鑄印局員外郎兼儀制司。每逢祭時，恪恭從事。十七年春，歸里。里黨有舉，輒致其財力，故人稱善士焉。禁烟之役，英艦窺大安港，用錫自募勇捍衛，捕虜數人。事聞，賞戴花翎。又獲烏草洋匪，大吏嘉之。咸豐三年，林恭、吳磋以次起事，而漳泉又分類械鬥，全臺俶擾。奉旨偕進士施瓊芳等辦團練勸捐，兼以倡運津米，給二品封典。當是時，械鬥愈烈，延蔓百十里，殺人越貨，道路不通。用錫親赴各莊，力爲排解，著勸和論以曉之，曰：「分類之害，甚於臺灣，尤甚於淡之新艋。臺爲五方雜處，自林爽文之後，有分爲閩粵焉，有分爲漳泉焉。閩粵以其異省也，漳泉以其異府也。然同自內地播遷而來，則同爲臺人而已。今以異省、異府各分畛域，法所必誅。矧更同爲一府，而亦有秦越之異。是變本加厲，非奇而又奇者哉？夫人未有不親其所親，而能親其所疏。同居一府，猶同室兄弟之至親也，乃以同室而操戈，更安能由親及疎，而親隔府之漳人，親隔省之粵人乎？淡屬素敦古，新艋尤爲菁華所聚之區，游斯土者嘖嘖稱羨。自分類而元氣剝削殆盡，未有如去年之甚也。干戈之禍愈烈，村市半成邱墟。問爲漳泉而至此乎，無有也。問爲閩粵而至此乎，無有也。蓋孽由自作，釁起鬩墻，大抵在非漳泉，非閩粵間爾。自來物窮必變，慘極知悔。天地有好生之德，人心無不轉之時。余生長是邦，自念士爲四民之首，不能與在事諸公竭誠化導，力挽而更張之，滋愧實甚。願今以後，父誡其子，兄告其弟，各革面，各洗心，勿懷夙忿，勿蹈前愆，既親其所親，亦親其所疎，一體同仁，斯内患不生，外禍不至。漳泉閩粵之氣習，默消於無形。譬如人身血脈，節節相通，自無他病。數年以後，仍成樂土，豈不休哉？」衆得書感動，鬥爲之息。乃刻石於後壠，以示後者。用錫既爲一方之望，尤盡力農畝，家日殖，歲入穀萬石。晚年築北郭園自娱，頗有山水之樂。好吟詠，士大夫之過竹塹者，傾尊酬唱，風靡一時，至今文學猶爲北地之冠。八年，卒於家，年七十有一。著北郭園集，多制藝，詩亦平淡。又有周易折中衍義一書，未刻；或言其師所著，而用錫輯之也。同治十一年，詔祀鄉賢祠，至今子孫猶守其業。

墓誌銘

皇清賜同進士出身，誥授中憲大夫，晉封通奉大夫，恩給二品封典加四品銜，賞戴花翎禮部鑄印局，員外郎祉亭鄭君墓誌銘　朱材哲

道光癸卯，予權噶瑪蘭廳事，取道淡北，獲識鄭君祉亭。嗣兩攝淡篆，交益篤。戊午，復檄赴籌軍餉，而君已先數月歸道山矣。嗣君如梁捧狀泣述遺命，以君易簀之夕曰：「誌吾墓者，非朱某不能。」予自維風塵抗走，所資藉良友匡勸，無出君右。矧其文章、政績、行誼，卓有可傳，安敢以不文辭？

君諱用錫，字在中，祉亭其號也。籍同安之李洋鄉，先世由漳遷金門至父鄉賢公東渡，遂家於淡。少穎異，能讀父書，淹貫經史百家，尤精於易，言理而不言數，嘗採各說著欽定周易折中衍義一書，凡數十萬言。性好吟詠，不釋卷。主明志講席前後八年，汲引後進多聞人。課日每自擬文詩爲諸生式，評騭一秉至公。復製摺卷，以書法授來學者。先是淡學隸彰化，未設學校，君請大府，以彰學司訓分駐之。淡自開

鬮，志乘無書，君集弟友纂稿，藏爲後法，俾典章文物昭昭可考，爲功獨偉。

君年二十三，補弟子員。由廩膳生舉嘉慶戊寅省闈，爲予同譜。道光癸未成進士，開淡一百餘年，通籍自君始，遂以大令起家。時年伯鄉賢公及太夫人尚在，歸省之。適制軍孫文靖公莅臺，君請詳建塹城，既蒇事，上其督造功，敘同知銜。捐輸出力，復改京秩。丁外艱，服闋。甲午，入都供職，簽分兵部武選司行走，鄉人有謁選者，私宅未嘗接見。乙未，補授禮部鑄印局員外郎，兼儀制司事務，凡遇郊壇祭祀，烈日嚴霜，不辭勞瘁，必恪恭趨伺，首先至焉，精勤稱職，長官嘉之。太夫人郵書，每誡國事爲重，勿以家念。乃違晨昏者三載，孺慕益切。丁酉春，乞養旋里，侍餘仍嗜學不倦，遇捍衛桑梓事尤力。壬寅，洋船擾大安口，措糧率自募勇赴援，生擒洋人白者一、黑者三。事聞，賞花翎。土地公港復獲草烏洋匪，奬加四品銜。乙巳，奉母事畢，以祿不逮養，不復還朝。咸豐甲寅，旨令在籍同進士施瓊芳等，協辦團練勸捐事務，兼以倡運津米，恩給二品封，爲一時曠典。

君孝友慈惠，尤人所難。嘗建祖祠二，禋祀必虔。爲太夫人壽，則捐穀三千，贍父黨母黨之貧乏者，以祝大年。淡南北彰、泉、粵各莊分類成習，君著勸和論勸石後壠，復躬詣慰解。咸豐三年，晉、南、惠三邑人與同安人約期互鬭，君籍同安，乃移駐三邑人李某家，以示無他意，變遂止，全活者多。間如建學宮，修橋渡，賑飢寒，恤孤寡，一視同仁，施棺施藥，俱能善繼父志，數十年不輟，鄉人咸稱道之。顧處世謙和，而治家獨嚴，所編家規，子孫至今恪守，猶榜於門焉。晚築北郭園以自娱，著述日富，凡詩文若干卷待梓。病之日，里人皇皇稱禱。洎病革，道路哭失聲。

君卒於咸豐八年二月七日寅時，距生於乾隆五十三年五月七日卯時，享年七十有一。配陳氏，知縣士珍公女，先卒。簉室洪氏。子三：長如松，道光丁酉優貢，丙午舉人，員外郎銜内閣中書，捐陞主事。次如梁，候選同知，陳夫人出。三如材，庶也。女二：長適連江縣教諭郭公成金四子廷理，庠生。次適詹事府主簿陳公維菁長子鷺升，翰林院待詔。孫九：景南，庠生。自南、宣南，如松出。圖南、比南、安南、綏南、雅南、植南，如梁出。女孫六，擇對皆名門。以咸豐己未年葬於香山之麓，後改葬塹南關外竹仔坑鄉，穴坐巳向亥，兼巽乾分金丁巳丁亥。

銘曰：「文星在東，開先南宫。樞部筮仕，儀曹趨公。挂冠歸田，迺遂孝衷。根柢六藝，發爲事功。泰山北斗，景挹高風。佳城鬱鬱，千秋崇封。」

賜進士出身，誥授中憲大夫、噶瑪蘭廳通判、淡水廳同知、臺灣府知府，即補道前翰林院庶吉士年愚弟朱材哲頓首拜撰。

鄭用錫年譜簡編

鄭用錫，名蕃，譜名文衍，字在中，號祉亭，臺灣府淡水廳竹塹人。鄭用錫先世係福建漳州府漳浦縣人，明末避亂遷居泉州府金門李洋鄉。乾隆三十九年（一七七四），鄭用錫之父鄭崇和與族人崇吉、國慶渡臺，居苗栗後壠。嘉慶十一年（一八〇六），鄭崇和開設「恒利」商號，鄭氏舉家從苗栗後壠遷居竹塹。

家豪富

鄭崇和行誼云：「晚歲家漸饒，粗服糲食如平生。」（淡水廳志稿卷三）

鄭理亭封翁傳云：「鄭氏世居臺，至封翁以實業起家，有南陽樊重之風焉。臺地故沃衍，土著者多殷實户，其間有某巨姓者至富與王公埒。封翁少壯時薄田自給，贍衣食而已。洎中年以後，有膏腴之壤者，以數千畝計，人以是服其能。」（浯江鄭氏族譜）按：「理亭」爲鄭用錫長兄鄭用鍾之號。

臺灣通史鄉賢鄭用錫傳：「用錫既爲一方之望，尤盡力農畝，家日殖，歲入穀萬石。晚年築北郭園自娱，頗有山水之樂。」

開臺進士

淡水廳志先正鄭用錫傳：「嘉慶戊寅舉於鄉。道光癸未成進士。開臺二百餘年，通籍自用錫始。」

阻械鬥、修文廟、修橋渡

淡水廳志先正鄭用錫傳：「南北漳、泉、粤各莊互鬥，用錫躬詣慰解，並手書勸告，輒止，存活尤多。凡倡修學宫橋渡，及賑饑恤寒，悉力爲之。」

纂修淡水廳志稿

朱材哲皇清賜同進士出身，誥授中憲大夫，晉封通奉大夫，恩給二品封典加四品銜，賞戴花翎禮部鑄印局，員外郎祉亭鄭君墓誌銘：「淡自開闢，志乘無書，君集弟友纂稿，藏爲後法，俾典章文物昭昭可考，爲功獨偉。」（以下簡稱祉亭鄭君墓誌銘）

北臺文學之冠

臺灣通史鄉賢鄭用錫傳：「好吟詠，士大夫之過竹塹者，傾尊酬唱，風靡一時，至今文學猶爲北地之冠。」

鄭用錫之父鄭崇和經商重儒學

鄭崇和行誼云：「遂端居教授，以造就子弟後生爲己任，以故子若侄暨門下士多達材。後援例爲太學生，而好學彌篤，生平研精史學，無事時輒令子侄正立於側，歷舉史籍中古人成敗之跡，諄復訓勉。晚益好宋儒書，如性理精義、朱子遺書、近思録諸書，沉潛反復，究極精微。」（淡水廳志稿卷三）按：據新竹鄭利源號典藏古文書，鄭崇和至少直接或間接參與「恒利」「恒和」「陞記」三間商號的經營。

鄭用錫兄弟四人，兄用鍾，國學生；弟用錦，廳學附生；弟用銛，府學廩生。

鄭用錫之妻陳豫，箮室洪秀，側室蔡瑞喜及清娥。

鄭用錫育有三子二女。長子如松，陳夫人出，道光二十六年（一八四六）舉人，員外郎銜内閣中書，捐陞主事。次子如梁，候選同知，陳夫人出。三子如材，洪氏出。女二：長女長娘適連江縣教諭郭公成金四子廷理，庠生。次女吉娘適詹事府主簿陳公維菁長子鷺升，翰林院待詔。

乾隆二十一年丙子（一七五六）

是年三月，鄭用錫之父鄭崇和生。

浯江鄭氏族譜云：「鄭崇和，諱合，字其德，號詒菴，碩龍公四子。生於乾隆丙子二十一年三月初四日辰時，卒於道光丁亥七年四月廿三日卯時。」

乾隆三十年乙酉（一七六五）

鄭用錫之母陳氏素生。

浯江鄭氏族譜云：「陳太夫人諱素，生於乾隆乙酉三十年三月十二日丑時，卒於道光乙巳廿五年十一月十六日。」

乾隆三十九年甲午（一七七四）

是年，父鄭崇和與族人崇吉、國慶渡臺，居苗栗後壠。台灣通史鄉賢云：「鄭崇和，字其德，號怡庵，金門人。年十九來臺，課讀於淡水廳竹塹，遂家焉。」按：浯江鄭氏族譜記載爲詒菴。

乾隆四十五年庚子（一七八〇）

父鄭崇和娶中港社客家人陳武生之女陳氏素。按：乾隆四十五年（一七八〇），二十五歲的鄭崇和與十六歲的陳素結婚。（新竹鄭利源號典藏古文書）

乾隆四十七年壬寅（一七八二）

是年，鄭用謨生。

浯江鄭氏族譜云：「清誥授朝議大夫旌表孝友訓庭公，諱武略，字文謨，一字文韜，官章用謨，崇華次子，生乾隆壬寅年三月初一日卯時，卒咸豐甲寅年八月十二日丑時。」

乾隆五十年乙巳（一七八五）

是年九月，鄭用鍾生。按：鄭用鍾，崇聰三子，過房爲崇和長子。浯江鄭氏族譜云：「誥授朝議大夫，晉封通奉大夫文理公，又字文喻，名義，號理亭，諱用鍾，崇和公長男。由崇聰公三子承繼。生於乾隆乙巳五十年九月初二日亥時，卒於道光癸卯二十三年三月初九日□時。」鄭理亭封翁傳云：「封翁少壯時薄田自給，贍衣食而已。洎中年以後，有膏腴之壤者，以數千畝計，人以是服其能。」（浯江鄭氏族譜）

乾隆五十三年戊申（一七八八），一歲。

是年五月，鄭用錫生於後壠溪州。按：浯江鄭氏族譜云：「誥授中憲大夫，晉封通奉大夫文衍公，名蕃，字在中，號祉亭，諱用錫，崇和公次男。公彰化縣學附生，嘉慶戊寅恩科舉人，道光癸未科進士，兵部主事武選司行走，陞禮部員外郎鑄印局掌印兼理儀制司事務，加二級軍功，賞戴花翎，著有北郭園詩文全集。同治□年崇祀鄉賢祠。生於乾隆戊申五十三年五月初七日，卒於咸豐戊午八年二月初七日，享年七十一。」

乾隆五十四年己酉（一七八九），二歲。

父崇和遷居竹塹，開設「協和」店。

新竹鄭利源號典藏古文書記載：「崇和遷居竹塹，開設協和店。」

是年，鄭用鑑生。

浯江鄭氏族譜云：「藻亭公，號人光，字明卿，諱用鑑，崇科公長男。生於乾隆己酉五十四年閏五月廿二日未時，卒於同治丁卯六年四月廿一日辰時。」

乾隆五十五年庚戌（一七九〇），三歲。

是年，鄭崇科在崇和「協和」號任店員。

鄭崇科立分給鬮書字云：「二十歲，功兄崇和引余「協和」店辛勞。」（新竹鄭利源號典藏古文書）

乾隆五十六年辛亥（一七九四），四歲。

是年二月，妻陳氏豫生。

浯江鄭氏族譜云：「誥封恭人晉封夫人妣陳太夫人諱豫，軍功候補知縣士珍公三女。生於乾隆辛亥年二月十五日，卒於道光辛丑年七月廿六日。」

乾隆五十七年壬子（一七九二），五歲。

乾隆五十八年癸丑（一七九三），六歲。

乾隆五十九年甲寅（一七九四），七歲。

是年，鄭用鈺生。

浯江鄭氏族譜云：「文哺公名鴉，諱用鈺，崇聰公五男。生於乾隆甲寅五十九年，卒於咸豐壬子年二月初一日。」

浯江鄭氏族譜云：「鄭用鈺，號棨亭，竹塹城北門外水田街人，贈朝議大夫，例貢生。生母早逝，得長嫂撫養。甫六歲，即知愛親敬長，凡物必先奉親。每一念及失恃，動輒流涕。父老，家計甚窘，唯藉菽水以承堂上之歡。年十七，父命遠出謀生。用鈺繞膝哀呼，不忍離别，侍奉庭幃，昏定晨省，未嘗間斷。及壯歲，渡臺與胞兄理亭經營致富，買田數千畝，爲竹塹實業家。」

乾隆六十年乙卯（一七九五），八歲。

嘉慶元年丙辰（一七九六），九歲。

嘉慶二年丁巳（一七九七），十歲。

嘉慶三年戊午（一七九八），十一歲。

嘉慶四年己未（一七九九），十二歲。

是年，弟鄭用錦生。

浯江鄭氏族譜云：「誥授奉政大夫，晉贈通奉大夫，廳庠生，文順公，名從，號勤亭，別號春江，諱用錦，崇和公三男。生於嘉慶己未四年十二月廿二日子時，卒於道光甲辰二十四年三月初九日。」

是年，李錫金喪父，渡臺受傭於協和店。按：李錫金，字義鐘，號謙光，泉州晉江人。

銀江李氏家乘李錫金傳：「父歿，一慟幾絶。母勸之曰：余寡也，賴汝終養，當節哀順变，不可過於毀傷。奈家日益窘，急養母，計不得已，東渡臺灣，而傭於人。」

嘉慶五年庚申（一八〇〇），十三歲。

是年，鄭用錫能作文。

鄭用錫七十自壽其二夾註：「余十三歲能文。」

嘉慶六年辛酉（一八〇一），十四歲。

嘉慶七年壬戌（一八〇二），十五歲。

是年十一月，用錫之弟鄭用銛生。

浯江鄭氏族譜云：「誥授奉政大夫，甲辰科歲貢生，文静公，又字文孚，名定，號穎亭，諱用銛，崇和公四男，生於嘉慶壬戌七年十一月十七日，卒於道光丁未二十七年八月十五日。」

是年，鄭崇聰、文瑞父子前往漳浦尋根。

鄭用錫影本浯江鄭氏家乘本族譜序云：「夫遠適異國，昔人所悲，苟非大不得已，何忍抛遺故土，遠離宗親。然而水源木本，我父固未嘗一日忘也。惜乎先輩淪没，往來希少，雖有傳聞，未考其詳。我父往往以不獲一譜爲憾。壬戌之秋，因寄信於浯，囑我大伯及功兄抵漳，搜尋舊譜。」

是年，李錫金喪母，鄭崇和感其孝心，爲其預支五年傭金。

銀江李氏家乘李錫金傳云：「丁母艱時，一一如禮。然其時傭金尚薄，無以厚封親塚。每當淒風苦雨，輒泣告主人，乞預五年傭金，修葺親塚。主人感其孝，亦嘉許之。厥後主人器重，受值日久，稍有贏餘，遂與昆弟營商業。」

嘉慶八年癸亥（一八〇三），十六歲。

是年，鄭用謨渡臺以鬻材維生，鄭崇和資助五百兩銀，經營事業。

立鬮書約字云：「用謨諭次兒德銅、長孫安永等。余自壯歲來塹，蒙堂叔貽庵提攜，生理經營，粒積所獲微貲，建置田業宅屋，爰是居住水田街。」（新竹鄭利源號典藏古文書）

鄭用謨傳云：「鄭用謨，字訓庭，臺灣新竹人，原籍同安縣。少孤，依兄奉母，曲盡孝道，事兄惟謹。幼時即以孝友見稱於閭里，年二十二，母没，喪葬盡禮，後東渡經營，家日以裕。」（浯江鄭氏族譜）

是年九月，鄭崇聰卒，年七十一。

浯江鄭氏族譜云：「誥授奉政大夫崇聰公，諱聽，碩龍公長男，生於雍正癸丑十一年七月初一日子時，卒於嘉慶癸亥八年九月十七日未時。」

嘉慶九年甲子（一八〇四），十七歲。

嘉慶十年乙丑（一八〇五），十八歲。

是年，海盜蔡牽亂，鄭崇和奉諭募勇，防守後壠。

鄭崇和行誼云：「嘉慶乙丑歲，洋匪蔡逆由八里坌口登岸寇掠，爲官兵擊敗，匪船奔竄，南逸沿海，乘虛構亂，竹塹胡司馬自内港星馳旋塹，率義勇協官兵鎮守船頭港及香山港等處。先生時在後壠，奉諭募鄉勇守後壠、泊仔寮莊，上下相爲犄角，匪船聞風遠竄。」（淡水廳志稿卷三）

嘉慶十一年丙寅（一八〇六），十九歲。

是年，鄭用錫娶妻陳氏豫。

鄭用錫補悼亡作其二云：「二八于歸正及笄，釵荆裙布作山妻。」按：陳豫生於乾隆五十六年（一七九一）。

是年，李錫金離開鄭家，開設陵茂號。

李錫金捌房總共鬮書合約簿：「緣予自少與長兄名尚攤、次兄尚楓兄弟三人，各孑然一身，相率渡臺，克勤克儉克苦，經營積有微貲，於嘉慶十一年間，開張陵

茂生理。」（銀江李氏家乘）

是年，據北門鄭家大事年表，鄭崇和開設「恒利」商號。（新竹鄭利源號典藏古文書）

是年，鄭崇和舉家由苗栗後壠遷居竹塹。

鄭用錫七十自壽其二夾註：「丙寅年自壠遷塹。」

嘉慶十二年丁卯（一八〇七），二十歲。

是年左右，鄭用錫、鄭用鑑受業於竹塹樹林頭莊王士俊門下，讀書於水田福德祠。按：水田福德祠現存鄭用錫楹聯手跡：「念今日晉秩頭銜惟神默相，憶當年讀書面壁與德爲鄰。」

臺灣通史文苑云：「王士俊，字熙軒，淡水竹塹樹林頭莊人。始祖世傑以開墾致富，至是中落，士俊勤苦讀書。嘉慶間入泮，設塾於家，鄭用錫輩皆出其門。著易解若干卷，今亡，或云其友竊之。」

是年，鄭崇和構屋於新竹水田街，與謝廩合資開設「恒和」店於後壠，鄭崇科前往掌管經營。

鄭崇科立分給鬮書字云：「丁卯，兄崇和構屋水田，遂寄居焉。是年，兄崇和與謝廩出本，付余往壠經營恒和生理，皆得利。」（新竹鄭利源號典藏古文書）

浯江鄭氏族譜云：「誥授奉政大夫國學生崇科公，諱及第，號循陔，碩俊公次男，生於乾隆辛卯年十月廿八日未時，卒於咸豐癸丑年二月廿九日酉時。」

嘉慶十三年戊辰（一八〇八），二十一歲。

嘉慶十四年己巳（一八〇九），二十二歲。

嘉慶十五年庚午（一八一〇），二十三歲。

是年，用錫取入彰化縣學第四名附生。

祉亭鄭君墓誌銘云：「君年二十三，補弟子員。」

是年，鄭用鑑補彰化縣學弟子員。

鄉賢藻亭公墓誌銘云：「年二十二，補彰化縣學弟子員，後撥歸淡學。」（浯江鄭氏族譜）

嘉慶十六年辛未（一八一一），二十四歲。

是年十月，陳維英生。按：陳維英，字實之，號迂谷，又號退補居士，淡水大隆同人。道光二十五年（一八四五），任閩縣教諭。咸豐元年（一八五一），詔舉「孝廉方正」。咸豐九年（一八五九），中鄉試。次年，以舉人捐内閣中書，分部學習。辭官歸籍，掌教仰山、學海兩書院，著有太古巢聯集、偷閒録。

嘉慶十七年壬申（一八一二），二十五歲。

是年，鄭崇和邀鄭用謨合資支持崇科回竹塹開設「陞記」號。

鄭崇科立分給鬮書字云：「在塹復與兄崇和、侄武力等合本張陞記□磨。」（新竹鄭利源號典藏古文書）按：「武力」爲鄭用謨之字。

嘉慶十八年癸酉（一八一三），二十六歲。

是年，鄭用錫赴福州參加鄉試癸酉科不第。按：鄭用錫補悼亡作其六有「秋闈三度兩春明，計日看登萬里程」句。

嘉慶十九年甲戌（一八一四），二十七歲。

是年，總督汪志伊、巡撫張師誠題准設立淡水廳儒學。

學校廳儒學：「十九年，巡道糜奇瑜詳議，總督汪志伊、巡撫張師誠題准。」（淡水廳志稿卷二）

嘉慶二十年乙亥（一八一五），二十八歲。

是年，竹塹歲荒，鄭崇和發粟平價出售，救濟灾民。

浯江鄭氏族譜云：「嘉慶二十年歲歉，發粟平價。」

鄭崇和行誼云：「嘉慶乙亥歲，里中凶歉乏食，有粟者或閉廩居奇，乃慨然發粟平價出售，人争效之，里中賴以濟。」（淡水廳志稿卷三）

嘉慶二十一年丙子（一八一六），二十九歲。

是年，鄭用錫赴福州参加丙子科鄉試落第，赴浯江、漳浦尋根。

鄭用鑑浯江鄭氏族譜序文云：「昔年功兄用錫兩次兩渡尋覓，而莫知所在。」（影

本浯江鄭氏家乘）

是年，鄭用錫長子如松生。

浯江鄭氏族譜云：「誥封奉政大夫、旌表孝友、候選縣捐升員外郎、内閣中書、道光丁酉優貢生、丙午科舉人德榕公，字牖生，號蔭坡，諱如松，祉亭公長男。生於嘉慶丙子年十一月二十日寅時，卒於咸豐庚申年正月初二日卯時。」按：如松娶陳維藻之女陳紫燕。

是年，淡水文廟興建，崇和捐資度地，并令諸子侄勸捐督工，用錫任副總理。

吴性誠捐建淡水學文廟碑記云：「是役也。倡謀捐建不憚勤勞者，正總理則有林璽，林紹賢等，副總理則有鄭用錫、郭成金等；若吴振利、羅秀麗、陳建興、吴金吉等，共董其事，亦與有力焉。糜金二萬□千□百有奇，不費工帑一絲。肇工於嘉慶二十一年十二月十五日，告竣於道光四年四月初十日。」（淡水廳志稿卷四）

是年，鄭崇和捐資修建淡水文廟。

鄭崇和行誼云：「先是嘉慶戊寅，淡廳學校初興，應建文廟，先生首先捐貲度地，併令諸子侄勸捐督工，自經始迄落成，朝夕從事，心力俱瘁。」（淡水廳志稿卷

三）
學校廳儒學：「二十一年，同知張學溥舉貢生林璽、廩生郭成金、鄭用錫、林長青，監生林紹賢等捐題建造。」（淡水廳志稿卷二）

嘉慶二十二年丁丑（一八一七），三十歲。
是年，鄭用錫、鄭用鑑生員學籍，撥歸淡水廳儒學。

嘉慶二十三年戊寅（一八一八），三十一歲。
是年，淡水廳學首次開考。
吳性誠捐建淡水學文廟碑記云：「二十一年，巡撫王復據實專摺具奏，奉旨恩准二十三年開考。」（淡水廳志稿卷四）
是年，用錫恩科中試第七十二名舉人。
祉亭鄭君墓誌銘云：「由廩膳生舉嘉慶戊寅省闈，爲予同譜。」按：新竹鄭氏家廟現存鄭用錫「文魁」匾額一面，爲史致光所題。匾額題載：「兵部侍郎兼都察院右副都御史巡撫福建等處地方兼提督軍務史致光爲特恩嘉慶戊寅科中試第七十二名舉人鄭用錫立。」史致光，字青路，號漁村，浙江山陰人，乾隆五十二年（一七八七）狀元，嘉慶二十二年（一八一七）任福建總督。

福建戊寅恩科鄉試四書題「無爲而治者其舜也與」「明乎郊之禮帝嘗之義」「學則三代共之皆所以明人倫也」。

嘉慶二十四年己卯（一八一九），三十二歲。

是年，鄭用錫己卯恩科會試不第。

是年，郭成金中舉。

嘉慶二十五年庚辰（一八二〇），三十三歲。

是年，鄭崇和施藥救人，死者助以棺木。

浯江鄭氏族譜云：「二十五年，施藥活命不少，死者助以棺。」

鄭崇和行誼云：「至庚辰、辛巳間，天災流行，人多疾病，分藥救療，活命數千。家遇死者，貧無以葬，又施棺以助之。」（淡水廳志稿卷三）

道光元年辛巳（一八二一），三十四歲。

是年，據北門鄭家大事年表，爲慎終追遠，用錫、文順、用鑑三人發起置祀産，成立祭祀公業鄭振祖公，十四位「文」字輩堂兄弟響應，分八股出資。（新竹鄭利源號典藏古文書）

是年，林占梅生。按：林占梅，字雪邨，號鶴山，淡水廳竹塹人，著有潛园琴餘草簡編。林占梅承先人遺蔭，家饒於財，雅善琴，係鄭用錫姻親。

道光二年壬午（一八二二），三十五歲。

是年，鄭用謨合夥創設「金全興」，從事横山開墾事業並製糖。按：道光二年十二月，竹塹社錢榮選等立給永遠墾耕字，將原招得徐旺七股半承墾之横山草地盡退給金全興承墾。又參見道光八年金全興仝立合約字（序號〇六四、〇六五、〇六六、〇六七）。（新竹鄭利源號典藏古文書）

是年三月，鄭用錫作家大人誕辰書示二弟。

道光三年癸未（一八二三），三十六歲。

是年，鄭用錫至北京正陽門關帝廟叩求籤詩，以卜功名。

鄭用錫附記正陽門關聖帝籤詩云：「京都正陽門關聖帝籤詩，靈驗著於天下。余於癸未春闈赴試，適有友人告余到廟叩求籤詩，以卜功名上進可否，因如命叩請，求得此籤。」（北郭園詩文鈔稿本）

是年，鄭用錫爲會試第四十一名貢士、殿試三甲第一百零九名進士，以候選知縣返鄉。

祉亭鄭君墓誌銘云：「道光癸未成進士，開淡一百餘年，通籍自君始，遂以大令起家。」

鄭用錫補悼亡詩之六：「秋闈三度兩春明。」可知會試考兩次。按：新竹鄭氏家廟現存鄭用錫進士匾額。匾額題曰：「欽命大總裁太子太傅武英殿大學士曹振鏞、太子太保禮部尚書汪廷珍、吏部左侍郎王引之、户部左侍郎穆章阿爲會試中式第四十一名，殿試三甲第一百九名鄭用錫立。」

癸未科會試四書題「切問而近思仁在其中矣」「知遠之近知風之自知微之顯可與

入德矣」「入則孝出則悌守先王之道」。
是年五月，鄭用錫次子如梁生。
浯江鄭氏族譜云：「誥授中憲大夫、軍功賞戴花翎、候補道、例貢生，德棟公，字稼田，號培生，諱如梁，祉亭公次男，生於道光癸未年五月初五日，卒於光緒丙戌年二月二十九日。」按：如梁娶林占梅胞妹林妙。

道光四年甲申（一八二四），三十七歲。
是年，鄭崇和命鄭用錫運米赴天津濟民並行經浯江討論建造李洋鄉鄭氏家廟。
鄭崇和行誼云：「道光甲申歲，北地偶歉收，大吏招商運米赴天津濟民食，先生出資買米，令次君用錫首先應募，爲諸紳商倡，闔郡紳商繼之，共運米十餘萬石。」（淡水廳志稿卷三）
是年，鄭用鑑選拔貢生。
鄉賢藻亭公墓誌銘云：「年三十六，選拔貢生。」（浯江鄭氏族譜）

道光五年乙酉（一八二五），三十八歲。

是年，陳維藻中舉。

是年，鄭用鑑參加會考，以第一名獲選拔元，以教職選用。

鄉賢藻亭公墓誌銘云：「乙酉會考。」（浯江鄭氏族譜）

道光六年丙戌（一八二六），三十九歲。

是年十一月十四日，鄭用錫、林紹賢、林平侯等聯合地方四十七位士紳及商家籲請建竹塹石城，用錫代表呈文，獨捐銀四千二百圓。

淡水廳築城案卷之鄭用錫、林平侯等呈：「具呈治下癸未科進士鄭用錫，前侯補同知林平侯，舉人林長青、郭成金、陳維藻，拔貢鄭用鑑，武舉温斌元，職員林國寶，生員劉獻廷、鄭廷珪、王奠邦、林茂堂、陳鳳鳴、周滄海，監生吳國步、林紹賢、曾青華、羅秀麗、鄭琛、吳文治、蘇國珍、温玉衡、林德修、周邦正、楊仰峰、劉祥光，鋪户恒利、逢泰、益吉、泉美、泉源泰、振吉、寧勝、瑞吉、寧茂、振利、瑞芳、裕順、金吉、益三、德吉、隆源、湧源、集源、長盈、福泰、泉吉等，爲籲請建城，懇恩察核轉詳事。」

是年，鄭用鑑參加朝考，取録二等第七名，以教職選用。

鄉賢藻亭公墓誌銘云：「丙戌朝考，取録二等第七名，以教職選用。後捐輸津米，議敘内閣中書。」（浯江鄭氏族譜）按：新竹鄭氏家廟現存鄭用鑑「拔元」匾額。

道光七年丁亥（一八二七），四十歲。

是年四月，鄭崇和卒，年七十二，鄭用錫丁父憂，崇和以子用錫貴贈通奉大夫。

鄭用錫述德詩云：「當知貽厥起寒儒，鑿硯爲田得食租。畢世儉勤嘗薤韭，千秋俎豆盼枌榆。刊碑父老談名姓，遺薙兒孫謹步趨。猶記彌留清白語先君易簀，手書一生清白四字，傳家即此是良圖。」

是年，竹塹城動工，用錫與林國華、林祥麟任總理。

道光八年戊子（一八二八），四十一歲。

道光九年己丑（一八二九），四十二歲。

是年，竹塹城八月竣工。

是年，黃驤雲中進士。按：黃驤雲係林占梅岳翁。黃驤雲，字雨生，號童光，中港頭份莊人，籍嘉應州，參將黃清泰之子，肄业於福州鰲峰書院，嘉慶二十四年（一八一九）舉人，道光九年（一八二九）進士，官至工部營繕司員外郎。（參見淡水廳志卷九）

是年，明志書院改建，用錫掌教明志書院山長。淡水同知李愼彝爲明志書院題「敬業」匾額。按：明志書院題聯：「講席半舊交，昔是友生，今是師生，愧品評未符月旦；追隨曾此地，我爲先進，爾爲後進，願鼓勵更上雲霄。」

是年，用錫因公議叙同知銜赴京秩，因守父喪丁憂而未能成行。

是年左右，吴鴻業畫百蝶圖，鄭用錫等人爲之題詠。按：吴鴻業所畫的百蝶圖一册題詠。連橫臺灣通史文苑有吴鴻業傳曰：「顧善畫，嘗繪百蝶圖，設色傳神，栩栩欲活。一時名士如臺灣黃本淵，淡水鄭用錫、鄭用鑑、陳維英輩，皆爲題詠，凡二十餘人。淡水同知雲南李嗣鄴爲之弁首。」

道光十年庚寅（一八三〇），四十三歲。

道光十一年辛卯（一八三一），四十四歲。

道光十二年壬辰（一八三二），四十五歲。

是年，鄭用錫參與鹿港浯江會館重建。（參見道光十四年條）

是年，陳維藻之母楊氏卒。用錫作陳鳳阿尊慈楊太孺人誄文。

陳維英楊太夫人行述云：「先妣生乾隆戊戌年八月初九日寅時，卒道光壬辰年十二月十二日巳時，春秋五十五。」〔登瀛文瀾渡臺始祖（陳氏）族譜〕

楊太夫人行述云：「鷺升，翰林院待詔，娶鄭氏，崇祀鄉賢崇和公孫女，二品封進士禮部員外郎賞戴花翎，用錫次女。鶯升，庠生，娶鄭氏，拔貢生，內閣中書用鑑公長女，庠生璠胞妹。鶯升。皆維菁出。」〔登瀛文瀾渡臺始祖（陳氏）族譜〕按：陳維菁係陳維藻之弟，陳維英之兄。

道光十三年癸巳（一八三三），四十六歲。

是年，鄭用錫承淡水同知李嗣鄴委任，爲纂輯福建通志搜羅淡水廳資料，進而完成淡水廳志稿四卷。

鄭用錫初志稿序例云：「淡廳向無專志，其大略附列郡志内。自乾隆二十九年後，郡志未有重修，所有增添各款無從編入，遂置缺如。玆奉上憲志纂輯省志，檄飭各廳縣設局採訪，彙成卷帙，繳郡詳送，以憑核辦。用錫奉本廳主特派採録廳志，敢不其難其慎，小心搜訪。」

是年，鄭崇和入祀鄉賢祠。

鄭詒菴大封入祀鄉賢云：「康成慎修以名賢獨表鄉中通德早題縣令，宜公敏識由進士而遷員外累官直至尚書。適令器祉亭南宫加授員外郎舉詒菴公崇祀鄉賢皆牧侯李慎齊公祖力也。」（太古巢聯集）

道光十四年甲午（一八三四），四十七歲。

是年，鄭用錫入京供職，出任兵部武選司行走。

祉亭鄭君墓誌銘云：「甲午，入都供職，簽分兵部武選司行走，鄉人有謁選者，私宅未嘗接見。」

是年，浯江會館竣工，鄭用錫贈匾一面。按：重建浯江館碑記云：「勅授武翼都尉臺協水師左營鹿港遊擊劉光彩敬撰。董事進士鄭用錫、薛鳳儀、張朝選、薛紹宜、王高輝、楊淵老、歐陽建、郭溪石、蔡宗榮同勒石。道光歲次甲午年梅月□□日立。（臺灣中部碑文集成）

是年，鄭用鑑掌教明志書院山長。

是年，鄭用錫作同黃雨生水部驤雲泛舟西湖、虎邱泊船、遊金山寺。

道光十五年乙未（一八三五），四十八歲。

是年，鄭用錫補授禮部鑄印員外郎四品銜兼儀制司事務。

祉亭鄭君墓誌銘云：「乙未，補授禮部鑄印局員外郎，兼儀制司事務，凡遇郊壇祭祀，烈日嚴霜，不辭勞瘁，必恪恭趨伺，首先至焉，精勤稱職，長官嘉之。」

是年十月，鄭如蘭生。

浯江鄭氏族譜云：「誥授奉政大夫、晉封通奉大夫、花翎四品銜分部主事、旌表孝友、增貢生，德桂公，字香谷，號芝田，諱如蘭，著有偏遠堂詩集二本。勤亭公次男，生於道光乙未十五年十月廿九日亥時，卒於明治辛亥四十四年七月廿八日辰時。」按：鄭如蘭娶妻陳氏，夫人名潄，恩貢生陳輯熙長女，鄭如蘭之妻。陳寶琛誥封淑人晉封夫人鄭母陳太夫人塔銘云：「先生累世以財雄於鄉，慷慨好施與，親友中仰食者數十家。邑中有大役，動斥鉅金爲倡。」（浯江鄭氏族譜）

道光十六年丙申（一八三六），四十九歲。

道光十七年丁酉（一八三七），五十歲。

是年，用錫乞養辭官歸里。

祉亭鄭君墓誌銘云：「丁酉春，乞養旋里，侍餘仍嗜學不倦，遇捍衛桑梓事尤力。」

陳維英賀聯鄭祉亭姻翁大人以副郎歸養：「郎官職重而思歸祇效安仁奉母，公子才優方入貢更誇燕姞徵兒。」太君適主器升爲貢士，兼之令寵誕厥馨兒。

是年，用錫長子如松舉優貢。

是年左右，長孫景南生。

浯江鄭氏族譜云：「誥授奉直大夫、州同銜、廩膳生，景南，諱渭潢，字少坡，別號少岳，德榕長男。生於道光壬寅二十二年□月□日，卒於同治壬戌元年七月初六日。少坡上舍十五舉博士弟子員，十七食廩餼，祉亭公極器重之。」按：浯江鄭氏族譜載鄭景南生年恐有誤。若鄭景南生於道光二十二年（一八四二），卒年二十一。咸豐六年（一八五六），景南喪妻，用錫作景孫喪婦作。若依此生年，景南喪妻時方十五歲。且浯江鄭氏族譜載鄭景南之妻生於道光十四年（一八三四），景南之妻比其夫年長九歲，似乎比較少見。又用錫示長孫景南云：「今茲二十一，年富力更優。」則示長孫景南應係同治元年（一八六二）作。此又與鄭用錫卒於咸豐八年（一八五八）互相矛盾。太古巢聯集有聯：「代三兄祝鄭祉亭親家壽五月初七日，壽六十六歲，並賀其孫入泮。」此聯作於咸豐三年（一八五三）。又據鄭用錫示長孫景南云：「爾年方十七，已作泮宮遊。」則鄭景南應生於道光十七年（一八三七）。

道光十八年戊戌（一八三八），五十一歲。
是年，用錫營建進士第、春官第。
陳維英賀聯鄭祉亭新居：「堂啓尚書門前如市，第稱進士柱上生槐。」
是年孟春，淡水廳同知婁雲發起捐建義渡，用錫捐洋一百圓。
婁雲義渡碑記云：「更於四要溪外，若井水港、鹽水港一律設渡，共凡六處。又於塹南之白沙墩、塹北之金門厝，每於九月間各設浮橋以濟，是又因地制宜者也。其捐項爲置田甲，歲收租息以資經費。」又計開捐姓名記載：「禮部正郎鄭用錫捐洋一百圓。」碑文文末題：「大清十八年（歲次戊戌）孟春穀旦，加知府銜臺灣府淡水廳事山陰婁雲撰立。」（陳朝龍新竹縣采訪册卷五）

道光十九年己亥（一八三九），五十二歲。

道光二十年庚子（一八四〇），五十三歲。
是年，中英鴉片戰爭。

道光二十一年辛丑（一八四一），五十四歲。

是年七月，用錫妻陳豫卒。按：用錫補悼亡作其十云：「剎那五十一年身，營奠營齋更愴神。」此詩稿本題作追述亡妻舊德七絕十二章以示兒孫，詩云：「五十一旬壽竟終，算來福分亦豪雄。」可知，陳氏卒年爲五十一歲。若如浯江鄭氏族譜記載陳氏卒於道光二十一年七月廿六日，享年四十八歲。兩者矛盾，姑係於此。

是年左右，陳維英爲鄭用錫之妻作挽聯。輓鄭亭副郎室陳宜人云：「孝且仁姑號媵泣，貞則吉夫貴子榮。」（太古巢聯集）

是年，用錫爲汪昱闓游詩草作序。汪韻舟少尉昱闓游詩草序云：「辛丑春，鈔拾各稿相示。余受而讀之，覺其旨深而味長，其志和而音雅。」

道光二十二年壬寅（一八四二），五十五歲。

是年，英艦窺大安港，用錫自募鄉勇捍衛，生擒白人一、黑人三。再獲土地公港洋匪，獎加四品銜。

祉亭鄭君墓誌銘云：「壬寅，洋船擾大安口，措糧率自募勇赴援，生擒洋人白者一、黑者三。事聞，賞花翎。土地公港復獲草鳥洋匪，奬加四品銜。」

道光二十三年癸卯（一八四三），五十六歲。
是年，鄭用鍾卒，年五十九。
是年，鄭用錫撰重修金門庵前牧馬侯祠碑誌。
周凱金門志卷四規制志祠祀云：「牧馬王廟（閩書抄作「馬牧王廟」）在庵前鄉。神姓陳，名淵。唐貞元間，爲閩馬監，牧馬蕃息。後殁，鄉人祀之。能顯靈，爲民禦災捍患。敕封福佑聖侯，賜廟額孚濟（道光間，里人鳩貲重建。進士鄭用錫有碑記）。」

道光二十四年甲辰（一八四四），五十七歲。
是年，鄭用銛中歲貢。
是年三月初九日，鄭用錦卒。
是年，母壽，用錫捐穀三千石，濟贍戚族。

祉亭鄭君墓誌銘云：「一則爲其太夫人壽，節省浮費，捐穀三千石以贍族戚之空乏者，衆咸歌頌母德，此事親之孝也。」

道光二十五年乙巳（一八四五），五十八歲。

是年，陳維英任閩縣教諭。

陳維英楊太夫人行述云：「乙巳春，司教十閩首邑。」（登瀛文瀾渡臺始祖陳氏族譜）

是年，用錫母陳氏卒，年八十一歲。

是年，林占梅由貢生加道銜。

列傳五林占梅傳云：「道光二十五年，英人犯雞籠，沿海戒嚴，倡捐防費，得旨嘉獎，遂以貢生加道銜。二十三年，防堵八里坌口，又捐鉅款，事竣，論功以知府即選。二十四年，嘉彰各邑漳、泉械鬥，募勇扼守大甲溪，絶其蔓延，詰奸宄，護閭閻，出資撫恤，賞戴花翎。」（連横臺灣通史卷三三）

道光二十六年丙午（一八四六），五十九歲。

是年，用錫長子鄭如松中舉，中鄉試第八十五名舉人，陳維英贈賀聯。

鄭祉亭春部大少君秋捷云：「秋榜科名蟾窟桂花傳舊種，春官門弟鯉庭桃李長新陰。」（太古巢聯集）

道光二十七年丁未（一八四七），六十歲。

是年中秋，用錫弟鄭用銛卒，年四十六。

是年，鄭崇科七十七歲，立遺囑析產。

鄭崇科立分給鬮書字云：「顧余年已七十有七，若風中之燭火，恐日後子孫賢愚不一，爰是邀請諸親堂在場，先抽起存公公費，次抽起養膳葬祭外，其餘所有租穀、屋宇等項，一切盡行分配。」（新竹鄭利源號典藏古文書）

道光二十八年戊申（一八四八），六十一歲。

是年仲冬，臺大地震。

林占梅地震歌序云：「道光戊申仲冬，臺地大震；吾淡幸全。而嘉彰一帶城屋傾圮，人畜喪斃至折肢破額者，又不可勝計矣。傷心慘目，殊難名狀。今歲暮春，復大震二次。驚悼之餘，乃成七古一篇，歌以當哭。時三月初八日未刻也。」（潛園琴餘草簡編）

道光二十九年己酉（一八四九），六十二歲。

是年，陳維英主持仰山書院。

仰山書院題下自註「己酉年作」。（太古巢聯集）

道光三十年庚戌（一八五〇），六十三歲。

是年，鄭用錫與淡水同知黃開基建竹北堡永濟橋。

陳朝龍新竹縣採訪册卷三云：「永濟橋，在縣東北四十二里頭重溪，爲南北往來孔道，楊梅壢適淡水縣中壢之所。長五丈四尺五寸，寬三尺四寸。道光三十年，淡水同知黃開基、紳士鄭用錫建。」

咸豐元年辛亥（一八五一），六十四歲。

是年，用錫獻文昌宮「氣作星辰」匾。按：用錫爲文昌宮題聯：「元德覃敷，聖代即今多雨露。英才輩出，女昌新入有光輝。」（轉引吳麗雲：鄭用錫及其詩之研究，淡江大學碩士學位論文，二〇一二年，第六十七頁。）

是年，次子如梁監工建北郭園，用錫作北郭園記。按：北郭園記云：「余自假養歸田，屈指至今，已十餘載。自顧樗櫟散材，無復出山之志。竊效古人買山歸隱，以樂殘年，乃此願莫償，求一勝地而不可得。庚戌，適鄰翁有負郭之田，與余居相近，因購之，爲卜築計。而次子如梁亦不惜厚貲，匠心獨運，搆材鳩工，前後凡三四層，堂廡十數間，鑿池通水，積石爲山，樓亭花木，燦然畢備，不數月而成巨觀，可云勝矣。」又續廣北郭園記云：「北郭園之作也，肇於咸豐之辛亥年。其始不過居中建有廳事，前後門垣、庭院，旁及兩廊、書舍、房櫳，規模畢具。而廳事後鑿池通泉，上有亭，下有橋，荷花掩映，亦幽居之勝概也。」

是年，林占梅作詩題鄭芷亭儀部（用錫）北郭園。（潛園琴餘草簡編）

是年，用錫作述懷、盆菊、對菊、賞菊、感時、自遣、凌虛臺、余年四十五眼已花矣，近復能燈下作小楷、齒落誌感、示松兒、書帶草、姪孫紀南入泮、春檳榔、北郭園即景、北郭園即事、北郭園即事勗諸兒、新擬北郭園八景、北郭園新成八景答諸君作、諸君贈詩作此答之、和許蔭庭明經鴻書、劉星槎茂才藜光題贈北郭園原韻、再和蔭庭。

是年，朱材哲任淡水同知。按：淡水廳志卷八文職表同知：「朱材哲，湖北監利人，癸未進士，咸豐元年署。」

是年，長孫景南十五歲舉博士弟子員。

咸豐二年壬子（一八五二），六十五歲。

是年，楊浚鄉試中舉。按：楊浚，字雪滄，一字健公，晚號冠悔道人，咸豐二年（一八五二）舉人，福建福州府侯官人，歷官内閣中書，著有冠悔堂全集等。

是年，用錫重掌明志書院教席，作余主明志講席入都後代者爲藻亭弟今春假還仍主之誌感。按：據詹雅能明志書院沿革志考證鄭用錫任教明志書院的時間，在道光九年（一八二九）至道光十四年（一八三四）以及歸籍後的咸豐二年（一八五二）春至咸豐七年（一八五七）。

是年，用錫贈新竹城隍廟「理陰贊陽」匾。

是年，用錫作壬子生日。

是年，用錫作新春、警世、和迂谷題贈北郭園原韻、有議析爨者感作、林鶴山觀察占梅生子和元韻、戲贈鶴珊、薦階茂才小飲北郭園贈詩和原韻、薦階贈詩再和原韻。

是年中秋，鄭如松在林占梅府中飲宴，林占梅作中秋夜讌涵鏡軒筵中作并贈蔭坡孝廉。（潛園琴餘草簡編）

是年，鄭用鈺卒，用錫作哭棨亭弟用鈺。

是年，鄭氏擴建北郭園。增建時鐘樓、八角樓。

用錫續廣北郭園記云：「咸豐壬子，因就其地而闢之，分爲内外兩園，環栽莿竹，蒔以名花，梅柳珍果，無物不植。而其外則增建，有時鐘樓爲斯園出入之啟閉。内有井，井泉味清而洌，不特可資灌園，兼足以分霑里黨。東廊後更設一廳事，上爲八角樓，與聽春樓巍然對峙。」

咸豐三年癸丑（一八五三），六十六歲。

是年五月初七日，用錫大壽，陳維英贈賀聯。

代三兄祝鄭祉亭親家壽五月初七日，壽六十六歲並賀其孫入泮：「天庥錫林下神仙子擢科孫籍學蘭膳侍華簪群祝六六之壽，地臘校人間福禄老續命少奪標蒲樽充喜席欣連五五之辰。」

是年，鄭景南入泮。

用錫示長孫景南云：「爾年方十七，已作泮宫遊。」

是年，用錫作頌張焕堂司馬啟煊德政。按：淡水廳志卷八文職表同知：「張啟煊，浙江平陽人，監生。元年署。朱材哲，四年，回任。」

是年，竹塹彰、泉、粤械鬥，用錫調解衝突，並作勸和論。

祉亭鄭君墓誌銘云：「咸豐三年，晉、南、惠三邑人與同安人約期互鬭，君籍同安，乃移駐三邑人李某家，以示無他意，變遂止，全活者多。」

勸和論題注：「咸豐三年五月作。」

連橫臺灣通史鄉賢之鄭用錫傳云：「咸豐三年，林恭、吴磋以次起事，而漳泉又分類械鬥，全臺俶擾。奉旨偕進士施瓊芳等辦團練勸捐，兼以倡運津米，給二品封典。當是時，械鬥愈烈，延蔓百數十里，殺人越貨，道路不通。用錫親赴各莊，力爲排解，著勸和論以曉之。」

是年，臺灣北部發生漳泉分類械鬥，陳維英家舍毀於祝融之火。陳維英作癸丑械鬥家舍及別業俱付祝融甫平歸日以釣魚爲事七律一首。（臺北文物大龍峒特輯）

咸豐四年甲寅（一八五四），六十七歲。

是年，用錫協辦團練。

祉亭鄭君墓誌銘云：「咸豐甲寅，旨令在籍同進士施瓊芳等，協辦團練勸捐事務，兼以倡運津米，恩給二品封，爲一時曠典。」

是年，用錫作歎老二首。

歎老詩云：「百歲光陰一笑堪，我今得七尚餘三。」

是年，用錫之母墳塋爲盜所掘。按：浯江鄭氏族譜云：「陳氏鄉賢鄭崇和妻，員外郎用錫母，勤儉謙冲，喜周恤，爲三黨稱。咸豐四年，淡屬分類，詎氏卒已七年，盗發其塋。」此處「七年」有誤，用錫之母卒於道光二十五年（一八四五），應爲「九年」。

是年，用錫作郊居即事。按：郊居即事小注云：「裕子厚太尊過訪。」裕鐸，字子厚。光緒臺灣通志職官分巡臺灣道云：「裕鐸，鑲藍旗滿洲人，工部筆帖式。咸豐四年四月初八日任。」

是年，用錫作續廣北郭園記。

續廣北郭園記云：「計自創始至增修，前後尚未及四年耳。」

咸豐五年乙卯（一八五五），六十八歲。

是年，用錫、用鑑納粟赴津，清廷議叙用錫二品封典。用鑑議叙内閣中書銜，用錫作乙卯歲天庾不足，余以納粟赴津蒙恩加級議敘二品封典，賦此誌喜（稿本）。

是年，作乙卯，奉曹懷樸司馬謹、曹馥堂司馬士桂栗主祀敬業堂，鄭明經時霖捐金爲祭品，詩以誌之。

是年，作前歲，賴得力、羅慶慶兩盗未獲，吴水妹復在三叉河内山聚劫，升庵司馬入砦議和，感賦。按：沈茂蔭苗栗縣誌卷八祥異考的兵燹篇記載「四年春正月，閩、粤分類械鬥。初，田寮莊匪徒羅慶二、賴得六等在中港搶牛肇衅，釀及中壢，閩、粤互鬥」。又「先是，内山三汊河、芎蕉坑一帶，向爲盜藪。有劉阿妹招致戴萬生、林戇晟等逆，既破彰化縣斗六門，遂攻陷淡屬之大甲城堡」。（臺灣文獻叢刊）

是年左右，陳維英移居「棲野巢」，用錫過訪，游雞籠。用錫作陳迂谷中翰維英移居獅子巖，齋額曰「棲野巢」，賦此贈之游棲野巢訪迂谷，留飲賦贈、雞籠紀游。按：陳維英賀陳霞林中舉一詩：「莫學閒雲山上眠。」詩下注「予近居、獅子巢上以避囂，如閒雲寓山上眠去」。陳霞林，字洞魚，號問津，受教於陳維英，咸豐五年（一八五五）舉人。（轉引楊添發陳維英及其文學研究，銘傳大學碩士論文，第三十九頁。）

咸豐六年丙辰（一八五六），六十九歲。

是年，用錫作丙辰元日偶作，載北郭園詩文鈔稿本，題下小注「以下諸詩皆咸豐丙辰年作」。丙辰元日偶作（刻本題爲丙辰元日）之後有即景漫作兼以示戒、有感而作（刻本題爲有感）、元月三日春光明媚喜以詠之（刻本題爲正月三日即景）、俗以臘月送神元月迎神不知起自何時戲作以供一笑（刻本題爲送神迎神作）、感時、歎老、遣悶、愧感、述德誌感併示後昆（刻本題爲述德）、鐵錢、觀童子試喜賦、去冬先塋改葬完成詩以誌慰（刻本題爲改葬先塋）、新春賀歲頂戴居多亦衣冠之盛也觸目感賦、文質不能相廢，因睹齋中梅柳兩株花葉未免偏勝，詩以誌意（刻本題爲詠齋中梅柳）、元宵即事（刻本題爲元宵感事）、前淡廳司馬薛耘盧、李慎齋、曹懷樸、曹馥堂四公遺愛在民，諸紳士以前婁秋槎公入祀書院敬業堂，而四公獨闕不無遺憾因捐貲補設位牌進列奉祀，亦没世不忘之意也，詩以誌慕（刻本題爲司馬薛耘盧志亮、李信齋慎彝、曹懷樸、曹馥堂四公遺愛在民，余捐金奉栗主，與婁秋槎司馬雲同祀於書院敬業堂，詩以誌之）、閒健、先慈遺體面目如生，筋骨皮堅結不壞，觀者或以爲如佛家之化身，因偶閲集仙傳始知足不青、皮不縐、目光不毁、毛髮不脱、形骨不失謂之尸解，乃蟬化之上品也，憬然大悟感而賦此（刻本題爲慈塋爲盜所發，遺體如生，慟紀其事）、先慈遺服敬題七古以示後昆（刻本題爲先慈遺服題示諸兒）、明發感懷（刻本題爲明發泣懷）、自題泥塑小像、排遣、讀易指迷大概書以示兒曹（刻本題爲讀易示諸兒）、即事偶作（刻本題爲即事）、有感而作（刻本題爲感作）、雜詠、前意未盡再續三首、觀物覺言（刻本題爲觀物）、家有孔雀生蛋不自懷抱，姑以雌雞代之，題此以付一笑（刻本題爲孔雀生卵不自伏以雌雞代之）、恭餞述翁老公祖大人榮程晉郡兼呈惜別二章（刻本題爲送述安司馬入郡）、戲贈何鑑之作、詠碧紗幮（刻本題爲碧紗幮）、恬波茂才家大兄先生新納寵姬賦此奉賀（刻本題爲家恬波茂才祥和納姬）、詠瘧疾爲崑山蘇先生作（刻本題爲詠瘧爲蘇崑山上舍國琮作）、刺時、園居遣興、觀孔雀屏喜賦（刻本題爲觀孔雀屏）、諧言三則（刻本題爲諧言）、諸姪輩急於功名，已荒半年之久，今倖進一階須速勉力以觀後效，賦此示警（刻本題爲諸姪入泮作此勗之）、追述賦懷（刻本題爲七十自壽）、知足、擬陶淵明責子詩、鄰花居即景偶作（刻本題爲鄰花居即事）、八月中秋日，適有黃蜂飛集小園木蘭花樹，因令小僮以木桶收之，可謂不期而至者矣，喜賦（刻本題爲中秋日黃蜂集木蘭花作）、小齋初經油漆賦此寓勗、慰小孫悼亡之作（刻本題爲景孫喪婦作）、秋夜感懷、絲竹、讀書、傷孫婦之亡兼慰小孫、詠颶風（刻本題爲颶風）、齋前楊柳一株被颶風掃捲幾至傾倒，因以長繩繫之亦將伯之一助也（刻本題爲齋柳爲颶風所摧以繩繫之）、孫婦初亡，小孫移住於齋之聽春樓，賦此誌慰，兼以示勗、女孫將嫁爲蔭坡長兒喜而生感。

按：薛志亮，字耘廬，江蘇江陰人，乾隆五十八年（一七九三）進士，官淡水同知。李愼彝，四川威遠人，嘉慶十三年（一八〇八）進士，官淡水同知。婁雲，浙江山陰人，監生，道光十六年（一八三六）任淡水同知。淡水廳志卷九列傳之名宦：「薛志亮，字耘廬，江蘇江陰人，乾隆癸丑進士，嘉慶十八年任淡水同知，能得民心，卒於官。臨終猶囑家人，持白金五百，爲鹿港再建各廟。先是蔡牽亂，募勇守城，殺賊有功。又與教諭鄭兼才、謝金鑾，修臺灣縣志，稱善本。祀德政祠。」淡水廳志卷九列傳之名宦：「李愼彝，四川威遠人，嘉慶戊辰進士，建竹塹城垣，披星戴月，三年如一日。任勞任怨，事克有濟，今猶賴之。祀德政祠。」淡水廳志卷九列傳之名宦：「婁雲，浙江山陰人，監生。捐設義渡，勸辦義倉，續修明志書院。在任二年，頗多善政，人咸頌之。祀德政祠。」

是年，用錫送雙孔雀爲姻丈陳克勤祝壽，作乙卯秋姻丈陳曇軒封翁克勤八十初度，余偕子婦赴祝，今秋復寄雙孔雀贈之。

是年，用錫作明年五月爲七十生辰先期示兒子。

是年除夕，用錫作鍾馗除夕嫁妹圖其一。

咸豐七年丁巳（一八五七），七十歲。

是年作，用錫作有感寄述安司馬。按：淡水廳志卷八文職表：「丁日健，順天大興人，籍安徽，四年署。」

丁日健，字述安，號述庵，順天大興人，道光十五年（一八三五）舉人。歷鳳山、嘉義縣令。咸豐四年（一八五四），遷淡水撫民同知，署福建巡糧道、布政使。同治二年（一八六三），任臺澎兵備道，加按察使司銜，會辦軍務。時彰化人戴萬生率衆起義，全臺震動。上任後，率官兵鎮壓民亂。同治五年（一八六六），因病離任。著有治臺必告録一書。

是年，鄭用錫曾孫生，作梁兒添孫喜賦。

梁兒添孫喜賦詩云：「七十筵開北海樽，纔經兩月又生孫。」

是年，用錫作唐升庵司馬均卸篆，代者馬敦圃司馬慶釗，喜而作此、禁米運出口、塹垣因粵匪掠争，民食不足，時適唐升庵司馬赴艋，諸紳馳商禁口，從之。乃瓜代者至，惑於他説，旋開旋禁，感而作此。按：淡水廳志卷八文職表同知：「馬慶釗，四川成都人，監生，七年署。」

是年，用錫作又之茂才客游鹿港，富益齋司馬谦邀同赴蘭廳，道經塹垣贈詩，即和元韻。按：富樂賀，字崇軒，杭州駐防附貢，滿洲正藍旗人，著有閩游草。淡水廳志卷八文職表：「富樂賀，正藍旗人，杭州駐防，附貢，七年署。」

是年，用錫作丁巳元旦，載北郭園詩文鈔稿本，題下小注「以下丁巳作」。丁巳元旦（刻本題爲鍾馗除夕嫁妹圖其二）、之後有即事誌笑爲鶴山作、探聞大憲奏請二品封典得旨有日，喜而賦此（刻本題爲七十自壽其六）、即景、迂談、歎老、今年爲雙春之年，又置閏在五月，余以七旬生誕會逢其適，藉端起詠以博一笑（刻本題爲七十自壽其八）、齋居遣興、戒賭五排一則、窮儒以舌耕爲生涯，近見鄉先生散覓館地十不得一，書以慨之（刻本題爲友人覓館不得書此誌感）、大字帖、案頭微物雜詠（刻本題爲案頭雜詠）、附記正陽門關聖帝籤詩、迂談自解（刻本題爲自解）、七十自笑（刻本題爲七十自壽其七）、升菴唐公被人帖謗，適逢考試，即以此事寓意命題藉爲解嘲，可發一笑，感而賦此、解嘲、聞雷感作（刻本題爲聞雷）、贈佐才宗姪（刻本題爲贈佐才姪廷揚）、丁巳三春柬述安司馬併寄七律二章（刻本題爲丁巳春日柬述安司馬）、次韻曾籥雲見贈之作（刻本題爲和曾籥雲茂才驤見贈元韻）、寄贈籥雲仍依前韻（刻本題爲疊前韻贈籥雲）、春晴望雨、讀蘇軾詩無事此静坐，一日當兩日」，若得七十年，便是百四十，感而賦此（刻本題爲讀東坡「無事此静坐，一日當兩日」詩感賦）、謝賓朋戚好諸公惠壽（刻本題爲生日誌謝）、余今年七十賤辰，耳聞賓朋戚友擬來酬應分有難辭，而數年家計左支右絀甚費支持，兒子不知節省好爲鋪張，不勝憂掛，因賦此以爲先期之戒、别駕富益齋素未會晤，因在鹿溪卸篆，將赴噶瑪蘭之任，道經塹垣，辱邀過從，始知其爲戊寅同年友也，喜而賦此（刻本題爲同年富益齋别駕枉顧賦贈）、感事戲作（刻本題爲感事）、望雨、不雨、乞兒求雨、是日林鶴山觀察亦到各神廟叩求、依韻和曾籥雲見贈（刻本題爲和籥雲見贈元韻）、和曾籥雲禱雨原韻之作（刻本題爲和籥雲望雨原韻）、和籥雲再贈詩前意未盡仍依元韻奉寄、北門天后宫水田福德祠同日乞雨，兩處服飾不同，是早天亦下幾點微雨而杲日復出，非天心之不我愛，實下情之有未協耳，感賦、求雨不來賦此自笑、讀籥雲送閱原作稿抄賦此寄贈（刻本題爲讀籥雲詩寄贈）、先事再示兒子（刻本題爲示兒子）、自顧、嘆老偶筆（刻本題爲歎老）、燈下目想口占（刻本題爲燈下口占）、籥雲茂才擬將内渡歸里，明年秋闈又届即用科場題壁原韻，賦此奉勸（刻本題爲籥雲將歸里應秋試）、又和詠白桃花（刻本題爲白桃花和籥雲作）、軍興世變納粟營官古今同，慨讀籥雲稿即中其意依韻奉酬，亦以歌代哭也 捲篷自嘆併以示昂（刻本題爲自歎）、題曼倩偷桃圖、寄贈協戎曾藍田姻翁（刻本題爲贈藍田姻丈）、青孺孫女倩英年卓越，自彰攜小女孫來暫歸寧書以勵之（刻本題爲曾汝舟孫女倩雲峰自彰携女孫歸甯）、作詩、望雨即事、感事憂時、近逢喜讌惜無美劇可以侑酒，適有一班脚色頗佳惟衣裝甚舊，當略添補方成雅觀，亦逢場作戲也感詠、奉和黄蕃雲見贈七十生辰壽詩原韻（刻本題爲和黄壽丞上舍蕃雲作）、盜賊之害至劫棺爲甚，近獲兩個劫棺，即付有司，立置死地，可稱一快，感而賦此（刻本題爲聞有司置盜塚者於法感作）、自笑自解、壽日得雨（刻本題爲生辰得雨）、壽龜添旦、添旦之説語滋笑柄，惟以元龜爲紹甘霖，由是大布，可謂天從人願未必非元龜之力也，爰續五古一則以誌忭忱（刻本題爲生辰值雨作）、文爲賢宗姪以壽日得雨，壽龜添旦，爲余七句瑞應兼惠佳律四章奉讀之餘，且慚且感，即此復和述翁公祖大人於郡城内置有公寓一所，園亭花木甚得佳勝間分八景，邀客賦詩，余不及隨景分題惟彙作長古一則，以見剛方磊落中偏自具雅人深致也，録此寄呈，即請誨教（刻本題爲聞丁述安司馬日健郡城購園亭，多植花木，亦分八景，書此寄之）、兒子以閏五月七日爲老夫續祝生辰，事屬可笑，感而賦此（刻本題爲閏五月七日兒輩續祝生辰）、□□□□□登場所由挑運谷石，悉被内山粵匪截搶，而廳司馬置□□□罔聞以致賊匪充斥，可慨也夫嘆衰小齋柳樹數株，未及三四年遂爾日新月盛暢茂已極，喜而生感末章藉以自諷（刻本題爲詠柳）。

是年，鄭景南成立「斯盛社」，用錫作七年七月七日，景孫祀奎星，招七友爲斯盛社，書此勗之、贈斯盛社同人、再贈斯盛社同人。按：鄭藩派開臺進士鄭用錫論述「竹塹七子」，「而竹塹地區最早之文人集團組織，當屬道光年間之『竹塹七子』，此集團成員有：鄭用錫、鄭用鑑、郭成金、鄭用銛、鄭如松、劉星槎與鄭士超等七人。其中鄭用錫、鄭用鑑、鄭用銛、鄭如松四人，皆爲鄭氏家族中人，而郭成金、劉星槎與鄭士超則爲竹塹在地人士」。（鄭藩派開臺進士鄭用錫，金門縣文化局，二〇〇七年，第一百七十六頁。）又王松臺陽詩話云：「希向在道光間爲新竹七子之與鄭祉亭先生父子遊。性嗜山水，著有吟草若干卷，今已失傳。」希向即劉藜光。

是年作示長孫景南。

示長孫景南云：「今茲二十一，年富力更優。」

咸豐八年戊午（一八五八），七十一歲。

是年二月七日，用錫卒，年七十一，葬於香山之麓。

是年，長子如松掌教明志書院。

咸豐九年（一八五九），卒後一年。

是年，陳維英中鄉試。連横臺灣通史文苑卷三四列傳六云：「咸豐初元，舉孝廉方正。九年，復舉於鄉。」

咸豐十年（一八六〇），卒後二年。

是年，陳維英北上春闈，入内閣中書，作庚申下第後入内閣供職。

同治六年丁卯（一八六七），卒後九年。

是年，鄭用鑑卒，享年七十九歲。

用鑑係陳維英之師，維英作挽鄭藻師。

參考文獻

鄭用錫：北郭園詩文鈔，稿本，臺北：吴三連臺灣史料基金會藏。

王松：臺陽詩話，臺灣文獻叢刊第三四種，臺北：臺灣銀行經濟研究室，一九五九年。

鄭用錫：北郭園詩鈔，臺灣文獻叢刊第四一種，臺北：臺灣銀行經濟研究室，一九五九年。

鄭鵬雲，曾逢辰纂輯：新竹縣志初稿，臺灣文獻叢刊第六一種，臺北：臺灣銀行經濟研究室，一九五九年。

劉枝萬：臺灣中部碑文集成，臺灣文獻叢刊第一五一種，臺北：臺灣銀行經濟研究室，一九六二年。

沈茂蔭：苗栗縣誌，臺灣文獻叢刊第一五九種，臺北：臺灣銀行經濟研究室，一九六二年。

不著纂人：淡水廳築城案卷，臺灣文獻叢刊第一七一種，臺北：臺灣銀行經濟研究室，一九六三年。

林占梅：潛園琴餘草簡編，臺灣文獻叢刊第二〇二種，臺北：臺灣銀行經濟研究室，一九六四年。

鄭毓臣編輯，林衡道主編：影本浯江鄭氏家乘，臺中：臺灣省交獻委員會，一九七八年。

晁公武撰，孫猛校證：郡齋讀書志校證，上海：上海古籍出版社，一九九〇年。

鄭用錫著，楊浚編：北郭園全集，臺灣先賢詩文集彙刊第二輯，第一至三冊，臺北：龍文出版社，一九九二年。

陳維英：太古巢聯集，臺灣先賢詩文集彙刊第四輯，第一冊，臺北：龍文出版社，一九九二年。

鄭如蘭：偏遠堂詩集，臺灣先賢詩文集彙刊第二輯，第五冊，臺北：龍文出版社，一九九二年。

朱熹著，鄭明等校點：朱子全書，上海：上海古籍出版社，二〇〇二年。

朱雙一：閩臺文學的文化親緣，福州：福建人民出版社，二〇〇三年。

鄭用錫著，劉芳薇校釋：北郭園詩鈔校釋，臺北：臺灣古籍出版公司，二〇〇三年。

施懿琳等編撰：全臺詩，臺北：臺灣文學館，二〇〇四年。

鄭華生口述，鄭炯輝整理：新竹鄭利源號典藏古文書，南投：臺灣文獻館，二〇〇五年。

鄭用錫纂輯，詹雅能點校：淡水廳志稿，臺灣史料集成清代臺灣方志彙刊第二十三冊，臺北：遠流出版事業股份公司，二〇〇六年。

陳培桂纂輯，詹雅能點校：淡水廳志，臺灣史料集成清代臺灣方志彙刊第二十八冊，臺北：遠流出版事業股份公司，二〇〇六年。

鄭藩派：開臺進士鄭用錫，金門：金門縣文化局，二〇〇七年。

楊詩傳：開臺進士鄭用錫家族研究，金門：金門縣文化局，二〇〇七年。

鄭枝田：竹塹鄭氏家廟，新竹：新竹市文化局，二〇〇八年。

范文鳳：淡水廳名紳：鄭用錫暨其研究，臺中：白象文化出版社，二〇〇八年。

鄭用錫著，余育婷選注：鄭用錫集，臺北：臺灣文學館，二〇一二年。

邵雍著，郭彧、于天寶點校：邵雍全集，上海：上海古籍出版社，二〇一五年。

鄧文金，鄭鏞主編：浯江鄭氏族譜，臺灣族譜彙編第七十八冊，上海：上海古籍出版社，二〇一六年。

鄧文金，鄭鏞主編：登瀛文瀾渡臺始祖（陳氏）族譜，臺灣族譜彙編第九冊，上海：上海古籍出版社，二〇一六年。

连横：臺灣通史，北京：商務印書館，二〇一七年。

期刊論文：

黃美娥：一種新史料的發現——談鄭用錫北郭園詩文鈔稿本的意義與價值，竹塹文獻，一九九七年，第三十一至五十六頁。

黃美娥：清代流寓文人楊浚在臺活動及其作品，臺北文獻，一九九九年，第一百二十七期。

黃美娥：北臺文學之冠——清代竹塹地區的文人及其交學活動，臺灣史研究，一九九九年，第一期。
余育婷：從鄭用錫、陳維英、施瓊芳看清代道咸時期臺灣詩人的傳承與發展，國文天地，二〇〇六年，第十期。
施懿琳：開臺進士鄭用錫的自我觀看與身體書寫：以北郭園詩鈔手鈔稿爲分析對象，臺灣古典文學研究集刊，二〇一〇年，第三號。
刘繁：楊浚及其著述與交遊考論，福建師範大學碩士學位論文，二〇一〇年。
吴麗雲：鄭用錫及其詩之研究，淡江大學碩士學位論文，二〇一二年。
余育婷：鄭用錫詩歌特色重探，政大中文學報，二〇一六年，第二十六期。
何李：民族與本土：清代臺灣詩人鄭用錫詩歌研究，寧波大學學報，二〇二〇年，第二期。
张瑾，郭鵬：以卦入詩：論邵雍詩歌對偶修辭的藝術特色，中國文化研究，二〇二一年，第二期。

圖書在版編目(CIP)數據

北郭園全集/(清)鄭用錫撰;魏寧楠點校.—福州:福建教育出版社,2024.12
(八閩文庫.要籍選刊)
ISBN 978-7-5334-9842-9

Ⅰ.①北… Ⅱ.①鄭… ②魏… Ⅲ.①中國文學—古典文學—作品綜合集—清代 Ⅳ.①I214.91

中國版本圖書館 CIP 數據核字(2024)第 003150 號

北郭園全集

作　　者:[清]鄭用錫　撰　魏寧楠　點校
責任編輯:郭　佳
裝幀設計:張志偉
美術編輯:季凱聞
出版發行:福建教育出版社
電　　話:0591-87115073(發行部)
網　　址:http://www.fep.com.cn
地　　址:福建省福州市夢山路 27 號
郵政編碼:350025
經　　銷:福建新華發行(集團)有限責任公司
印刷裝訂:雅昌文化(集團)有限公司
地　　址:深圳市南山區深雲路 19 號
開　　本:890 毫米×1240 毫米　1/32
印　　張:19.375
字　　數:417 千字
版　　次:2024 年 12 月第 1 版第 1 次印刷
書　　號:ISBN 978-7-5334-9842-9
定　　價:118.00 元